Magus

DIE BESTIEN-CHRONIKEN II

GREG WALTERS

BUCH

Was haben eine stotternde Zauberin,
ein intellektueller Barbar,
ein Junge, der Zuneigung für tödliche Bestien empfindet,
und ein unglücklicher Narr gemeinsam?
Gar nichts, außer einem miesen Schicksal und der Bürde, dass sie nur gemeinsam ihre untergegangene Welt vor der vollkommenen Vernichtung retten können …

Die Rückkehr nach Kol war ein großer Fehler: Tarl, Ceres und Magnus wurden verraten. Als Gefangene müssen sie erneut in der Arena antreten. Und diesmal kann es nur einen Sieger geben: die Bestien. Dazu tobt in der Stadt ein mörderischer Krieg zwischen den Einwohnern, und niemand weiß, warum. Die letzten Tage der Menschheit scheinen endgültig angebrochen, doch dann findet Balger im weitläufigen Land einen geheimnisvollen Plan, der alles verändern könnte. Wird er damit nach Kol zurückkehren und seine Freunde retten, oder entscheidet er sich für die Freiheit?

AUTOR

Greg Walters, geboren 1980, begann während seines Geschichts- und Politikstudiums mit dem Schreiben von Fantasygeschichten. Sein Debütroman »Die Geheimnisse der Âlaburg« begeisterte zahlreiche Leser und eroberte die Bestsellerlisten. Gemeinsam mit seiner Frau, seiner kleinen Tochter und seiner rotblonden Labrdorhündin Lenka lebt Greg Walters in Braunschweig, wo er derzeit an weiteren Jugendbuch-Fantasyserien arbeitet. Weiteres zum Autor: www.gregwalters.de

ROMANE

Die Farbseher Saga

Die Geheimnisse der Âlaburg	(Farbseher Saga 1)
Die Legenden der Âlaburg	(Farbseher Saga 2)
Die Chroniken der Âlaburg	(Farbseher Saga 3)
Die Sagen der Âlaburg	(Farbseher Saga 4)

Die Bestien-Chroniken

Bestias	(Die Bestien-Chroniken I)
Magus	(Die Bestien-Chroniken II)
Rebelles	(Die Bestien-Chroniken III)

Alle Titel ebenfalls als E-Book und Hörbuch erhältlich.

Magus

Die Bestien-Chroniken II

GREG WALTERS

B bene Bücher

Umschlaggestaltung, Illustration: Alerim
Druck: Print Group Sp. z.o.o.
1. Auflage 2019
info@benebuecher.de
www.benebucher.de
www.gregwalters.de
ISBN: 978-3-947515-51-6

bene
Bücher

Für meine Schwiegermama Andrea

Meine Experimente gehen mit großen Schritten voran. Ich hoffe, dass ich den Übergang bald bewerkstelligen kann.

Anonymus – archiviert unter: Die Aufzeichnungen des ersten Magus

I. Mamercus

Ja, ja, hört auf, mich zu nerven«, schimpfte Mamercus belustigt mit seinen drei Hunden. Malko, Unus und Duus saßen schwanzwedelnd auf den Hinterteilen und verfolgten mit ihren bulligen Köpfen jeden Schritt, den der ehemalige Gladiator machte. Der war gerade erst aufgestanden und bediente sich am Wein. Wie so oft in den letzten Wochen vermengte er das alkoholhaltige Getränk nicht mit Wasser, sondern trank den bernsteinfarbenen Falerner pur. Dass eine Amphore davon ein Vermögen kostete, war ihm egal. »Ihr werdet nicht verhungern, wenn ihr euch ein wenig mit dem Fressen geduldet«, brummte Mamercus in seinen Bart, wischte sich mit der Hand die Weinreste ab und rülpste ausgiebig.

Die Hunde sabberten nur noch mehr bei diesen Worten.

»Das wird ja der reinste See hier. Ihr verfressenen Ungetüme, was würde ich darum geben, dass Tarl sich noch um euch kümmert.« Als er den Namen seines Zöglings aussprach, den er verraten und in die Arena von Kol verkauft hatte, überkam Mamercus das Bedürfnis, noch einen Becher Wein zu trinken. Er ignorierte diesen Wunsch und füllte stattdessen drei große Tonschalen mit Essensresten.

Die Schwänze der großen Tiere wedelten noch ein wenig schneller.

Mamercus stellte die Schalen auf den Boden und stöhnte, als er sich wieder aufrichtete. In den Morgenstunden, direkt nach dem Aufstehen, wollte sein Rücken ihm neuerdings immer beweisen, wie alt er schon war. Eigentlich viel zu alt für einen ehemaligen Gladiator.

Die drei Hunde schauten ihn erwartungsvoll aus ihren

dunklen, runden Augen an und schleckten sich laut hörbar über ihre Lefzen.

»Na, dann los, ihr befellten Bestien!«

Das Schmatzen und Schlingen nach dieser Aufforderung waren ohrenbetäubend.

Mamercus schüttelte mit einem schiefen Grinsen den Kopf. »Ich wünschte wirklich, Tarl würde das wieder übernehmen.« Grübelnd führte der breitschultrige Mann weiter seine morgendlichen Routinearbeiten durch. Seine Gedanken waren bei dem Waisenjungen. Nachdem die Arena in Flammen aufgegangen war, war Mamercus trotz der Ausgangssperre dorthin gehetzt, um Tarl zu befreien. Vergebens. Er hatte den Jungen nicht mehr finden können. Keiner der überlebenden Gladiatoren wusste, was mit ihm passiert war. Er blieb, wie zwei weitere Kämpfer und der Arenennarr, einfach verschwunden. Es war natürlich nicht auszuschließen, dass er sich unter den verkohlten Opfern des Nachtvogels befand, aber so richtig glauben konnte Mamercus dies nicht. Immerhin hatten auch alle anderen Gladiatoren überlebt. Anders als die Zuschauer waren sie nicht direkt in der Nähe der feuerspeienden Bestie gewesen, sondern hatten sich in den Katakomben in Sicherheit gebracht. An manchen Tagen malte sich Mamercus aus, dass Tarl entkommen war und irgendwo in der riesigen Stadt inkognito ein zufriedenes Dasein fristete. Merkwürdigerweise hatte er dabei immer die Vorstellung, dass der Junge bei einer wohlhabenden, frivolen Witwe untergekommen war, die ihm alle seine Wünsche erfüllte. Aber wahrscheinlich war das eher ein Leben, das sich Mamercus für sich selbst wünschte.

Mit einem schweren Seufzer gab er der klemmenden Tür einen kräftigen Fußtritt, damit sie sich öffnete, und trat nach draußen auf den Innenhof. Der ausgebrannte

Schuppen, auf den er jetzt blickte, war das offensichtlichste Zeichen von Tarls Zeit hier bei ihm. *Selbst schuld*, tadelte Mamercus sich. Wenn er das Acidum nicht hierhergebracht hätte, um zu testen, ob Tarl ein guter Fühlender und deshalb ein aussichtsreicher Gladiator wäre, würde sein Vorratsgebäude noch stehen.

»Oh nein, bald brauche ich eine größere Schaufel«, schimpfte er über die riesenhaften Hinterlassenschaften der drei Hunde, die fliegenumtost den Hof zierten. »Wenn ich mir das hier so ansehe, verstehe ich gar nicht, warum ihr jeden Morgen so bettelt, da kommt ja mehr raus, als reingegangen ist«, rief er über die Schulter in das geschäftige Geschmatze. Stöhnend ging der ehemalige Gladiator in Richtung des ersten Kothaufens. Sobald er nach draußen getreten war, roch er Rauch, der sich mit der frischen Herbstluft zu einem merkwürdig widersprüchlichen Gemisch vermengte. Mamercus schaute unwillkürlich zu dem verfallenen Lagerhaus, obwohl es dort nichts mehr gab, was noch hätte verbrennen können. Er brauchte eine Weile, bis er verstand, dass der Brandgeruch nicht aus seiner direkten Nähe kam, sondern aus einem anderen Teil Kols. Am lilafarbenen Horizont dieses frühen Morgens schlängelte sich eine fette Rauchfahne dem Himmel entgegen. Die grauen Ausdünstungen sammelten sich in mäandernden Wolkenballen am höchsten Punkt der magischen Kuppel, die um diese Zeit noch nicht geöffnet war. Der Brandherd musste etwa im östlichen Teil der Stadt liegen. »Was bei den alten Göttern ist da los?« Mamercus hatte eine grobe Vorstellung von der Gegend, in der das Feuer wüten musste. Sie war noch schäbiger als seine eigene. Dort nahmen viele es nicht so genau mit den Vor-schriften zum Schutz gegen die Flammen der Nachtvögel. Sie konnten es sich schlicht nicht leisten, ihre Behausungen nur aus nicht brennbaren Materialien zu errichten, sondern benutzten einfach das, was sie hatten.

Die Hunde kamen herausgetrottet. Zufrieden streckten sie sich, um dann die Nähe ihres Herrn zu suchen.

»Seht ihr, was mit verfressenen Kötern wie euch passiert?«, sagte der zu ihnen und zeigte auf die Rauchsäule. »Die holt in der Dunkelheit der Nachtvogel. Obwohl diesmal eine ganze Horde von ihnen zugeschlagen haben muss, so groß wie der Brand zu sein scheint.« Er kniff angestrengt die Augen zusammen, um mehr zu erkennen. Schließlich gab er dieses Unterfangen kopfschüttelnd auf. »Dann sollte ich wohl mal zu den Brunnen gehen, um meinen Wasservorrat aufzufüllen. Man weiß ja nie«, beredete er seine neuen Tagespläne mit den Hunden, die sich inzwischen träge auf die Seite gelegt hatten oder ausgiebig an sich herumschleckten. Ihnen schien das Feuer egal zu sein. »Ihr passt mir aufs Haus auf, während ich weg bin!«, befahl er den dösenden Tieren.

Ein aufgeregtes Gemurmel empfing den alten Arenenkämpfer, als er die Brunnen für sein Viertel erreichte. Einige Hundert Leute hatten sich vor den vier schlichten Wasserspeiern versammelt, aus denen Tag und Nacht das kühle Nass herausschoss – dank der Aquädukte aus dem weitläufigen Land. Die allermeisten hatten Eimer oder andere Gefäße mitgebracht. Viele trugen als Zeichen der Trauer ein rotes Stoffband um den Oberarm. Der verstorbene Kaiser war stets beliebt gewesen beim niederen Volk, hatte er doch die Spiele auf ein ganz neues Niveau gehoben. Die Einführung der Lacernae als dritte Bestienspezies zählte zu einer der größten Errungenschaften seiner Herrschaft.

Mamercus stöhnte genervt. Die Schlange schien sich

nicht voranzubewegen. Er war offensichtlich nicht der Einzige, der sich Sorgen machte, dass die Flammen sein Hab und Gut verschlingen könnten. *Da brauche ich ja den ganzen Vormittag, bis ich drankomme.* Wütend spuckte Mamercus auf das Kopfsteinpflaster.

Weiter vorn in der langen Schlange begannen zwei Frauen sich anzuschreien und darüber zu streiten, wer von ihnen zuerst an der Reihe war. Kurz bevor der Streit eskalieren konnte, gingen zwei schwer bewaffnete Legionäre dazwischen.

»Wachen an den Brunnen?«, entfuhr es Mamercus überrascht und an niemanden Bestimmtes gerichtet.

»Ja«, antwortete ihm ein hagerer, grauhaariger Mann mit großer Adlernase, der zufällig neben ihm stand. »Es geht das Gerücht um, dass nach dem Tod unseres hochverehrten Kaisers in den östlichen Vierteln Unruhen ausgebrochen sind. Daher gelten jetzt überall verstärkte Sicherheitsvorkehrungen, damit die Wahlen sicher ablaufen können.«

Als hätte das gemeine Volk jemals eine Wahl. Die Senatoren der sieben Familien von den Hügeln machten doch alles immer nur unter sich aus. So etwas laut zu sagen, war allerdings lebensgefährlich, und Mamercus kannte den Mann überhaupt nicht, daher antwortete er: »Wenn man sich die beiden Furien betrachtet, dann war die Maßnahme wohl richtig.« Er grinste den Unbekannten schief an, aber der war schon wieder in der Menge verschwunden. Vermutlich hatte er sich in der Aufregung vorgedrängelt.

Die beiden jungen Soldaten taten sich erstaunlich schwer damit, die beiden Frauen zu trennen. Erst zwei eilig herbeigerufene Kameraden schafften es, die Kämpfenden voneinander zu trennen. Eine von ihnen hatte ein dickes braunes Haarbüschel in der Hand, das sie ihrer weinenden Kontrahentin offenbar ausgerissen hatte. Obwohl zwei breitschultrige Männer sie festhielten, strampelte sie wie verrückt und zeterte laut: »Das Ende von Kol ist gekommen. Das Böse ist in der Stadt und wird uns alle hinwegfegen.«

Mamercus, der sonst nicht besonders ängstlich war, bekam eine Gänsehaut. Als er sich umschaute, blickte er in Dutzende bleiche Gesichter.

Die Frau lachte hysterisch und Speichel schoss ihr aus dem weit aufgerissenen Mund.

»Halt endlich dein Maul!«, brüllte sie einer der Legionäre an.

»Du wirst einer der Ersten sein, Lucius.«

Der Wächter wurde rot wie ein Granatapfel, als die wahnsinnige Alte seinen Namen nannte.

»Schluss mit dem Unsinn«, ertönte plötzlich die befehlsgewohnte Stimme eines Optios. Mit seinem Schwertgriff schlug er der Unruhestifterin gezielt auf den Hinterkopf. Die Frau sackte augenblicklich zusammen.

»Schafft die alte Eule in die Arrestzelle, damit sie ihren Rausch ausschlafen kann. Und ihr, Leute«, wandte er sich jetzt an die Menge, »stellt euch in einer vernünftigen Reihe an. Wer versucht sich vorzudrängeln, bekommt heute gar kein Wasser mehr. Haben wir uns verstanden?«

Alle waren schlau genug, auf diese rhetorische Frage mit dem Bilden von vier geraden Schlangen – eine vor jedem Wasserspeier – zu reagieren, und niemand versuchte mehr zu drängeln. Adlernase allerdings hatte offenbar beschlossen, dass die Anweisung des Unteroffiziers erst ab dem Moment galt, in dem er sie ausgesprochen hatte. Zumindest tauchte er nicht mehr neben Mamercus auf. Anschließend kam langsam wieder Leben in die still gewordene Menschenmenge, und viele begannen ein belangloses Gespräch.

Mamercus wartete eine geraume Weile, bis er seine beiden Ledereimer mit Wasser füllen konnte. Die ganze Zeit hatte er ein wohlbekanntes, schmerzhaftes Ziehen in der Magengegend. Ein untrügliches Zeichen dafür, dass etwas Schlechtes auf ihn zukam. Auf seine empfindlichen Innereien hatte er sich schon in der Arena verlassen können, aber so schlimm wie heute hatte es sich noch nie angefühlt.

Unter der Erde oder weit oben in der Luft scheint die Verbindung am stärksten zu sein. Ich bin fast am Ziel.

Anonymus – archiviert unter: Die Aufzeichnungen des ersten Magus

II. Luca

»Und, Marwon?« Die Stimme von Gaius Acilius war schneidend. »Ist dieser Hundeknochen das, was mein Sohn behauptet?« Der mächtige Senator und womöglich nächste Kaiser schaute mit zusammengekniffenen Augen und skeptisch kraus gezogener Stirn seinen in eine rote Robe gewandeten Bruder an.

Der Magier der Familie hatte die Augen geschlossen. Seine Hände bewegten sich in kreisend über dem Artefakt, das Tarl Luca ausgehändigt hatte. Zur Sicherheit war es in eine verschlossene Eisentruhe gelegt worden, um seine Kraft ein wenig abzuschirmen. Die Kiste war mit zahlreichen dickbäuchigen Engelsfiguren und rosa Perlen verziert und sah eher aus wie ein Schmuckkästchen. In der Kürze der Zeit hatte man nichts Adäquateres auftreiben können. Normalerweise ein Fauxpas, den man sich gegenüber dem Senator nicht erlauben durfte, denn Gaius Acilius erwartete nichts weniger als Perfektion. Von sich, seiner Familie und seinen Untergebenen. Jeder, der sich nicht an diese ungeschriebene Regel hielt, musste einen schmerzhaften Preis dafür bezahlen.

Auch Luca hatte das erfahren müssen. Nachdem ihn Ceres in der Magiakademie attackiert hatte, war sein Vater am späten Abend desselben Tages zu ihm in das Krankenzimmer gekommen. Doch nicht, um nach seinem leidenden Sohn zu schauen, sondern um ihm zu erläutern, was er unternommen hatte, um die Familienehre wiederherzustellen. Natürlich hatte er auch erwähnen müssen, dass ihm völlig unklar war, wie sein Sohn und Erbe sich von einem derart einfachen Mädchen hatte besiegen lassen können.

Die Schwachen verdienten das Mitgefühl des großen Senators nicht. In den nächsten Wochen war sein Vater nie mehr bei Luca gewesen oder hatte sich nach seiner Genesung erkundigt.

Luca selbst hatte ihn schließlich aufgesucht, als er dazu wieder einigermaßen in der Lage gewesen war. Damit ihm das volle Ausmaß seiner Verfehlung deutlich wurde, musste er den ganzen Vormittag im Vorraum vor dem Arbeitszimmer seines Vaters warten, bis er zu ihm vorgelassen wurde. Dass Luca den Sklaven, der diese Anweisung ausführte und die Tür bewachte, anschließend von Enzyklos im Innenhof fast zu Tode peitschen ließ, hatte die ganze Sache nicht weniger demütigend gemacht. Luca ballte noch jetzt die Hände vor Zorn, wenn er daran dachte. Das anschließende Gespräch aber war der Höhepunkt der Demütigung gewesen. Blind war er in das große Arbeitszimmer seines Vaters gestolpert. Der war nicht mal auf die Idee gekommen, ihn zu führen oder wenigstens mit Worten zu unterstützen. Still abwartend hatte er hinter seinem Schreibtisch gesessen, bis Luca schließlich dagegengelaufen war.

»Ich fände es besser, wenn du dein Gesicht mit einer Maske bedecken würdest. Dein Anblick ist nur schwer zu ertragen«, war das Erste gewesen, was er von seinem Vater hörte.

Luca hätte geweint, wenn seine Augen dazu noch in der Lage gewesen wären. So antwortete er nur: »Ja, Vater. Ich werde einen Handwerker beauftragen lassen.«

Es folgte ein ungeduldiges Fingerklopfen. »Dir ist klar, dass du so nicht wieder zurück in die Akademie kannst?«, sprach Gaius Acilius das Offensichtliche klar und endgültig aus. »Wobei, das ist im eigentlichen Sinne kein großer Verlust, deine Fähigkeiten waren ja doch eher beschränkt. Ohne die Artefakte, die du mir gestohlen hast, hättest du wahrscheinlich gar keine Prüfung bestanden.« Luca zuckte zusammen. Wenn er nicht blind gewesen wäre, dann hätte er das wölfisch-zufriedene Lächeln seines Vaters ob dieser ängstlichen Reaktion gesehen. »Am besten bleibst du hier auf dem Hügel und versuchst niemandem im Weg zu sein.« Wieder das rhythmische, genervte Fingerklopfen.

Luca wusste, dass seine Zeit ablief. Daher sprach er direkt aus, was er auf dem Herzen hatte. »Bitte Marwon, meine Verletzungen zu heilen!« Das folgende Knarzen verriet Luca, dass sich sein Vater in seinem geliebten halbrunden Arbeitsstuhl mit den roten Lederpolstern zurücklehnte. Die nächsten Momente herrschte absolute Ruhe. Luca hielt den Atem an.

»Nein«, kam die niederschmetternde Antwort seines Vaters. »Mein Bruder ist ein miserabler Magus, wie du sehr wohl weißt. Er braucht jedes bisschen Magie aus den Artefakten der Altvorderen unserer Familie, um die Kuppel Nacht für Nacht aufrechtzuerhalten. Muss ich dich daran erinnern, dass wir unsere exponierte Stellung innerhalb dieser Stadt nur innehaben, weil wir als eine von sieben Familien dazu in der Lage sind? Wir können es uns nicht leisten, wegen einer Lappalie magische Energie zu verschwenden, von der wir sowieso schon zu wenig haben. Wärst du selbst ein besserer Magus und nicht eine solche Enttäuschung, könntest du dich allein heilen. Besser noch, du wärst nie von so einem Unterstadt-Mädchen besiegt worden.«

Sein Vater klingelte. Zwei wuchtige Leibwächter huschten lautlos aus den Schatten des Büros hervor und beförderten Luca hinaus. An diesem Tag hatte der Junge den Entschluss gefasst, seiner Familie ein so mächtiges magisches Artefakt zu beschaffen, dass sie sich für lange Zeit keine Sorge mehr um ihre Energievorräte machen musste und ihn gleichzeitig heilen konnte. Tief in seinem Herzen war Luca klar, dass er hauptsächlich die verlorene Anerkennung seines Vaters wiedergewinnen wollte. Nun war es endlich so weit.

Marwons Hände glühten kurz auf.

Luca hörte das magische Knistern und war froh, dass sein Onkel dieses Theater für seinen Bruder aufführte. Er hatte auf Lucas Wunsch sogar extra die von ihm verhasste rote Robe angezogen, um dem Ganzen noch mehr Dramatik zu verleihen. Sie hatten schon direkt nach der Ankunft von Tarl und seinen stinkenden Begleitern überprüft, ob der menschliche Knochen das war, was die drei Geflohenen behauptet hatten. Selbst Luca konnte die flimmernd-vibrierende Energie des Gegenstands fühlen. Er war randvoll mit purer, unverbrauchter Magie. Die Alten hatten gewusst, was sie getan hatten. Sein Plan war aufgegangen. Fast. Ceres lebte immer noch. Nur sein unbändiger Hass auf sie hatte Luca die letzten Wochen durchhalten lassen. Die Zeit seiner Rache war nun fast gekommen. Wenn sein Vater, dank dieses Geschenks von seinem Sohn, zum Kaiser werden würde, wären Gesetze nur noch Schall und Rauch für Luca. Vielleicht würde er Ceres eigenhändig töten, so wie er es in seinen Träumen schon unzählige Male getan hatte.

»Ja, Bruder, dieser Knochen ist vermutlich das mächtigste Artefakt, das jemals im Besitz unserer Familie war. Vielleicht sogar das kraftvollste, das die Stadt in ihrer jüngeren Geschichte aufzuweisen hat.«

Die verstörend stahlblauen Augen des Senators leuchteten auf. »Bist du dir ganz sicher? Deine Kräfte waren ja nie die allergrößten und …«

»Ich war mir noch nie bei einer Sache so sicher, Gaius.«

Die vertraute Anrede, die die Brüder seit dem Ende

ihrer Kindheit kaum mehr füreinander benutzt hatten, überzeugte den gestrengen Pater familias. Leichtfüßiger, als man es ihm in seinem Alter zugetraut hätte, sprang er aus dem rot gepolsterten Stuhl und ging zu der kleinen Eisentruhe. »Kann ich es anfassen oder ist das gefährlich?«

Luca lächelte, so gut es sein versehrtes Gesicht vermochte. Er hatte seinen Vater dort, wo er ihn haben wollte. »Es ist vollkommen ungefährlich und nur Magi spüren seine Wirkung.«

Den dunklen Schatten, der nur für einen winzigen Moment über das Gesicht des Familienoberhaupts zuckte, konnte Luca nicht sehen.

Marwon registrierte ihn sehr wohl. Er wusste, dass sein Bruder, der Erstgeborene der altehrwürdigen Familie Acilius, darunter litt, dass sich bei ihm keinerlei magische Fähigkeiten gezeigt hatten. Ihr Vater war untröstlich gewesen. Dennoch war Gaius Pater familias geworden.

Marwon hatte niemals Interesse daran gehabt, die Angelegenheiten der Familie zu führen. Für Machtspiele und politische Ränke war er nicht gemacht. Einen Schöngeist hatte ihn Vater immer genannt. Bei ihm klang es verächtlich, bei seiner Mutter wunderschön. Trotzdem litt sein Bruder darunter, dass er die Tradition nicht fortführen konnte, dass das Oberhaupt einer der sieben Familien gleichzeitig ihr Magus war und Nacht für Nacht an der Kuppel den Zauber mit heraufbeschwor. Diesen Makel konnte selbst er nicht tilgen. Umso größer war seine Freude gewesen, als sein eigener Sohn magische Fähigkeiten offenbarte. Der nächste Pater familias würde wieder ein Magus sein. Das Scheitern des Knaben nahm er als sein persönliches Schicksal.

Abrupt ließ Lucas Vater von der Truhe ab. »Was soll ich mir einen stinkenden Knochen ansehen? Ich werde euch wohl oder übel vertrauen müssen«, sagte er mit kalter Stimme. »Danke, dass ihr mir das Artefakt gebracht habt. Vielleicht wird es mir helfen, den Senat von meiner Kandidatur zu überzeugen.«

»Vater«, rief Luca euphorisch aus, der die veränderte Stimmung nicht mitbekommen hatte, »dieses Artefakt wird dich ganz sicher zum Kaiser machen.«

»Wir werden sehen. War es das?«

Luca war wie vor den Kopf gestoßen. *Was habe ich falsch gemacht?*

Marwon räusperte sich umständlich.

»Das habe ich schon als Kind gehasst, wenn du das gemacht hast. Vater ist darauf nicht reingefallen und ich werde es auch nicht. Ich bin nicht Mutter, wie du vielleicht schon bemerkt hast. Sprecht aus, was ihr wollt, oder geht.«

Jetzt war Luca klar, dass sein Vater Bescheid wusste: Nicht nur Marwon allein wollte eine Bitte an ihn richten.

»Nun ja …«, Marwon räusperte sich gegen alle Vernunft erneut, »der Junge …«

»Vater, ich will mein Gesicht wiederhaben! Jetzt haben wir genug Energie dafür. Marwon könnte …«

»Oho, da überschätzt du deinen Onkel aber gewaltig. Die Formung des Fleischklumpens, den du Gesicht schimpfst, würde ich lieber einem mächtigeren Magus überlassen. Vielleicht der Oberen Mutter selbst, falls du am Ende nicht aussehen willst wie ein Felsengram. Sollte ich wirklich Kaiser werden, kann sie mir diesen Wunsch nicht abschlagen. Daher denke ich, dass wir damit warten, bis die Wahl vollzogen ist.«

Luca wusste nicht, ob er sich freuen oder enttäuscht sein sollte. Eigentlich hatte er gehofft, dass er schon heute geheilt würde, aber man musste sich bei seinem Vater auch mit einem kleinen Sieg zufriedengeben. Setzte man ihn unter Druck, bekam man erst recht nicht das, was man wollte. »Ich wünsche dir bei der Wahl alles Glück der Götter, Vater«, sagte er deswegen diplomatisch.

»Ja, ja, warten wir es ab. Geht jetzt! Und Marwon …«

Der Angesprochene drehte sich um.

»… ich weiß, dass ihr beiden etwas ausheckt. Glaub nicht, dass ich dein jämmerliches Versagen in der Arena vergessen hätte. Unsere Familie ist schuld daran, dass fast die Stadt abgefackelt wurde, und das werden auch die anderen Senatoren noch wissen. Sollte ich also herausfinden, dass du dieses Artefakt für etwas anderes verwendest als für die Aufgaben, die ich dir auftrage, wird es mit dir ein schlimmes Ende nehmen.«

Marwon nickte nur mit traurigem Gesichtsausdruck.

Geräuschlos schwangen die mit zahllosen konzentrischen Kreisen verzierten Türen auf, als Marwon Luca nach draußen führte. Dort warteten schon sechs Männer, die alle eine grüne Schärpe über ihren Togen trugen. Senatoren.

Marwon führte Luca an den Männern vorbei und nickte ihnen respektvoll zu.

»Ah, meine Brüder«, begrüßte der Hausherr sie fröhlich und in völlig verwandelter Stimmung. »Habe ich etwa ein Treffen der Septem vergessen?«

»Nein, alter Freund. Wir sind nur zusammengekommen, weil es Wichtiges zu besprechen und planen gibt. Du weißt ja …« Der Rest ging in einem dumpfen Gemurmel unter, nachdem die Türen geschlossen worden waren.

»Die Restlichen der Septem sind gekommen. Ein gutes Zeichen, Luca. Dann glaubt dein Vater an die Macht des Artefakts, sonst hätte er sie nicht hierherbestellt. Hinter diesen Türen wird gerade entschieden, ob er der nächste Kaiser wird.«

Luca und Marwon traten hinaus in den prächtigen Innenhof mit all seiner Pflanzenpracht, den Pfauen und verzierten Springbrunnen. Luca nickte, um das Blinzeln vor seinem Onkel zu verbergen. Er war das grelle Licht der Sonne nicht mehr gewohnt. Nur im selben Haus mit dem Artefakt zu sein, hatte seine kümmerlichen Zauberkräfte in den letzten Tagen so gesteigert, dass er damit begonnen hatte, sein Augenlicht selbst wiederherzustellen. Bisher sah er immer noch alles verschwommen, aber Luca war guter Dinge, auch dieses Problem noch mit der Kraft des Artefakts zu beseitigen. *Was könnte ich wohl bewerkstelligen, wenn ich solche Dinge nicht mehr heimlich tun oder auf den Befehl meines Vaters warten müsste?* Dieser Gedanke ließ Luca nicht mehr los.

Allein schaffe ich es nicht mehr. Ich brauche Hilfe. So kurz vor dem Ziel kann ich nicht scheitern, nur weil diese wertlose Hülle, die sich meinen Körper schimpft, die Belastungen nicht aushalten will.

Anonymus - archiviert unter: Die Aufzeichnungen des ersten Magus

III. Balger

Ächzend ließ Balger den großen Steinblock fallen. Es hatte keinen Sinn. Die Felsengrame hatten einfach alles zerstört. Die Villa des Latifundiums und vor allem die Bibliothek des alten Euthydemos, der für Balger mehr als nur ein Lehrer gewesen war. Der muskulöse Barbar ließ sich mit einem resignierten Seufzen auf ein besonders großes Schuttstück fallen. Vielleicht hatte es ja einmal zu einer der großartigen Säulen am Eingangsportal gehört? Was es auch gewesen war, die riesenhaften Bestien hatten es so demoliert, dass es nur noch ein weißes, staubiges Stück Geröll darstellte. Balger schüttelte traurig den Kopf. Es war ein Fehler gewesen, hierher zurückzukehren und nicht auf direktem Weg zu seiner Familie zu gehen. Er wusste, dass seine Mater ihn jetzt besonders brauchte, nachdem sein Pater von den Sklavenhändlern ermordet worden war. Wütender, alles verzehrender Zorn kochte in dem Barbaren hoch, als er an Spurius und seine Schandtaten dachte. Erneut schwor Balger sich, alles daranzusetzen, um den Veteranen und Menschenfänger zu töten. Doch ihm war klar, dass er im Moment so weit weg von seiner Rache war, wie man es sich nur vorstellen konnte. Traurig schaute er über die Trümmerwüste, die für drei Sommer fast so etwas wie sein Zuhause gewesen war. Der Angriff der Felsengrame hatte nur einen breit getretenen, in der Hitze flimmernden Schutthaufen hinterlassen, den man kaum noch als das ehemals größte landwirtschaftliche Gut der ewigen und verfluchten Stadt Kol identifizieren konnte.

Was habe ich nur geglaubt hier zu finden, obwohl ich wusste, dass Euthydemos tot ist? Vielleicht war es doch ein

Fehler, die anderen allein in die Stadt zurückkehren zu lassen, grübelte Balger niedergeschlagen. *Ich hätte ihnen helfen können.* Tarls merkwürdiger Vertrag und sein adliger Kontaktmann hatten sich hoffentlich als zuverlässig erwiesen und ihre Abmachung erfüllt. Gern stellte sich Balger vor, dass Ceres wieder zu ihrem Vater zurückgekehrt war und in diesem Moment ein ganz normales Leben führte. Eine Stimme in Balgers Herzen schalt ihn einen Narren. Er versuchte sie zu ignorieren. Schon in Almyra hatte diese Stimme der Vernunft ihm innerlich zugerufen, dass alles, was sie unternahmen, nicht gut ausgehen konnte, wenn seine drei Freunde in die verfluchte Stadt unter der Kuppel zurückkehren würden. Kol verdarb alles und jeden. Die Adligen waren die Quintessenz des Bösen, das die Metropole am Laufen hielt.

»Ich hoffe, es geht euch gut«, murmelte der Barbar und blickte in den blassblauen Himmel. Langsam erhob er sich wieder. Schweiß lief zwischen seinen beeindruckenden Brustmuskeln herunter. »Es tut mir leid, alter Mann, aber es war ein Fehler hierherzukommen. Requiescas in pace.« Mehr, als Euthydemos zu wünschen, dass er in Frieden ruhen möge, konnte er für seinen alten Lehrmeister nicht mehr tun. Es war Zeit, zu seiner Familie zurückzukehren.

Balger streckte sich, sodass er seine Knochen krachen hörte. Die Sonne würde noch eine Weile scheinen und ihm die Chance geben, weiträumig nach Bestien Ausschau zu halten. Leider verfügte er nicht über Tarls beeindruckende Fähigkeiten oder Ceres' magische Kraft. Der Gedanke an das Mädchen schmerzte ihn wie eine schwärende Wunde. Als sie sich an dem verhängnisvollen Brunnen verabschiedet hatten, hatte er ihr seine Liebe gestanden. Ceres hatte darauf nichts erwidert, aber ihre heftige Reaktion war ihm Beweis genug dafür gewesen, dass sie auch etwas für ihn empfand. Balger musste daran denken, dass er noch fast bis zum Sonnenuntergang in den feuchtkalten Schacht hinuntergeblickt und überlegt hatte, ob er Ceres folgen sollte. Noch niemals hatte er für ein Mädchen Derartiges empfunden. Ceres war so … Er unterdrückte die weiteren Gedanken an die junge Zauberin.

Trotzdem sah er immer noch Ceres' schelmisches Lachen vor sich und wie sie sich eine Strähne ihres kurzen, hellbraunen Haars aus der Stirn strich. Er konnte machen, was er wollte, das Mädchen hatte ihn verzaubert. Sie war auf der einen Seite herzensgut, freundlich und lustig, aber auf der anderen mutig, tapfer und unglaublich stark, sodass Balger selbst vor ihr erzittert wäre, wenn sie nicht befreundet gewesen wären. Selbst wenn er sich eine Frau hätte backen können, nahm Balger an, wäre er vermutlich nicht in der Lage gewesen, die Zutaten dafür so perfekt zusammenzurühren, wie Ceres im echten Leben war. *Vielleicht sollte ich mich wieder fangen lassen, um zurück nach Kol und in ihre Nähe zu kommen*, tauchte ein dummer Gedanke in seinem Kopf auf.

Er spuckte aus und ging hastig über das Geröllfeld Richtung Nordwesten, um diese Flausen aus dem Kopf zu bekommen und sich einem realistischeren Ziel zu widmen. Balger rückte seinen Gladius zurecht und sondierte ein letztes Mal die tellerflache Ebene vor sich und den von Wolken verdunkelten Himmel. Keine Bestien zu sehen. *Hoffen wir, dass es so bleibt.* Er hatte eine verfallene Hütte im Sinn, die er noch gern vor Einbruch der Nacht erreichen wollte und die ihm auf dem Weg zurück in sein altes Zuhause einen guten Schutz bieten würde. Nach einigen Metern versank sein linker Fuß im Schutt. Balger fuchtelte mit den Armen, um nicht lang hinzuschlagen. Böse in der alten Sprache fluchend, zog er sein Bein heraus und beförderte mit ihm eine schmutzige Papyrusrolle hervor. *Die Bibliothek des Euthydemos. Sie muss genau hier gewesen sein!* Balger hielt für einen Augenblick die Luft an. Sanft hob er das Schriftstück vom Boden auf und pustete den hellgrauen Steinstaub weg, der es bedeckte. Die Rolle war ziemlich schwer und fast so dick wie sein Unterarm. Langsam öffnete er sie und versuchte den Titel zu entziffern. Der Papyrus war brüchig und zerbröselte an den Rändern. Es schien fast so, als wollte die Rolle die in ihr enthaltenen Geheimnisse ein letztes Mal offenbaren und dann zerfallen. Balger kniff die Augen zusammen. Die Schrift war hauchdünn, verblasst und altertümlich geschwungen. *Gut, dass Euthydemos darauf bestanden hat, dass ich mehr als eine Schriftart erlerne. Wer hätte gedacht, dass die Rutenschläge auf meine Finger doch einmal zu was gut sein würden.* Trotzdem musste Balger die Lippen beim Lesen mitbewegen und brauchte drei Anläufe, um den verschnörkelten Titel zu entziffern. ›Primi de septem‹. Balger flüsterte den Titel und übersetzte ihn aus der alten Sprache. »Die Ersten der Sieben.« Er wusste nicht genau, warum, aber Balger fröstelte, als er diese vier Worte aussprach. Es fühlte sich an, als wäre in diesem Moment ein Knistern in der Luft, das die feinen Härchen auf seinen Armen aufrichtete.

Das aggressive, hohe Kreischen eines Nachtvogels unterbrach Balgers Lektüre. Dies war nicht der richtige Ort zum Lesen und Philosophieren über die Texte der Altvorderen. *Ich muss hier schleunigst verschwinden.* Vorsichtig verstaute Balger das alte Schriftstück unter seinen ausladenden Gewändern. Sie waren der sichtbarste Beweis ihres gemeinsamen Abenteuers. Tarl und Balger hatten den feinen Stoff in der ehemaligen Hafenstadt außerhalb von Kol besorgt, nachdem sie gemeinsam der mörderischen

Pflanze, die den Ort beherrschte, den Garaus gemacht hatte. Balger schaute sich vorsichtig den Himmel an. Noch war die fliegende Bestie nicht zu sehen. *Mater, ich komme.* Mit beeindruckender Geschwindigkeit rannte er Richtung Norden.

Balger erreichte die verfallene Hütte, als es bereits dämmerte. Mit einem Stöhnen ließ er seine durchgeschwitzten Gewänder von sich gleiten und genoss einen Moment die muffige Kühle des verfallenen Gebäudes. Es roch nach nassem Holz und dunkler Erde. Sein vor Schweiß glänzender Brustkorb hob sich schwer. Die hastige Flucht hatte ihn viel Kraft gekostet, doch mit den scheinbar unendlichen Reserven eines jugendlichen Körpers wandte er sich nach einigen kurzen Schlucken aus seinem inzwischen recht schlaffen Wasserschlauch der Papyrusrolle zu.

Balger setzte sich in eine dämmerige Ecke der Ruine, die noch vollständig vom Dach bedeckt war, und entrollte ehrfürchtig das vergilbte Schriftstück. Ein einzelnes Stück Papyrus fiel heraus. Vorsichtig hob Balger es auf. Kurz dachte er, dass er es jetzt mit einer Sprache zu tun hatte, die er nicht übersetzen konnte, dann hielt er die mit feinen Linien gezeichneten Kreise gegen das schwächer werdende Licht der Abendsonne und erkannte, dass es eine Art Bild oder geometrische Zeichnung war. Um einen sehr großen Kreis waren in exakt demselben Abstand zueinander sieben kleinere angeordnet. Diese sieben waren durch gerade, gleich lange Striche mit dem Zentrum des großen Kreises verbunden. Kurz grübelte er, was die Zeichnung zu bedeuten hatte, da er darauf aber wahrscheinlich nur eine Antwort finden würde, wenn er den Text las, steckte er die Radierung schließlich unter seine Kleidung und begann zu lesen:

Dies sind die Aufzeichnungen der ersten Sieben. Unsere Arbeit ist zu wichtig, als dass sie in Vergessenheit geraten darf, und zu gefährlich, als dass sie jemand außerhalb unseres Kreises oder unserer Nachfolger jemals lesen dürfte.

Bei diesen Worten bekam Balger eine Gänsehaut. Dieses Dokument schien mehr zu sein als nur die Mitschrift irgendeines Verwalters der Latifundien.

Wir haben es fast geschafft. Magia, so nennen wir es. Trotz einiger Verluste sind die meisten von uns inzwischen in der Lage, Dinge zu tun, die noch niemals ein Mensch zuvor bewerkstelligen konnte. Sollte unsere Kraft weiter so rapide ansteigen, werden wir als Götter über die Menschheit herrschen. Der erste Meister hatte recht. Wir müssen tief unter die Erde gehen oder dem Himmel nahe kommen. Die Türme scheinen aber der eigentliche Schlüssel zu sein. Sie bringen die weitaus besten Ergebnisse.

Balgers Herz klopfte, als ob jemand von innen gegen seine Brust treten würde. Er hatte das unbestimmte Gefühl, dass er genau wusste, von welcher Art Turm der Chronist hier sprach.

Wir haben viele Experimente durchgeführt. Die Opfer, die dafür unvermeidbar waren, sind Helden, deren Leben so einem höheren Dienst gewidmet wurden. Dankbarkeit sollte jeden erfüllen, der uns bei jener vornehmen Aufgabe unterstützen darf. Nur menschliches Blut öffnet die Tore. Noch wissen wir nicht, wen es hinter den Portalen danach dürstet, aber die Energie, die durch diese Öffnungen hereinfließt, macht uns immer mächtiger. Doch der Prozess ist nie von langer Dauer. Wir brauchen mehr Material, dazu werden wir ...

»Bei den Göttern, was haben diese verdammten Sieben nur getan«, flüsterte Balger. Inzwischen war es so dunkel, dass er kaum noch lesen konnte. Der folgende Text der Rolle war brüchig und verdreckt und bei diesen Lichtverhältnissen nicht mehr zu entziffern. Behutsam entrollte Balger die umfangreichen Aufzeichnungen weiter.

Der Bau der Türme ist fast vollendet. Sieben erschien uns allen als die richtige Zahl. Mit Kol genau in der Mitte bilden sie ein gigantisches Heptagon. Der erste Meister war davon überzeugt, dass wir damit ein riesiges Portal erschaffen können, das so viel Magia in unsere Welt hereinlässt, dass diese sich von Grund auf ändern und erneuern wird. Wir als die Ersten, die diese neue Macht gebraucht haben und gebrauchen werden, werden diese Welt beherrschen.

Ein tiefes Grollen, das Balger mit den Zähnen klappern ließ, unterbrach ihn beim Lesen. *Verflucht! Ein Felsengram.* Balger schaute, so vorsichtig es ging, aus einem der Fenster der verfallenen Hütte hinaus. Tatsächlich, in nicht allzu weiter Entfernung sah er das tödliche gelbe Glühen, das ihre Zyklopenaugen ausstrahlten. Es schien nur eine Bestie zu sein, aber die stapfte zielsicher mit ihren riesenhaften, dicken Beinen in seine Richtung.

»Bei den Altvorderen«, fluchte Balger. Hier konnte er auf gar keinen Fall bleiben. Seine einzige Chance bestand darin, höher in die Berge zu gehen, dort lebten normalerweise weniger von diesen alles zermalmenden Ungeheuern.

Ganz in seiner Nähe ging eine Steinlawine laut krachend ab. Balger drehte sich panisch in diese Richtung und erkannte, dass noch ein weiterer Felsengram auf ihn zuhielt. Dieser war schon deutlich näher als die andere Bestie. Jetzt war keine Zeit zu verlieren. Balger schlich sich aus der verfallenen Hütte. Panisch rannte er hinaus in die Dunkelheit und ließ das wertvolle Schriftstück auf dem Boden zurück, ohne seinem Geheimnis auf die Spur gekommen zu sein.

Sechs andere, die meine Idee teilen und mich nicht als einen verrückten Spinner abtun, so wie viele andere in der Stadt, haben sich mir angeschlossen. Wir nennen uns ›Septem – die Sieben‹. Dank unseres Zusammenhalts machen wir riesige Fortschritte.

Anonymus – archiviert unter: Die Aufzeichnungen des ersten Magus

IV. Ceres

Ceres erwachte mit klopfendem Herzen. Sie brauchte einen Moment, um sich zu orientieren. Als sie gähnte und immer noch den Schmerz des Knebels spürte, den die Legionäre ihr erst zur Nachtruhe abgenommen hatten, wusste sie es sofort: Sie war zurück an dem Ort, den sie am meisten hasste, der Arena. Dunkelheit hatte sich über die Gladiatorenschule gelegt und eine trügerische Ruhe. Nur ab und zu war ein tiefes Schnarchen oder Stöhnen zu vernehmen. Ceres schlang die Arme um ihren schlanken Körper. Sie fühlte sich so einsam wie schon lange nicht mehr. Das war gestern noch anders gewesen. Traurigkeit überkam sie, als sie an ihr gemeinsames Abenteuer mit Tarl, Balger und Magnus dachte. Sie alle waren endlich frei gewesen und dann so dumm, in diese verfluchte Stadt zurückzukehren. Balger hatte sie gewarnt, es nicht zu tun, doch jeder von ihnen glaubte, gewichtige Gründe zu haben, wieder hierherzukommen. Ceres war sich sicher, dass ihr Vater seine Tochter lieber in der Freiheit des weitläufigen Landes gewusst hätte als hier in den Katakomben im Amphitheater des Todes.

Ceres holte tief Luft und stieß sie geräuschvoll aus. Sie war so dumm gewesen. Und dann, als es schien, dass es nicht noch schlimmer kommen könnte, hatte sie die Wahrheit über Magnus erfahren. Der Narr sollte sie töten, im Auftrag des diabolischen Luca. Des Jungen, den sie zu einem blinden Krüppel gemacht hatte und der sich vor Hass gegen Ceres fast verzehrte. Noch schlimmer war, dass Luca der Sohn des allmächtigen Senators Gaius Acilius war, der vermutlich der nächste Kaiser werden würde.

Zumindest, wenn man etwas auf das Geschwätz der Wärter gab.

Ceres streckte sich und stöhnte. Ihr gingen so viele Dinge gleichzeitig durch den Kopf, dass es fast nicht zum Aushalten war. Gemeinsam hatten sie nur, dass sie alle bedrohlich waren: ihre erneute Gefangenschaft, der Racheschwur des Direktors der Gladiatorenschule, Lucas Hass, die drohende Bestrafung für das, was sie am Ende der letzten Saison in der Arena getan hatte, die Sorge um ihren Vater und natürlich ihre starken Gefühle für Tarl und Balger. Selbst Magnus konnte sie nicht ganz aus ihrem Herzen verbannen. Er hatte ihr immerhin zweimal das Leben gerettet und sich am Ende geweigert, seinen Mordauftrag auszuführen.

Es war schier zum Verrücktwerden. Ceres hatte gedacht, dass sie schon immer ein sorgenvolles Leben geführt hatte, aber das, was ihr jetzt passierte, übertraf wirklich alles. Kraftlos ließ sie sich auf ihre harte Pritsche zurücksinken. Immerhin beruhigten sie die unterarmdicken Eisenstäbe und die verschlossene Tür etwas, die sie zwar einsperrten, aber ihre Zelle auch gegen etwaige ungebetene Besucher abriegelten. Auch vor überraschenden Angriffen durch Bestien brauchte sie sich, anders als noch im weitläufigen Land, keine Sorgen mehr zu machen. Vielleicht fand sie doch noch etwas Schlaf. Niemand konnte hier eindringen. *Bei Tageslicht sieht alles meistens immer etwas positiver aus*, hoffte sie mit dem Mut der Verzweiflung.

Ein ihr wohlbekanntes metallisches Klappern sorgte dafür, dass Ceres' Herz plötzlich so stark zu schlagen begann, dass es wehtat. *Es kann doch jemand hier herein. Nämlich derjenige, der die Schlüssel für alle Türen in der Arena hat und darüber entscheidet, ob sie geöffnet werden oder geschlossen bleiben*, wurde ihr schlagartig bewusst.

Decimus.

Der versoffene, rachsüchtige Direktor der Gladiatorenschule hatte Ceres schon bei ihrem ersten Aufenthalt massiv bedrängt. Damals hatte Magnus sie aus den Fängen des ekligen Manns retten können, doch nun wusste sie, dass der Narr ein Verräter war und nichts mehr für ihren Schutz tun würde. Ceres setzte sich kerzengerade auf und drückte sich an die Wand, als ob sie sich dadurch unsichtbar machen könnte. Langsam schälte sich der birnenförmige Umriss des beleibten Direktors aus der Dunkelheit heraus. Er brachte eine stinkende Alkoholfahne mit sich. Sein dicker, an einem Eisenring befestigter Schlüsselbund klirrte leise bei jedem seiner stampfenden, leicht humpelnden Schritte. Als Decimus bemerkte, dass Ceres ihn schreckensstarr ansah, grinste er breit. Selbst im trüben Licht der Fackeln war zu erkennen, dass seine Zähne faulig waren.

»Sieh an, sieh an …« Er machte eine Kunstpause und musterte ihren Körper von oben bis unten. Gierig leckte er sich dabei über die schwulstigen Lippen. »Unser ausgeflogenes Täubchen ist zurückgekehrt.« Decimus trat dicht an die Gitterstäbe heran. »Hast du uns vermisst bei deinem kleinen Ausflug ins Barbarenland?«

»Ich muss morgen hart trainieren und würde gern schlafen. Könnt ihr da drüben bitte mal Ruhe geben!«, kam es genervt aus der Dunkelheit.

»Halt besser dein Maul, Candus, wenn du morgen früh nicht gleich mit den Lacernae üben willst«, zischte der Direktor über die Schulter.

Darauf kam keine Antwort mehr. Jeder wusste, dass Decimus hier in den Katakomben des Amphitheaters so etwas wie ein Gott war. Er manipulierte die Arenenkämpfe während der Saison und war damit Herr über Leben und

Tod eines jeden Gladiators. Niemand wollte ihn sich zum Feind machen. Mit Glück überstand ein Gladiator seine drei Spielzeiten, ohne ein einziges Mal in der Arena angetreten zu sein, und ging dann unversehrt in die Freiheit zurück. Denjenigen, die für einen Kampf ausgewählt wurden, war dieses Glück in den seltensten Fällen vergönnt. Die Spiele waren blutig und forderten viele Opfer, weshalb sie bei den Bürgern Kols so beliebt waren.

Decimus ging an Ceres' Zelle entlang und ließ einen Schlüssel über das Gitter klackern. Zielstrebig schritt er auf ihre verschlossene Tür zu. »Soll ich reinkommen, du elende Hexe?«, grunzte er böse.

»I-i-ich …« Mehr brachte Ceres nicht zustande.

»I-i-ich b-b-bin zu b-b-blöd, um richtig zu s-s-sprechen«, äffte der Direktor sie nach. »Denk nicht, dass ich vergessen habe, wie du mich gedemütigt und belogen hast.«

Ceres fühlte sich in diesem Moment hilfloser als an jenem Tag, an dem sie gegen die beiden Nachtvögel in der Arena hatte antreten müssen. Ihre Zelle war nur ein paar Schritte breit und lang. Hier brauchte sie nicht einmal zu versuchen wegzulaufen. Körperlich war ihr der massige Mann sowieso haushoch überlegen.

»Aber …«, der Direktor betrachtete versonnen seine dreckigen Fingernägel, »… ich will nicht nachtragend sein. Vielleicht können wir ein Arrangement finden, das mich wieder besänftigt und dafür sorgt, dass dir nicht das Gleiche passieren wird wie deinem Freund Magnus.«

Ceres stutzte, als sie den Namen des Narren hörte und dazu noch in diesem bedrohlichen Zusammenhang, aber sie hatte in diesem Moment der Panik keine Zeit, darüber nachzudenken. »A-a-an w-w-was d-d-dachtet I-i-ihr d-d-da?«, presste sie unter Aufbringung aller Kräfte heraus.

Decimus ließ ein schmieriges Grinsen erkennen. Wieder

leckte er sich über die Lippen. »Nun, ich hatte mir vorgestellt, dass wir eine für alle befriedigende Lösung unseres kleinen Streits finden. Es könnte dir hier gut ergehen, viel besser als beim letzten Mal, dafür kann ich sorgen. Und du sorgst dafür, dass es mir besser geht. Dafür musst du jetzt nur in mein Büro mitkommen und ein bisschen nett sein.« Genüsslich griff er sich in den Schritt.

Ceres schüttelte sich bei dem Gedanken. Ihr Gesicht verzog sich so angewidert, dass der Direktor sofort verstand, was sie von seinem Vorschlag hielt.

»Ich bin dir wohl nicht fesch genug, was? Der schöne Balger wäre dir sicher lieber, aber glaub mir, es wird nicht mehr lange dauern und du wirst bereuen, dass du meinen Vorschlag nicht angenommen hast. Du bist hier die einzige Frau unter zwei Dutzend Männern und ich werde jeden einzelnen von ihnen wissen lassen, dass du sowieso todgeweiht bist und keinen Besitzer mehr hast, dem du irgendetwas bedeutest. Sie werden dich herumreichen wie eine alte Pferdedecke.«

Ceres liefen die Tränen das Gesicht herunter.

»Und am Ende wirst du von den Bestien in der Arena geschlachtet, das ist deine Zukunft, Mädchen. Viel Spaß damit!« Höhnisch lachend drehte er sich um und verschwand wieder in der Dunkelheit der Katakomben.

Ceres begann zu schluchzen. Immer panischer versuchte sie Luft zu holen. Die Tränen benetzten ihr gesamtes Gesicht. Es war so, als wäre sie gerade aus einem Albtraum aufgewacht. Vielmehr aus einem Albtraum im Albtraum. Hatte sie vor wenigen Momenten noch gedacht, dass ihre Situation nicht schlimmer werden konnte, war sie jetzt abgrundtief schwarz.

»Ruhig, Mädchen«, säuselte plötzlich eine tiefe, beruhigende Stimme an ihr Ohr.

Im ersten Moment glaubte Ceres, sie sich eingebildet zu haben. Zwischen all ihren Schluchzern war es schwer, etwas anderes zu hören.

»Wir alle hassen Decimus. Wenn er uns Männern hier unten Derartiges aufträgt, werden alle das Gegenteil davon tun. Glaub mir!«

Jetzt erkannte Ceres, wem die Stimme gehörte. Es war der blinde Manak. Der alte Mann war immer gut zu ihr gewesen.

»Schlaf jetzt! Wir Gladiatoren brauchen all unsere Kräfte und du ganz besonders. Aber vielleicht schaffst du es ja auch diesmal, die Arena zu überstehen. Denk einfach immer daran: Erst die achte Prüfung macht uns den Bestien ebenbürtig!«

Ceres fühlte sich, als hätte ihr gerade jemand einen Eimer Wasser über den Kopf gekippt. Woher wusste Manak von dieser Prüfung? Sie selbst verstand überhaupt nicht, was dieser Spruch zu bedeuten hatte, aber als sie ihn das einzige Mal im Leben laut gesagt hatte, hatte er ihr das Leben gerettet. Damals im Büro der Oberen Mutter. Sie war mit einem katzenhaften Satz an den Gitterstäben und drückte ihr Gesicht so weit wie möglich nach draußen, um näher bei ihrem Gesprächspartner zu sein. »M-m-manak, was meinst d-d-du damit? Was bedeuten d-d-diese Worte?«, versuchte sie zu flüstern, aber die Worte sprudelten viel zu laut aus ihr heraus.

Ein brummiges Kichern antwortete ihr: »Dass du die Augen zumachen und dich auf deine Pritsche legen sollst. Das Gleiche mache ich jetzt nämlich auch wieder. Ich bin ein alter Mann.«

»M-m-manak, bitte! Was ist die achte Prüfung?«

»Jetzt reicht es mir aber, und wenn der Kaiser persönlich etwas zu bereden hat: Haltet endlich eure Schnäbel!«, kam es wütend aus einer anderen Zelle.

»M-m-manak«, versuchte es Ceres noch ein letztes Mal, doch nur die Dunkelheit antwortete ihr. Kraftlos ließ sich Ceres auf ihre Schlafstatt sinken. Ihr Kopf dröhnte vor Schmerzen.

Trotz dieser aufwühlenden Erlebnisse schlief Ceres schließlich doch ein und begann zu träumen. Sie befand sich allein auf einer weiten Ebene, die fast vollständig mit hohem, gelbgrünem Gras bedeckt war. Weit und breit war keine Erhebung zu sehen, sondern nur das unendlich wirkende, sanft im Wind wogende Grasmeer. Ceres drehte sich einmal um die eigene Achse, um sich zu orientieren, doch nichts kam ihr bekannt vor. Alles war in einen irisierenden Blauton getaucht. Es schien eine Gegend abseits jeder Zivilisation und sehr weit weg von Kol zu sein. Über ihr war der Himmel merkwürdig rot und flimmerte wie sacht dahinfließendes Wasser. Als Ceres den Kopf wieder senkte, war urplötzlich eine Lacerna neben ihr aufgetaucht. Im wirklichen Leben hätte sie Todesangst gehabt, aber hier in ihrem Traum ging sie zu der Bestie und streichelte ihren rauen, schuppigen Echsenhals. Das Ungeheuer schien die Liebkosung zu genießen. Als Ceres damit aufhörte und sich wieder drehte, sah sie, dass sie inzwischen von einer ganzen Reihe Lacernae umringt war. Keine attackierte sie, sondern alle betrachteten sie nur aufmerksam aus ihren gelben Reptilienaugen. Ceres streichelte weitere von ihnen, die die Zauberin geradezu dazu einluden, sie zu verwöhnen. Es wurden mehr und mehr der tödlichen Kreaturen. Nach einer Weile waren es so viele geworden, dass es so aussah, als wäre das Grasmeer verschwunden. Dem war aber nicht so, es blieb nur verborgen unter Tausenden und Abertausenden wogenden, grünen Lacernaleibern.

Ceres erwachte mit einem Ruck und setzte sich abrupt auf. Sie fühlte sich so ausgeruht, als hätte sie drei Tage lang durchgeschlafen. Auch in den Zellen um sie herum erwachte so langsam das Leben. Weiter hinten in der Zellenreihe begannen die Wärter die ersten Räume aufzusperren. Sie sah den blinden Manak, der den Kopf in ihre Richtung gedreht hatte, und nickte ihm unnötigerweise zu. Überraschend quittierte der diese Geste mit einem milden Lächeln. Ceres hätte es in diesem Moment am liebsten laut zu ihm herübergerufen, aber dafür waren hier einfach zu viele Ohren um sie herum, deshalb dachte sie es nur: *Ich glaube, ich habe verstanden, was die achte Prüfung ist.*

Wir beginnen mit der Errichtung des ersten Turms, weit draußen vor der Stadt. Verborgen vor neugierigen Blicken und den Gesetzen der Einfältigen und Ungläubigen.

Anonymus – archiviert unter: Die Aufzeichnungen des ersten Magus

V. Magnus

»Aber Validus, mein Bester …«, brachte Magnus gerade noch hervor, bevor die Faust des muskulösen Wärters mit einem klatschenden Geräusch in sein Gesicht krachte.

»Halt dein Maul, du kleinwüchsige Missgeburt«, zischte ihn Mokon an. Der glatzköpfige Söldner war wegen seiner zahlreichen Gemeinheiten schon immer verhasst bei den Gladiatoren gewesen. Gern ließ er sie mitten in der Nacht antreten und durchzählen oder er durchsuchte willkürlich Zellen nach angeblich verbotenen Gegenständen. Was leider immer zur Folge hatte, dass sowohl etwaige verbotene als auch erlaubte Dinge zerstört wurden. Für viele der Arenenkämpfer ein mehr als herber Verlust, weil sie kaum über Privates aus ihrem früheren Leben verfügten. Für Mokon waren Gladiatoren keine richtigen Menschen, sondern nur Schlachtvieh, und so behandelte er sie auch. An Magnus hatte er sich nie ausgelassen, dazu war seine Stellung als populärer Narr, der die Massen unterhielt, zu wichtig für die Spiele. Mokons überaus strenger Mundgeruch hatte Magnus aber dazu gebracht, mehr als einmal Schabernack auf dessen Kosten zu treiben. Das hier war wohl gerade die Retourkutsche dafür. Wie eiserne Handschellen hielten die Hände des Wärters Magnus' Arme fest, damit er sich nicht gegen die auf ihn einkrachenden Schläge wehren konnte.

Magnus hatte mit so etwas gerechnet, seitdem er als Verräter wieder zurück in die Arena gebracht worden war, doch nicht so schnell. Mit Validus hatte er sich in all den Jahren eigentlich gut verstanden. Doch jetzt schlug der Wächter mit voller Wucht wieder und wieder zu. Die

Schmerzen waren unbeschreiblich. Magnus' Gesicht fühlte sich inzwischen nicht mehr wie ein solches an. Am Anfang hatte er noch kurz überlegt, was er plötzlich Hartes im Mund hatte, bis ihm bewusst wurde, dass es abgebrochene Zähne waren. Und wieder raste die Faust auf ihn zu. Magnus wurde schwarz vor Augen und er ging in die Knie.

»Hoch mit dir«, schrie Mokon und zog Magnus grob an den Armen nach oben. »Wir wollen uns doch nicht bücken müssen, um auf dich einzuschlagen«, machte er einen wenig originellen Scherz über Magnus' geringe Körpergröße.

»Ich glaube, er hat fürs Erste genug«, sagte Validus. »Wir sollen ihn nicht töten, das werden die Bestien in einigen Wochen erledigen.«

»Wir sorgen nur für weiches Fleisch«, erwiderte Mokon, ließ Magnus los, der wie ein nasser Sack in sich zusammensank, und trat ihm kräftig in die Seite. »Bis zum nächsten Mal, du großer Narr.«

Lachend zogen die beiden Wächter von dannen.

Magnus' Blick war blutverschleiert. Immer wieder wurde er ohnmächtig.

»He, Kleiner …«, waberte plötzlich eine ihm bekannt vorkommende Stimme an sein Ohr. »Leute, kommt doch mal her, schaut euch an, was sie mit Magnus gemacht haben.«

Magnus hatte nicht mehr die Kraft, sich zu bewegen, geschweige denn, den Kopf zu heben. Zusammengekrümmt lag er einfach nur da und wartete darauf, dass die Schmerzen nachließen.

»Wer war das?«

»Ich glaube, einige der Wärter, aber ich weiß nicht genau.«

»Seit wann ist er wieder hier?«

»Ist das wichtig?«

»Los, er muss behandelt werden. Bringt ihn zu Okrates«, wisperten unterschiedlichste Stimmen an Magnus' Ohr, bevor er sich der Schwärze der Ohnmacht endgültig ergab.

»Magnus. Magnus, kannst du mich hören? Ich bin es, Okrates. Du bist im Hospitium.« So nannten die Gladiatoren Okrates' Zelle, die der wie eine kleine Krankenstation eingerichtet hatte. Okrates war kein richtiger Arzt, hatte aber wohl lange für einen gearbeitet und behauptete, dass dieser oft zu betrunken gewesen war, um die Behandlungen durchzuführen, und dass es dann an ihm gewesen war, dies zu tun. Nur die regelmäßigen und sehr intensiven Untersuchungen der Frau seines Besitzers hätte er besser unterlassen sollen, sonst hätte der seinen gebildeten Sklaven wohl nicht so schnell wie möglich in die Arena abgeschoben. Okrates war geschickt, vollbrachte mit den einfachen Mitteln, die ihm zur Verfügung standen, wahre Wunder und hatte mehr als einem Gladiator das Leben gerettet. Ähnlich wie Magnus zog auch er mittlerweile ein dauerhaftes Leben in der Gladiatorenschule dem draußen in Freiheit vor. Das hing sicher auch mit den Racheschwüren des gehörnten Arztes zusammen, auch wenn Okrates das so nicht zugegeben hätte. Decimus duldete seine Anwesenheit, weil die Gladiatoren vor den Kämpfen gesund sein mussten, um gute Unterhaltung abzuliefern. Das Geld, das die Besitzer für Untersuchungen bei richtigen Ärzten an ihn bezahlten, konnte er so versaufen.

Nur langsam kehrte Magnus aus der Zwischenwelt von Ohnmacht und kurzem Wachsein zurück in einen klaren Zustand. Sein Gesicht fühlte sich an wie ein Kotelett, das einer Lacerna zwischen die Zähne gekommen war. »Bahja«, entquoll es Magnus' aufgeschwollenen Lippen undeutlich.

»Gut, das ist gut, dann hat dein dicker Schädel wohl

doch das Schlimmste abgehalten.«

Magnus versuchte die Augen zu öffnen, doch das wurde mit ungeheuren Schmerzen bestraft.

»Lass sie zu! Deine Augen sind sowieso zugeschwollen, selbst wenn du deine Lider öffnest, würdest du nicht viel sehen. Was du jetzt am dringendsten brauchst, ist Ruhe.«

Magnus stöhnte schmerzgepeinigt auf und versuchte sich in eine weniger quälende Position zu drehen, was sich als unmöglich erwies. Die beiden Soldaten verstanden ihr Handwerk.

»Das hat Decimus veranlasst, die beiden Hohlköpfe handeln doch nur auf seinen Befehl.« Magnus erkannte überraschenderweise die Stimme von Nakan links neben sich. Eigentlich hätte der riesige Barbar jetzt wieder zurück bei seiner Familie im weitläufigen Land sein müssen, da er drei Spielzeiten in der Arena absolviert und überlebt hatte. Magnus konnte sich beim besten Willen nicht vorstellen, dass der Hüne freiwillig verlängert hatte.

»Wapff mapfst du ffier, Nagan?«, quälte er aus sich heraus.

»Magnus, hör auf zu sprechen! Dein Mund ist ...«, Okrates räusperte sich kurz, »... sprich einfach nicht. In Ordnung?!«

Erstaunlich sanft streichelte Nakan mit seiner riesigen rauen Pranke über Magnus' Hand. »Der Medicus hat recht. Erhol dich! Wir passen auf dich auf.«

Magnus hatte wirklich nicht die Kraft, erneut zu sprechen, daher drückte er Nakans Hand, so fest er es in seinem Zustand konnte, um ihn dazu zu bringen, seine Frage zu beantworten.

»Mann, selbst mit eingeschlagenen Zähnen bist du immer noch so penetrant«, kommentierte der Gladiator dies süffisant. »Wenn du es genau wissen willst: Du bist schuld, dass ich noch hier bin. Dass alle noch hier sind, die eigentlich hätten gehen dürfen«, begann er schonungslos. »Na ja, vielleicht nicht nur du allein. Der dünne Junge, die süße Zauberin und mein Barbarenbruder sind es genauso. Ihre Flucht wurde als Gladiatorenaufstand bezeichnet. Dabei war es egal, ob wir anderen mitgemacht hatten oder nicht. Aber wir hatten Glück«, fuhr er voller Sarkasmus fort, »der Senat war großzügig und wandelte die Todesstrafe, die normalerweise auf dieses Verbrechen steht, in eine Verlängerung unseres Einsatzes hier um. Wann genau der aber zu Ende ist, hat allerdings noch keiner erläutert.«

»Wir glauben, dass sie einfach reichlich Kämpfer brauchen, weil der Wahlkampf ansteht und sicher viele Familien aufwendige Kämpfe für das Wahlvolk spendieren werden, um für sich zu werben. Bestien gibt es ja reichlich, hohlköpfige Zwerge und muskelbepackte Barbaren nur wenige. Sie konnten einfach nicht auf euch verzichten«, löste Okrates das Rätsel auf.

Nakan drückte noch einmal Magnus' Hand. »Mach dir keine Vorwürfe. Wenn es nicht eure Flucht gewesen wäre, hätten sie etwas anderes gefunden, um uns hierzubehalten. Die sieben Familien und der Senat machen doch sowieso ihre eigenen Regeln. Ich hoffe also, dass du bei deinem Ausflug in die Freiheit deine Narrenkappe nicht verloren hast. Du wirst sie noch brauchen. Apropos, wo wart ihr eigentlich? Du und die drei, ihr seid doch zusammen weg, oder?«

Magnus täuschte eine erneute Ohnmacht vor. Er wollte und konnte jetzt nicht darüber reden. Zu schmerzhaft war das Ende ihrer gemeinsamen Reise gewesen. Ceres' unendlich enttäuschter Blick tauchte zum wiederholten Mal vor seinem inneren Auge auf.

Okrates und Nakan schienen das zu akzeptieren. Tuschelnd entfernten sie sich und ließen Magnus mit seinen körperlichen und seelischen Schmerzen allein zurück.

Magnus musste tatsächlich eingeschlafen sein. Vielleicht hatte ihm Okrates auch etwas gegeben, damit er Ruhe fand. Er konnte nicht sagen, dass es ihm tatsächlich besser ging. Die Schmerzen waren allgegenwärtig und in seinem Mund hatte er immer noch den kupfernen Geschmack von Blut. Als er zaghaft mit der Zunge über seine Zähne fuhr, ertastete die nur schmerzenden, scharfkantigen Stümpfe an vielen Stellen. *Jetzt sehe ich wirklich wie eine Missgeburt aus.* Er versuchte sich aufzurichten. Ein Stechen durchzuckte seine Seite. Wahrscheinlich hatten ihm die beiden Wachen einige Rippen gebrochen. Sein Oberkörper war von Okrates bandagiert worden. Kaum berührte er den weißen Stoff, musste er schon wieder an Ceres und die anderen denken und wie sie auf ihrer Flucht ins weitläufige Land die Zauberin verbunden hatten. Magnus zwang sich, das linke Auge zu öffnen. Es begann sofort zu tränen. Stöhnend schloss er es wieder. In dem schummrigen Licht war ohnehin nicht viel zu sehen. Es musste mitten in der Nacht sein. Magnus hatte jedes Zeitgefühl verloren und keine Ahnung, wie lange er hier schon lag.

Ich sollte versuchen weiterzuschlafen. Ein feiner Luftzug, der über sein Gesicht strich, ließ ihn innehalten. *Es ist jemand hier,* wurde Magnus klar und sein Puls beschleunigte sich. Sollten Validus und Mokon jetzt dort weitermachen wollen, wo sie zuvor aufgehört hatten, würden sie ihn totschlagen, so viel war ihm klar. Magnus wusste nicht, was er machen sollte. Er war überhaupt nicht in der Lage, sich zu wehren, geschweige denn zu fliehen. Mit geschlossenen Augen lag er einfach nur da und hoffte, dass die beiden es sich anders überlegten, wenn sie ihn so hilflos entdeckten. Es machte schließlich nur Spaß, einem vorlauten Zwerg das lose Mundwerk zu stopfen, wenn er auch in der Lage war, es zu benutzen.

»Hör auf, Schmierentheater zu spielen, Magnus. Du bist jetzt gerade nicht in deiner Rolle als Narr unterwegs, sondern spielst eher die Hauptrolle in einer Tragödie.«

Magnus glaubte zwar kurz, dass er verrückt würde, aber das war ganz sicher die Stimme von …

»Ich bin es, Gaius.«

Der Bestienmeister. *Was will er von mir? Ist er etwa von Decimus geschickt worden, um mich lautlos aus dem Weg zu räumen? Eigentlich dachte ich, dass er eine Art Kamerad wäre, um nicht Freund zu sagen …*

»Du kannst nicht reden, was? Die beiden Vollidioten haben dir ganz schön die Fresse poliert. Zu mehr sind die auch nicht zu gebrauchen. Validus und Mokon würden in der Arena so schnell von den Bestien zerfetzt werden, dass das Publikum seinen Eintritt zurückverlangen würde.« Er kicherte rau, was sich anhörte, als ob sich ein Acidum übergab.

Warum erzählt er mir das? Magnus wollte schon versuchen den Mund zu öffnen, da sprach der Ausbilder weiter.

»Niemand, der in der Arena gekämpft und überlebt hat, hat so etwas verdient. Du hast mehr als einmal dort dein Leben für andere riskiert.« Er machte eine Pause und zog sein schmal geschnittenes Gewand glatt. »Auch für mich«, sprach der Bestienmeister leise weiter. »Ohne deinen Purzelbaum vor dem Nachtvogel hätte der mich in meiner letzten Saison erwischt und wir würden dieses Gespräch jetzt hier nicht führen. Der Zwerg rettet den alten Recken Gaius, das war noch wochenlang Gesprächsthema in der Stadt. Erinnerst du dich?« Er schien keine Antwort zu erwarten, sondern redete einfach weiter. »Das habe ich dir nie vergessen. Ich schulde dir was!«

Magnus' Herz begann wieder zu klopfen. *Will er mich etwa …*

»Beschützen kann ich dich leider nicht. Ich stehe auf der anderen Seite, seitdem ich frei bin. Decimus mag ein Schwein sein, aber er ist mein Vorgesetzter, und ich liebe die Arena zu sehr, um mich gegen ihn aufzulehnen.«

Magnus stöhnte leise auf.

Gaius schien das nicht zu hören. Die Worte sprudelten aus dem sonst so wortkargen Mann heraus. »Ich kann dich aber von einer anderen Sache befreien.« Er räusperte sich. »Ich kenne den schwarzen Diener. Vielleicht habe ich nicht ganz so viel Grund, Enzyklos zu hassen, wie du, aber auch mir hat er übel mitgespielt. Ich war eine Zeit lang als Leibwächter bei seiner Familie beschäftigt. Ich hoffe, dir ist inzwischen klar, dass er für den Pater familias Gaius Acilius arbeitet.«

Magnus hatte nicht viel Zeit gehabt, über jene schicksalhafte Begegnung mit Luca nachzudenken, aber er konnte eins und eins zusammenzählen. Alles lief auf diese Familie hinaus. Sie hatte ihm also alles genommen.

»Ich weiß von der Geschichte mit deiner Mutter und dass sie sie benutzen, um dich gefügig zu machen.«

Magnus setzte sich so abrupt auf, dass ein blitzartiger Schmerz durch seinen Unterleib fuhr. Nur schwer konnte er die sich darauf anbahnende Ohnmacht unterdrücken.

»Bleib ruhig, Kleiner! Keinem ist geholfen, wenn du hier von der Trage fällst und das Werk von Validus und Mokon selbst beendest, weil du dir den Schädel aufschlägst. Über die genaueren Zusammenhänge weiß ich nur wenig, aber ich habe verstanden, dass sie sie benutzen, um dich hierzubehalten.« Er machte eine Pause und legte Magnus die Hand auf die Schulter. »Und«, er räusperte sich umständlich, »vielleicht weiß ich, wo deine Mutter ist.«

Diesmal schaffte es Magnus nicht, die Bewusstlosigkeit zu bekämpfen.

Fünf von sieben Türmen sind errichtet. Immer mehr Energie strömt in unsere Welt hinein. Mit dieser neuen Macht sind wir in der Lage, noch schneller zu arbeiten. Leider ist der Sklavenmarkt durch unsere Aktivitäten wie leer gefegt, wir kommen nicht mehr an genug Blut. Es wäre ein Jammer, wenn unser großes Projekt an einer solchen Lappalie scheitern würde.

Anonymus – archiviert unter: Die Aufzeichnungen des ersten Magus

VI. Tarl

Tarl schloss die Augen und erspürte seine Umgebung. Seitdem er Pila weggeschickt hatte, waren seine Kräfte zwar nicht mehr ganz so stark, dennoch konnte er immer noch genau sagen, welche Bestie sich in der Arena wo befand und was in ihr vorging. Mit dem kleinen Acidum hätte er wahrscheinlich jede Bestie in Kol erspüren können, wenn es dort welche gab. Tarl machte sich gar nicht die Mühe, seine geistigen Fühler weiter auszustrecken. Wer würde schon außerhalb der Käfige der Spielstätte Bestien halten? Er spürte den Zorn der Lacernamutter und ihr Misstrauen der neuen, halbwüchsigen Lacerna gegenüber, die man als Ersatz für den Verlust bei Balgers Kampf im Käfig neben ihr untergebracht hatte. Noch sah sie sich nicht als deren Rudelmutter. Tarl hätte aktuell einiges darauf verwettet, dass sie beim ersten direkten Aufeinandertreffen versuchen würde, ihre Artgenossin zu töten. Tarl sog tief die muffig-feuchte Luft der Katakomben ein und öffnete seinen Geist. Er wollte mehr erfahren und besser werden im Fühlen. Übung machte auch hier den Meister. Er erspürte zwei Nachtvögel, die aber nur noch ein Schatten ihrer selbst waren, seitdem man ihnen die Feuerdrüsen entfernt hatte. Sie sendeten kaum Emotionen, sondern nur noch morbide Lebensunlust. Das bedeutete natürlich nicht, dass sie nicht jeden mit in den Tod ziehen würden, der auch nur in die Nähe ihres Bauers kam. Acida fühlte Tarl überraschenderweise keine. Scheinbar hatte man sich entschieden, keine neuen zu fangen, nachdem das Feuer der wilden Nachtvögel während ihres Kampfs gegen Ceres in der letzten Saison alle der kleinen Bestien – bis auf Pila – verzehrt hatte.

Tarl spürte immer noch den starken Nachhall von Pilas Trauer um den Verlust seines Schwarms. Das Acidum übertrug seine Gefühle inzwischen so intensiv auf Tarl, dass es ihm manchmal schwerfiel zu unterscheiden, welche von ihm waren und welche von der rollenden Bestie. Es machte ihn traurig, dass er Pila weggeschickt hatte, aber dessen Aufgabe war zu wichtig. Irgendetwas ging mit den Bestien da draußen vor und Pila war der Einzige, der vielleicht ein wenig Licht in das Dunkel dieser gefährlichen Merkwürdigkeit bringen konnte. Felsengrame, die koordiniert eine Siedlung der Menschen angreifen, so etwas hatte es noch nie gegeben. Selbst wenn Tarl besser wurde, über die Kuppel hinaus konnte er nicht fühlen, denn das magische Bollwerk schirmte seine Kräfte ab. Pila war hier seine einzige Möglichkeit, über den Tellerrand der sicheren Stadt hinauszublicken.

Tarl streckte sich auf seiner Liege. Er musste gestehen, dass er sich langweilte. Seitdem er wieder in der Gladiatorenschule war, bestand sein Leben aus dröger Wiederholung. Schlafen, trainieren, essen, schlafen ... Man behandelte ihn seit seiner Rückkehr anständig. Na ja, man behandelte ihn ebenso wie jeden anderen Menschen, den man gezwungen hatte, in der Gladiatorenschule zu leben. Daran war im Prinzip nichts Gutes, aber Tarl wurde von den Wärtern nicht öfter angeschnauzt als alle anderen und musste auch im täglichen Kampftraining keine besonderen Grausamkeiten über sich ergehen lassen. Trotzdem war sein Körper natürlich voller blauer Flecke. Daran, dass er ein mieser Gladiator war, hatte sein Ausflug ins weitläufige Land nichts geändert.

Magnus hatte er in den letzten Tagen gar nicht und Ceres nur von Weitem gesehen. Die Wachen achteten darauf, dass sie keinen Kontakt hatten. Mittlerweile wurden die Legionäre aber schon nachlässiger. Tarl und Ceres waren eingesperrt und würden über kurz oder lang den Bestien zum Fraß vorgeworfen werden, da lohnte so ein zusätzlicher Aufwand bei den paar Sesterzen Sold ja eigentlich gar nicht. Tarl hatte sich fest vorgenommen, bei nächster Gelegenheit mit Ceres zu sprechen. Er musste ihr unbedingt davon erzählen, dass er mit Pila inzwischen sprechen konnte und mit welchem Auftrag er es weggeschickt hatte.

Tarls Magen knurrte. Er erwischte sich dabei, dass seine Gedanken abschweiften und er darüber nachdachte, ob Laver, der schmierig-hagere Koch der Gladiatorenschule, an den Brei aus Gerste und Bohnen heute vielleicht etwas harten Käse schnippeln würde. Tarl konnte den ewigen Körnerfraß, den die Arenenkämpfer traditionell bekamen, jetzt schon nicht mehr sehen. Er bekam davon unangenehme Blähungen, obwohl er zugeben musste, dass das Essen hier besser war als auf ihrer gemeinsamen Wanderung durch das weitläufige Land. *Ich wüsste gern, welcher der Altvorderen beschlossen hat, dass Gladiatoren sich vegetarisch ernähren müssen.* »Ahhh …«, stöhnte der hagere Junge plötzlich auf. »Was ist das?«, fragte er in die Einsamkeit seiner Zelle hinein, ohne eine Antwort zu erwarten. Urplötzlich hatte ihn eine dumpfe Welle der Wut überrollt. Die Emotion war so unerwartet und heftig aufgetaucht, dass Tarl sie körperlich spüren konnte. Er versuchte sich dagegen abzuschirmen, aber es war so, als wäre sein geistiger Schutz wie eine kniehohe Kaimauer, die versuchte, eine haushohe Flutwelle einzudämmen.

»Aufschluss, alle weg von den Türen und dann Abmarsch in die Arena! Wenn ihr trödelt oder wieder anfangt zu schnattern wie Entenküken, spürt ihr meinen Stock,

Herrschaften«, dröhnte plötzlich Mokons Stimme durch das Zwielicht der Katakomben. Gleichzeitig war von überall das metallische Knacken vom Öffnen der Zellenschlösser und -türen zu hören.

»So, Kleiner, hoch mit dir! In der Arena siehst du gleich deine Zukunft.« Mokon grinste Tarl mit seinen großen, schiefen Hasenzähnen an und schloss seine Zelle mit einem riesigen Schlüssel von dem prallen Bund auf. »Schön in die Reihe zu dem anderen Schlachtvieh, wenn ich bitten darf«, drängte er den Jungen in die Schlange von Kämpfern, die sich vor seiner Zelle schon gebildet hatte, und schlenderte fröhlich pfeifend zur nächsten Zelle.

Tarl stellte sich hinter Tzanka, einen drahtigen, unglaublich dünnen Mann mit mandelförmigen Augen und gelblicher Haut. Auf den ersten Blick hätte man ihn nie für einen Gladiator gehalten, aber er konnte mit seiner Handkante Ziegel zerschlagen und mit seinen Füßen so hoch und präzise treten, dass er sogar Nakan bei einem Übungskampf die Nase gebrochen hatte. »Ich rieche den stinkenden Atem des Blödmanns immer noch. Weißt du, was los ist, Tarl?«

»Keine Ahnung«, gab der flüsternd zurück und taumelte kurz, da die zornig-mordlüsternen Emotionen stärker wurden, je näher sie der Arena kamen.

»Was habe ich gesagt, Mädels?«, zischte Mokon Tarl böse an und schlug ihm heftig mit seinem ellenlangen Stock aus elastischem Weidenholz auf die linke Schulter. »Mund halten! Und nun endlich etwas schneller, der Direktor möchte euch etwas zeigen.«

Tarl musste die Augen zusammenkneifen, als er aus den Katakomben hoch in das Arenenrund stieg. Wie immer war Kol mit einem blassblauen, wolkenlosen Himmel und strahlender Sonne gesegnet. Die Kühle der unterirdischen Gladiatorenschule wechselte urplötzlich zu der Vormittagswärme eines Herbsttags in der letzten Stadt der Menschheit. Tarl wurde eher von Mokon geschoben, als dass er lief. Ein wahres Hassgewitter an Emotionen attackierte ihn jetzt so heftig, dass er rasende Kopfschmerzen bekam und es ihm schwerfiel, sich auch nur auf das Gehen zu konzentrieren.

Inmitten des gewaltigen Runds der Kampfstätte stand Decimus. Wie einen kleinen Kaiser umstanden die Gladiatoren ihn in einem Halbkreis. Allerdings sah er wie ein reichlich heruntergekommener Herrscher aus. Sein graustoppliger Bart brauchte dringend mal wieder eine Rasur, die Toga zeigte wie immer Weinflecken und seine licht gewordenen, grauschwarzen Haare standen dem untersetzten, kleinen Mann wirr am Hinterkopf ab. Trotzdem strahlte er über das ganze Gesicht, als würde er gleich eine Braut zum Traualtar führen.

Neben dem Direktor stand jemand, dessen Gesicht Tarl bekannt vorkam. Im Moment kriegte er nur nicht zusammen, woher. Der Mann trug eine auffällige blutrote Toga. Auf den traditionellen blauen Gesichtsschleier, der zu jener Tracht normalerweise gehörte, hatte er aber verzichtet. Trotzdem war er in diesem Aufzug eindeutig als einer der sieben großen Magier von Kol erkennbar. Tarl musste zweimal hinsehen und seine Schmerzenstränen aus den Augen blinzeln, um ihn schließlich doch wiederzuerkennen. Es war Marwon. Lucas Onkel, einer der Sieben, die nachts die Kuppel beschworen und damit ihre eigene Familie über alle anderen in Kol stellen konnten.

»Liebe Helden«, waberte Decimus' theatralische Ansprachenstimme über den Platz. »Heute wird ein neues Kapitel der Spiele aufgeschlagen. Seid dankbar, dass ihr daran teilhaben dürft.«

Tarl brauchte sich gar nicht erst umzuschauen, um zu wissen, dass niemand dankbar war, hier zu sein. So langsam bekam er seine Kopfschmerzen in den Griff. Er schaffte es, die Emotionen zu unterdrücken, indem er Ceres suchte. Bevor er sie entdeckte, sah er Magnus. Der Narr sah furchtbar aus. Er wurde von Nakan gestützt, sonst wäre er vermutlich zusammengebrochen. Sein Gesicht war grün und blau und ziemlich angeschwollen. Die Augen waren nur als schmale Schlitze zu erahnen. Tarl erschrak bei dem Anblick. Magnus tat ihm leid – trotz allem, was vorgefallen war. Das hatte keiner verdient. Wer hatte ihm das nur angetan?

»Zu verdanken haben wir diese Evolution der Spiele der Familie Acilius. Eine Familie, die – so hoffe ich zumindest persönlich, wenn Ihr es mir nicht krumm nehmt –«, Decimus tätschelte linkisch Marwons Unterarm und zeigte seine fauligen Zähne, was wohl ein Lächeln darstellen sollte, »hoffentlich bald den nächsten Kaiser stellt. Wir danken Euch, dass Ihr Kol und vor allem uns diese Möglichkeit schenkt.« Der Direktor klatschte in die Hände und machte einen Gesichtsausdruck, als wäre er selbst von sich gerührt. Der Applaus verhallte dünn in der Arena. Aus seinen blutunterlaufenen Augen schaute Decimus die Gladiatoren, von denen keiner auch nur einen Finger rührte, böse an. Dass Validus und Mokon kurz darauf für wenige kraftlose Klatscher mit einstiegen, machte die Sache nur noch peinlicher.

Tarl ignorierte diese Farce und suchte weiter nach Ceres' Blick. Sie war kaum zu sehen, da sie von breiten Schultern umringt war. Es sah fast so aus, als würden die Recken, die sie umstanden, Ceres vor irgendetwas beschützen wollen. Das Mädchen hatte sich bei Manak eingehakt. Wahrscheinlich führte sie den blinden Gladiator. Tarl musste grinsen, als Ceres bei Decimus' peinlichem Possenspiel unbewusst die Augen verdrehte. Plötzlich erwiderte sie seinen Blick und lächelte ihn an. Tarls Herz schlug ein wenig schneller und er bekam einen trockenen Hals. Erst später wurde ihm bewusst, dass er ab diesem Moment die Wut nicht mehr gespürt hatte und seine Kopfschmerzen aufhörten.

Decimus machte eine unwirsche Handbewegung und hinter ihm ging ein großes Gitter hoch. Dieses Tor war normalerweise immer verschlossen. Man benutzte es nur, wenn man besonders große Teile, wie etwa die Spundwände bei den Acidumkämpfen oder andere besonders sperrige Dinge, in das Arenenrund schaffen wollte. Den Gladiatoren war es strengstens verboten, durch dieses Tor zu gehen, da dahinter die Freiheit der letzten Stadt der Menschheit wartete – die natürlich für die meisten Bewohner ebenfalls an der Stadtmauer endete.

Jetzt ging ein aufgeregtes Raunen durch die Schar der Kämpfer. Decimus kommentierte dies mit einem zufriedenen Lächeln.

Ein riesenhafter zylindrischer Stahlkokon wurden von vier Elefanten in die Arena gezerrt. Die dunkelhäutigen Reiter der Dickhäuter mussten sehr energisch ihre in der Sonne glänzenden, spitzen Elefantenstäbe mit dem Widerhaken einsetzen, damit die Tiere das riesenhafte Gewicht des Zylinders bewegten.

Tarl öffnete sich wieder vorsichtig und spürte nach dem, was sich im Inneren dieses gigantischen Gefängnisses befand. Wieder spürte er Zorn. Aus dieser Nähe konnte er noch Zerstörungswut erkennen. Er kannte nur eine Bestienart, die derartig einfach in ihrem Wesen war …

»Begrüßt die neueste Attraktion der Arena: einen Felsengram!«, donnerte der Direktor freudig und zeigte pathetisch auf den hermetisch verschlossenen Metallzylinder.

Die meisten Gladiatoren wurden blass. Ihnen allen war klar, dass sie niemals eine Chance gegen diese riesenhafte Bestie haben würde.

Tarl war schleierhaft, wie man sie bis zum Beginn der Saison hier festhalten und sichern wollte. Allein ihr Blick war schon lähmend. Von ihren unglaublichen Kräften gar nicht zu reden.

»Verehrter Magus, wenn Ihr so liebenswürdig wärt«, forderte Decimus katzbuckelnd den bis dahin schweigenden Zauberer auf, das Wort zu übernehmen.

»Ähm … ach ja, hm …«, begann Marwon stockend.

Tarl hatte erwartet, dass einer der mächtigsten Zauberer der Menschheit vor Selbstbewusstsein nur so strotzte und ständig große Reden hielt.

»Also, die Bestie, der Felsengram, meine ich, die ähm …«

Decimus machte ein angewidertes Gesicht, als ob er sauren Wein trinken würde. Er hatte bis eben wohl auch einen großen Rhetoriker neben sich erwartet.

»Nun ja, ich hoffe, ihr freut euch darauf, gegen ihn antreten zu dürfen. Es sind aufregende Kreaturen. Bis dahin halten wir ihn natürlich durch einen Zauber betäubt, damit er keinen Schaden anrichten kann. Felsengrame nehmen nur selten Nahrung zu sich, aber wenn, dann natürlich gigantische Mengen.« Marwon lachte übertrieben hoch.

Niemand stimmte mit ein. Alle starrten nur schockiert auf den Metallzylinder und versuchten wahrscheinlich, sich seinen Inhalt vorzustellen. Gesehen hatte hier mit Sicherheit kaum einer jemals einen Felsengram. Tarl, Ceres und Magnus bildeten eine Ausnahme und auch sie hätten gern auf diese Erfahrung verzichtet.

»Nun ja«, Marwon räusperte sich, als er bemerkte, dass sein plumper Scherz nicht ankam, »das ist ja auch egal. Für euch ist sicher nur wichtig, dass der Felsengram bei vollen Kräften sein wird, wenn die Sonderspiele zur Kaiserwahl beginnen werden, damit ihr euch auch wirklich beweisen könnt.«

Erneut kam ein schockiertes Stöhnen aus der Gladiatorengruppe. Wenn einen das Schicksal ereilt hatte, drei Jahre hintereinander während der Spiele sterben zu können, dann hasste man Wörter wie ›sonder-‹ oder ›zusätzlich‹. Schließlich wurden jeweils nur drei Kämpfer aus gut zwei Dutzend Personen ausgewählt. Man musste dem Schicksal also nur insgesamt neun Tage in drei Jahren ein Schnippchen schlagen und war anschließend frei. Eigentlich ganz gute Aussichten. Das war alles eine Sache der Wahrscheinlichkeit, aber diese änderte sich natürlich gewaltig, wenn es mehr Spieltage gab.

Marwon grinste dümmlich, er hielt diese Gefühlswallung der Kämpfer wohl für Freude. »Sein Auge wird mit einem Sack bedeckt sein, sodass ihr auch eine reelle Chance habt«, überbrachte er eine wohl motivierend gemeinte Nachricht.

»Außerdem wird niemand allein gegen den Felsengram antreten, sondern jeweils immer drei Kämpfer gemeinsam. Auch das ist eine der fantastischen Neuerungen während der Kämpfe zur Kaiserwahl«, ergänzte Decimus und grinste selbstzufrieden, als hätte er gerade das Rad neu erfunden.

Tarl glaubte keine Sekunde daran, dass das die Möglichkeit, gegen diese unbesiegbare Bestie zu gewinnen, irgendwie erhöhte. Dem Publikum wurde dadurch nur noch mehr Blut geboten, zur allgemeinen Freude.

Aus dem Zylinder kam überraschend eine Art grollendes Stöhnen. Zwei Elefanten tröteten daraufhin panisch und gingen auf die Hinterbeine. Ein Ruck lief durch die Eisenketten, die die Tiere mit dem Felsengram verbanden, und ließ den eisernen Kokon bedrohlich schwanken. Die Elefantenreiter versuchten alles, um ihre außer Rand und Band geratenen Dickhäuter zu beruhigen, was die in ihrer Angst aber überhaupt nicht interessierte.

Decimus war jetzt so blass wie alle anderen. »Ähm, Marwon. Ich wäre Euch sehr verbunden, wenn Ihr da jetzt etwas unternehmen könntet.«

Der Magier schaute den Direktor kurz verdutzt an und dann wieder zu den immer wilder werdenden Elefanten. Einer hatte sogar schon seinen Reiter abgeworfen. Der Zylinder wankte immer stärker. »Ach ja, natürlich. Wir wollen ihn doch nicht befreien, bevor die Arena voll ist.« Er grinste, als hätte er gerade den besten Witz der Welt erzählt.

Marwon murmelte etwas, das Tarl von seiner Position aus nicht verstehen konnte. Was auch immer es gewesen war, die eben noch panischen Elefanten beruhigten sich und bewegten sich fast nicht mehr. Ihre Rüssel hingen schlaff herab und man hatte fast das Gefühl, dass sie sich gleich zum Schlafen hinlegen wollten. *Marwon muss ein sehr mächtiger Zauberer sein,* dachte Tarl beeindruckt. *Wahrscheinlich hat er auch geholfen, den Felsengram im weitläufigen Land zu fangen.* Unwillkürlich blickte er zu Ceres, die seinen Blick gesucht zu haben schien. Sie zog ihre linke Augenbraue hoch und funkelte Tarl verstehend an. Dem ging nun auch ein Licht auf. *Das Artefakt aus dem Turm. Er nutzt seine Macht.*

Mazinius' Idee war unsere Rettung. Er organisiert jetzt Spiele, in denen Menschen gegen Menschen kämpfen oder auch gegen wilde Tiere. Der Pöbel liebt dieses Vergnügen im Amphitheater und das Blut fließt in Strömen.

Anonymus – archiviert unter: Die Aufzeichnungen des ersten Magus

VII. Pila

Pila rollte im Schutz der Dunkelheit durch die verwinkelten Gassen Kols. Es war unweit der Arena unterwegs, dort, wo sich sein Schwarm aufhielt. Auf eine unbestimmte Weise wusste die kleine Bestie, dass er dort eingesperrt war, auch wenn sie mit diesem Wort nichts hätte anfangen können. Der helle Mond in dieser Nacht machte Pila keine Angst, geschickt schlüpfte es von einem Schatten in den nächsten. Für ihn bestand die Welt um diese Zeit sowieso nur aus helleren und dunkleren Flecken. So wie sie tagsüber nur aus Rot- und Grüntönen gemacht war. Eigentlich kannte das Acidum jenes Gefühl, das die Menschen Angst nannten, nicht. Im Moment fühlte es nur Einsamkeit. Acida waren Lebewesen, die in Gemeinschaften lebten. So allein unterwegs zu sein, entsprach gar nicht ihrer Art. Aber ihn trieb die Sorge um seinen Schwarm an. Seinen neuen, nachdem der alte durch das Feuer des Nachtvogels in der Arena getötet worden war. Für diesen Verbund hegte Pila besonders starke Gefühle, hatte es sich Tarl doch selbst ausgesucht, nachdem der es aus den Flammen gerettet hatte. Normalerweise wurden Acida einfach in einen Schwarm hineingeboren.

Ein dicker, gelbroter Kater schoss plötzlich aus einem dunklen Hauseingang, stellte sich Pila in den Weg und fauchte es böse an. Das kleine Glöckchen, das das Tier um den Hals trug, klingelte dabei unpassend fröhlich.

Pila beschleunigte, rollte eine scharfe Kurve, um dem Kater auszuweichen, und zog sich einige Schritte von dem überraschend aufgetauchten Kontrahenten zurück. Seine verkümmerten Ärmchen wedelten aufgeregt, als es die Katze beobachtete. Der Mond spiegelte sich in seinen kinderhandgroßen Augen wider. Noch nie war es einem derartigen Wesen begegnet. Obwohl Pila es nicht wusste, hatten seine Vorfahren schon vor langer Zeit die Gattung Katze im weitläufigen Land ausgelöscht.

Der Kater machte einen Buckel und fauchte wieder.

Das war ein Verhalten, das Pila nicht so richtig deuten konnte. Neugierig rollte es zwei Umdrehungen näher an das Tier heran.

Sofort schoss der Kater nach vorn.

Pila rollte geschickt zur Seite und ließ den Kater ins Leere springen. Einen weiteren Angriff ließ es nicht zu. Pila hatte es eilig. Gezielt schoss es eine Ladung Säure auf das Tier ab. Direkt in seine Augen.

Der Kater schrie wie ein Baby, als er erblindete. Auch dabei klingelte sein Glöckchen zufrieden, als wenn nichts wäre.

Pila hätte jetzt natürlich weiterrollen können, zumal es ja in Eile war – aber es war auch hungrig. So öffnete es sein mit Hunderten kleinen Zähnen bewehrtes Maul, das – verglichen mit seiner geringen Größe – riesenhaft war, und verschlang die fette Katze in einem Stück. Es sollte ja schnell gehen. Das war nicht weiter schwierig, weil große Teile ihres Körpers durch Pilas Säure schon angenehm weich geworden waren. Nur das blöde Glöckchen würde ihm später noch schwer im Magen liegen, aber manchmal musste man eben Kompromisse eingehen. Satt, zufrieden und nicht mehr ganz so verärgert über die unerwartete Störung rollte Pila weiter Richtung Norden. Sein eigentliches Ziel lag hinter der Stadtmauer, obwohl es das Bollwerk nicht als Hindernis oder Begrenzung wahrnahm. Für ihn unterschieden sich die aufeinandergeschichteten Steinbauten der Menschen überhaupt nicht. Es war auch nicht in der Lage, ihnen irgendeine spezifische Funktion zuzuordnen. Nur eine hatte es hier in Kol kennengelernt: einsperren. Für ihn sperrten sich alle Menschen ständig ein. Ein Acidum dachte über diese Absurdität aber nicht nach, sondern nahm sie einfach als gegeben hin.

Die Mauer stellte für Pila zwar keine Schwierigkeit dar, die Kuppel der Nacht indes schon. Sie konnte es – wie alle Bestienarten – nicht passieren, aber Pila hatte relativ schnell herausgefunden, wo sie eine Öffnung hatte. Acida fiel es leicht, die Strömungen der Magie zu lesen und ihnen zu folgen, das unterschied diese von allen anderen Bestienarten. Gebiete, in denen es besonders viel magische Energie gab, stellten sich vor Pila sehr hell dar oder tagsüber in grellem Rot. Daher brauchte es in der Nacht nur einen besonders dunklen Ort zu suchen und schon hatte es einen Bereich gefunden, in dem die Kuppel nicht ganz geschlossen war. Inzwischen hatte es diesen Platz erreicht. Sein Fell wurde feucht von den gewaltigen Wassermassen, die in das ausladende Becken vor ihm stürzten. Böse wackelte es mit seinen kleinen Ohren, niemand seiner Art mochte das, was es hier im Überfluss gab: Pila war zum Knotenpunkt der Wasserversorgung Kols gelangt. Geschickt nutzte es die für Wartungsarbeiten angelegte Treppe, die direkt zum Aquädukt hochführte, das das wertvolle Nass aus dem weitläufigen Land hierhertransportierte, und erklomm langsam das imposante, auf vielen Bögen ruhende Bauwerk mit seinen drei Ebenen. Acida waren nicht gemacht für menschliche Treppenstufen und daher ging viel Zeit bei diesem kräftezehrenden Aufstieg verloren. Dennoch trieb Tarls Auftrag Pila unermüdlich an. Furchtlos, trotz der vielen Meter, die es nach oben ging, rollte es schließlich über die vorletzte Ebene, die kein Wasser führte, aus der

Stadt hinaus. Nur ab und zu musste es mit den runden Ohren wackeln, um vereinzelte Tropfen, die von oben kamen, herauszuschütteln.

Pila hatte ohne Probleme eines der bestgehüteten Geheimnisse Kols entdeckt, nämlich dass Wasser ebenfalls nicht die magische Kuppel durchdringen konnte. Daher hatten die neuen Gründerväter vor der Frage gestanden, ob sie eine Stadt in einer der wärmsten Regionen der Erde jeweils nur einen halben Tag lang mit Wasser versorgen oder einige kleine Öffnungen anlegen sollten, um das kühle Nass passieren zu lassen. Sie entschieden sich für die zweite Möglichkeit. Die Aquädukte hatte man bewusst so hoch gebaut, dass keine Bodenbestie den Weg durch ihre schmalen Öffnungen hinein in die Stadt schaffen konnte. Nachtvögel waren genauso wie die Acida wasserscheu, daher hatte man geglaubt, dass das Risiko kalkulierbar sein würde. Bis jetzt hatte auch noch keine Bestie diesen versteckten Pfad passiert.

Pila hatte keinen Blick für die im Mondschein dramatisch ausgeleuchtete Ebene vor der Stadt, über die ein sanfter Westwind wehte. Zügig legte es seinen Weg auf dem leicht ansteigenden Aquädukt zurück. Geschickte Architekten hatten das Gefälle genau so berechnet, dass das Wasser gar keine andere Wahl hatte, als nach Kol hineinzufließen. Pila wusste, dass es noch weit war, doch es hatte Tarl ein Versprechen gegeben. Obwohl Tarls Worte in seinem Kopf nicht immer wirklich Sinn ergaben, war es sich bei dieser einen Sache sicher gewesen, dass es seinen Schwarmbruder richtig verstanden hatte. *Finde andere Bestienschwärme in der Nähe der Stadt.*

Nachdem Pila Kol weit hinter sich gelassen hatte, ließ es während des Sonnenaufgangs seine besonderen mentalen Sensoren auf die Suche gehen. Es fühlte hinaus in das karge Land. Schnell fand es einige Felsengrame, die sich erstaunlicherweise nicht gegenseitig attackierten. Dazu noch mehrere Lacernarudel, Schwärme von Nachtvögeln und unzählige Acida. Sie alle waren merkwürdig nah und friedliebend beieinander, obwohl sich die Bestien sonst doch immer spinnefeind waren. All das erfuhr Pila nur mit Neugier. Überraschung war ihm fremd und nach Erklärungen suchte es nie. Immer mehr Bestien erspürte es um sich herum. Sie kamen aus allen Himmelsrichtungen und schienen in die gleiche Richtung zu ziehen wie das Wasser.

Kol.

Der siebente Turm ist errichtet.

Anonymus – archiviert unter: Die Aufzeichnungen des ersten Magus

VIII. Mamercus

Mamercus schaute beim Pinkeln im Hof hinauf zum Nachthimmel, der von einem schmutzigen orangefarbenen Schleier erhellt wurde. Im Osten Kols musste es inzwischen lichterloh brennen. Die Wachen und alle Offiziellen behaupteten zwar, dass der Senat die Lage dort unter Kontrolle hatte und dass es sich nur um einen kleinen Brand handelte, aber Mamercus glaubte diesen Worten nicht mehr. Seitdem er vor drei Tagen das Feuer bemerkt hatte, waren die Straßen voll von schwer bewaffneten Legionären, die willkürlich Personenkontrollen vornahmen und zahlreiche Festnahmen durchführten. Bei einem normalen Feuer wäre dies nicht notwendig gewesen. Es war mehr als ein Gerücht, dass es in den Armenvierteln im Osten zu Aufständen gekommen war. Warum und gegen wen, da unterschied sich der Tratsch aber schon gewaltig. Niemand schien genau zu wissen, was dort vor sich ging. Allerdings hatte man die Viertel Tiburtina und Aurelia durch die Stadtwache abriegeln lassen. Mamercus' Nachbarn behaupteten, dass man aus den Stadtteilen Tag und Nacht das Schreien der Sterbenden höre und die Gassen dort rot von Blut seien, aber das glaubte Mamercus nicht. *So ein Blödsinn.* Er hustete und spuckte einen dreckigen Klumpen aus. Der ewige Ruß setzte sich so langsam in seinen Lungen und im Mund fest. Malko, Unus und Duus umschlichen ihren Herrn mit eingeklemmten Ruten. Seitdem die Aufstände begonnen hatten, verhielten sich die Tiere äußerst angespannt, als ob sie spüren konnten, dass irgendetwas nicht stimmte. Mamercus schüttelte den Kopf.

»Es ist wohl besser, wenn wir wieder reingehen.«

Urplötzlich schnappte Duus nach Malko und verbiss sich blitzschnell im Nacken des Leithunds.

Malko schrie überrascht auf, bevor er versuchte, sich aus dem festen Griff zu befreien. Dunkles Blut sickerte bereits aus der Wunde.

Duus knurrte tief und versuchte den deutlich größeren Malko zu Boden zu werfen.

»Was ist denn mit euch los?«, schrie Mamercus. »Duus, aus!«

Der sonst so gehorsame Hund ignorierte seinen Herrn.

Jetzt griff Unus in den merkwürdigen Kampf ein. Allerdings schnappte er nicht auch nach Malko oder Duus, sondern nach Mamercus. Nur knapp entging seine Hand dem gewaltigen Kiefer des muskulösen Wachhundes.

»Seid ihr von allen guten Göttern verlassen?«, schrie Mamercus. »Schluss damit!«

Doch die Tiere waren wie von Sinnen. Malko hatte sich inzwischen befreit und attackierte jetzt Duus heftig.

Mamercus hatte keine Zeit, diesen Konflikt zu schlichten, da er zusehen musste, nicht zwischen die Zähne seines dritten Hundes zu geraten. »Unus, Schluss damit!« Der Hund reagierte überhaupt nicht. Inzwischen war auf dem Hof nur noch vereinzeltes Knurren und kein Bellen mehr zu hören. Mamercus wusste, dass Hunde, die ruhig wurden, am gefährlichsten waren. Großmäulige Kläffer hatten oft mehr Angst als ihr Gegenüber und meinten es nicht ernst. Seine drei ihm seit ihrer Welpenzeit vertrauten Wachhunde in diesem Augenblick schon. Sie wollten töten.

Unus drückte sich mit den Hinterbeinen ab und versuchte auf Mamercus' Kehle zuzuspringen. Mit der Routine eines ehemaligen Gladiators drehte sich Mamercus zur Seite und schlug dem Hund in dieser Bewegung kräftig mit der Faust in die Rippen. Jaulend schlug das Tier auf dem Boden auf. Mamercus nutzte diesen Moment, um ins Haus zu laufen. Er brauchte eine Waffe, zumindest einen dicken Knüppel. Gerade noch rechtzeitig konnte er die Tür zuschlagen und hörte von draußen Unus' dicken Schädel dagegenkrachen. Mit fliegendem Blick suchte Mamercus nach etwas Passendem, um seinen Hunden Gehorsam einzuprügeln. *Was ist nur plötzlich mit denen los?*, grübelte er und griff nach dem Reisigbesen. Mamercus ließ den Besen achtlos fallen, als ihn ein Gedanke übermannte.

»Das kann nicht sein«, flüsterte er, obwohl er ganz alleine war. Schnell rannte er zu den beiden Schwertern, die gekreuzt an seiner Wand hingen. Achtlos riss er die stolzen Erinnerungen an seine erfolgreiche Zeit in der Arena herunter, sodass sie mit einem Scheppern auf den Boden fielen. Seine Hand fuhr zu einem der Nägel, die in die Wand geschlagen worden waren, um die Waffen aufzuhängen. Sanft zog er daran und öffnete eine kleine, in der Wand versteckte Tür, die sonst nicht zu erkennen war. Zu geschickt hatte man sie an ihre Umgebung angepasst und eingefasst. Dahinter tat sich ein dunkler Verschlag auf. Hastig wühlte sich Mamercus durch einige Stapel von Gold- und Silbermünzen, vorbei an etlichen gesiegelten Schriftrollen, bis hin zu einem dünnen, in Holz gebundenen Buch. Vorsichtig nahm er es heraus und blies den Staub vom Deckel: ›Bestias – Der Almanach‹. Er schlug es energisch auf. Zum Vorschein kam eine Kohlezeichnung, die ein kleines, befelltes Wesen mit verkümmerten Armen und großen Zähnen zeigte. Ein Acidum. Mamercus ignorierte den Erklärungstext und blätterte weiter. Die grobschlächtige Gestalt eines Felsengrams erschien schraffiert auf der nächsten Seite. Dessen einzelnes Auge war mit einem feinen Stück Goldpapier ausgelegt und symbolisierte so erstaunlich real die Macht, die die Kreatur damit über ihre Opfer hatte. Außerdem war dies ein Hinweis auf den enormen Wert der Schrift, die er hier in der Hand hielt. Mamercus war es nicht bewusst, aber dieser Almanach war sein mit Abstand wertvollster Besitz. Auch diese Bestie ignorierte er. Ebenso die folgende Beschreibung der Lacernae und der Nachtvögel. Schließlich war er auf der letzten Seite angelangt. Die Zeichnung, die es dort zu sehen gab, unterschied sich stark von allen anderen. Sie glich weniger einem Lebewesen als einer Art Wolke oder Nebel. Böse Zungen hätten behaupten können, dass der Zeichner einfach wirre Kreise auf das Papier gekritzelt hatte, aber Mamercus wusste es besser. Der unbekannte Autor dieses in Vergessenheit geratenen Werks wusste, wovon er berichtete.

Mamercus hatte das Buch vor vielen Jahren bei einer Zwangsversteigerung entdeckt und für wenige Sesterzen erworben, um damit ein gebildetes Mädchen aus gutem Hause zu beeindrucken. Das Mädchen war ihm dann aber weggelaufen oder er hatte ein dümmeres, aber hübscheres gefunden, so genau wusste er das nicht mehr. Auf jeden Fall hatte er das Buch behalten. Es hatte ihm in seiner Zeit in der Arena hervorragende Dienste geleistet. Der unbekannte Autor schilderte detailliert Stärken und Schwächen jeder Bestienart. Ohne seine Hinweise hätte Mamercus seine erste Saison wahrscheinlich nicht überlebt. Als junger Mann hatte er die letzte Seite des Werks einfach für eine übertriebene Spinnerei des Verfassers gehalten, um sich wichtig zu machen. Jetzt aber, da die ganze Stadt und selbst ihre Tiere verrückt zu werden schienen, fiel ihm wieder etwas ein, was er dort vor langer Zeit gelesen hatte. Er musste es genau wissen. Mit flirrendem Blick überflog er den Text. Mamercus musste das Papier dicht vor die Augen halten, um alles lesen zu können. Als er das Buch vor vielen Jahren erworben hatte, war das noch nicht nötig gewesen.

Umbra alba – der Weiße Schatten. Diese Schatten sind die seltenste Bestienart, aber die wohl mit Abstand gefährlichste und tödlichste. Man nennt sie so, weil diese Bestien aussehen wie wabernder Nebel und dort, wo sie gewütet haben, einen weißen, mehlartigen Belag hinterlassen. Auffällig an jenen Plätzen ist, dass dort jedes Lebewesen tot ist. Selbst die Vögel sind verstummt. Doch sie sind nicht gestorben durch Zahn oder Klaue, nein: Immer schlich sich der ewige Schlaf durch andere, bis dahin friedliche Unschuldige hinein in das blühende Leben. Die wenigen Gelehrten, die – wie ich – an die Existenz des Umbra alba glauben, gehen davon aus, dass diese Bestienart eine Art Gift verteilt, das seine Opfer so aggressiv werden lässt, dass sie sich gegenseitig töten. Der tödliche Brodem überträgt sich aber nicht nur auf uns Menschen, obwohl wir wohl besonders empfänglich für jenes hervorgerufene aggressive Verhalten sind. Ich habe Berichte von friedlichen Vogelschwärmen erhalten, die sich urplötzlich gegenseitig in der Luft zerfetzt haben und zu Hunderten in den Tod stürzten. Auch Haustiere bleiben nicht unberührt von der Macht der Bestie. Katzen suchen vermehrt die Nähe ihrer Artgenossen, werden aber nicht aggressiv. Hunde hingegen scheinen besonders sensibel auf den Weißen Schatten zu reagieren. Sie werden noch vor den Menschen von der Macht der Bestie übermannt. Will man eine Chance haben zu überleben, was man nur durch Flucht bewerkstelligen kann, dann muss man die Canes genau beobachten. Werden sie auf einmal zu reißenden Bestien, dann steht der Weiße Schatten vor der Tür.

Mamercus ließ das alte Büchlein sinken. *Ein Weißer Schatten ist hier in der Stadt. Ich muss die Menschen warnen! Aber wie?* Mamercus selbst konnte höchstens seine Nachbarn und einige wenige alte Freunde erreichen und ob diese ihm glauben würden, war fraglich. *Ich muss mich direkt an den Senat wenden,* wurde Mamercus klar. Nur wenn er es schaffte, die Regierung von der drohenden Gefahr zu überzeugen, würde seine Warnung vielleicht das Schlimmste verhindern können: das Ende Kols und damit das der Menschheit auf Erden. So brillant diese Idee auch war, sie hatte dennoch einen gewaltigen Haken: Wie sollte er den Senat davon überzeugen, dass es die Weißen Schatten wirklich gab? Jeder mit ein wenig Bildung hielt sie für einen Mythos, der höchstens als Kinderschreck diente. Der Almanach würde die weisen alten Männer nicht überzeugen. *Ich brauche Beweise.*

Langsam ging Mamercus in die Knie, die dabei allerdings bedrohlich knackten. Gedankenverloren griff er nach den Schwertern und umklammerte ihre Griffe routiniert mit seinen großen, schwieligen Händen. Als er wieder aufrecht stand, ließ er sie fast synchron mit einem feinen Sirren durch die Luft kreisen. »Es gibt nur einen Ort, an dem ich die entsprechenden Beweise finden kann. Die Viertel, die von der Bestie bereits befallen sind.«

Mamercus wusste um die Gefahren, die ein Besuch in diesen Vierteln mit sich brachte, aber er war bereit, dieses Risiko einzugehen, um der Menschheit zumindest eine Chance zu geben. Bekannten Gefahren konnte man sich stellen. Den Zauberern würde schon etwas einfallen. Zügig schlüpfte der ehemalige Gladiator in einen speckigen Lederharnisch und legte sich kupferfarbene Beinschienen an, die mit Widerhaken versehen waren. Schließlich stülpte er sich seinen Murmillo über. Er schlug mit dem rechten

Schwert dagegen. »Morituri te salutant«, murmelte er aus Gewohnheit vor sich hin und lachte in sich hinein. »Ich sollte heute wohl besser sagen: *Der* Todgeweihte grüßt.«

Ohne zu zögern, öffnete er die Tür. In seiner Ausrüstung würde er mit den Hunden spielend fertigwerden, auch wenn er hoffte, dass dies nicht notwendig war. Ein trauriges Bild empfing ihn, als er auf den Hof trat. Selbst in dem dämmerigen Licht, das der abnehmende Mond warf, waren die zahlreichen Blutspritzer überall auf dem Boden zu sehen. Unus lag mit aufgerissener Kehle vor dem ausgebrannten Schuppen und rührte sich nicht mehr. Duus lag zusammengerollt nicht weit von ihm entfernt. Sein blutüberströmter, breiter Brustkorb bewegte sich heftig. Die Beine und Pfoten des stattlichen Tiers zuckten unkontrolliert. Mamercus musste kein Medicus sein, um zu erkennen, dass der Hund sein Leben aushauchte. Hinter Mamercus ertönte plötzlich ein böses Grollen. Langsam drehte er sich um und sah Malko. Sein Maul war blutrot. Eines seiner Ohren war zerfetzt und er humpelte.

»Ruhig, mein Junge. Ich bin es, dein Mamercus. Erinnerst du dich?«, versuchte er das Tier zu beruhigen. Er wollte seinen Hund nicht töten müssen.

Malko schüttelte sich und gab ein langes Heulen von sich, dann schlich er mit eingezogenem Schwanz zu Mamercus.

Der streichelte ihm sanft über die Seite und untersuchte ihn dabei unauffällig nach größeren Wunden, doch der riesenhafte Hund schien auf den ersten Blick nicht ernstlich verletzt zu sein. »Alles gut bei dir, mein Großer? Dich hat die Bestie noch nicht erwischt, was? Du hast mich wie immer nur beschützt. Was würde ich nur ohne dich machen?« Mamercus drückte Malkos riesigen Kopf an den seinen. »Geh ins Haus. Friss, was du finden kannst, und sollte ich nicht wiederkommen, dann lauf weg aus Kol. So weit dich deine Pfoten tragen.«

Träge trottete das gehorsame Tier in Richtung Haustür. An der Schwelle schaute es Mamercus nach, der gerade das Tor hinter sich zuzog, aber einen Spalt offen ließ, damit sein Hund wirklich fliehen konnte, wenn ihm danach war.

»Ich komm wieder, Malko. Versprochen!«

Das Heptagon ist vollkommen, doch die Magia strömt nicht stärker als bisher. Wir bekommen sie nur in kleinen Mengen, die es uns maximal ermöglichen würden, das Publikum in einem Circus mit magischen Taschenspielertricks zu unterhalten. Wo liegt der Fehler? Hat der Meister sich doch geirrt?

Anonymus – archiviert unter: Die Aufzeichnungen des ersten Magus

IX. Luca

Luca war froh, dass sein Gehör während der Zeit seiner Blindheit so fein geworden war. So konnte er sich beim heimlichen Lesen in seinem Zimmer davor schützen, von jemandem überrascht zu werden. Noch wollte er, dass ihn alle weiterhin für einen blinden Krüppel hielten, obwohl er sich mit der Kraft, die das Artefakt im Haus seiner Familie ausstrahlte, langsam heilte. Luca fand es äußerst günstig, dass er von allen unterschätzt wurde. Er konnte jeden in seiner Umgebung beobachten und niemand wusste es. Sonst spielten ihm immer alle etwas vor. Jetzt aber konnte er endlich einmal hinter die Fassade sehen und das wahre Antlitz seiner Familie und der Dienerschaft erkennen. Wahre Loyalität brauchte man nicht zu heucheln. Bedächtig wandte er sich dem nächsten Teil des vergilbten und rissigen Papyrusstapels zu. Was er hier in der – normalerweise für ihn verbotenen – Privatbibliothek seines Vaters gefunden hatte, war so aufregend, dass es sich las wie eine der Abenteuergeschichten, die seine Amme ihm immer erzählt hatte. ›Primi de septem‹ war der Titel jener Schriften, die ihm am Anfang wie das zusammenhanglose Geschwafel eines Irren vorgekommen waren, aber je weiter er las, umso deutlicher erschloss sich ihm das ursprüngliche Geheimnis Kols.

Eigentlich hatte er seinen Vater nur dafür bestrafen wollen, dass er ihn trotz seines Erfolgs mit dem Artefakt wie einen Aussätzigen behandelte. Dazu war Luca nichts Originelleres eingefallen, als den dicksten Papierstapel aus dessen geliebter Bibliothek zu stehlen, um ihn bei Gelegenheit zu verbrennen. Aber dann hatte er sein Augenlicht testen wollen und gleich der erste Text, den er las, hatte ihn gefesselt. Er war froh, dass er die Papyri nicht verbrannt hatte. Luca hätte es nicht mit Sicherheit sagen können, aber er hatte das Gefühl, dass die Worte in der alten Sprache auch ein gewisses Maß an Magie enthielten. Immer, wenn er sie las, spürte er ein energetisches Knistern. Früher wäre Luca davon beeindruckt gewesen, aber jetzt, da er die Macht des Knochens spürte, war das für ihn nichts Besonderes mehr. *Wenn ich ihn nur irgendwie in die Hände bekommen würde, könnte ich Großartiges für meine Familie damit erreichen*, da war sich Luca sicher. Aber sein verfluchter Vater saß darauf wie eine Glucke und der dumme Marwon hatte die wertvolle Energie verschwendet, um den Felsengram für den Wahlkampf seines Vaters in die Stadt zu schaffen. Er konnte fast spüren, wie sein Onkel immer noch Energie abzog, um die Bestie ruhig zu halten. Luca schüttelte den Kopf. Er konnte diese Kleingeistigkeit nicht verstehen. Schlimmer noch, sie ekelte ihn an.

Wenn er die Kraft des Artefakts hätte nutzen können, hätte er sich einfach selbst zum Kaiser ernannt. Jedem, der aus dem Senat dagegen seine Stimme erhoben hätte, wäre es so ergangen wie Zenturio Tatze. An dem zutraulichen schwarzen Küchenkater hatte Luca seine neuen magischen Kräfte getestet. Die Worte dafür waren ihm aus der Magiakademie vertraut, allerdings hatten sie zuvor einfach gar nichts bewirkt. Jetzt hatten sie dafür gesorgt, dass das Tier vor Schmerzen schrie, bevor es zerplatzte wie eine überreife Melone, die auf dem Boden aufschlägt. Luca dachte oft daran zurück. Seine grenzenlose Macht über Leben und Tod war ein herrliches Gefühl gewesen. Seit zwei Tagen grübelte er, mit wem er nun weiterarbeiten konnte, um weitere Zaubersprüche zu testen, aber schon das Verschwinden von Zenturio Tatze hatte für viel zu viel

Aufsehen gesorgt. Ein breitflächig verteilter Kater im Innenhof war nichts, womit die Kleingeister hier umgehen konnten. Es hatte sogar Tränen gegeben wegen des alten Flohsacks. Luca wusste, dass er vorsichtig sein musste. Sein Vater wäre von solchen Experimenten alles andere als begeistert.

Es klopfte zaghaft an seiner Tür.

Panisch versteckte Luca die Papyri unter der Decke für seine Beine und stülpte sich hastig die Maske über. Mit wenigen Schritten war er zu dem Sessel geeilt, in dem er sonst immer seine Tage als Blinder apathisch verbracht hatte. »Herein!«, sagte er mit gespielt kraftloser Stimme.

Ein schüchternes blondes Mädchen mit reichlich Pickeln auf der fettigen Stirn trat in sein karg eingerichtetes Zimmer. Leider verabscheute Lucas Vater jede Art von unnötigem Luxus. Das Mädchen brauchte einen Moment, bis sie ihn in dem dämmerigen Zimmer entdeckte. Für einen Blinden wurden im Haushalt Acilius nur äußerst begrenzt Wachskerzen oder Fackeln verschwendet.

Luca hatte sie schon ein, zwei Mal gesehen, aber normalerweise gehörte sie nicht zu den Sklaven, die ihm aufwarteten. Insgeheim hatte Luca den Verdacht, dass ihm sein Vater aus purer Boshaftigkeit die ungeschicktesten und hässlichsten Hausangestellten schickte.

Das Mädchen kam auf ihn zu und lief dabei gegen den Tisch, an dem er eben noch gelesen hatte. Ein Blatt, das er vergessen hatte zu verstecken, segelte sanft zu Boden.

Es kostete Luca enorm viel Kraft, nicht aufzuspringen, um das Corpus Delicti augenblicklich verschwinden zu lassen. *Sie versteht sowieso nicht, was das ist*, versuchte er sich zu beruhigen.

Das unansehnliche Mädchen kam weiter auf ihn zugetapst.

Bei den Göttern, wie dämlich ist die denn? Weiß die nicht, wer ich bin? Sie hatte sich vor dem Erben des Hauses Acilius noch nicht einmal verbeugt. *Wahrscheinlich haben sich alle daran gewöhnt, den nichtsnutzigen Krüppel wie den letzten Dreck zu behandeln. Mein Vater macht es ihnen schließlich vor.* Trotzdem musste Luca in seiner Rolle bleiben, wollte er nicht auffliegen. »Wer ist da?«, fragte er daher, so freundlich er konnte.

Das Mädchen blieb verblüfft stehen. Sie wirkte erschreckt.

Luca erkannte, dass sie nachdachte. Über ihrer Knollennase waren hässliche Falten erschienen. *Der dummen Ziege muss man ja alles erklären,* dachte er genervt. »Ich kann deinen Gang leider nicht durchs Hören zuordnen«, versuchte er die Unwissenheit zum Licht zu führen. »Kennen wir uns schon?«

Tatsächlich erhellte sich das Gesicht des unscheinbaren Mädchens. »Gerda, Herr. Ich soll Euch zu Eurem Vater bringen.« Dümmlich verharrte sie vor seinem Sessel.

So blöd kann doch keiner sein. Ich wette, mein Vater hat sich schlappgelacht, als er diese Idiotin zum Dienst bei mir eingeteilt hat. »Gut, Gerda. Du wirst mich aber führen müssen, leider bin ich blind«, wies Luca sie möglichst liebenswürdig an, obwohl er der Beschränkten lieber andere Worte an den Kopf geworfen hätte.

»Oh, natürlich. Entschuldigt, Herr.« Sie hielt ihm ihre Hand hin.

Bewusst langsam drückte sich Luca nach oben und ließ seine Hand ein paar Mal an ihrer vorbeischwingen, als würde er danach suchen. Sie kam überhaupt nicht auf die Idee, nach seiner zu greifen, sondern hielt ihren Arm starr geradeaus. Schließlich wurde es Luca zu bunt und er ergriff ihre erstaunlich weiche Hand. *Was sie wohl vorher gemacht hat? Solche Hände hat keine Küchenmagd,* grübelte er kurz und ärgerte sich, dass er seine Gedanken auf solche Belanglosigkeiten verschwendete.

Gerda verließ ihn im Vorzimmer seines Vaters und watschelte zurück in Richtung der Küche. Haussklaven hatten keinen Zutritt zum Büro des Pater familias.

Luca stellte sich auf eine lange Wartezeit ein, doch die breiten Flügeltüren zum Büro seines Vaters öffneten sich erstaunlich schnell. Luca sah ihn hinter dem Schreibtisch über irgendwelchen Papieren sitzend grübeln. Er machte sich nicht die Mühe aufzublicken, geschweige denn zu ihm zu kommen, um ihn zu führen. Zum ersten Mal seit Langem war Luca das egal. Sein Blick war starr auf die kleine Eisentruhe in der Mitte des Raums gerichtet. Sein Vater hatte sie offenbar extra anfertigen lassen. Keine rosa Perlen und dickbäuchigen Engel mehr, sondern nur festes Metall und ein großes Schloss. Trotz dieser Abschirmung spürte Luca die darin enthaltene Macht auf sich zuströmen. Es wäre ihm ein Leichtes, das Eisen zu schmelzen und den begehrten Knochen an sich zu bringen.

Warum nicht, ich …

»Komm schon rein«, grunzte sein Vater, ohne aufzublicken, und zeichnete weiter etwas mit seinem typischen geschwungenen G ab, das konnte Luca allein an der Handbewegung erkennen.

Luca imitierte den plumpen Gang eines Blinden auf ungewohntem Terrain und ging vorsichtig in das Zimmer. Leider hatte das dumme Mädchen seinen Blindenstock nicht mitgenommen, daher musste er besonders langsam gehen, um keinen Verdacht zu erwecken. Luca rannte mit Absicht gegen den Schreibtisch seines Vaters und sorgte dafür, dass die zierliche Marmorfigur einer nackten

Wassernymphe herunterfiel und prompt zerbrach.

»Pass doch auf!«, schimpfte sein Vater.

Luca wusste, dass der das kleine Kunstwerk gemocht hatte. *Vielleicht wird heute ja doch noch ein erfolgreicher Tag*, dachte er zufrieden.

»Das ist einer der Gründe, warum ich dich habe zu mir rufen lassen.« Der große Gaius Acilius stand aus seinem Stuhl auf und fing an im Zimmer auf und ab zu gehen.

Luca starrte noch einen Moment über den Schreibtisch hinweg, bevor er sich umdrehte, um in der Rolle des Blinden zu bleiben, der sich auf sein Gehör verlassen musste.

»Wie du vielleicht weißt, steht die Kaiserwahl bevor.«

Luca wusste, dass von ihm keine Antwort erwartet wurde. Derartige Ansprachen kannte er von Kindesbeinen an. Er hatte gelernt, dass sie schneller vergingen, wenn man einfach schwieg.

»Wir sind eine geachtete Familie und viele Senatoren sind uns wohlgesinnt. Um den Pöbel brauchen wir uns auch keine Sorgen zu machen. Dein Onkel hat dafür gesorgt, dass der bei den anstehenden Sonderspielen bestens abgelenkt und unterhalten wird, die Stimmen der fünfzehn Volkstribunen aller Stadtteile haben wir so gut wie sicher. Sie werden die einfachen Leute geradezu dazu zwingen, mir ihre Stimme zu geben, nach dem, was wir der Arena geschenkt haben.«

»Dazu meinen besonderen Glückwunsch, Vater«, bemerkte Luca leise.

»Wie oft muss ich dir noch sagen, dass man seinen Pater familias niemals unterbricht. Hast du denn gar nichts gelernt? Du bist inzwischen kein Kind mehr, vergiss das nicht andauernd.« Lucas Vater strich verzweifelt über seinen kahl rasierten Kopf.

Luca nickte demütig, wobei seine schlecht befestigte Maske verrutschte und ihm die Sicht nahm.

»Was den Menschen und den Senatoren aber wichtig ist, ist eine starke Blutlinie, und die habe ich leider mit dir nicht mehr aufzubieten. Da mein Bruder wegen seines kleinen magischen Unfalls in unserer Kindheit keine Nachkommen haben kann, steht die Familie Acilius quasi vor dem Ende. Einen Mann, dessen eigenes Haus keine Zukunft hat, wählt man nicht zum Kaiser der großartigsten Stadt der Menschheit.«

Luca machte sich gar nicht die Mühe zu erwähnen, dass er sehr wohl noch Kinder würde zeugen können. An den entsprechenden Stellen hatte das Feuer nämlich glücklicherweise nicht gewütet.

»Daher werde ich heiraten, um diesen Makel aufzuheben.«

Kurz überlegte Luca, seinem Vater zu gratulieren, doch er schluckte die zynische Bemerkung, die daraus geworden wäre, herunter. Sollte der alte Mann doch machen, was er für richtig hielt, was ging ihn das an.

»Meine junge Braut ist aus bestem Hause und sie ist«, sein Vater räusperte sich überraschend verlegen, »bereits schwanger. Aber das habe ich mit den Priestern schon geklärt. Sie glauben, dass es ein Junge sein wird, und er wird als mein legitimer Nachfolger anerkannt werden.«

Luca glaubte kurz, dass ihm jemand mit der Faust in den Magen geschlagen hätte.

»Dich werde ich nach der Hochzeit auf eines unserer Latifundien schicken, damit du dich gut erholen kannst. Vielleicht kannst du dem Verwalter sogar zur Hand gehen. Wenn du genesen bist, holen wir dich wieder her. Es gibt sicher eine Aufgabe, die ein junger Mann wie *du* …«

Sein Vater wusste nicht, dass Luca sein angewidertes

Gesicht sah.

»… in Kol erledigen kann.«

In Lucas Kopf überschlugen sich die Gedanken. Das Einzige, was ihn bisher zu etwas Besonderem gemacht hatte, war, der Sohn eines mächtigen Mannes zu sein, dessen Erbe er einmal antreten würde. Die Zeit war bisher Lucas bester Verbündeter gewesen. Er war jung und sein Pater alt. *Wenn er erst mit der Dirne verheiratet ist, die seinen Bastard austrägt, bin ich ein Niemand.* Er würde nichts erben und schon gar nicht der Nachfolger seines Vaters im Senat oder gar auf dem Kaiserthron werden, sondern dieser andere Bengel. Blinde Wut überrollte Luca.

»Hast du mich verstanden?«, hakte sein Vater nach.

In Lucas Kopf war eine Stimme aufgetaucht, die immer lauter wurde und ihm eine Lösung all seiner Probleme offerierte. *Töte ihn. Töte ihn. Töte ihn …* In seinem Zorn bemerkte Luca gar nicht, dass diese Stimme aus der eisernen Truhe direkt hinter ihm zu kommen schien.

Das Ritual zum Öffnen des Portals muss an einem besonderen Ort durchgeführt werden. Einem Ort der Reinheit, der das genaue Gegenteil zu der Welt bietet, deren Kraft wir habhaft werden wollen. Blut wäscht man mit Wasser klar.

Anonymus – archiviert unter: Die Aufzeichnungen des ersten Magus

X. Balger

Balger schob Zweige und trockenes Laub zur Seite und kroch aus der kleinen Senke heraus, in der er sich für den Rest der Nacht verkrochen hatte. Er hatte die Felsengrame noch beobachtet, um eventuell die Schriftrolle zu bergen, aber die beiden hatten bei ihrem Kampf gegeneinander aus der kleinen Hütte in Windeseile Staub gemacht. Also blieb ihm nichts anderes übrig, als sich irgendwo zu verkriechen in der Hoffnung, dass die Bestien genug mit sich selbst beschäftigt waren, um nicht weiter nach ihm zu suchen. Die geheimnisvollen Schriften waren unwiederbringlich zerstört. Stöhnend stand Balger auf und klopfte sich die Reste seiner Tarnung aus abgestorbenen Blättern ab. Sein Atem quoll weiß aus seinem Mund. Es war hier oben empfindlich kalt. In der Ebene und in Kol selbst mochte der Herbst kaum vom Frühling zu unterscheiden sein, aber das Gebirge kündigte den Jahreszeitenwechsel frühzeitig an. Balger spürte beim Schlucken, dass ihm der Hals wehtat. *Eine Erkältung, das ist ja das Allerletzte, was ich gerade gebrauchen kann.* Jetzt bemerkte er auch, dass ihm alle Glieder wehtaten. *Der Kräutertee meiner Mutter wird mich schnell wieder gesund machen.* Instinktiv schlug Balger den Weg zurück nach Hause ein. Er kannte die schwarzen Berge sein ganzes Leben lang und brauchte keine Karte.

Schon von Weitem sah Balger die Höhlen, die die Natur in den schwarzen Felsen geschlagen hatte und die fleißige Menschenhände stetig erweitert hatten. Die unterschiedlich großen Kavernen boten manchmal nur einer Person ein

Heim, in anderen waren sogar mehrere kleine Häuser errichtet worden, so riesig waren sie. Die Felsunterschlüpfe, die man nur über Seile oder einfache Strickleitern erreichen konnte, boten einen guten Schutz gegen die Bestien. Die meisten Arten trauten sich nicht so hoch in die Berge, und wenn doch, dann konnten Acida und Lacernae den glatten Felsen nicht hochklettern. Felsengrame passten nicht durch die Höhleneingänge und Nachtvögel griffen ihre Beute nur auf freiem Feld an und trauten sich nicht, in etwas hineinzufliegen, weil sie dann den Himmel nicht mehr über sich sehen konnten. Bisher hatte dieser einfache, aber effektive Schutz gut funktioniert. Die größte Gefahr für die Dorfbewohner bestand darin, dass sie ihre Behausungen regelmäßig verlassen mussten, um Essen zu sammeln oder zu jagen. Viele waren von diesen Missionen nicht zurückgekehrt. Balger beschleunigte seine Schritte noch mal, als er sein Ziel vor sich sah. Er wollte endlich wieder nach Hause, auch wenn er eine schreckliche Botschaft mitbrachte. Der Tod seines Vaters würde seine Mutter und die beiden Schwestern hart treffen. Balger selbst war immer noch erfüllt von Trauer über diesen Verlust. Gleichzeitig wallte Zorn in ihm auf. Er hatte seinen Schwur nicht vergessen: Er würde Spurius, den menschenfangenden Söldner, töten. *Ich werde meine Rache bekommen!*

Balger hatte die steil aufragende natürliche Felswand erreicht. Zahlreiche mit Steinen beschwerte Seile schwangen träge im Herbstwind. Er drückte seine Stirn gegen den von der Mittagssonne warmen Felsen und genoss es, die bekannte Maserung des Gesteins endlich wieder auf seiner Haut zu spüren. *Zu Hause.*

Erst jetzt bemerkte Balger, dass es erstaunlich still war. Kein Kinderlachen schallte, durch das Echo der Felswände verstärkt, von oben herab. Nirgendwoher kam das schleifende Geräusch des Mahlsteins oder das metallische Singen vom Amboss ihres Schmieds Teontz, der fast nie innehielt in seiner Arbeit. *Komisch.* Der Tag war weit fortgeschritten, schlafen konnten die Dorfbewohner nicht mehr. Balger fühlte einen dicken Kloß im Magen. Unwillkürlich dachte er an das verwüstete Latifundium. Vor seinem inneren Auge sah er die stinkenden aufgetürmten Leichen. Glasige Augen und aufgedunsene Leiber. Balger schüttelte sich und holte tief Luft. Das Brennen in seinem Hals ignorierte er. Ohne groß darüber nachdenken zu müssen, griff er aus den vielen Seilen dasjenige, das zu der Wohnhöhle seiner Familie führte. Behände zog er sich ein Stück hoch, stützte sich mit den Füßen an der an dieser Stelle ausgetretenen Felswand ab und kletterte nach oben. Schnell hatte er die Wand überwunden, obwohl es ihm durch seine beginnende Krankheit schwerer fiel als üblich.

Balger betrat sein Zuhause durch den ovalen Höhleneingang, unter dem er sich ein wenig hindurchducken musste. Der ihm wohlbekannte Geruch nach Trockenfleisch und gegerbten Wildschweinfellen begrüßte ihn als Erstes. Allerdings fehlte das typische Aroma von Rauch, das sonst immer zwischen den Wänden der mannshohen Höhle hing. Er ging tiefer in das Innere hinein. Alles sah fast noch genauso aus, wie er es in Erinnerung hatte. Auf den einfachen, geschickt in Felsnischen eingepassten Regalen standen kleine Tonkrüge voller Kräuter und Öl. Die mit Heu ausgelegten Bettnischen sahen aus wie immer. Die Schlafstatt seiner Eltern war akkurat ausgerichtet und eine Felldecke ordentlich darübergebreitet. Das gemeinsame Bett seiner Schwestern sah so zerwühlt aus, als wären sie gerade erst aufgestanden. Balger durchschritt die Höhle. Er griff gedankenverloren nach dem Windspiel aus hohlen

Klanghölzern, das über der Kochstelle hing, und ließ es erklingen, so wie er es schon unzählige Male gemacht hatte, wenn er als Kind seine Mutter beim Kochen beobachtet hatte. Balger lief tiefer in die Höhle hinein zu seinem kleinen Reich, das hinter einer kleinen Biegung relativ viel Privatsphäre bot in dem ansonsten offenen Raum. Hier sah alles so aus wie an dem Tag, als er mit seinem Vater aufgebrochen war. Zahlreiche Papyrusrollen, die er von Euthydemos bekommen hatte und hütete wie einen Schatz, lagen sicher in einer trockenen Felsnische, daneben seine Leier und der uralte, rostige Gladius, den er beim Ausgraben von essbaren Wurzeln gefunden hatte. Alles direkt über seiner mit unterschiedlich gemusterten Fellen ausgekleideten Schlafstelle, die man auch nicht gerade als aufgeräumt bezeichnen konnte. Seine Familie hatte es augenscheinlich nicht gewagt, seinen Bereich zu verändern, in der Hoffnung, ihn doch noch gesund wiederzusehen.

Balger fuhr mit den Fingerspitzen sanft über die Papierrollen, doch in die Hand nahm er die Leier, die ihm sein Vater vor langer Zeit gebaut hatte. Balger legte die Finger auf die Saiten und dachte an den Mann, von dem er so viel gelernt hatte. Er vermisste ihn schrecklich. Ein erstaunlich wohlklingender Ton erklang. Das Instrument sah einfach aus und wäre deshalb in Kol sicher verhöhnt worden, aber Balger liebte es. Sein Vater hatte es aus einem halben getrockneten Kürbis gefertigt, den er mit Leder bespannt hatte. Das Griffbrett war mit drei Saiten aus Tiersehnen versehen. Balger ließ sich stöhnend auf sein altes Lager fallen, und um die ihn übermannende Trauer zu vertreiben, spielte er die lustige Weise, die seine Schwestern so mochten und bei der sie immer vor Vergnügen quietschend durch die Höhle gesprungen waren. *Wo seid ihr?*, fragte er sich. Die Musik hatte ihn nur noch melancholischer gemacht.

Balger machte sich auf die Suche nach Feuerholz, um die Kochstelle anzuheizen, damit er die Kälte aus seinen Gliedern vertreiben konnte. Natürlich hatten seine Schwestern mal wieder den Vorrat nicht ausreichend aufgefüllt, obwohl das ihre Aufgabe war. Er kletterte hinunter zum Lagerplatz, um Holz zu holen. Nachdem er das Feuer entfacht hatte, ließ er sich erschöpft auf seine Felle fallen. Ihm war trotz der Anstrengung und des Feuers eiskalt und er begann zu zittern. Sein Körper holte sich, was er brauchte: Augenblicke später war er an dem vertrauten Ort einfach eingeschlafen.

Balger brauchte eine Weile, bis er begriff, wo er sich befand. Und dann einen furchtbaren Moment, bis ihm klar wurde, dass er allein in der Höhle war. Er konnte nicht sagen, wie lange er geschlafen hatte, aber es ging ihm deutlich besser als vorher. Geblieben waren nur ein kratzender Hals und brennender Durst. Die Feuerstelle, an der seine Mater normalerweise in einem riesigen an Eisenketten hängenden Topf die Mahlzeiten zubereitete, war wieder kalt. Das war beängstigend, und hätte Balger nicht längst verstanden, dass hier etwas nicht stimmte, wäre es ihm spätestens jetzt aufgefallen. Nie hätte seine Mutter das Feuer ausgehen lassen. Die Kochstelle war der Mittelpunkt ihres Heims und ihre Mahlzeiten ihr ganzer Stolz. Aus den wenigen Dingen, die das karge Land der Berge hergab, hatte sie die fantastischsten Gerichte zubereitet. Balger nahm den Deckel von dem alten Wasserfass. Erstaunlicherweise war es leer. Er konnte sich keinen Reim darauf machen, aber das Grübeln darüber ließ seinen Durst leider nicht weniger werden.

Er nahm einen der Ledereimer, die am Eingang an

eisernen, in die Wand getriebenen Haken hingen, griff sich ein Seil und kletterte ein kurzes Stück nach unten. Geschickt schwang er sich in die kleine Schlucht hinein, die das Höhlendorf in der Mitte zerteilte. Das kleine Rinnsal, das hier an der Abbruchkante ankam, wurde etwas weiter hinten in einem großen, in den Felsen gehauenen Becken gestaut, damit sich die Dorfbewohner mit größeren Mengen Wasser versorgen konnten. Balger trat hinein in die enge Felsschlucht. Die Wände links und rechts von ihm verliefen steil nach oben. Hinter ihm ging es nach unten und vor ihm befand sich hinter der Wasserstelle eine glatte Felswand. *Ideal für eine Falle*, dachte er, so wie immer, wenn er hier war. Früher hatte er sich die abenteuerlichsten Geschichten von Räubern und angreifenden Bestien ausgemalt, die er allein aus der Schlucht vertrieb, wofür er den Ruhm und die Liebe aller Dörfler einheimste. Seitdem diese Träume in Teilen zur Realität geworden waren, fand er keinerlei Gefallen mehr an der Vorstellung, gegen Bestien kämpfen zu müssen.

Balger zog das Seil hoch und legte den umwickelten Beschwerungsstein auf die Felskante, damit er wieder zurückkonnte und der Strick nicht unkontrolliert im Wind zurückschwang. Das war ihm als Junge mehrmals passiert. Seitdem ihn sein Vater hier eine Nacht hatte allein verbringen lassen, hatte er es nie wieder vergessen, die Leine zu sichern. Balger schaute sich um. Auch hier sah alles aus wie immer, nur dass er allein war. Normalerweise war der Brunnen, wie das Quellbecken genannt wurde, immer ein beliebter Treffpunkt gewesen, um den neuesten Tratsch auszutauschen. Es schmerzte ihn, diesen geliebten Ort so leer und *tot* – Balger schüttelte sich, um diesen Gedanken loszuwerden – zu sehen. »Hallo, ist noch jemand hier?«, rief er laut, um das Gefühl des Verlorenseins zu vertreiben. Das Echo, das die Felswände erzeugten, warf das Wort wieder und wieder zurück.

Keine Reaktion.

Mit hängenden Schultern schlich Balger zur Wasserstelle, ging in die Knie und schöpfte mit den Händen von dem kühlen Nass. Nachdem er sich satt getrunken hatte, wusch er sich das Gesicht mit dem eiskalten Felsquellwasser. Normalerweise eine Todsünde. Niemand wollte sein Trinkwasser aus einem Brunnen beziehen, in dem man sich wusch, aber heute war es sicher ausnahmsweise gestattet. *Was ist hier nur los?* Balger war verzweifelt. Über ihm erklang das charakteristische Pfeifen eines Mauerläufers. *Es gibt also doch noch Leben hier.* Balger stand wieder auf und schaute nach dem Vogel, der emsig in den kleinen Gesteinsnischen nach Insekten suchte. *Ich werde herausbekommen, was hier passiert ist!*, nahm sich Balger vor. Er ging durch die kleine Schlucht zurück zu der Felskante, um an dem Seil nach unten zu klettern. *Und wenn ich jede einzelne Höhle durchsuchen muss.*

Als er am Abhang war, musste er einen Augenblick überlegen, was sich verändert hatte. *Das Seil ist weg.* Balger bekam am ganzen Körper eine Gänsehaut. Er war sich sicher, dass er es so abgelegt hatte, dass es nicht von allein zurückrutschen konnte. Balger schaute sich um. In der schmalen Schlucht war er definitiv allein. Langsam ging sein Blick nach oben, in Richtung des emsig hüpfenden und schnell mit den Flügeln schlagenden Mauerläufers. Von unten sah man nur das unscheinbare graue Gefieder des Vogels, aber Balger wusste, dass seine Flügel auf der Oberseite karmesinrot waren. Der Vogel sah tatsächlich anders aus, als es auf den ersten Blick schien. Genauso wie das Dorf: Es schien doch nicht so verlassen zu sein, wie Balger geglaubt hatte.

Die oberen Felskanten waren nur schemenhaft auszumachen. Balger sah bloß einen keilförmigen, schmutzig grauen Himmelsstreifen. Ein faustgroßer Stein fiel herunter. Ob das Zufall war? Er wäre auf Balgers Kopf gelandet, wenn er nicht einen Schritt zur Seite gemacht hätte. Panik kam in ihm hoch. Er saß in der Falle. Jetzt entdeckte er auch etwas, das ihm die ganze Zeit entgangen war, obwohl er direkt darauf stand. In den Boden hatte jemand etwas in riesenhaften Lettern eingeritzt: BESTIAS.

Mit einem surrenden Geräusch wurde neben ihm urplötzlich ein Seil heruntergelassen. Balger stolperte einen Schritt rückwärts, weil er sich so erschreckte. Dabei verhedderte er sich mit seinem linken Arm in einem weiteren von oben kommenden Strick. Panisch schaute er hoch und entdeckte zwei in Schwarz gekleidete Gestalten, die sich geschickt zu ihm herunterhangelten. *Menschenfänger*, wurde Balger klar. Er verfluchte sich, weil er so unachtsam gewesen war und seinen Gladius in der Höhle zurückgelassen hatte. Die vertraute Umgebung hatte ihn leichtsinnig werden lassen. Federnd ging er in die Knie und schnappte sich einen der faustgroßen Felsbrocken, die zu seinen Füßen lagen.

Der erste Fremde hatte den Boden fast erreicht.

Balger rannte auf ihn zu, packte dessen Seil und begann damit im Kreis zu laufen, sodass es anfing sich immer schneller zu drehen und nach außen zu beulen. Schließlich krachte die daran hängende Gestalt an die Felswand. Ein gedämpfter Schmerzensschrei ertönte. Der rechte Arm des Unbekannten hing schlaff herab, als würde er nicht zum Rest des Körpers gehören. Trotzdem konnte er sich mit dem anderen immer noch festhalten. Daher gab es keinen Grund für Balger, mit seinen Bemühungen aufzuhören. Er wollte, dass der schwarz Gekleidete herunterfiel. Es war zwar nicht mehr tief, aber für ein paar saftige Knochenbrüche würde es schon reichen.

»Schluss damit, Junge«, ertönte eine metallisch klingende Stimme hinter Balger.

Der drehte sich gar nicht erst um. Er verstand auch so, dass er sich zu lange mit dem ersten Menschenfänger beschäftigt hatte. Genervt schleuderte er dessen Seil noch mal Richtung Felswand und ging dann lauernd und den Stein angriffslustig erhoben auf seinen neuen Gegner zu.

»Ist das dein Ernst?«, schnarrte die verzerrte Stimme und man hätte meinen können, so etwas wie Belustigung herauszuhören.

Balger antwortete gar nicht erst. Er wusste, dass diese aufgesetzte Konversation nur ein Ablenkungsmanöver war. Diesen alten Trick hatte ihm Bestienmeister Gaius schon in seiner ersten Woche in der Arena beigebracht und Balger dabei fast das Handgelenk gebrochen.

Der Fremde schlug die große Kapuze seines schwarzen Mantels zurück. Zum Vorschein kam eine schrecklich anzusehende Fratze mit Hörnern, langen Reißzähnen und bläulich glühenden Augen. »Diesen Kampf kannst du nicht gewinnen«, dröhnte es unmenschlich aus dem furchteinflößenden Maul.

Balger hätte sich wirklich fast ergeben, aber dann erkannte er, dass es sich nur um eine Maske aus Metall handelte. »Ich habe ohne Waffen gegen ein Lacernarudel bestanden. Wäre ich so gut bewaffnet gewesen wie jetzt«, Balger warf den Stein in die Luft und fing ihn geschickt wieder auf, »hätte ich es gleichzeitig noch mit einem Acidumschwarm aufnehmen können«, höhnte er, um mutiger zu wirken, als er sich fühlte.

Ein metallisches Schnauben kam aus der Maske. »Du nimmst den Mund ja reichlich voll, aber wie du meinst.«

Aus den Armen des Menschenfängers schossen mit einem mechanischen Schleifen zwei kerzengerade, blitzende Schwerter. Doch damit nicht genug. Zu Balgers Überraschung schälten sich aus dem Rücken der Kreatur zwei weitere Arme hervor, die Metallketten schwangen, an deren Ende jeweils dicke Eisenkugeln mit Dornen befestigt waren.

Was ist das für ein Wesen?

»Wirst du mit dem Kleinen allein fertig, Keänschi?«, fragte eine Stimme in Balgers Rücken. Der zweite Angreifer hatte es doch tatsächlich nach unten geschafft.

Der Vierarmige lachte bloß und ging leicht geduckt auf Balger zu. Alle seine Waffen waren bereit für den Angriff. Die Schwerter trug er auf Bauchhöhe. Die Morgensterne kreisten gefährlich in der Nähe von Balgers Kopf.

Balger hätte es vor Ceres nicht unbedingt zugegeben, aber er war beeindruckt und auch eingeschüchtert. Trotzdem erhob er seinen Stein und ging mit federnden Knien auf seinen unbekannten Angreifer zu. Er hatte, im wahrsten Sinne des Wortes, nichts mehr zu verlieren.

Der schien zu glauben, dass Balger versuchen würde, mit dem Stein nach seinem Kopf zu werfen. Zumindest tänzelte er so schnell von rechts nach links, dass einem – unter weniger lebensbedrohlichen Bedingungen – davon hätte übel werden können.

Balger grübelte, wie er diesen übermächtigen Gegner überwältigen könnte. Sein Kamerad schien sich ja noch nicht einmischen zu wollen. Schließlich kam ihm eine Idee. Sie war ein wenig – ehrlich gesagt, fast vollkommen – verrückt, aber in diesem Moment erschien sie ihm genial. Er hob seinen wertvollen Stein, immerhin seine einzige Waffe, und warf ihn. Allerdings nicht auf seinen Gegner, sondern einfach hinaus aus der Schlucht.

»Was zum …?«, kam es von dem Vierarmigen und er sah

dem Stein hinterher.

Darauf hatte Balger gesetzt. Er rannte zu dem Seil, mit dem der Maskierte gekommen war, und kletterte daran blitzschnell nach oben. Balger hatte so viel Kraft, dass er dies nur mit den Armen tun konnte. Mit den Füßen balancierte er sich geschickt aus. Sein Bizeps schwoll dabei beeindruckend an.

»Na, da sag mal einer was. Die ungebremste Kraft der Jugend. Brauchst du jetzt vielleicht doch meine Hilfe, Keänschi?«

Sein Begleiter schien recht erbost, von Balger so ausgetrickst worden zu sein. Wütend schleuderte er einen seiner Morgensterne auf den fliehenden Barbaren.

Die tödliche Waffe schlug knapp neben Balger in die Felswand ein und hinterließ dort etliche weiße Einkerbungen, fiel aber wirkungslos zurück zu Boden. Laut schimpfend erboste sich auch der Mauerläufer über diesen Angriff, war ansonsten aber keine große Hilfe. Balger kletterte, so schnell es ging. Seine Arme brannten wie Feuer. So langsam merkte er, dass er noch nicht wieder komplett genesen war. Als Balger hinunterblickte, sah er seine unbekannten Gegner miteinander reden. Überraschenderweise versuchten sie nicht, das Seil zu bewegen oder ihn auf andere Weise aufzuhalten. Balger nahm dieses Geschenk der Fortuna einfach dankend an und kletterte weiter. Irgendwann musste er ja endlich mal Glück haben. Schließlich hatte er die obere Felskante erreicht. Begierig griff er danach, ließ das Seil los und zog sich hoch. *Ich werde …*, begann Balger einen Plan zu schmieden, dann blickte er auf und sah, dass er mindestens von zwei Dutzend der vermummten Gestalten umzingelt war, die meisten trugen schauerliche Masken und einige hatten sogar sechs Arme.

Es kann nur das Nymphäum sein. Wie konnten wir nur so blind sein? Heute Nacht steigen wir Sieben hinab in die heilige Grotte.

Anonymus – archiviert unter: Die Aufzeichnungen des ersten Magus

XI. Ceres

Ceres spürte ein wohliges Kribbeln, als Tarl sie anlächelte. Es war gut, ihn gesund und munter zu sehen. Von Magnus konnte man das nicht sagen. Irgendjemand hatte ihn übel zugerichtet. Ceres versuchte sich einzureden, dass der Narr sich das schon irgendwie selbst eingebrockt hatte, aber es wollte ihr nicht gelingen. Magnus tat ihr einfach nur leid. Trotzdem wich sie seinem Blick aus. Offensichtlich war er auch der Rache des Direktors anheimgefallen oder Lucas Schergen hatten sich seiner auf grausame Weise angenommen, weil er nicht zu Ende gebracht hatte, womit er beauftragt worden war.

Ceres hatte viel über den Narren nachgedacht. Irgendetwas hatte er ihnen von Anfang an verheimlicht. Vielleicht hatte er ihr gar die ganze Zeit nur etwas vorgespielt? Trotzdem war sie sich sicher, dass er etwas für sie empfand. Etwas Echtes, das weit über normale Freundschaft hinausging. Entweder war Magnus ein hervorragender Schauspieler oder … Ceres seufzte. Sie wusste einfach nicht, was sie von dem jungen Mann halten sollte, der ihr so viel geholfen und sie am Ende doch verraten hatte. Sie sah zu Boden, um erneut Magnus' Blick zu entgehen, der ihren flehentlich suchte.

Manak schien ihr Stöhnen als Angst vor dem Felsengram interpretiert zu haben. »Mach dir keine Gedanken, Mädchen. Nichts, womit du nicht fertigwirst.«

Ceres drückte ihm dankbar die Hand. Es war ein gutes Gefühl, den alten Kämpfer und zahlreiche andere Recken auf ihrer Seite zu wissen. Manak musste die Gladiatoren angewiesen haben, sie zu beschützen. Jedenfalls wuselten ständig zwei, drei hünenhafte Krieger um sie herum, wohin sie auch in der Gladiatorenschule ging. Decimus hatte tatsächlich bisher auch keinen weiteren Annäherungsversuch gewagt. Geschweige denn ein anderer Gladiator. Selbst die Neuen ließen sie in Ruhe, obwohl viele von ihnen so gefährlich aussahen, als wären sie direkt aus den Todeszellen von Carcer Tullianus, dem berüchtigten Gefängnis von Kol, gekommen. Ceres war froh darüber, aber sie wusste auch, dass dies kein Dauerzustand sein konnte. Irgendwann würde der Direktor seine Rache bekommen. Er saß einfach am längeren Hebel. Dass Luca ebenfalls ihren Tod wollte, darüber versuchte sie gar nicht nachzudenken.

Wenn ich nur zaubern könnte! Neidisch blickte sie zu dem rot gekleideten Zauberer. Sie wusste, dass er zu Lucas Familie gehörte und das Artefakt nutzte, das sie ihm gebracht hatte. An seinen Namen konnte sie sich nicht mehr erinnern. Neid und Missgunst kamen in Ceres auf. Der magisch aufgeladene Gegenstand hätte ihr gehören können. *Er hat ja fast schon mir gehört! Ich habe ihn gefunden und …* Ceres schloss kurz die Augen und holte tief Luft. Sie spürte in sich immer wieder den bösen Nachhall jener verderbten Macht, die das Artefakt ausstrahlte. Trotzdem fiel es Ceres schwer, seine Kraft nicht zu begehren, aber sie versuchte sich zu beherrschen. Beeindruckt beobachtete Ceres, wie der Magier mit wenigen magischen Worten die Elefanten beruhigte. *So viel Macht.*

»So, Herrschaften, Ende der Vorstellung! Ihr könnt heute Nacht, wenn ihr an euch rumspielt, an den Felsengram denken. Jetzt alle wieder in ihre Zellen!«, trieb Mokon die Gladiatoren zurück in die dunklen Katakomben.

Wie eine Herde muskulöser Schafe traten alle den Rückweg an. Die meisten waren sicher froh, weg von dem monströsen Stahlzylinder zu kommen, der womöglich die Ursache ihres eigenen Todes enthielt.

Ceres hakte sich bei Manak unter, um den blinden Kämpfer zurückzugeleiten.

»Du nicht!«, zischte sie plötzlich die fistelige Stimme von Validus an. »Du bleibst hier!«

»Was?«, mischte sich Manak gleich ein.

»Ceres soll in der Arena bleiben? Dann bleiben wir auch! Und überhaupt: Warum soll sie hierbleiben?«, kamen ihr gleich weitere Krieger zu Hilfe.

Sofort stürmten acht schwer bewaffnete Legionäre mit auf die Gladiatoren gerichteten Speeren herbei. Auf ihren Langschilden trugen sie alle einen stilisierten Spatz, der auf einem Ölzweig saß, und zeigten damit, dass sie der Familie Acilius dienten.

Lucas Familie, wurde Ceres klar und sie bekam trotz der Wärme eine Gänsehaut.

Die sie umringenden Gladiatoren zeigten beschwichtigend die Handflächen und murmelten Worte der Beruhigung. Unbewaffnet hatten sie trotz ihrer besonderen Kampffähigkeiten wenig Chancen gegen die Soldaten.

»Ich denke, das wäre geklärt«, frotzelte Mokon. »Also los, ihr menschliches Bestienfutter, ab in eure Zwinger.« Er lachte und verteilte so großzügig seinen fauligen Atem.

Manak wollte widersprechen. »S-s-schon gut«, unterbrach ihn Ceres. »D-d-das ist es nicht w-w-wert. Keiner soll wegen mir v-v-verletzt werden. B-b-bitte geht!«

Der blinde Gladiator schien noch mit sich zu hadern, doch dann nickte er traurig. Bevor er ging, flüsterte er ihr noch ins Ohr: »Denk dran, hier in der Arena gibt es keine magischen Schutzsiegel.«

Verwirrt zog Ceres die Stirn kraus und sah den Männern hinterher. Tarl und Magnus hatte sie bereits aus den Augen verloren. *Er hat recht. In der Arena darf man zaubern, um gegen die Bestien zu kämpfen, obwohl es in den Katakomben der Schule streng verboten ist und mit dem Tod bestraft wird. Leider hilft mir das hier auch nicht raus, außer ich schaffe es, mit einem Zauber die Mauern der Arena zu brechen und gleichzeitig alle Legionäre zu überwinden.* Das hätte Ceres nicht mal mithilfe des Artefakts vermocht.

Schnell leerte sich die Spielstätte. Marwon und Decimus verließen miteinander redend die Arena, obwohl es eher so aussah, als würde nur der Direktor sprechen und der Zauberer sich auf ein höfliches Nicken beschränken.

Ceres schaute noch eine Weile zu, wie man den Felsengram in eine riesenhafte Halle unterhalb der Zuschauerränge verfrachtete, mit beindicken Eisenketten den Stahlsarkophag an der Mauer befestigte und dann die neue Heimstatt der Bestie mit einem großen Fallgitter verschloss. Schließlich stand Ceres mutterseelenallein auf dem feinen, hellgelben Sand des runden Spielfeldes. *Was soll das?* Ihr Herz schlug wie wild. Hatte Decimus sie hier allein gelassen, um sich später in aller Ruhe an ihr vergehen zu können? Ceres nahm sich vor, sich zu wehren. Panisch schaute sie immer wieder zu den Eingängen, doch niemand erschien.

Der Himmel verfärbte sich langsam von orange zu lila. Schließlich ging die Sonne ganz unter.

Ceres beobachtete, wie sich die Kuppel langsam schloss und die Welt dahinter zerfloss, als würde sie sie aus einer Wasserblase beobachten. Ihre Aufregung war einer nervenzehrenden Anspannung gewichen. Welches böse Spiel wurde hier mit ihr gespielt? Seit Stunden hatte sie keine Menschenseele gesehen. Ceres taten die Füße und

Beine weh. Aus Angst, nicht schnell genug reagieren zu können, wagte sie es aber nicht, sich in den noch immer warmen Sand zu setzen.

Lange würde sie nicht mehr stehen können. Immer wieder glitten Ceres' Gedanken zurück zu dem, was Manak ihr gesagt hatte: ›In der Arena gibt es kein magisches Schutzsiegel.‹ *Soll ich mich etwa mit einem Zauber gegen mögliche Angreifer wehren? D-d-das w-w-wird d-d-doch n-n-nie w-w-was,* ahmte sie ironisch ihr eigenes Stottern in Gedanken nach. *Als ob ich einfach »Ignis« sagen müsste und …* Ceres unterbrach sich selbst und blickte mit aufgerissenen Augen auf ihre Handflächen. Sie konnte nicht glauben, was sie sah. Ein sich um sich selbst drehender Feuerball schwebte dort, als wäre er an ihr festgewachsen.

»Das ist n-n-nicht möglich«, hauchte Ceres. Wieder begann ihr Herz heftig zu schlagen. Diesmal aber nicht aus Furcht, sondern aus freudiger Überraschung. Trotzdem war sie noch einen Moment lang angespannt. Hatte sie nicht vielleicht doch irgendeine Art von magischem Alarm ausgelöst und würden ihr gleich sieben in Rot gekleidete Zauberer gegenüberstehen, die sie dem Tod überantworten würden? Nichts dergleichen geschah. Nur eine Krähe, die offenbar hoch oben auf der Balkonbrüstung einer Loge saß, krächzte zweimal, dann war es wieder vollkommen still. *Ob ich …* Ceres verschwendete keine Zeit mit Nachdenken, sondern sagte einfach: »M-m-multiplicamini.«

Kein weiterer Feuerball kam hinzu.

Mist, das wäre ja auch zu schön gewesen. Was hast du dir gedacht, Ceres? Du sagst einfach »Multiplicamini« und …

Zwei Kugeln schwebten über ihrer rechten Hand.

Ceres schnappte nach Luft. Noch immer hatte sie nicht

so recht verstanden, was hier vor sich ging. Sie öffnete den Mund, um einen weiteren Zauber zu sprechen, dann überkam sie eine Erkenntnis. *Was wäre, wenn ich die Zauber nicht ausspreche, sondern nur denke? Multiplicamini!*

Vier Kugeln.

Ceres genoss die Hitze, die die von ihr erschaffenen magischen Erscheinungen abgaben. Das Feuer spiegelte sich in ihren Augen. »W-w-wieso bin ich d-d-da nicht früher drauf gekommen?«, fragte sie lachend in die Stille der Arena hinein. Ihre Worte wurden von den leeren Sitzreihen zurückgeworfen.

Wäre die einsame Krähe in diesem Moment über das gigantische Bauwerk geflogen, hätte sie inmitten des großen, schwarzen Flecks, den die Arena nachts innerhalb des immer beleuchteten Kols bildete, einen goldgelb glühenden Punkt entdeckt. Wäre sie näher herangeflogen, hätte sie sogar sehen können, dass dieser goldene Fleck über das ganze Gesicht grinste.

Ceres ließ die vier Kugeln ein wenig hin und her schweben, dann sprach sie den Gegenzauber. »E-exstinguimini.«

Nichts passierte. Ihre magischen Erscheinungen schwebten immer noch umher und verstreuten ihr grelles Licht.

»I-i-ich d-d-dummer Felsengram«, sagte Ceres grinsend zu sich selbst. »Das war j-j-ja gestern.« *Exstinguimini!*

Augenblicklich war es stockdunkel. Sie brauchte eine ganze Weile, bis sich ihre Augen an die Dunkelheit gewöhnt hatten. In Ceres' Kopf überschlugen sich die Gedanken, aber zwei Dinge waren ganz klar. *Ich kann jetzt trotz meines Stotterns endlich zaubern, auch ohne das Artefakt.* Irgendetwas musste im weitläufigen Land passiert sein. Etwas war in ihr erwacht und sie war nun endlich in der Lage, ihre Kräfte abzurufen. Aber das war es nicht, worüber sich Ceres in diesem Moment am meisten freute, sondern dass diese neue Macht sie nicht verführte. Sie brachte sie nicht mehr dazu, sich zu überschätzen und rauschhaft einen Zauber nach dem anderen zu sprechen, und, das war ihr fast noch wichtiger, sie spürte nichts Böses bei dieser Art von Magie. Sie war rein und ehrlich. So wie Ceres selbst. Deswegen war sie einst zur Magiakademie gegangen, um mit Zauberei etwas Gutes zu tun. Anderen zu helfen, die Menschen vor den Bestien zu beschützen. All das könnte sie nun verwirklichen. *Wenn ich nicht eingesperrt und die meistgehasste Person in der Gladiatorenschule wäre.*

Ceres genoss es, den Sonnenaufgang zu beobachten. Sie hatte den Rest der Nacht wach und ohne Angst verbracht und war an diesem frühen Morgen zu einem anderen Menschen geworden. Gezaubert hatte sie nicht mehr, denn niemand sollte etwas von ihren neuen Kräften erfahren. Aber eine Erkenntnis nahm sie aus der durchwachten Nacht mit, so klar und stark, dass sie jede Pore ihres Körpers durchzog: *Nie wieder werde ich ein Opfer sein!*

Quietschend öffnete sich das Tor zu den Katakomben. Mokon kam die Treppe hinauf in die Arena geschnauft. Der Wächter hatte mehr als nur ein paar Pfunde zu viel und die rächten sich jedes Mal, wenn er aus der Gladiatorenschule nach oben steigen musste.

Ceres drehte sich gar nicht erst nach dem Geräusch um, sondern saß, die Arme um die angewinkelten Beine geschlungen, ganz ruhig da und beobachtete mit in den Nacken gelegtem Kopf weiter das dramatische Spiel der Sonne, die unzählige Farben in der sich langsam öffnenden magischen Kuppel heraufbeschwor.

»Guten Morgen, du Miststück«, begrüßte der Legionär sie.

Ceres drehte sich immer noch nicht um.

Das gefiel Mokon gar nicht. »Kannst du mich nicht hören, oder was? Schöne Grüße vom Direktor soll ich dir bestellen. Er wollte dir nur mal zeigen, dass dir deine neuen Freunde gar nichts nützen und er jederzeit mit dir machen kann, was er will. Du bist jetzt so was wie sein persönlicher Besitz.«

Ceres stand auf, klopfte sich seelenruhig den Sand ab und ging an Mokon vorbei in Richtung Gladiatorenschule, ohne ihn auch nur eines Blickes zu würdigen. »Nein, ich bin ein Magus.«

Das Nymphäum empfing uns alle mit der gewohnten Kühle und Frische. Das Wasser des riesenhaften Beckens war aufgeschäumt, als ob in der unterirdischen Grotte ein Sturm toben würde. Es war, als spiegele der künstliche Teich unsere eigenen Emotionen wider. Wir alle wussten, was das Ritual jetzt von uns verlangte.

Anonymus – archiviert unter: Die Aufzeichnungen des ersten Magus

XII. Magnus

Es machte Magnus traurig, dass Ceres beständig seinem Blick auswich. Er hätte viel darum gegeben, mit ihr reden zu können, doch nicht nur die äußeren Umstände verhinderten das. Ceres wollte offensichtlich nichts mehr mit ihm zu tun haben. Aber Magnus konnte sie auch verstehen. Schließlich hatte er eingewilligt, sie zu töten. Trotzdem hatte er seine Auftraggeber die ganze Zeit belogen und auch ein wenig sich selbst. Nie hätte er ihr etwas antun können. Magnus hatte sich schon in dem Moment hoffnungslos in sie verliebt, als er ihr vom Gefangenenkarren heruntergeholfen hatte.

Den Zinnober, den Decimus veranstaltete, beachtete er nicht weiter. Ihm war eigentlich fast egal, wie er in dieser verfluchten Arena sterben würde. Ob es nun ein Felsengram oder die Lacernamutter war, machte für ihn keinen Unterschied. Nur zwei Dinge waren ihm im Moment noch wichtig: Er wollte sich mit Ceres aussprechen und seine Mutter wiedersehen. Magnus dachte an das, was Gaius gesagt hatte. *Vielleicht weiß ich, wo sie ist.* Leider war Magnus damals in seinem geschwächten Zustand gleich wieder in Ohnmacht gefallen. Als er wieder erwacht war, war der Bestienmeister verschwunden gewesen und bisher nicht mehr aufgetaucht. Die Vorstellung, seine Mutter vielleicht schon bald wiederzusehen, war unbeschreiblich. Gleichzeitig nagten Zweifel und Ungewissheit an Magnus. Was würde er mit der Information von Gaius anfangen, wenn der ihm sagte, wo seine Mutter lebte? Er war ein Gefangener. Seine Privilegien als umjubelter Narr der

Arena gab es nicht mehr. Wie jeder andere konnte er die Gladiatorenschule nicht mehr verlassen.

Im Vergleich zu seiner jetzigen Situation erschienen ihm seine wilden Abenteuer im weitläufigen Land fast wie ein erquicklicher Ausflug, obwohl er und seine Freunde auch da ständig in Todesgefahr gewesen waren. *Dort bin ich nie allein gewesen*, erkannte er. Sicher, hier in der Arena gab es auch viele, die ihm wohlgesinnt waren, aber echte Freunde hatte er hier nie gehabt. Die Gladiatoren bildeten eher eine Schicksalsgemeinschaft, deren Mitglieder sich gegenseitig halfen, um zu überleben. Wie sich Freundschaft anfühlte, hatte Magnus erst außerhalb der Mauern Kols erfahren. Echte Hilfsbereitschaft, ohne eine Gegenleistung zu erwarten. Das gegenseitige Für-sich-Einstehen um des anderen willen. Blindes Vertrauen in jeder Situation. Magnus suchte wieder den Blick von Ceres. Vergebens, sie schaute auf den Boden, als sie es bemerkte.

»So, Herrschaften, Ende der Vorstellung. Ihr könnt heute Nacht, wenn ihr an euch rumspielt, an den Felsengram denken. Jetzt alle wieder in ihre Zellen!«, hörte Magnus Stinkmaul Mokon pampig dröhnen.

»Das war es wohl mit der Aufführung«, murmelte Nakan mehr zu sich selbst als zu Magnus. »Und ich hätte hier eigentlich raus sein müssen. Zurück bei meiner Frau und den fünf Kindern.« Der Barbarenhüne schüttelte traurig den Kopf.

Magnus versuchte diese Schuld nicht auch noch auf sich zu nehmen, was ihm nicht gänzlich gelang. Humpelnd reihte er sich ein und schlurfte in Richtung Katakomben zurück.

»Du nicht!«, waberte Validus' hohe Stimme von weiter hinten an Magnus' Ohr. »Du bleibst hier!«

Der Narr drehte sich um, um zu schauen, wer gemeint

war. Zu seinem Erschrecken sah er, dass der schlaksige Wärter auf Ceres zeigte. »Was soll das?«, fragte er laut.

»Hä?«, kam es von Nakan. Der große Mann blickte in die Richtung des kleinen Tumults und sah die bewaffneten Söldner, die auf Ceres und die sie umringenden Gladiatoren zurannten. »Keine Ahnung. Sieht aber nach einer Menge Ärger aus. An deiner Stelle würde ich mich da raushalten, wenn du nicht willst, dass Mokon und Validus genau jetzt einen Grund finden, dich endgültig totzuschlagen.«

»Weiter! Los, nicht anhalten!«, kam es im Befehlston von weiter hinten in der Schlange.

Nakan legte Magnus seine riesenhafte Pranke in den Rücken und drückte ihn zurück in die Gladiatorenschule.

Der fügte sich in sein Schicksal. Ceres würde seine Hilfe sowieso nicht annehmen und er war leider weder in der Position noch in der Verfassung, sie unterstützen zu können.

Vor seiner Zelle – der schäbigsten in den Katakomben, da sie unmittelbar an den Latrinen lag – erwartete Magnus eine Überraschung. Gaius.

Wie immer wirkte der Bestienmeister in seinem gesamten Habitus wie ein Soldat. Der kurze Bürstenhaarschnitt, die exakt geschnürten Caligae, der lauernde Blick und das kantige Gesicht beschworen jenen Eindruck unwillkürlich herauf. Der Mann lebte soldatische Disziplin und Härte.

»Bestienmeister«, entfuhr es Magnus verblüfft.

Nakan blieb neben ihm stehen, als wäre er sein überdimensionierter Schatten.

»Schon gut«, flüsterte Magnus. »Er ist auf meiner Seite.«

Der Barbar nickte dem Ausbilder mit finsterem Blick zu und verschwand dann. Den kurz darauf zu vernehmenden

Geräuschen, die von der Latrine kamen, nach zu urteilen, war es ihm wohl ganz recht gewesen, schnell gehen zu können. Irgendetwas war seinem Darm am Mittag wohl ganz und gar nicht bekommen. Magnus tippte auf die scharfen Bohnen. Die Nähe zu den Toiletten konnte eben nicht immer nur ein Fluch sein.

»Wie geht es dir?«, fragte Gaius und legte Magnus beide Hände auf die Schultern.

»Ging mir schon besser, aber auch schon schlechter«, antwortete der und versuchte die Aufregung aus seiner Stimme zu vertreiben. Trotzdem war sie ein wenig zu hoch. »Meinen Innereien geht es auf jeden Fall viel besser als denen von Nakan«, rettete er sich wie immer in schwierigen Situationen in Humor. »Die äußere Hülle ist noch nicht wieder ganz genesen.«

»Du bist ein zäher kleiner Bursche, das habe ich schon immer an dir geschätzt.«

Magnus nervte dieses sinnlose Geplänkel. Er wollte endlich erfahren, was der Ausbilder über das Schicksal seiner Mutter wusste. »Warum seid Ihr hier, Bestienmeister?«

»Begrüßt man so einen Freund?«

»Seid Ihr das?«, fragte Magnus und versuchte aus Gewohnheit skeptisch seine linke Augenbraue hochzuziehen, was sein geschwollenes Gesicht sofort mit Schmerzen quittierte.

»Wir sind so gut befreundet, wie es Menschen sein können, die sich gegenseitig das Leben retten können oder schon gerettet haben. Heute Nacht begleiche ich meine Schuld und werde dir ein wahrer Freund sein. Wenn du willst, bringe ich dich heimlich zu deiner Mutter.« Gaius nickte in Richtung Arena. »Ist eventuell besser, das Treffen nicht auf die lange Bank zu schieben, nach dem, was der

Direktor jetzt für die Sonderspiele zur Verfügung hat. Ich habe das dumme Gefühl, dass die Glücksräder dich erwählen könnten, wenn es um den Felsengram geht.«

Magnus wurde nun doch flau im Magen. Gern hätte er Nakan jetzt Gesellschaft auf dem Abort geleistet. Trotzdem behielt er die Nerven. »Wenn ich mit Euch gehe und wir erwischt werden, dann sterbe ich aber schon heute.«

Gaius zeigte sein wölfisches Grinsen. »Ich kann dir versichern, dass ich dich ungesehen hinaus- und, was vielleicht noch wichtiger ist, wieder hineinbringen kann.« Der Bestienmeister klopfte auf seine dunkelrote Tunika und das charakteristische Klimpern schwerer Schlüssel erklang.

Magnus begann vor seiner Zelle unruhig hin und her zu tigern, das half ihm beim Denken und beruhigte seine Gedärme. »Warum macht Ihr das für mich?«

Gaius kratzte ein wenig Rost von einer der Gitterstangen, ehe er antwortete: »Nun, sagen wir es mal so: Neben all deinen Heldentaten in der Arena, für die ich dich zutiefst respektiere, habe auch ich eine Mutter in Nöten und …«, er ging in die Knie und zog die Lederschnüre an seinen Sandalen noch ein wenig fester, bevor er weitersprach, »sagen wir, ich kann dich gut verstehen. Außerdem würde es mich freuen, diesen Arschlöchern vom Acilius-Clan mal ordentlich einen reinzuwürgen.«

Magnus lief immer noch hin und her, was mit seinen kurzen O-Beinen merkwürdig animalisch aussah, als wäre er ein eingesperrtes kleines Raubtier. »Also gut, wie werdet Ihr mich hier rausbringen?«

Obwohl Magnus nur so tat, als ob er schlief, und mit offenen Augen auf der Pritsche lag, bemerkte er den in Schwarz gekleideten Gaius erst, als der direkt vor seiner Zellentür stand und leise zischte.

Der Bestienmeister legte den Zeigefinger auf die Lippen.

Magnus nickte. Im trüben Dämmerlicht, das die wenigen in der Nacht brennenden Feuerschalen abgaben, war das Gesicht des Ausbilders nur in Umrissen zu erkennen. Es war so schmal, dass man es bei diesen Lichtverhältnissen für einen Totenschädel halten konnte. Magnus wusste, dass schon jetzt einer der schwierigsten Teile ihrer Flucht bevorstand: das lautlose Öffnen des furchtbar quietschenden Schlosses seiner Zelle. Gaius hatte Magnus zwar zugesichert, dass er sich darum keine Sorgen zu machen brauche, aber als Mokon ihn zur Schlafenszeit eingeschlossen hatte, veranstaltete es einen fürchterlichen Krach.

Gaius holte etwas unter seiner Kleidung hervor. Er trug eine dunkelrote Tunika und einen schwarzen Umhang darüber.

Magnus konnte kurz den Blick auf eine Art kleine Kanne werfen, die einen dünnen, langen Hals hatte. Diesen steckte Gaius in das Schloss und kippte etwas hinein. Er wartete einen Moment, der Magnus in dieser Situation viel zu lang vorkam. Schließlich holte Gaius einen großen Schlüssel hervor und drehte ihn vorsichtig um. Ganz leise lief das Schloss zwar nicht, aber das Geräusch war jetzt so gedämpft, dass man es außerhalb von Magnus' Zelle vermutlich kaum hören würde. Endlich war die Tür offen.

»Hier!« Der Bestienmeister reichte Magnus ein Bündel Lumpen. »Leg das auf deine Pritsche und wirf die Decke drüber.«

Magnus tat schnell wie geheißen.

Er gab Magnus seinen dunklen Umhang. »Komm!«, flüsterte Gaius und führte ihn weg vom Ausgang. »Die Nacht ist immer kürzer, als man denkt«, murmelte er kaum hörbar zu sich selbst. Sie schlichen aus dem Zellentrakt der

Katakomben. Der Geruch nach animalischen Ausdünstungen wurde immer stärker. Schließlich standen sie vor der Gittertür, die zu den Lacernakäfigen führte.

Magnus kannte diese Pforte nur zu gut. Mehr als einmal hätte ihm die Lacernamutter dahinter fast den Arm abgebissen.

»Bereit?«, fragte Gaius leise.

Der Narr holte tief Luft. »Ja.«

Leise schlichen sie an den Käfigen vorbei. Sie wirkten leer in der Dunkelheit, doch Magnus wusste es besser.

Gaius blieb stehen und holte ein schmales, aber stabil aussehendes Seil mit einem Doppelhaken aus seinem Beutel.

Magnus schluckte schwer, er wusste, was der Bestienmeister vorhatte. Sie würden über die Lacernakäfige laufen.

Der Ausbilder drehte sich geschmeidig wie eine Katze um und legte mit bösem Blick einen Finger auf die Lippen. Mit der anderen Hand zeigte er auf die dunken Käfige.

Mit einem heftigen Nicken signalisierte Magnus, dass er verstanden hatte. Es war besser, die pfeilschnellen Bestien nicht unnötig auf sie aufmerksam zu machen.

Der Bestienmeister zog seine Sandalen aus, knotete sie zusammen und hängte sich sein Schuhwerk um den Hals. Anschließend setzte er einen blanken Fuß auf das glatte Metall und fand Halt. Routiniert kletterte er nach oben und befestigte ein Seil an einem der armdicken Eisenrohre des Käfigs.

Mit offenem Mund verfolgte Magnus im sanften Schein einer schwach durch die Gittertür scheinenden Leuchte den Aufstieg des Bestienmeisters. Als der oben angekommen war, stellte er sich breitbeinig auf jeweils eine Strebe des Käfigs, ließ das Seil zu Magnus herunter und winkte ihm hektisch zu, ebenfalls hochzuklettern.

Der holte tief Luft und griff nach dem erschreckend dünn aussehenden Seil. Die Schuhe baumelten an seinem Hals hin und her, als er versuchte, dem durchtrainierten ehemaligen Legionär dessen Kunststück nachzumachen, bis er begriff, dass dieser ihn hochziehen wollte. Dankbar drehte er seinen rechten Arm in das Seil und ruckte daran. Einen Augenblick später spannte es sich und hob Magnus von den Füßen. Auf dem Weg nach oben blickte er in den Käfig und sah im dämmerigen Zwielicht plötzlich, dass ihm ein Blick aus einem lidlosen, gelben Auge folgte. *Die Mutter ist erwacht*, wurde ihm klar. In seiner aufkommenden Panik versuchte er nun doch zu klettern, aber seine schweißnassen Füße fanden kaum Halt. Von den Schmerzen, die sein geschundener Körper dabei aussandte, ganz zu schweigen. Ängstlich gab er seinen Kletterversuch auf und vertraute darauf, dass Gaius ihn sicher nach oben zog.

Aus dem dunklen Käfig kam ein böses Zischen.

Gaius erhöhte nochmals das Zugtempo, dennoch kam Magnus der Weg nach oben unendlich lang vor. Er wusste nicht, was er tun sollte. Auf der einen Seite wollte er so weit wie möglich weg von den Gitterstäben. Die Lacerna hatte lange Krallen, die problemlos durch die Stäbe hindurchreichten. Auf der anderen Seite drängte ihn alles zu seiner Mutter und der Weg dahin führte nur über die Käfige der verfluchten Bestien.

Das Zischen schwoll an. Die beiden anderen Lacernae gesellten sich zu ihrer Rudelmutter.

Dann war es geschafft. Ein inzwischen auch sehr blasser Gaius – jetzt sah sein Gesicht wirklich fast wie eine Totenmaske aus – zog ihn mit zitternden Armen auf den Käfig rauf.

Magnus holte einige Male tief Luft und versuchte aufzustehen. Erst jetzt stellte er zu seinem Erschrecken fest, dass der Abstand zwischen den Stangen so breit war, dass er bei seiner Größe fast in den Käfig hineinfallen konnte. Gaius mit seinen langen Beinen stand relativ sicher. Magnus war das nicht möglich. Wackelig balancierte er auf der flachen Eisenstrebe.

Unter sich sahen sie, dass die Lacernamutter sich zu ihrer ganzen Pracht aufrichtete. Das Weibchen war mindestens so groß wie ein ausgewachsenes Pferd. Allerdings mit dolchlangen Klauen und Reißzähnen und leider keinerlei Interesse an Möhrchen und Hafer. Ihre Augen funkelten böse zu den Männern hoch.

»Komm, wir müssen weiter, wenn du rechtzeitig wieder in deiner Zelle sein willst.«

Magnus war im Begriff zu sagen, dass er nicht könne. Seine Schrittlänge reichte ganz knapp nicht aus, da setzte die Mutter zum Sprung direkt auf ihn an. Er machte einen panischen Satz und stand wackelig auf der nächsten Sprosse. Gerade noch rechtzeitig. An der Stelle, wo er sich eben noch befunden hatte, kam eine zahnbewehrte, mit grünlicher Echsenhaut umschlossene Schnauze zum Vorschein, die sich mit einem Gänsehaut erzeugenden Klacken schloss. *Sie hatte es schon immer auf mich abgesehen.* Gaius war plötzlich verschwunden. Magnus brauchte einen kurzen Augenblick, bis er begriff, dass der Bestienmeister schon viel weiter vorn war. So weit ging ihre Kameradschaft dann doch nicht, dass er sich für Magnus fressen lassen würde. Der balancierte auf einem Bein, ging leicht in die Knie, machte einen weiteren Satz und erreichte die nächste Käfigstange. Stück für Stück arbeitete er sich so vor.

Die Lacernae unter ihnen tobten.

Die Käfige begannen zu wackeln, was die Sache nicht besser machte.

Als Magnus gerade dachte, dass er es fast über den dritten und letzten Zwinger geschafft hatte, rutschte er ab und landete genau mit seiner empfindlichsten Stelle auf einer Stange. *Das war es dann wohl mit Kindern,* schoss es ihm durch den Kopf. Der Schmerz war unbeschreiblich. Magnus' kurze Beine baumelten jetzt schutzlos im Käfig einer der neuen Lacernae. Ohnmächtig sah Magnus mit verschleiertem Blick, wie die Bestie sich mit ihren muskulösen Hinterbeinen abstieß und in die Höhe schnellte.

Wütend schnappte die Lacerna zu und verfehlte Magnus' linken Fuß nur um eine Handbreit. Die Kreatur war etwas kleiner als die Rudelmutter und verfügte daher nicht über die gleiche Sprungkraft.

Manchmal war es eben doch gut, ein Zwerg zu sein. Gaius' lange Beine hätte die Bestie erwischt.

»Komm weiter!«, zischte Gaius Magnus an und zog ihn wieder auf die Beine. Der Bestienmeister nahm ihn wie ein Kind bei der Hand und gab Magnus so den nötigen Schwung, um auch die letzten Streben zu überwinden. Schließlich erreichten sie einen engen Lüftungsschacht. Der Ausbilder musste sich sehr klein machen, um durch diesen weiterzukrabbeln. Magnus selbst fiel das bedeutend leichter, trotzdem war es ein beschwerlicher Weg, bis sie schließlich unter einer runden Gitterluke hockten. Gaius hatte zu Magnus' Überraschung schon das Kunststück vollbracht, den schweren Deckel von innen zu öffnen, und er konnte den dunklen Nachthimmel sehen.

Der Bestienmeister kletterte schnell die rostige Leiter nach oben. Magnus tat es ihm nach. Sie hatten es geschafft! Der abgeriegelte Arenenbezirk lag hinter den beiden Männern.

Der Narr schüttelte sich und konzentrierte sich auf das, was vor ihm lag: das erste Wiedersehen mit seiner Mutter seit vielen, vielen Jahren. Magnus' Herz schlug wild vor Freude und Aufregung. »Und jetzt?«, fragte er Gaius, der die schwere Luke sachte wieder schloss und mithilfe eines großen, eisernen Kurbelrades fest verschloss.

»Folge mir einfach.«

Das nächtliche Kol war wie ausgestorben. Keine Händchen haltenden Liebespaare, Nachtschwärmer oder Betrunkenen. Nicht einmal Bettler waren auf der Straße zu sehen und jedes Wirtshaus, das sie passierten, war dunkel.

Was ist hier los?, grübelte Magnus, dem die Stille langsam unheimlich wurde. Es brannten auch nur wenige Fackeln und Feuerschalen, was die Stadt in ein schwer zu durchdringendes Zwielicht tauchte. Das wiederum war ideal für ihre Mission, da Magnus' außergewöhnliche Erscheinung in der Stadt doch recht bekannt war. Gerade in den Vierteln, durch die sie sich jetzt bewegten: Schäbige Insulae mit bröckelndem Putz und dreckige, nach Urin und Unrat stinkende Straßen prägten hier das Stadtbild. Es machte Magnus traurig, dass seine Mutter in einer solchen Gegend leben musste. *Aber sie lebt.*

Gaius bog um eine scharfe Kurve.

Als Magnus sie kurz danach ebenfalls passiert hatte, traute er seinen Augen nicht. Mitten durch die Straße war eine massive, mindestens zehn Ellen hohe Mauer gezogen worden. Sie musste erst vor Kurzem gebaut worden sein, denn man konnte noch den feuchten, gebrannten Kalk riechen, mit dem die Ziegel grob verfugt worden waren. »Was ist hier los, Gaius?«, fragte Magnus, dem die merkwürdige Szenerie des sonst so quirligen Kols endgültig gespenstisch vorkam.

Doch der Bestienmeister schien ihn nicht zu hören. Er stand im Eingang eines Gebäudes, das offenbar durch die

Mauer geteilt worden war, und klopfte an die Tür.

Magnus schloss zu ihm auf. Keuchend schaute er sich um. Hier, im Schatten der neu erschaffenen Mauer, war es so dunkel, dass er Gaius nur schemenhaft sehen konnte. »Ist es …«, er musste laut schlucken, bevor er weitersprechen konnte, »hier?«

Gaius klopfte erneut. Er nickte Magnus zu.

Magnus horchte, ob er etwas aus dem Inneren des Hauses hören konnte, doch nur Stille antwortete ihm. Gleichzeitig hatte er aber das Gefühl, dass er Schreie hören würde. Wenn sein Verstand ihm vor Aufregung nicht einen Streich spielte, kamen sie von hinter der Mauer. Aber warum sollten die Leute dort schreien?

Der Bestienmeister wischte sich den Schweiß von seinem kurz geschorenen Schädel. »Sie haben eigentlich gesagt …«, murmelte er und klopfte erneut.

Jetzt begriff Magnus, dass er eine bestimmte Klopffolge wiederholte. Wieder hörte er Schreie. Panisch. In Todesangst. »Gaius, irgendetwas stimmt hier nicht«, flüsterte er. »Was ist hinter der Mauer?«

Im gleichen Moment ging die Tür auf.

Gaius schlüpfte in den dunklen Flur dahinter.

Magnus tat es ihm nach. *Mater.*

In dem Gebäude roch es nach kaltem Schimmel und Katzenpisse.

»Wo ist sie?«, fragte Magnus Gaius, der zügig vorausging.

Keine Antwort.

In Ermangelung anderer Möglichkeiten folgte er dem Bestienmeister. Eine Hand an der aus groben Steinen gefertigten, feuchten Wand, um sich in der Dunkelheit zu orientieren. Für einen kurzen Moment glaubte Magnus, dass er Gaius in dem erstaunlich großen Gebäude verloren hätte, doch dann sah er den Schemen seines charakteristischen Schädels im Schein einer großen Feuerschale auftauchen. Ganz am Ende des langen Flurs. *Dort ist sie.* Magnus lief, so schnell er es vermochte. Schließlich stand er in einem großen Zimmer und blickte sich um. Unter dem Fenster waren irgendwelche Holzteile gestapelt. Ansonsten war es, bis auf die knisternde eiserne Feuerschüssel, leer. Irritiert suchte Magnus nach Gaius, um von ihm eine Erklärung zu fordern.

Der Bestienmeister kniete mit gesenktem Haupt in einer Ecke.

Was zum …

»Hallo, Magnus«, ertönte plötzlich hinter ihm eine wohlbekannte Stimme. »Schön, dass du nach all den Jahren immer noch so ein treusorgender Sohn bist.«

Magnus traute seinen Augen nicht, als Enzyklos aus der Dunkelheit herankam. Das Gesicht des dämonischen Dieners war kaum zu erkennen, aber seine wie immer strahlend weiße Kleidung machte ihn unverwechselbar.

Sieben Meister, sieben Söhne. Zum Öffnen des Portals braucht es Blut. Unser Blut oder das unserer nächsten Verwandten. Wie wird sich jeder Einzelne von uns entscheiden?

Anonymus – archiviert unter: Die Aufzeichnungen des ersten Magus

XIII. Tarl

Tarl erwachte von dem kreischenden Lärm, den die Lacernae plötzlich mitten in der Nacht veranstalteten. Besser gesagt, er erwachte, kurz bevor sie damit begannen. Ihre aufgeregten, zornigen Emotionen hatten ihn aufgeschreckt. Tarl wurde aus ihnen aber nicht so richtig schlau. Anscheinend glaubten sie, dass jemand bei ihnen eingedrungen war und sie angriff. Wer würde etwas derartig Verrücktes tun?

Schwer schnaufend richtete sich Tarl auf und versuchte in Richtung des Tumults zu schauen. Im dämmerigen Licht der Katakomben erkannte er nur, dass die Gittertür, die zu den Lacernakäfigen führte, verschlossen war. Jetzt überkam ihn eine völlig unerklärliche Gefühlsregung: Die Rudelmutter war zornig auf Magnus? Das konnte ja gar nicht sein. Der Narr kurierte seine Wunden am anderen Ende des Zellentrakts aus. Eingesperrt wie er selbst. *Ich muss besser werden in diesen Dingen, wenn ich die Sonderspiele überleben will – und um im weitläufigen Land zu überleben*, überlegte Tarl.

Er nutzte die Zeit, in der er wach lag, um über sein Leben zu sinnieren. Irgendwie konnte er sich nachts nicht gegen solche tief- und vor allem abgründigen Grübeleien wehren. Tarl überlegte, was ihn hierhergebracht hatte. Es war eine Kette seltsamer Zufälle gewesen, von denen er eine Menge bereute. Aulus als einen dämlichen Holzkopf ohne Eier zu bezeichnen, gehörte nicht dazu. Aber Mamercus zum Beispiel hätte er damals gleich zwingen sollen, ihm zu verraten, was in dem merkwürdigen Eisensack war, dann hätte er sich vielleicht die ganze Geschichte hier erspart.

Das war jedoch nur ein kleiner Fehler im Vergleich zu der Tatsache gewesen, dass er nicht mit Balger im weitläufigen Land geblieben war, als der es ihm angeboten hatte. Die Freiheit, die er dort erlebt hatte, vermisste Tarl sehr. Auch wenn er nicht hinter den Mauern der Arena eingesperrt gewesen wäre, wollte er nicht mehr unter der Kuppel leben. Er wollte selbst entscheiden, wann er wohin ging, und nicht abhängig von der Gunst alter, furzender Zauberer sein.

Die Lacernae kreischten sich jetzt richtig in Rage. Aus den anderen Zellen kamen inzwischen Unmutsbekundungen und ängstliche Rufe. Nirgendwo auf der Welt übernachtete vermutlich jemand so dicht neben tödlichen Bestien wie hier in der Gladiatorenschule. Die Vorstellung, dass die gerade im Begriff waren auszubrechen, um ein zweites Abendessen – bestehend aus schlummernden Gladiatoren – zu sich zu nehmen, war nicht sehr schlafförderndd.

Tarl drehte sich auf die Seite und versuchte wieder einzuschlafen. Er konnte deutlich den Unmut der echsenartigen Bestien darüber spüren, dass sie eingesperrt waren. *In manchen Dingen sind sie uns gar nicht so unähnlich.* Was auch immer da los war, befreit hatten sie sich definitiv nicht.

»Wo sind eigentlich Validus und Stinkemaul-Mokon, wenn man sie braucht? Wäre es nicht ihre Aufgabe nachzusehen, was dort los ist?«, rief Tzanka Tarl über den Krach, den die Bestien veranstalteten, aus seiner Nachbarzelle zu.

Der gab das Wiedereinschlafen erst mal auf. Er stand auf und trat an seine Zellentür. »Wahrscheinlich ist gerade Schichtwechsel und keiner im Dienst«, frotzelte er.

»Das ist wieder mal typisch für diese Idioten. Glaubst du, dass sich die Mistviecher befreit haben? Ich fürchte nämlich, dass meine Kräfte nicht ausreichen, um diese Gitterstäbe durchzubrechen und hier abzuhauen, die der Lacernae reichen aber, um hier reinzukommen.« Tzanka rüttelte vergeblich an den rostigen, aber massiven Eisenstangen seiner Zelle.

Nein, mach dir keine Sorgen, dachte Tarl, aber er sagte grinsend: »Ich hoffe doch nicht, aber mit Glück haben sie sich so satt gefressen an den riesigen Barbaren weiter vorn, dass sie hier hinten keinen Appetit mehr verspüren. Du bist ja eh nur eine halbe Portion.«

»Ha, das sagt der Richtige.« In Tzankas Stimme lag Spott, aber Tarl sah in seinen Augen große Angst.

Plötzlich war es wieder still.

»Was ist denn nun los?«, brüllte der drahtige Kämpfer.

Tarl konnte es ihm nicht sagen, selbst wenn er es gewollt hätte. Die Lacernae fühlten sich einfach nicht mehr bedroht. Im Gegenteil, sie waren sogar zufrieden, weil sie davon überzeugt waren, die Bedrohung vertrieben zu haben. »Keine Ahnung, vielleicht …«

»Sooo, Mädels. Zeit für eure Himmelbetten. Schluss mit dem ängstlichen Geschnatter, wir haben wie immer alles im Griff, damit euch auch ja nichts passiert. Ihr seid doch viel zu wertvoll, um einfach einsam und allein in der Dunkelheit gefressen zu werden. Es wollen doch schließlich alle zusehen, wie ihr von den Bestien zerrissen werdet«, kam es lautstark von Mokon.

»War ja klar, dass der erst auftaucht, wenn alles wieder in Ordnung ist«, flüsterte Tzanka.

Tarl nickte nur. *Was war da nur los gewesen?* Er legte sich wieder auf seine Pritsche und versuchte tatsächlich noch etwas Schlaf zu finden. Eine durchwachte Nacht war für den Bestienmeister morgen sicher kein Grund, sie länger schlafen zu lassen, geschweige denn, die Kämpfer zu schonen. Tarl zuckte stolz mit seinem neu gewachsenen Bizeps, als er an Gaius' Schindereien dachte. Zumindest wuchsen seine Muskeln, seitdem er wieder in der Gladiatorenschule war. Ein zweiter Nakan würde er wohl nicht mehr werden, aber immerhin. Er drehte sich wieder auf die Seite, so fand Tarl normalerweise am besten Schlaf.

Wieder da!

Es kostete Tarl sehr viel Kraft, nicht direkt hochzuschießen, als er Pilas Stimme in seinem Kopf hörte. Ruhig liegen zu bleiben, war aber genau die richtige Entscheidung, zumal Mokon gerade seine Runde drehte und kritisch in jede Zelle hineinschaute. Allen, die noch nicht wieder auf ihren Pritschen lagen, wurden Schläge angedroht. Direkt bei den Lacernakäfigen hielt er eine derartige Kontrolle wenig überraschend nicht für nötig. *Du warst aber schnell.* Pila Gedanken zu schicken konnte zum Glück niemand sehen.

Schnell?

Tarl empfing von Pila Verständnislosigkeit als Emotion. Er ging nicht näher darauf ein, sondern versuchte sich auf greifbarere Botschaften zu beschränken. *Was hast du herausgefunden?*

Etwas.

Tarl unterdrückte ein genervtes Stöhnen. Es war immer noch schwer, mit Pila zu reden. Er probierte es auf eine andere Weise. *Wo bist du?*

Pila sendete das Bild eines dunklen Hinterhofs und gleichzeitig eines fetten, roten Katers mit Glöckchen um den Hals. Den schien die kleine Bestie irgendwie zu vermissen. Tarl beschloss, das nicht weiter zu hinterfragen. *Ist es sicher dort?*

Verwirrtheit.

Sind dort gerade Menschen?

Nein.

So wurde ein Schuh daraus, wenn man mit Pila kommunizierte. Es war schwierig, immer so um die Ecke zu denken, aber die Bestien hatten zum Teil vollkommen andere Gefühle als Menschen oder sie verbanden damit etwas gänzlich Unterschiedliches. Trotzdem machte es Tarl Spaß, so mit Pila zu ‚reden'. *Beschreib mir das Etwas!*

Viele andere. Fressen sich nicht. Wandern zusammen. Ungewöhnlich.

Tarls Herz begann schneller zu schlagen. Er musste unbedingt mehr wissen. *Welche?*

Die Großen, die Schnellen, die Fliegenden, Pila.

Felsengram, Lacerna, Nachtvogel und Acidum, übersetzte Tarl synchron. *Wohin wandern sie?*

Weiß nicht, antwortete Pila wahrheitsgemäß. Wahrscheinlichkeit oder das Vorausschauen waren nichts, womit sich ein Acidum beschäftigte.

Wandern sie in die Richtung, in der die Kuppel liegt?

Ja.

Jetzt schoss Tarl doch hoch. Es war genauso, wie er befürchtet hatte. Er bemerkte nicht, dass seine Hände zitterten. *Sind es viele?*

Unverständnis.

Große Schwärme oder kleine.

Große. Große. Große …

Ich muss die Stadt warnen, dass eine Armee von Bestien auf sie zuzieht.

Das verstand Pila ausgerechnet, obwohl Tarl das einfach nur für sich selbst gedacht hatte. *Eine schon hier.*

Ich weiß. Hier in der Arena sind viele von euch eingesperrt. Wie du früher auch.

Nicht im Gefängnis. Draußen. Ein großer Böser.

Tarl war wie vor den Kopf gestoßen. Was meinte Pila

damit?

Die runde Bestie übertrug einfach die Emotionen jener Kreatur auf Tarl. Durch Pilas Anwesenheit konnte der jetzt weit über die Arena hinaus jede Art von Bestie erfühlen.

Hass. Zwietracht. Absolute Bösartigkeit. In Tarl kam kurz der Wunsch auf, dem schlafenden Tzanka wegen seines Schnarchens die Augen in die Höhlen zu drücken, bis das Blut spritzte.

Pila beendete die emotionale Übertragung.

Tarl atmete schwer, als hätte er gerade eine Arenenrunde im Vollsprint hinter sich. Sofort schämte er sich wegen seiner mordlüsternen Gedanken. *Was ist das?*

Bestie, antwortete Pila und nutzte überraschenderweise das Wort, das die Menschen für seinesgleichen gebrauchten.

Was für eine Art von Bestie?, grübelte Tarl einen kurzen Moment, doch die Antwort lag auf der Hand. Jede andere hatte er schon gespürt, also konnte es nur jene sagenumwobene Spezies sein, die die meisten Menschen für einen Mythos hielten: die Weißen Schatten. Der Nachhall jener bösartigen Gefühle, die Pila mit Tarl geteilt hatte, und seine eigene aufkommende Wut auf Tzanka erinnerten ihn jetzt an das, was auf dem Latifundium passiert war. Dort hatten sich die Menschen voller Bösartigkeit gegenseitig abgeschlachtet, und das musste von der Kraft eines Weißen Schattens ausgelöst worden sein. Er brauchte nicht selbst zu töten, das übernahmen seine Opfer. Tarl merkte, wie ihm heiß und kalt zugleich wurde. Seine Hände zitterten, als ihm zwei Dinge klar wurden: Kol drohte dasselbe und gleichzeitig zogen noch unzählige Bestien auf die Stadt zu.

Sechs zu eins. Nur der Meister selbst wird sein Blut geben. Wir anderen haben uns alle für unsere Filii entschieden. Viele Tränen sind geflossen, doch die Zeit drängt. Ultimative Macht erfordert nun mal große Opfer.

Anonymus – archiviert unter: Die Aufzeichnungen des ersten Magus

XIV. Lucius

»Ich habe gehört, dass wir die Ersten sind, die man reinschickt«, flüsterte Lucius seinem etwas älteren Stubennachbarn Melan zu.

Melan war seit mehr als zwölf Spielzeiten bei der Legion, aber noch nie befördert worden. Dafür gab es drei Gründe.

Erstens: seine Unfreundlichkeit.

»Und ich habe gehört, dass dir der Optio nachts sein Ding hinten reinschiebt. Man sollte vielleicht nicht immer jeden Blödsinn für wahre Münze nehmen«, blaffte er den blassen Lucius an, sodass der gleich wieder in Habachtstellung ging.

Zweitens: seine Feigheit.

»Ich denke aber trotzdem, dass es gut wäre, wenn wir die Plätze tauschen und du zuerst gehst. Das Manipel braucht jemanden, der mutig voranschreitet. Unser Decurio ist dafür wahrscheinlich zu besoffen.«

Drittens: seine Trunksucht.

»Genau wie ich. Hicks ...«

Lucius drehte sich angewidert weg. Die anderen hatten ihn gewarnt, dass Melan falsch sei, aber dass er so verschlagen war, dass er ihn sogar vorschicken wollte, und dazu noch zu betrunken, um ihn von hinten sichern zu können, das schlug dem Fass den Boden aus.

»Männer, unsere geliebte Heimat ist in Gefahr«, begann der Zenturio pathetisch. »Es ist an uns, sie vor den Aufrührern hinter diesen Mauern zu beschützen.«

Lucius runzelte die Stirn. Er konnte sich nicht erinnern, jemals davon gehört zu haben, dass ein Volksaufstand in

Kol mit der Hilfe von Mauern eingedämmt werden musste. Normalerweise reichten dafür ehrliches Eisen und einige Dutzend Gehängte aus.

»Wir werden in Wellen in das Kampfgebiet eindringen. Eure Decurios besprechen mit euch die Details. Senatus Populusque Kolis«, brüllte er und schlug sich mit der großen Faust auf seinen polierten Brustpanzer, in den man einen angriffslustig wirkenden stilisierten Adler ziseliert hatte.

»Für Senat und Volk von Kol«, gaben die Soldaten das Motto der Legion in der neuen Sprache laut wieder.

Lucius taten diese Worte, gebrüllt aus den einhundert Kehlen der gesamten Zenturie, gut. Es war immer so, als würden sie die Angst vertreiben.

»So, Jungs, ihr habt den Alten gehört«, begann Honerk, ihr Decurio. Der Truppführer stank nach billigem Wein und Knoblauch. Sein fetter Bauch schaute unter dem Brustpanzer hervor, der seinen massigen Leib bald nicht mehr fassen konnte. »Wir gehen da rein, zeigen den Spinnern hinter der Mauer, was Sache ist, und kommen anschließend alle schön gesund und munter wieder raus. Wir haben dabei sogar das Glück, auch noch als Erste über die Mauer steigen zu dürfen. Heute Nacht werden Helden geboren.«

»Oh nein, was für eine Scheiße«, stöhnte der unfreundliche, feige und trunksüchtige Melan daraufhin.

»Danke für die freiwillige Meldung, Melan. Damit haben du und dein grünschnäbliger Stubennachbar sich gerade die große Ehre verdient, gleich den Anfang zu machen.«

In Lucius schrie alles danach, sich über diese Ungerechtigkeit zu beschweren, aber er hatte schmerzhaft lernen müssen, dass die einfachen Soldaten immer unrecht hatten und die Offiziere immer im Recht waren. Daher nickte er dem Decurio nur mit grimmig entschlossenem Gesichtsausdruck zu. Wenn er schon in dieser blöden Situation war, dann wollte er das Beste daraus machen. »Ave, Decurio. Wir sind bereit, die ewige und letzte Stadt zu beschützen! Für Kol!« Der Decurio war bestimmt beeindruckt von seinem Mut und seiner Opferbereitschaft.

»So, nachdem wir also zwei Idioten gefunden haben, zum Ablauf: Ihr stellt die Leitern an die Mauer, zieht sie hinter euch hoch, klettert drüben wieder runter und macht denen auf der anderen Seite klar, wer die eigentlichen Herren der Stadt sind.« Honerk spuckte einen beeindruckend großen Schleimklumpen aus. »Alles klar?« Ohne eine Antwort abzuwarten, endete er mit: »Sehr gut, dann rüber mit euch!!«

Lucius hörte unter sich die wackelige Sprosse der eiligst zusammengenagelten Leiter knarren. Er versuchte nicht hinunterzuschauen. Vor seinen Kameraden hätte er es nicht zugegeben, aber die Höhe hatte ihm seit seiner Kindheit Angst gemacht. Jetzt konnte er auch nur eine Hand zum Festhalten nutzen, da er in der anderen eine Fackel trug. Vorsichtig lugte er über den Mauerrand. Seine Hände spürten den feuchten, porösen Kalk. Der Schutzwall stand erst seit zwei Tagen und, so wie man ihn erbaut hatte, sicher nicht für die Ewigkeit. Dahinter breitete sich einfach eine große Schwärze aus. Nirgendwo in den einst so geschäftigen Vierteln brannte Licht. Nur weit entfernt im Osten war ein greller Lichtschein auszumachen. *Ein riesiges Feuer*, wurde Lucius klar.

»Mach schon, du Grünschnabel!«, waberte die genervte Stimme des Decurios nach oben. »Zieh dich über die Mauer und leg die Leiter um! Und Melan: Ich sehe, dass du mit Absicht trödelst. Beweg deinen Hintern, wenn du nicht ab morgen früh eine Zelle in der Arena beziehen willst.«

»Ja, ja«, murmelte der Angesprochene, kletterte aber weiterhin so langsam wie eine betrunkene Schildkröte nach oben.

Lucius fühlte sich durch die Schelte seines Vorgesetzten angespornt. Hastig schwang er ein Bein über die Mauer. Fast wäre er dabei abgerutscht und es drehte sich alles vor seinen Augen, als er nach unten sah. Von der Fackel fielen Funken in die Tiefe, als er sie vorsichtig auf der Mauerkrone ablegte. Wie vom Decurio befohlen, zog er die Leiter Stück für Stück nach oben und ließ sie, als der Scheitelpunkt erreicht war, einfach überkippen und dann kontrolliert nach unten rutschen. Die Splitter, die er sich dabei durch das frische Holz einzog, ignorierte er. Mit einer routinierten Geste schob er seinen Gladius nach hinten, die einzige Waffe, die er mit über die Mauer nahm, griff sich die Fackel und machte sich an den Abstieg. Lucius schaute nach oben, aber von Melan war noch nichts zu sehen. *Gut dass der Decurio sieht, aus welch unterschiedlichem Holz ich und er geschnitzt sind*, dachte er grinsend. *Ich werde jedenfalls nicht zwölf Jahre in der Legion dienen, ohne jemals befördert zu werden.* Er steigerte sein Tempo. Leise murmelte er die Anzahl der Leitersprossen dabei vor sich hin: »Fünf, sechs, sieben …« Lucius war sehr stolz darauf, dass er auf diese Idee gekommen war. So konnte er auch in der Dunkelheit abschätzen, wann er am Boden angekommen war. »Vierunddreißig, fünfunddreißig, sechsunddreißig, siebenunddreißig.« Das war die letzte. Zaghaft setzte Lucius den linken Fuß auf den Boden und schwang die Fackel, um etwas Licht in die Umgebung zu bringen. Über sich sah er Melans Kopf auftauchen. Von hinten wurde er von den vielen Fackeln der Kohorte beleuchtet, sodass es aussah, als trüge er einen Heiligenschein. Sein Gesicht verbarg die

Dunkelheit.

Lucius sondierte die Lage, denn er wollte unbedingt schnell etwas Berichtenswertes herausfinden, um damit zum Decurio zurückzukehren. Idealerweise, bevor Melan zu ihm heruntergeklettert war. Er legte eine Hand auf seinen Gladius, entfernte sich von der Leiter und ging tiefer hinein in das dunkle Viertel der Aufrührer. Keine Menschenseele war im schwachen Lichtkreis seiner Fackel zu sehen.

»Hihihihi …«, drang aus der Dunkelheit vor ihm ein hohes, verrückt klingendes Lachen.

Lucius konnte sich nicht dagegen wehren, aber er bekam eine Gänsehaut bei dem Geräusch. Ängstlich schaute er zur Mauer, um zu sehen, ob Melan bald wieder bei ihm war, aber er konnte ihn nicht ausmachen.

»Hahahaha …«, erschallte nun ein deutlich tieferes, aber nicht minder angstmachendes Gelächter aus der entgegengesetzten Richtung.

Lucius' Herz schlug schneller. *Dafür bist du schließlich zur Legion gegangen, um etwas Spannendes zu erleben. Schweinehüten wäre nicht so aufregend gewesen*, machte er sich Mut. Tief in seinem Inneren wünschte er sich jetzt gerade aber trotzdem, dass er lieber bei seinen Schweinchen geblieben wäre. Der mehrstöckige Stall mitten in der Stadt stank zwar furchtbar, aber eine derartige Panik hatte er dort niemals verspürt. Als er an das Aroma der borstigen Paarhufer dachte, bemerkte er, dass es hier auch unangenehm roch. Ein süßlicher, fauliger Gestank herrschte hier überall. Lucius grübelte, woher er ihn kannte, und drang dabei weiter in das Viertel vor. Dann fiel es ihm ein: So hatte es einmal im Stall gerochen, als eine der Säue ihr Junges zertrampelt und in einen versteckten Schacht geschoben hatte. Er und die anderen Schweinepfleger hatten Tage gebraucht, um die Quelle des Gestanks zu finden. Als es endlich so weit gewesen war, war das Ferkel aufgedunsen gewesen und seine rosafarbene Haut hatte sich in graugrüne Fetzen verwandelt.

Lucius ging tiefer hinein in das dunkle Häusermeer. Noch immer war kein Mensch zu sehen. Er traute sich auch nicht zu rufen. ‚Niemand zu finden', wäre immerhin auch eine Meldung, die er dem Decurio überbringen könnte. Ein Schatten huschte über die kleine Kreuzung vor ihm. *Was war das?* Lucius fröstelte aus unerfindlichen Gründen. Leise fragte er: »Ist da jemand? Ich bin von der Legion. Wir sind gekommen, um zu helfen.«

»Hihihihi … hahahaha …«, ertönte wieder das irrsinnige Gelächter. Nun von allen Seiten und deutlich näher als noch eben.

Lucius zog seinen Gladius, hob die Fackel und holte tief Luft. Langsam, aber sicheren Schritts – er war immerhin ein Legionär – ging er auf die Kreuzung zu. Er blickte sich ängstlich um, um diejenigen zu finden, die so furchterregend lachten. Als er wieder nach vorn sah, stand dort plötzlich ein kleines Mädchen mit strähnigen Haaren und einer armlosen Holzpuppe in der linken Hand. Sie starrte Lucius aus großen Augen an.

»Hallo, Kleine.« Er musste trocken schlucken, bevor er weitersprechen konnte. »Ich bin Lucius und will euch helfen. Kannst du mir sagen, wo deine Eltern sind?«

Das Mädchen blickte ihn nur weiter wortlos an. In ihren großen Augen spiegelte sich der Schein seiner Fackel.

Langsam ging Lucius weiter auf sie zu. Um die Kleine nicht noch mehr zu verängstigen, steckte er seinen Gladius in die Scheide und hob die Hand zu einer beschwichtigenden Geste. Mit beruhigend klingender Stimme – sie war wegen seiner Aufregung trotzdem zu hoch – redete er sanft auf sie ein: »Was ist hier passiert, Mädchen?«

Sie hob so abrupt ihren dünnen Arm und zeigte auf einen Punkt in Lucius' Rücken, dass er erschreckt zusammenzuckte.

Lucius drehte sich mit kraus gezogener Stirn um und stand plötzlich vor einer verwahrlost aussehenden Frau, die ihm auf eine unbestimmte Weise bekannt vorkam. Er war so überrascht davon, dass er das große Messer in ihrer rechten Hand gar nicht bemerkte. »Hallo, ich bin …«

Abrupt rammte die Fremde Lucius die lange Klinge seitlich in den Hals.

»Warum …?« Seine Stimme versagte. Lucius brach röchelnd zusammen. Er drückte mit den Händen auf die Stelle, an der das Blut aus seinem Hals schoss, ohne es aufhalten zu können. Die Frau beugte sich zu ihm herunter und strich ihm sanft über die blutverschmierte Wange. Dabei hinterließ sie einen feinen, weißen Film.

»Ich hatte es dir schon am Brunnen gesagt, Lucius«, sagte sie liebevoll. »Du wirst einer der Ersten sein.«

Alte Männer sollten nicht vergessen, dass sie genau das sind. Söhne lassen sich nicht von ihren greisen Vätern zur Schlachtbank führen. Wir haben ihr Blut für das Ritual genutzt und einen schnellen Generationenwechsel bei den Septem vollzogen. Nur der Meister blieb ehrenhaft. Er ist größer als wir alle und wird niemals vergessen werden. Trotzdem muss auch er sterben, damit wir den Übergang öffnen können.

Anonymus – archiviert unter: Die Aufzeichnungen der Söhne

XV. Mamercus

»Halt, alter Mann!«, schnauzte ein junger Legionär mit einem lächerlich dünnen Schnauzbart Mamercus an, als er in eine Straße einbog, die direkt nach Tiburtina führte. Der Kämpfer hatte sich für dieses Viertel entschieden, weil Aurelia inzwischen lichterloh brannte. Dort gab es nichts mehr für ihn herauszufinden, außer welche Farbe Asche hatte. »Es ist Sperrstunde und …«

Ein gellender Schrei kam hinter der Mauer hervor und unterbrach die Schelte des Soldaten. Der blickte über die Schulter angstvoll zu der neu gebauten Mauer, an der etwa ein halbes Dutzend Leitern lehnte. Davor standen die restlichen Soldaten eines Manipels und schienen nicht recht zu wissen, wie sie sich verhalten sollten.

Mamercus roch Unsicherheit schon von Weitem. Und dieser Grünschnabel, der sich gerade vor ihm aufbaute, stank geradezu danach. Daher ging er gar nicht auf dessen Vorwürfe ein, sondern drehte den Spieß einfach um. »Wo ist euer Decurio?«, fragte er selbstbewusst und streckte sich, damit er den recht kleinen Legionär noch mehr überragte.

»Er ist rübergeklettert. Wir anderen …«

Jetzt vernahmen sie irrsinnig klingendes Gelächter von der anderen Seite.

»Ulius, was sollen wir machen? Du bist der Dienstälteste von uns.«

»Ich bin nur ein paar Tage vor dir in die Legion eingetreten«, maulte Ulius wenig lösungsorientiert.

Mamercus witterte seine Chance, etwas über den mysteriösen Aufstand in Erfahrung zu bringen. Vielleicht würde dieser aufgeschreckte Hühnerhaufen ihm sogar helfen können. »Ich übernehme das Kommando!«, rief er mit fester Stimme, sodass alle Legionäre ihn hören konnten.

Ulius, der ihm am nächsten stand, drehte sich mit erstauntem Gesichtsausdruck zu Mamercus um.

Mamercus beachtete ihn nicht weiter. Er hatte eine Rolle zu spielen und Anführer gaben sich gar nicht erst mit eventuellen Unklarheiten von Untergebenen ab. »Ich bin ein Evocatus. Meine Dienstzeit endete vor etlichen Jahren, aber man hat uns Veteranen zurückgeholt, um euch zu unterstützen. Am Ende meiner Dienstjahre – den schönsten meines Lebens, wie ich betonen will – war ich Aquilifer und trug den Legionsadler. Damit stehe ich im Rang über euch allen. Versammelt euch vor der Mauer und erstattet mir Bericht!«

Die verbliebenen Soldaten schauten sich einen Moment unsicher an, dann siegte der jahrelang eintrainierte Gehorsam. Haltung annehmend bauten sie sich zwischen zwei Leitern auf.

Ulius schlug sich mit der Faust auf die Brust, ein Zeichen des Respekts dem Höhergestellten gegenüber, und berichtete: »Der Auftrag der Legion ist es, das Gebiet hinter der Mauer zu inspizieren …«

Mamercus ließ sich nicht anmerken, dass er bis vor wenigen Augenblicken noch nicht mal gewusst hatte, dass man Tiburtina im wahrsten Sinne des Wortes abgeriegelt hatte.

»… in allen Straßen, die in das Viertel führen, gibt es ebenfalls Manipel, die das Gleiche wie wir versuchen. Unsere Gruppe wird von Decurio Honerk kommandiert, der ähm …«, Ulius spielte an seinem Waffengurt herum, »nun ja, der ähm …«

»Stottere hier nicht so herum, Legionär«, ranzte ihn

Mamercus an. So langsam fand er Gefallen an seiner Rolle.

Ulius straffte die Schultern und redete mit lauter Stimme weiter: »Der Decurio ist mit den anderen Männern über die Mauer gestiegen, nachdem unsere beiden ersten Kundschafter nicht zurückgekehrt waren. Seitdem haben wir nichts mehr von ihnen gehört.«

Schmerzensschreie ertönten, die in einem feuchten Gurgeln endeten. Dass man so gar nichts hörte, konnte wahrlich nicht mit gutem Gewissen behauptet werden.

Mamercus zog mahnend eine Augenbraue hoch und blickte kurz in Richtung Mauer. »Warum seid ihr ihnen nicht nach?«

Ulius scharrte verlegen mit dem Fuß über das Pflaster. »Unsere Aufgabe war es, die Leitern zu sichern.«

Mamercus war es vollkommen egal, dass diese Soldaten Feiglinge waren. Wichtig war nur, dass sie ihm jetzt halfen. »Wart ihr schon dort oben und habt in das Viertel runtergeschaut? Was habt ihr gesehen?«

»Ich bin hochgeklettert, nachdem«, der breitschultrige Kamerad von Ulius schluckte schwer, sodass man seinen Kehlkopf auf und ab rutschen sah, »die anderen angefangen hatten zu schreien, aber ich konnte sie nicht sehen.«

Mamercus nickte gebieterisch. Er brauchte ein wenig Zeit, um nachzudenken. »Habt ihr versucht Fackeln nach unten zu werfen, um mehr zu erkennen?«

Die Legionäre schauten ihn an wie Schafe.

»Ein ›Nein, Aquilifer‹ wäre jetzt die richtige Antwort gewesen, Männer. Ihr seid ein erbärmlicher Haufen von Feiglingen, aber ich sehe von einer Meldung beim Zenturio ab, wenn ihr ab jetzt kräftig mit anpackt. Verstanden?!«

»Ja, Aquilifer.«

Mamercus nickte großzügig. »Gut, das ist der Schneid der Legionen von Kol. Greift euch Fackeln, entzündet sie in den Feuerschalen, steigt hoch auf die Mauer und werft sie drüben runter. Macht das mit so vielen, wie wir haben. Es wäre doch gelacht, wenn wir nicht etwas Licht in diese Angelegenheit bringen.«

Fleißig wie die Bienen machten sich die Legionäre daran, diesem Befehl nachzukommen. Sie wussten, dass sie sich nicht mit Ruhm bekleckert und ihre Kameraden im Stich gelassen hatten. Solcherlei machte sich gar nicht gut für die weitere Karriereplanung. Eine Aufgabe gab den Kämpfern die Möglichkeit, von ihrem Fehlverhalten abzulenken und vielleicht sogar etwas wiedergutzumachen.

So was Dummes, die Jungs da mitten in der Nacht hineinzuschicken, ärgerte sich Mamercus, der als Kommandierender natürlich nicht die Leitern hochkletterte, um Fackeln über die Mauer zu werfen. Er musste schließlich in seiner Rolle bleiben. *Das ist wieder so typisch für den Senat – nur kein Aufsehen und alles schön heimlich. In der großartigsten Stadt der Welt gibt es ja keine sichtbaren Probleme und diese jungen Bengel müssen es ausbaden. Bei Tageslicht wäre ihre Aufgabe einfacher gewesen, aber dann hätte man ja eingestehen müssen, dass dies mehr ist als nur ein gewöhnlicher Aufstand.* Er beobachtete weiter, wie die Legionäre in einer Kette zügig zahlreiche Fackeln über die Mauer brachten, wobei sie alle versuchten, möglichst weit weg vom Rand zu bleiben. Schließlich hatten sie mindestens zwei Dutzend der Fackeln in das Viertel hinuntergeworfen.

»Das reicht!«, unterbrach Mamercus die Soldaten. »Ich werde mir jetzt ein Lagebild machen.« Der militärische Ton ging ihm immer leichter über die Lippen. »Ihr sichert hier unten die Stellung. Jeder Störenfried ist sofort zu entfernen.«

Die Legionäre schauten ihn mit einem seligen Grinsen

an. Dankbar dafür, dass er sie nicht über die Mauer schickte, sondern selbst ging.

Mamercus war das nur recht so. Sein Plan bestand darin, nach oben zu klettern, eine Leiter hochzuziehen, abzusteigen und diese Idioten hier einfach ihrem Schicksal zu überlassen. Wer hätte gedacht, dass es so einfach sein würde, nach Tiburtina hineinzukommen.

Geschickt kletterte Mamercus nach oben. Das Holz der Leiter musste frisch sein, es harzte noch und klebte an seinen Fingern. *Der Senat muss sich wirklich Sorgen machen, wenn sie neues Holz für Leitern verschwenden.* Schließlich konnte Mamercus auf die andere Seite hinunterschauen, die oberste Sprosse federte leicht unter seinem Gewicht. Seine Augen brauchten einen Moment, bis sie verarbeiteten, was er dort unten sah. Die Fackeln beleuchteten kaum etwas. Nur etwa dreißig Schritte weit konnte man nun in die Dunkelheit hinter der Mauer schauen. Dennoch reichte das, um Mamercus den Schreck in die Glieder fahren zu lassen. Die vermissten Legionäre – zwölf bis fünfzehn von ihnen – lagen blutüberströmt und bewegungslos in der schmalen Straße. Sie mussten alle tot sein. Einigen fehlten der Kopf oder Arme und Beine. »Bei den Göttern«, entfuhr es Mamercus bei dem Anblick dieses menschlichen Schlachthauses. Die Galle kam ihm hoch, aber er konnte verhindern, dass er sich übergab. »Was ist hier passiert?«, fragte er leise in die Nacht hinein, ohne eine Antwort zu erwarten. Er versuchte das höllenartige Chaos zu überblicken.

»Aaaaa«, ertönte ein Schmerzensschrei hinter ihm. Irritiert blickte Mamercus über die Schulter nach unten.

Einer der Legionäre wälzte sich auf dem Boden und presste sich die Hände auf den Bauch. Daraus ragte etwas hervor, das wie ein abgebrochener Besenstiel aussah. Jetzt tauchten verschlafen aussehende Menschen aus den Insulae in der bisher ruhigen Straße vor der Mauer auf. Ohne ersichtlichen Grund gingen sie aufeinander los und attackierten auch die Soldaten. Kopflos schrien die Legionäre durcheinander, anstatt sich gegen die mit Eisenstangen, Schlachtermessern und Holzknüppeln Bewaffneten zu wehren.

Mamercus reagierte blitzschnell. Er wusste, dass er einen Besuch in Tiburtina nicht überleben würde. *Genug beobachtet! Das ist kein normaler Hungeraufstand. Ich muss hier schleunigst weg, bevor noch mehr dieser Verrückten aus ihren Betten gekrochen kommen und mir endgültig den Weg nach Hause abschneiden.* Wie eine junge Bergziege sprang er hastig die Leiter hinunter. Kaum dass seine Füße den Boden berührt hatten, schrie er die Legionäre an. »Schlagt sie zurück! Für Kol!«

Zu zögerlich kamen sie seinen Worten nach. Schon lag der nächste von ihnen in seinem Blut. Die anderen hatten offensichtlich nicht vor, dem Schicksal ihrer Kameraden zu folgen, sondern drehten sich um und rannten.

»So ein feiges Pack«, schimpfte Mamercus, obwohl er selbst vorgehabt hatte zu fliehen, während die Soldaten kämpften. Ein nur in sein Schlafgewand gekleideter Mann kam auf ihn zu. In seinen weit aufgerissenen Augen konnte man den Wahnsinn sehen. Mit einem langen Schürhaken bewaffnet ging der Mann auf Mamercus los. Der zog routiniert seine beiden Gladii und wehrte die archaische Waffe ab, bevor sein Angreifer ihm damit den Schädel zertrümmern konnte. Der Mann kämpfte mit erstaunlich viel Kraft und war auch nicht so dumm, einfach in Mamercus' Waffen zu laufen. Mamercus war verschwitzt, als es ihm endlich nach einer Finte gelang, dem Fremden ein Schwert in die Brust zu rammen.

Der sah die klaffende Wunde, aus der sein Blut quoll, eher interessiert als schockiert an und brach schließlich tot zusammen.

Der kurze Kampf hatte dazu geführt, dass weitere verrückt gewordene Anwohner aus ihren Wohnhäusern gewankt kamen.

Irres Gelächter und gepeinigtes Stöhnen drangen an Mamercus' Ohren. Er stand hier auf verlorenem Posten. Er schlug nach einer sehr schönen Frau mit feinen, aristokratischen Gesichtszügen, die nur in dünne transparente Seide gehüllt war. Vollkommen unpassend zu ihrer äußerlichen Gestalt versuchte sie, ihm ein überdimensionales Fleischmesser ins Gesicht zu stoßen.

Mamercus wich dem ungeschickt ausgeführten Hieb aus und schlug vorsichtig nach der Schönheit. Er zielte auf ihr Handgelenk und nicht auf ihren Kopf, sodass nur ihre Waffe scheppernd zu Boden fiel.

Die Frau selbst schien das nicht zu stören. Sie unterbrach ihren Angriff nicht.

Mamercus rannte einfach mit der Schulter in die Fremde hinein, sodass sie umfiel und er endlich freie Bahn hatte. Nachdem er etliche Passus mit weit ausladenden Schritten hinter sich gebracht hatte, drehte er sich nochmals um. Überall hinter ihm schlachteten sich die Menschen gegenseitig ab und ein merkwürdiger, weißer Staub senkte sich auf sie herunter. Mamercus wusste aus seinen Aufzeichnungen, dass er mit diesem auf keinen Fall in Berührung kommen durfte. *Wie können wir den Weißen Schatten nur aufhalten?* Mamercus wusste keine Antwort auf diese alles entscheidende Frage, aber er kannte jemanden, der sie ihm vielleicht geben konnte. Der mächtigste Fühlende, den er jemals getroffen hatte. Tarl.

Das Wasser des Nymphäums brodelt immer stärker, je mehr Blut hineinfließt. Blaue Lichtstrahlen schießen daraus hervor. Es ist vollbracht. Wir besitzen nun mehr Macht, als sich unsere Väter jemals vorstellen konnten. Die Welt wartet darauf, von uns erobert zu werden.

Anonymus – archiviert unter: Die Aufzeichnungen der Söhne

XVI. Luca

Luca beobachtete aus dem Schatten einer schwer einsehbaren Nische, von denen es in der verlassenen, muffig stinkenden Wohnung viele gab, wie der dumme Zwerg aus allen Wolken fiel, als er begriff, dass er, statt seine Mutter zu treffen, in eine Falle gegangen war. Er bemerkte aber auch das zornige Aufblitzen in Magnus' Augen. *Er hat sich verändert. Das ist nicht mehr der ängstliche Junge, den man so einfach manipulieren kann. Eines Tages wird er alles herausfinden.* Luca zupfte aus Nervosität an den Lederstreifen seiner Maske herum. Es war furchtbar nervig, sie immer noch jeden Tag zu tragen. Inzwischen sah er besser als vor seiner Erblindung und sein entstelltes Aussehen zu ändern, wäre bei seinen Kräften eine Kleinigkeit gewesen, aber noch wagte Luca es nicht, sich zu offenbaren. Besonders seinem selbstsüchtigen Vater gegenüber nicht. Luca schob die Maske zurecht, die ihm andauernd über die Augen rutschte. *Ich muss die ganze Zeit wie ein Volltrottel ausgesehen haben. Verdammte Ceres.*

Magnus stapfte mit zornigem Gesicht und geballten Fäusten auf Enzyklos zu. Obwohl der Junge klein war, hatte er doch beachtliche Muskeln. Luca war gespannt, wie sein getreuer Diener vorgehen würde.

»Beruhige dich, Magnus! Ich weiß, dass du im Moment wütend bist, aber es ist das letzte Mal, das garantiere ich.«

Lügen, dachte Luca erheitert. *Ja, das ist natürlich immer die einfachste Möglichkeit.*

Magnus schien die Worte gar nicht wahrzunehmen. Er bückte sich und ergriff einen von der Wand abgefallenen, rostigen Fackelhalter. Der kleine Mann hielt den Gebrauchsgegenstand lauernd, wie eine Waffe.

Enzyklos nahm die unverhohlene Drohung wortlos hin. Er war unbewaffnet, aber nicht wehrlos. Luca hätte niemanden zu seinem Leibdiener gemacht, der nicht auch ohne Waffen perfekt kämpfen konnte. Enzyklos' durchtrainierter Körper bewegte sich geschmeidig durch den schummerigen Raum. Seine Füße wirbelten dabei Staub vom Boden der verlassenen Wohnung auf.

Magnus schien nicht im Mindesten davon beeindruckt. Zielstrebig umkreiste er den deutlich größeren Diener.

»Was wird das, Kleiner?«, stichelte der. »Glaubst du wirklich …«

Blitzschnell war Magnus vom Boden hochgesprungen und warf mit erstaunlicher Kraft das rostige Eisenteil. Krachend traf es Enzyklos an der Schulter. Wäre der nicht so schnell zur Seite ausgewichen, hätte ihn die Fackelhalterung mitten im Gesicht getroffen.

Keuchend taumelte Lucas Bediensteter. Sein linker Arm hing schlaff herab, als würde er nicht mehr zu ihm gehören.

»Was glaubst du, wer *du* bist, Lakai?«, spie Magnus aus. »Ich habe gegen Bestien in der Arena und in den Katakomben darunter gekämpft und immer gesiegt.« Er ergriff die morschen Überreste eines Stuhls am Bein, zerschlug ihn an der Wand und ging mit dem übrig gebliebenen Holzprügel angriffslustig auf den verletzten Enzyklos zu. Die Worte sprudelten dabei nur so aus ihm heraus. »Ich war im weitläufigen Land und habe überlebt. Zauberer, Barbaren und Bestien sind meine Freunde. Ich bin Magnus, König der Arena, und du bist nur ein Nichts.«

Enzyklos deutete eine Körperdrehung an und versuchte sich an einem Angriff, aber Magnus schien damit gerechnet zu haben. Er nutzte seine geringe Größe, unterlief Enzyklos' lange Arme und schlug ihm im Vorbeilaufen brutal mit dem massiven Holzbein in den Bauch.

Lucas Diener brach mit einem gurgelnden Geräusch zusammen.

So habe ich mir das hier aber nicht vorgestellt, ärgerte der sich. Mitleid empfand er keines für den sich am Boden windenden Enzyklos. Nur Zorn, dass sein Untergebener den Auftrag nicht wie geplant ausführte.

Magnus hatte sich über dem Diener aufgebaut. Bedrohlich ließ er das massive Stuhlbein über dessen Kopf in einer Hand wippen. »Enzyklos, sag mir einen einzigen Grund, warum ich dir nicht sofort den Schädel einschlage und deinem dämonischen Treiben ein für alle Mal ein Ende setze?«

»Ich zeige dir einen«, kam Gaius' Stimme plötzlich von hinten und Magnus spürte kühlen Stahl an seiner Kehle.

»Verräter«, zischte er.

»Lass die Spielchen, Magnus. Ohne mich wärst du heute schon Lacernafutter geworden, meine Rettungstat soll doch nicht umsonst sein. Das hier kann noch alles gut ausgehen. Für dich und für mich. Glaub mir!« Gaius drückte den Dolch fester an Magnus' Kehle, sodass der einen scharfen Schmerz und warmes Blut den Hals hinablaufen spürte.

»Warum?«, fragte Magnus resigniert und ließ das Stuhlbein fallen. Natürlich ließ er es sich nicht nehmen, mit dem guten Stück direkt auf Enzyklos' überdimensionierte Nase zu zielen.

»Weil er will, dass der nächste Kaiser ihm wohlgesinnt ist«, röchelte Enzyklos und stemmte sich langsam nach oben, »und dir ebenso.«

»Wer wird das sein? Die freien Bürger müssen ihn doch erst mal wählen! Selbst ihr schafft es nicht, diese Wahl zu manipulieren, das sind nicht die Arenenspiele. Jede große

Familie giert danach, den Kaiser zu stellen, und Geld haben sie alle im Überfluss.«

»Das lass unsere Sorge sein, Zwerg«, zischte der Diener ihn an.

»Was wollt ihr von mir? Warum diese Farce, Gaius?«

Der Bestienmeister hatte sich wieder zurückgezogen, stand aber mit gezogener Waffe lauernd in der Nähe. Das Sprechen übernahm Enzyklos. »Weil wir etwas mit dir zu bereden haben, was von größter Wichtigkeit ist und keinen Aufschub duldet. Du musst während der Sonderspiele etwas für uns erledigen.«

»Für euch Widerlinge mache ich gar nichts mehr. Ich habe mittlerweile verstanden, dass ihr meine Mutter vor langer Zeit getötet habt, als Druckmittel braucht ihr sie nicht mehr einzusetzen.« Am Ende dieses Satzes brach Magnus' Stimme und er schluckte schwer.

Luca grinste. *Wenn dem so wäre, dann wärst du nicht hier, Narr.*

»Mir war schon klar, dass du das denkst, daher habe ich das hier für dich.« Enzyklos holte unter seiner weißen Toga eine kleine Papyrusrolle hervor und gab sie Magnus.

»Was soll ich damit? Mir den Arsch abwischen?«

»Lies es!«

Magnus warf das Schriftstück zu Boden. »Dort drin stehen doch nur noch mehr Lügen.«

»Mach schon! Du wirst es nicht bereuen. Glaub mir!«, insistierte Gaius und klopfte auffordernd mit der flachen Seite seines Dolchs auf die Handinnenfläche.

Magnus hob die Rolle auf und betrachtete sie. Es war einfacher Papyrus-Rindenbast. »Ich …«, begann er zögernd und räusperte sich verlegen. »Ich … ähm … kann nicht besonders gut lesen. Du hast mir meine Mutter genommen, bevor sie es mir richtig gut beibringen konnte. In der Arena hat niemand mehr Wert auf diese Fähigkeit gelegt.« Die Demütigung, das vor diesen Männern zugeben zu müssen, traf Magnus schwerer als alles andere, was an diesem Abend bisher passiert war.

»Sag das doch gleich!«, herrschte ihn Enzyklos an und riss ihm das Schriftstück aus der Hand. Er entrollte es und begann laut vorzulesen:

Carissimus Magnus,

Magnus bekam eine Gänsehaut.

ich vermisse dich jeden Tag noch so sehr. Manchmal lassen sie mich zu den Spielen in die Arena, um dich zu sehen, auch wenn ich niemals auch nur in deine Nähe durfte. Du bist so stattlich geworden und ein wahrer Held. Ich habe viele ruhmreiche Geschichten über dich, den tapferen Narren der Arena, gehört. Sie behandeln mich gut und haben versprochen, dass wir uns wiedersehen, wenn du machst, was sie dir sagen.

Pass auf dich auf!
Mater

Magnus liefen die Tränen das Gesicht herunter. Er wusste, dass der Brief echt war, weil seine Mutter den Kosenamen benutzt hatte, den sie ihm als Kind gegeben hatte. *Das ist unser kleines Geheimnis, mein liebster Magnus,* hatte sie oft mit einem frechen Zwinkern zu Magnus gesagt, wenn andere gefragt hatten, was die Worte in der alten Sprache bedeuteten. *Sie lebt!*

»Also schön, du siehst, dass es deiner Mutter gut geht. Ich garantiere dir, dass der Auftrag, den ich dir gleich erteilen werde, dein letzter ist. Der neue Kaiser schenkt euch beiden die Freiheit, wenn ihr tut, was er fordert.«

Magnus rang mit sich. Die adlige Familie hatte ihn zu oft benutzt, als dass er ihr noch trauen konnte, aber welche Wahl hatte er schon. In der Arena war er ein Todgeweihter, aber das hier war wenigstens eine Chance, wenn auch eine kleine. »Ich werde niemanden für euch umbringen! Darüber brauchen wir gar nicht erst zu reden.«

»Musst du auch nicht, das wäre viel zu viel Aufsehen während der Wahlperiode. Deine Aufgabe ist deutlich einfacher. Du sollst einfach nur während der Spiele das Artefakt, das ihr aus dem weitläufigen Land mitgebracht habt, aus der Loge der Familie Acilius stehlen und mir übergeben.«

In Magnus' Kopf drehte sich alles. Wozu bei allen Göttern sollte er die Familie bestehlen, der das Artefakt sowieso gehörte? Er machte gerade den Mund auf, um diese Frage zu stellen, als Enzyklos gebieterisch die Hand hob.

»Spar dir die Fragen über das Warum und Wieso, das geht dich alles nichts an. Das Artefakt wird bei den Sonderspielen in der Arena sein, und zwar in einer kleinen Eisenkiste direkt in der Loge. Es wird nicht bewacht werden, weil kaum jemand um seine Existenz weiß, sondern einfach nur unter einem der Stühle stehen. Dir fällt die Aufgabe zu, für genügend Ablenkung zu sorgen, damit du es von dort ungesehen wegholen kannst. Ich warte unmittelbar in der Nähe auf dich, damit du es übergeben kannst.«

»Warum holst du es nicht gleich selbst?«

»Schon vergessen, keine Fragen! Du kennst die Arena in- und auswendig, wenn jemand dazu in der Lage ist, dann du, Magnus. Mehr ist es nicht. Keine Spielchen mehr.

Machst du das, werde ich dich ungesehen aus der Arena und zu deiner Mutter bringen. Ich bringe euch bis zur Kaiserwahl in einem sicheren Versteck unter und der neue Herrscher schenkt dir dann die Freiheit. Was sagst du?« Enzyklos schaute ihn lauernd aus seinen hellen Augen an. Sein Arm schien immer noch nicht zu gebrauchen zu sein, doch der Diener ließ keinerlei Anzeichen von Schmerzen erkennen.

Magnus war sich nicht sicher, aber dieses Angebot klang zu verlockend, als dass er hätte Nein sagen können. Vielleicht war das seine letzte Chance, um lebend aus der verfluchten Arena herauszukommen. »Gut, aber solltest du mich wieder betrügen, bringe ich dich um!«

Das Tageslicht blendet uns, als wir wieder an die Oberfläche steigen. In den Straßen herrscht Chaos. Überall ist Blut und zerfetzte Körper liegen auf der Straße. Monströse Kreaturen marodieren durch die Straßen und töten jeden Menschen, dessen sie habhaft werden können. Was haben unsere Väter, was haben wir getan?

Anonymus – archiviert unter: Die Aufzeichnungen der Söhne

XVII. Gaius Acilius

Ave, Magister Nove«, begrüßten sechs in schwarze Roben gehüllte Gestalten Gaius Acilius ehrfürchtig. Ihre Gesichter waren hinter weißen Holzmasken verborgen, die nur zwei schmale Schlitze für die Augen hatten. Nur einer von ihnen war nicht maskiert. Ein junger Mann mit teigigem Gesicht und roten Wangen, aber schlau funkelnden Augen.

Der Senator selbst war komplett in Rot gekleidet. Eine Reminiszenz des Neuen Meisters an den Ersten, der sein Blut hier im Nymphäum so bereitwillig gegeben hatte, um der Magie den Weg in die Welt zu ebnen. Gaius' Raubvogelgesicht war ebenfalls nicht verhüllt. »Septem, vos saluto, ministros bonae causae«, begrüßte er die restlichen Sieben als Diener der guten Sache, so wie es seit Generationen Brauch war.

Gaius spürte die Macht dieses besonderen Orts. Nichts im Leben machte ihn ehrfürchtiger als das Nymphäum. Die Pracht der zahllosen Brunnen, die dahinplätscherten, als wären sie nicht an einem von Trockenheit geplagten Ort, die filigranen Wandmalereien von Nixen und längst vergessenen Wassergöttern an den groben Wänden der riesigen Höhle und natürlich das Becken – das Zentrum dieses Orts und der Magie auf Erden. Gaius betrachtete das Wasser. Es war unnatürlich weiß gefärbt, als hätte man einen riesigen Kalkpinsel darin ausgewaschen. Seine Oberfläche kräuselte sich leicht. Gaius konnte sich erinnern, dass er, als er als Kind das erste Mal von seinem Vater in die erfrischende Kühle dieses besonderen Orts geführt worden war, ein fröhliches Wellenspiel auf dem

Gewässer betrachtet hatte, das wirkte, als würde hier unter der Erde starker Wind herrschen. Ein untrügliches Zeichen, dass die magische Energie zwischen den zwei Welten floss. *Es wird wieder Zeit für das Blutritual*, wurde Gaius Acilius beim Anblick der viel zu friedlichen Wasseroberfläche klar. Die Menge an magischer Energie verringerte sich in den Zyklen zwischen der magischen Zeremonie, das bewiesen die kraftlosen Wellenhügel viel mehr als die immer schlechteren Absolventen der Magiakademie. Doch so sehr es die Septem auch versuchten, irgendetwas war in der alten Formel fehlerhaft. Egal wie viele Menschen sie geopfert hatten, das Portal hatte anschließend immer nur einen Bruchteil der Macht abgegeben, die es zu Zeiten der Altvorderen noch bereitgestellt hatte. *Gut, dass ich das Artefakt besitze.*

»Ein trauriger Anlass für ein Treffen, meine Freunde«, sagte der Senator in bedauerndem Ton. In Wirklichkeit hatte er aktuell weitaus Wichtigeres zu tun, als an geheimbündlerischen Aktivitäten alter Männer teilzunehmen, auch wenn diese Männer die Elite von Kol darstellten.

»Die Septem vereint, zur Ehre der Stadt«, schallte es Gaius von den Maskierten entgegen. Die zeremonielle Formel war bei jedem Treffen der Sieben gleich.

Gaius fand dieses Getöse lächerlich. Er kannte die meisten der verhüllten Gestalten seit Jahrzehnten. Mit Malkorvim hatte er schon als Kind gemeinsam Zeit verbracht. Der schmächtige Junge von damals lispelte auch als gestandener Mann immer noch so stark, dass man ihn auch jetzt noch genau heraushören konnte, selbst wenn er die Grußworte mit den anderen gemeinsam sprach. Daher war seine Maske völlig überflüssig. Ebenso erkannte Gaius den dicken Tontikus an seiner sich über dem Bauch wölbenden Robe auf den ersten Blick oder Utimuu an seinem Stock, den er brauchte, seitdem ihn einer seiner Haussklaven nachts hinterrücks angefallen hatte. Das Mitglied der Septem hatte überlebt, was man von keinem Einzigen seiner Tausenden Sklaven sagen konnte. Sie waren für jemanden mit unbegrenzten Mitteln genauso leicht zu ersetzen wie Rinder oder Möbel. Nur ihr Preis war seinerzeit für einige Monate in die Höhe geschnellt. Die Vertreter der Sklavenhändlergilde trugen Utimuu für seine gute Tat bis heute auf Händen. So konnte Gaius sie alle identifizieren, denn jeder hatte seine kleinen Auffälligkeiten oder Makel.

Die Septem bildeten eine Schicksalsgemeinschaft, die seit Jahrhunderten miteinander verbunden war. Im Kreislauf des Lebens wurde der eine oder andere nur immer wieder durch seinen ältesten Sohn oder einen anderen männlichen Verwandten ersetzt. Gemeinsam beherrschten und beschützten sie Kol. Nur den außergewöhnlichen Kräften der Septem hatte die Stadt ihr Überleben zu verdanken und das bezog sich beileibe nicht nur auf die magischen Fähigkeiten, über die fast alle ihre Mitglieder verfügten. Oft brauchte es eher politisches Geschick und Weitsicht, damit die letzte Stadt der Menschheit nicht ebenfalls endgültig unterging. Gaius Acilius war das Paradebeispiel eines Politicus, der die Stadt mit seinen Reden und Ränken mehr prägte und kontrollierte als alle anderen Zauberer der restlichen sechs Familien zusammen. Er wandte sich der anderen nicht maskierten Person in der Höhle zu. »Lasst mich als Erstes mein persönliches, tief empfundenes Beileid aussprechen, Lukarius, Euer Vater war ein guter Kaiser.« Gaius verbeugte sich demütig. Er war bereit, viel zu geben, um der Nachfolger dieses Trottels zu werden. Respekt und Demut gehörten zu den Eigenschaften, die seine Brüder sehr schätzten, und ihre Unterstützung brauchte er, wollte er das wichtigste Amt der letzten Stadt auf Erden übernehmen.

»Gloriam Mortuis – Ehre den Toten«, schallte es einem Chor gleich von den anderen. Sie verbeugten sich ebenfalls.

»Der Tod ist die Voraussetzung für das Leben. Ich begrüße Euch als neues Mitglied der Septem. Von heute an wird Euer Name in diesem Kreise nicht mehr genannt werden. Du bist einer von uns, wir sind einer von dir: Frater.«

»Bruder«, gaben die anderen feierlich zurück.

Lukarius nickte erhaben.

Gaius trat auf ihn zu und setzte ihm die weiße Maske auf. Ein nicht ganz so würdiger Augenblick, wie er vielleicht hätte sein sollen. Die Bänder, mit denen sie befestigt werden sollte, waren fast zu kurz für das schweineähnliche Gesicht des neuen Bruders, der Wein und Essen wohl mehr zugetan war als Frauen, zumindest munkelte man so in der Stadt. Erst nachdem Gaius mit aller Kraft daran gezerrt hatte, war es ihm gelungen, die Schnallen zu schließen.

Lukarius schnaufte hörbar, als ihm die Lederriemen ins Fleisch schnitten.

Schlussendlich zogen ihm seine fünf Mitbrüder noch gemeinsam die Kapuze seiner dunklen Robe über den Kopf. Jetzt war er ein vollwertiges Mitglied der Sieben.

»Brüder«, ergriff Malkorvim sofort danach das Wort, als könne er es gar nicht abwarten zu sprechen.

Gaius ärgerte sich darüber, doch verboten war dies nicht. Er war nur Primus inter pares, so wie es der erste Meister auch gewesen war. Denn ohne seine sechs Lehrlinge hätte er es vor Jahrhunderten niemals geschafft, die Zauberei auf die Erde zu bringen. *Hoffentlich versaut der lispelnde Blödmann mir nicht meinen Plan.* Gaius wollte heute eigentlich die anderen davon überzeugen, ihn zum Kaiser zu machen. Sollte Malkorvim ebenfalls auf die Idee gekommen sein, Kaiser zu werden, würde dies die Sache verkomplizieren. *Aber sicher nichts, womit das Artefakt nicht fertigwird*, dachte Gaius mit einem feinsinnigen Lächeln.

»Kol thsteht vor theiner thchwerthten Bewährungthprobe …«

Gaius machte ein angewidertes Gesicht. Ohne die Maske hätte sein Bruder mit seiner feuchten, lispelnden Aussprache fast mehr Wasser versprüht als die Springbrunnen des Nymphäums.

»Wath wir gerade in den Armenbethirken erleben, itht der thlimthte Aufthtand theit Generathionen.«

Gaius entspannte sich. *Darum geht es also nur …*

»Das ist kein Aufstand«, dröhnte Utimuus tiefe Stimme durch die weitläufige Höhle.

Gaius wusste, dass der humpelnde Adlige niemand war, der übertrieben schnell in Panik verfiel oder die Pferde scheu machte. Entweder konnte er das Lispeln auch nicht mehr ertragen oder er hatte wirklich etwas Wichtiges beizutragen. »Die Menschen in Tiburtina und Aurelia sind allesamt verrückt geworden. Die Bewohner Aurelias haben ihr eigenes Viertel angezündet und sind lachend in die Flammen gesprungen.«

Ungläubiges Gemurmel erhob sich.

Utimuu hob beschwichtigend die Hände. »Glaubt mir, Brüder, ich habe meine Späher überall in der Stadt. Das ist gut fürs Geschäft«, rechtfertigte er sich, ohne dass jemand seine Worte kritisiert hätte. »Sie haben mir alle das Gleiche berichtet: Chaos, Irrsinn, Mord und Totschlag beherrschen diese Viertel. Tiburtina steht zwar noch, aber die Lage ist dort nicht viel besser als in dem Aschehaufen, der einst

Aurelia genannt wurde. Es brennt zwar nicht, aber die Menschen schlachten einander ab, als wären sie tollwütige Hunde. Und …«, er machte eine kurze Pause, um seinen Worten mehr Gewicht zu verleihen, »es scheint sich auszubreiten. Letzte Nacht sind etliche der Verwirrten an einer Stelle durch die neu errichtete Mauer gebrochen. Nur unter stärksten Verlusten konnten sie von der Stadtwache und den Legionären zurückgeschlagen werden. Einige der Soldaten verloren ebenfalls den Verstand und mussten von ihren Kameraden gerichtet werden. Brüder, ich sage es noch mal in aller Deutlichkeit: Etwas wütet in unserer Stadt, das unser aller Leben bedroht. Noch ist es nicht ins Zentrum und auf die sieben Hügel vorgedrungen, doch schon morgen könnte es in euer Heim einbrechen. Wir müssen etwas unternehmen, um dieser Seuche Herr zu werden.«

»Was schlägst du vor?«, fragte Gaius seinen Bruder. Er ärgerte sich, dass er sich in den letzten Tagen so sehr auf die Wahl konzentriert hatte. Dabei waren ihm offenbar einige wesentliche Informationen entgangen. Bis eben hatte er angenommen, dass die Ereignisse nur unbedeutende Aufstände des Pöbels gewesen seien, für die die Legion schon eine entsprechende Lösung gefunden hatte.

Utimuu zupfte an seiner weißen Maske. Ein untrügliches Zeichen, dass er nervös war. »Wir müssen Magie einsetzen, um die Stadt zu retten.«

Ungläubiges Gemurmel ertönte von seinen Mitbrüdern.

»Wie sollen wir das genau anstellen?«, fragte Lukarius. »Mit einem Feuerzauber alle Verrückten verbrennen?«

»Wir wissen doch noch nicht mal, wogegen wir vorgehen oder vielleicht sogar kämpfen müssen«, ergänzte der feiste Tontikus.

Utimuu zuckte mit den Schultern. »Um eine Lösung für

dieses Problem zu finden, sind wir hier. Ich habe sie leider nicht.«

Er ist wie eine Krähe, die schlechte Nachrichten überbringt. Gaius durchzuckte eine Idee. Sollte er diese Krise gut bewältigen, würde seiner Kaiserkrönung nichts mehr im Wege stehen. »Wir beschwören eine weitere Kuppel, sodass Tiburtina und Aurelia vom Rest der Stadt abgeschirmt werden. Nichts durchdringt den magischen Dom.«

Die anderen nickten euphorisch. »Ja, warten wir einfach ab, bis der Abschaum sich dort gegenseitig massakriert hat.«

Gaius fiel es schwer, ein triumphierendes Grinsen zu unterdrücken. Manchmal war Politik so einfach.

»Aber …«, begann Lukarius.

Dieser elende Grünschnabel, dachte Gaius verärgert.

»… wenn wir die Stadt wirklich beschützen wollen, müsste diese zusätzliche Kuppel Tag und Nacht geschlossen bleiben. Keine Familie hat so viel Kraft, dass sie noch gleichzeitig ihre Pflichten bei der Kuppel der Nacht erfüllen kann.«

Gaius grinste, der Neuling stärkte seine Position noch mehr. Jetzt konnte er sich über alle anderen erheben. *Ich hoffe, dass Marwon das halten kann, was er versprochen hat.* Und dann setzte er alles auf eine Karte: »Ich werde dafür sorgen, dass die beiden Viertel ab heute Nachmittag dauerhaft unter einer separaten Schutzhülle liegen. Ihren Anteil an der Aufrechterhaltung der normalen Nachtkuppel wird die Familie Aurelius natürlich trotzdem beisteuern.«

Stille trat ein. Nur das unablässige Plätschern der zahlreichen Brunnen war zu vernehmen. Das feine Geräusch wurde von den felsigen Wänden zurückgeworfen.

Der Senator kniete vor seinen Brüdern nieder. »Ich garantiere euch dies, im Namen des ersten Meisters.«

»Sollte dir das gelingen, Gaius, wäre die Kaiserwürde noch eine zu geringe Belohnung«, durchbrach Utimuu als Erster die ungläubige Stille.

Keine normale Waffe hilft gegen diese Bestien. Nur unsere neuen Kräfte vermögen sie zu besiegen. Es passiert das, was wir immer erreichen wollten: Eine neue Zeit beginnt. Die alten Machtstrukturen existieren nicht mehr. Wir füllen diesen Leerraum durch Magie.

Anonymus – archiviert unter: Die Aufzeichnungen der Söhne

XVIII. Balger

Balger traute seinen Augen nicht. Etwa zwei Dutzend Maskierte umringten ihn. Ein Zurück gab es nicht, da er sonst seinen beiden ersten Angreifern in die Arme geraten wäre. Die Flucht nach vorn war ebenso aussichtslos. Lauernd kamen die Gestalten auf ihn zu. Ihre Masken zeigten groteske Monster mit langen Reißzähnen, Hauern, Hörnern und in unterschiedlichsten Farben glühenden Augen. Alle hatten mehr Gliedmaßen, als es normal war. Balger konnte sich auf diese Laune der Natur keinen Reim machen. Er wusste nur, dass die unter den Masken verborgenen Gestalten seine Feinde waren. Das bewiesen nicht zuletzt die gezogenen Waffen, mit denen sie ihn jetzt erwarteten. Die verzweifelte Situation, in der sich Balger befand, ärgerte ihn mehr, als dass sie ihn ängstigte. Diese Lumpen waren dafür verantwortlich, dass seine Familie verschwunden war, und jetzt attackierten sie ihn – einen weiteren Unschuldigen. Balger handelte daher, ohne nachzudenken. Mit wenigen schnellen Schritten rannte er schreiend auf die ihm am nächsten stehende Gestalt los. Die war wohl so überrascht, dass sie gar nicht dazu kam, eine ihrer zahllosen Waffen gegen Balger zu richten. Der nutzte die einzige Waffe, über die er jetzt noch verfügte: seinen muskulösen Körper. Die Schulter voraus warf er sich auf seinen eigentlich überlegenen Gegner.

Der keuchte kurz und fiel dann überraschenderweise einfach um.

Balger versuchte diesen Moment auszunutzen, um an eines der Schwerter zu kommen, die der Unbekannte führte. Bei dem Gerangel darum verrutschte die gruselige Maske seines Kontrahenten. Normal aussehende Haut kam zum Vorschein und rotblonde Stoppeln eines Dreitagebarts. *Was zum …* Balger verschwendete keine Zeit zum Nachdenken, sondern zerrte jetzt mit aller Kraft an der Hülle aus Metall. Mit einem reißenden Geräusch gab sie nach und offenbarte das Gesicht eines wütenden jungen Mannes. »Du bist ein Mensch?«

»Natürlich, du Arsch.« Mit diesen Worten rammte der Rothaarige Balger sein Knie in den Unterleib.

Der plötzliche Schmerz trieb Balger Tränen in die Augen, trotzdem legte er seine großen Hände sofort um den Hals des Jungen und drückte ihm die Kehle zu. Der musste ihn ganz schön erwischt haben. Redete sich Balger doch ein, ein Lachen zu hören.

»Immerhin ein Arsch, der dich zu Boden geworfen hat, Mandirus. Vielleicht haben wir dir die Eisenarme doch zu früh verliehen. Oder sind sie dir am Ende zu schwer, dass du deshalb umgefallen bist?«

Vielstimmiges metallisch verzerrtes Gelächter antwortete auf diese süffisant vorgetragene Schelte.

Balger ließ sich davon nicht ablenken, sondern hatte den Rothaarigen weiter fest im Griff. Dessen Gesichtsfarbe nahm inzwischen eine leicht ungesunde rotblaue Färbung an.

»Junge, wärst du so nett und machst uns den Mandirus nicht kaputt? Er mag rothaarig sein, aber wir haben ihn trotzdem gern.«

Balger spürte vier spitze Klingen an seinem Hals. Er blickte auf und sah in das kantige wettergegerbte Gesicht eines grauhaarigen Mannes mit gütigen blauen Augen. Der Eindruck der Güte wurde zugegebenermaßen ein wenig dadurch infrage gestellt, dass ebenjener gerade die vier

Waffen gegen Balger führte. Resigniert ließ Balger Mandirus' Hals los.

Der drehte sich keuchend auf die Seite und hustete.

»Guter Junge«, lobte der Unbekannte Balger, als wäre er ein dressierter Hund, und ließ seine vier Klingen sinken. Keine davon führte er mit seinen beiden natürlichen Armen, sondern mit Extremitäten, die aus seinem Rücken wucherten. Die Maske, die er bis eben noch getragen hatte, hing jetzt verkehrt herum an seinem Gürtel. Balger sah zahlreiche kleine Metallrädchen darin, die sich unablässig bewegten.

»Wo ist meine Familie, ihr elenden Menschenfänger?«, schrie Balger den Grauhaarigen an.

Der lachte und ließ eine erstaunlich gerade Reihe weißer Zähne blicken. »Wir sollen Sklavenhändler sein?« Er feixte, als wäre es das Komischste, was er jemals gehört hatte. »Am besten noch aus dem verfluchten Kol, was?«

Balger zog die Stirn kraus. *Verfluchtes Kol.* Auf was für Gestalten war er hier nur gestoßen? »Wisst ihr etwas über den Verbleib der Dorfbewohner?«, fragte er nun etwas ruhiger.

Der alte Kämpfer zog mit einem metallischen Surren seine vier unnatürlichen Arme wieder ein. Er bot Balger einen echten an, um ihm wieder auf die Beine zu helfen.

Balgers Misstrauen war nicht gänzlich zerstreut, aber was für eine Wahl hatte er schon. Seufzend ergriff er die ihm dargebotene Hand. Mit erstaunlicher Kraft zog der Fremde ihn hoch.

»Hey, und mir hilft wohl keiner hoch, was? Ich habe immerhin noch die Mechnicas auf dem Rücken.«

Der Alte funkelte Mandirus an: »Vielleicht sind sie dir zu schwer, weil wir sie dir zu früh angelegt haben.«

Augenblicklich stand der rothaarige Junge, der in etwa in

Balgers Alter war, wieder auf den Beinen. Einer seiner Rückenarme stand in einem unnatürlichen Winkel ab. »So ein Mist«, kommentierte Mandirus diese Tatsache. »Reparus wird mir die Hölle heißmachen, wenn er das sieht.«

»Jammer nicht, der meckert doch bei jedem Kratzer an seinen geliebten Maschinen. Allerdings muss man auch sagen, wenn die beiden sich da unten nicht hätten überrumpeln lassen, wäre dir hier auch nicht der Hintern versohlt worden.« Der Grauhaarige blickte auf die Kämpfer, die Balger in dem Brunnenschacht attackiert hatten und gerade dabei waren, die Felskante des Plateaus zu überwinden.

»Das ist ungerecht, Olos«, maulte der eine von ihnen, den der andere Keänschi genannt hatte, mit verzerrter Stimme. »Wir dachten doch, dass hier niemand mehr ist. Immer sind wir an allem schuld.«

Balger kam sich vor, als wären alle um ihn herum verrückt geworden. Eben hatte er noch angenommen, gegen mehrarmige Monster zu kämpfen, und nun befand er sich in einem schwachsinnigen Streit. »Was ist nur los mit euch?«, schrie er böse. »Erst verschleppt ihr meine Familie, dann greift ihr mich an und nun streitet ihr wie alte Waschweiber?«

Olos lachte: »Unser junger Freund hat recht. Vielleicht sollten wir uns mal vorstellen.« Er deutete eine leichte Verbeugung an und machte eine ausladende Bewegung mit einem seiner mechanischen Arme. »Wir sind die Rebelles.«

Die Rebelles hatten Balger vor die Wahl gestellt, hingerichtet zu werden – er wusste schon zu viel über sie – oder sich ihnen anzuschließen. Balger hatte nicht lange überlegen müssen. Die Rebelles schienen ein rauer, aber durchaus lustig-geselliger Haufen zu sein. Wie sich herausgestellt hatte, waren sie alles andere als Sklavenhändler. Sie hassten Kol und ganz besonders die Auswüchse des Menschenhandels. Die Rebelles hatten es sich zur Aufgabe gemacht, die Sklavenkarawanen anzugreifen und die Menschen, die den Häschern in die Hände gefallen waren, zu befreien. Viele von ihnen hatten sich anschließend der Rebellengruppe angeschlossen. Olos wirkte ehrlich betroffen, als Balger ihm vom Schicksal seines Vaters erzählte.

»Schade, dass wir euch nicht helfen konnten, aber die Welt ist riesig und wir sind so wenige. Außerdem ist es gefährlich. Erst gestern haben wir zwei Männer durch einen Nachtvogelangriff verloren. Gegen die Räuber der Lüfte sind unsere Mechanicas am wenigstens effektiv.«

»Könnt ihr mir sagen, was mit meiner Familie passiert ist? Meine Mutter und meine Schwestern wissen immer noch nicht um das Schicksal meines Vaters.«

Olos rieb sich mit der flachen Hand über den Bart. »Wir haben dein Dorf nur durch Zufall entdeckt und wollten einfach einmal nach dem Rechten schauen und unsere Hilfe anbieten. Als wir begriffen, dass es leer war, haben wir die entsprechenden Vorsichtsmaßnahmen eingeleitet, von denen du einige ja kennengelernt hast.« Er lächelte entschuldigend.

Balger ließ resigniert die Schultern hängen.

»Schau nicht so traurig drein. Vielleicht weiß eine andere Gruppe von uns etwas über ihren Verbleib. Ich werde mich im Confugium erkundigen.«

Wo diese sogenannte Zuflucht war, hatte niemand Balger erklärt, aber sie liefen mittlerweile zielgerichtet nach Osten. Die Gruppe legte ein strammes Marschtempo vor, aber Balger war daran gewöhnt, lange Strecken zu Fuß zurückzulegen. »Es gibt noch mehr von euch?«

Olos lachte wieder. »Nicht viele, aber ein paar mehr

schon. Wir Rebelles haben es uns zur Aufgabe gemacht, die Welt vor den Schlechtigkeiten Kols zu beschützen. Wir blicken dabei auf eine lange Tradition zurück. Die Mechnicas ermöglichen es uns, hier draußen zu überleben.« Er fuhr einen seiner künstlichen Arme aus und zupfte Balger damit spielerisch an seinen feinen Seidengewändern herum, als würde er einem Adligen die Kleidung richten.

»Mechnicas«, murmelte Balger vor sich hin. »Bedeutet das, dass eure zusätzlichen Gliedmaßen und Masken Konstruktionen sind?«, fragte er erstaunt.

Olos lachte. Das tat er oft und – das war Balger sofort aufgefallen – seine Augen lachten mit. »Da spricht wohl jemand ein wenig die alte Sprache.«

Balger verbeugte sich leicht. »Quomodo tibi servire possum?«

Wieder ertönte das Lachen, das so rau war, als würde man zwei Steine aneinanderreiben: »Womit du dienen kannst? Ganz einfach: Dic mihi quis es.«

»Du willst wissen, wer ich bin?« Balger grinste, weil er sich freute, dass sein Gegenüber ebenfalls der alten Sprache mächtig war. Man traf nicht oft auf Menschen, die ihre Zeit mit dem Lernen von toten Sprachen verbrachten. Die meisten hatten schon genug damit zu tun, einfach zu überleben. »Ich bin ein Niemand …«

»Sollen wir dich also Nemo nennen?«, übersetzte Olos in die alte Sprache und grinste.

Balger schüttelte den Kopf und lachte. »Nein, Balger wäre mir lieber.«

»Sehr gut. Also, Balger, was muss ich über dich wissen?« Olos schaute ihn aus seinen irritierend blauen Augen durchdringend an.

»Tja.« Balger zog die Schultern hoch. »Ich habe bisher in dem Höhlendorf gelebt, wurde kurzzeitig von Sklavenhändlern zum Gladiator gemacht, habe mit einer Zauberin, einem Jungen, der wie die Bestien empfindet, und einem lustigen Narren die Steinwüste durchwandert und nun bin ich hier.« Das Artefakt erwähnte Balger lieber nicht. Er wusste auch nicht genau, warum. Es war einfach eine innere Stimme, auf die er hörte.

Olos pfiff anerkennend. »Das ist eine ganze Menge für einen jungen Mann. Vielleicht kannst du das ein bisschen genauer …«

»Olos«, rief eine raue Stimme von weiter vorn. Sie wanderten im Gänsemarsch, um eine nicht so große Angriffsfläche zu bilden. »Lacernaspuren. Noch relativ frisch. Das Rudel kann nicht weit sein.«

Augenblicklich verwandelte sich der freundliche, redefreudige Olos in einen militärischen Anführer. »Masken auf! Jeder aktiviert seine Mechnicas! Nehmt Balger bei einem Angriff in die Mitte. Herzu, wie weit ist es noch bis zur Zuflucht?«

»Zu weit, da sind sie!«, antwortete der. Seine Stimme war jetzt schon metallisch verzerrt.

»Schon mal gegen die gekämpft, Balger?«

»Ja«, antwortete der und die Erinnerungen an seinen Kampf in der Arena flammten auf. Ungute Erinnerungen, die nicht gerade nach einer Wiederholung schrien.

»Gut, vielleicht ersetzt deine Erfahrung ein wenig die Tatsache, dass du keine Maske und Mechnicas hast. Leider haben wir gerade keine Zeit, dich im Umgang mit ihnen auszubilden. Bleib hinter meinen Kriegern in Deckung!« Mit diesen Worten schob Olos sein künstliches Dämonenantlitz herunter. Die Augen leuchteten feuerrot auf und seine Stimme dröhnte tief und metallisch. »Aber an Waffen soll es dir nicht fehlen.« Damit übergab er einen Gladius an Balger. »Fächert euch auf! Achtung, wir wissen nicht, wie groß das Rudel ist.«

Balger streckte sich, um die schnellen Bestien zu entdecken. Sie waren schwer auszumachen und zu zählen, weil sie ständig ihre Position in einem zickzackartigen Lauf veränderten. Neben ihm wurden überall mechanische Arme, aber auch verlängerte Beine und merkwürdig dampfende Rohre ausgefahren. Es roch nach Öl und Schweiß. Die Männer begannen sich aufzufächern. Balger verstand, was Olos damit bezweckte, er wollte den Bestien vorgaukeln, dass sie mehr waren als in Wirklichkeit. *Das wird nicht funktionieren.* »Olos«, rief er nach dem Anführer, den er jetzt nicht mehr von den anderen maskierten Gestalten unterscheiden konnte.

»Was ist, Junge? Nun doch Angst vor dem Kampf?«

Das charakteristische animalische Brüllen der tödlichen Jäger wurde immer lauter, je näher sie kamen.

»Ich wäre dumm, wenn ich keine hätte, aber wenn wir sie so bekämpfen, landen wir garantiert zwischen den Reißzähnen der Lacernae. Sie greifen immer einen Gegner nach dem anderen an, besonders gern von hinten. Wir sollten einen Kreis bilden, wo jeder abwechselnd außen steht und sich nach einem erfolgreichen Angriff wieder zurückziehen kann. Damit haben wir keine ungeschützte Seite. So bekämpfen die Acida sie und die kleinen Fellbiester sind damit recht erfolgreich.«

Jetzt erklang von überallher das hohe, bösartige Schreien der Lacernae. Aus den Augenwinkeln waren überall um sie herum schnelle, schattenartige Bewegungen auszumachen. Das Rudel musste riesig sein.

»Woher willst du das wissen?«, fragte ein Maskierter, dessen künstliche Augen grellgelb in einer grotesken Monstermaske leuchteten.

Ich habe davon gelesen, wäre die ehrliche Antwort gewesen, was in einer derartigen Situation aber wenig Vertrauen eingeflößt hätte. »In der Arena lebt man quasi Tür an Tür mit den Bestien, da lernt man so einiges.«

»So ein Quatsch«, murmelte ein anderer. »Wir greifen Lacernae immer so an.«

»Und jedes Mal geht die halbe Mannschaft drauf«, entgegnete jemand mit lilafarbenen Augen. Es war einer der beiden, gegen die Balger in der Schlucht seines Dorfs gekämpft hatte.

Balger konnte jetzt schon den stinkenden Geifer der grünschwarzen Bestien riechen. Sie begannen die Gruppe einzukreisen. Es musste eine Entscheidung her. Jetzt!

Olos schien mit sich zu ringen. »Vertrauen wir mal unserem Neuen. Wer hier draußen allein überlebt hat, muss sich ja mit den verfluchten Bestien auskennen. Bildet einen Kreis!«

Überraschend schnell war die Formation eingenommen.

Balger drängte sich gegen Olos' Anordnung nach vorn und hielt lauernd sein Schwert erhoben.

Das große Rudel bestand mindestens aus einem Dutzend Bestien. Sie umkreisten die Gruppe, wobei immer wieder eine einen Scheinausfall machte, um dann schnell abzudrehen. Ihre muskulösen Hinterbeine ermöglichten den Bestien erstaunliche Geschwindigkeiten. Bei jedem Vorstoß kamen sie näher und zogen den Ring enger. Die Ebene war für sie perfektes Jagdgebiet. *Bei den alten Göttern. Hoffentlich beschert uns mein Rat nicht allen den Tod.*

Das Rudel nahm sich Zeit. Ein vorgetäuschter Angriff nach dem anderen erfolgte. Das machte die Männer nervös. Zumal das Schreien der Kreaturen mittlerweile unerträglich laut geworden war. Die schlauen Bestien kommunizierten miteinander.

»Worauf warten die?«, schrie jemand panisch.

»Die hecken etwas aus, um uns mit einem Streich zu erwischen. Wir stehen hier wie auf dem Präsentierteller. Dicht an dicht.«

»Wir sollten uns immer die schnappen, die den Ausfall macht. So erledigen wir eine nach der anderen. Die Mechnicas sind stark.«

»Ja«, riefen mehrere Stimmen, deren panischen Unterton selbst der Mechanismus der Maske nicht übertönen konnte.

»Nein«, kam es dröhnend von Olos.

Zu spät, drei der dunkel gekleideten Rebelles stürmten mit ausgefahrenen mechanischen Gliedmaßen vor.

Die Lacernae schienen genau darauf gewartet zu haben. Die Bestie, die gerade den Scheinangriff geführt hatte, änderte abrupt ihre Laufrichtung und war blitzschnell hinter den Männern. Vier weitere gesellten sich zu ihr und trieben die Rebelles von der Kämpfergruppe weg. Mit ihren vielen Waffen schlugen die drei Rebelles den muskulösen Kreaturen zwar blutige Wunden, aber sie brachten nur eine wirklich zu Fall.

Einen kurzen Moment dachte Balger, dass er sich wirklich geirrt hatte und dies doch der bessere Weg war, doch dann schlugen die Bestien zurück. Zügig kreiste das gesamte Rudel die drei Kämpfer ein. Schnell zuschnappend und ihre massigen Körper einsetzend, trennten sie sie voneinander, sodass die Rebelles sich nicht mehr gegenseitig decken konnten. Schreiend brach der erste von ihnen zusammen, als eine besonders große Lacerna – vermutlich die Rudelmutter – ihm von hinten in die Seite biss und ein großes blutiges Stück herausriss. Der Mann schrie erbärmlich. Er musste Höllenqualen leiden. Trotzdem tötete die Mutter ihn nicht, sondern ließ ihn brüllend am Boden zurück.

»Wir müssen ihnen helfen!«

»Nein«, beharrte Olos gnadenlos. »Darauf warten die Bestien doch nur. Die drei haben einen Befehl missachtet. Jeder, der sie retten will, wird mit dem gleichen Schicksal belohnt werden. Nutzen wir die Ablenkung lieber.«

Dem anderen Kämpfer trennte eine Bestie im Sprung den halben Kopf ab. Er brach wortlos zusammen. Der letzte, der noch stand, wurde von dem Rudel hin und her getrieben, als wäre er ein Spielzeug. Die flehenden Todesschreie des ersten Mannes dröhnten dabei über die Szenerie.

»Warum töten die Bonolk nicht?«

»Sie wollen uns dorthin locken, um mit uns das Gleiche zu machen. Haltet die Formation!«, brüllte Olos.

Schließlich töteten die Lacernae Bonolk doch und das Rudel labte sich an seinem Fleisch. Jetzt wandten sie sich den restlichen Menschen zu. Die Scheinangriffe verwandelten sich in echte. Immer wieder brachen Bestien aus der Formation aus und attackierten die dicht an dicht stehenden Kämpfer. Die Kreisaufstellung führte aber dazu, dass keine Seite ungedeckt war. Die Mechnicas hatten eine so große Reichweite, dass sie die Bestien gut abwehren konnten. Mehr als eine humpelte nach einem erfolglosen Angriff zurück zum Rudel. Dennoch zog sich das Scharmützel über Stunden hin. Irgendwann waren die Lacernae es wohl leid, eine derartig störrisch-wehrhafte Beute zu attackieren. Auf einen langen Schrei der Mutter hin drehten sie urplötzlich ab und rannten über die Ebene davon.

Niemandem war am Ende zum Jubeln zumute. Dazu waren alle zu zerschlagen und der Blutzoll zu hoch. Neben den drei Vorgepreschten hatten es die Bestien geschafft, zwei weitere Männer aus dem Kreis zu zerren. Nur ihrer äußersten Disziplin war es zu verdanken gewesen, dass andere furchtlos an ihre Stelle rückten und die Formation nicht zerbrach.

»Wohin wollen die Bestien wohl?«, fragte Balger Mandirus, der die ganze Zeit neben ihm gekämpft hatte und gerade seinen blutigen Arm bandagierte. Sie hatten sich gegenseitig immer wieder das Leben gerettet. Ihr anfänglicher Streit war vergessen.

»Die Richtung sieht aus wie Kol. Vielleicht haben wir Glück und die Bestien zerstören diesen Moloch für uns.«

Balger legte eine Hand über die Augen und schaute den Bestien hinterher. *Sie scheinen wirklich in Richtung Kol zu ziehen.* Ein ungutes Gefühl kam in ihm auf.

Niemand von uns möchte ein König ohne Reich sein. Die Menschen in Kol brauchen unsere besondere Gabe, um zu überleben. Der Rest der Welt wird sich seinem Schicksal allein stellen müssen. Jeder der Septem weiß, was dies bedeutet – das Ende der menschlichen Zivilisation auf Erden.

Anonymus – archiviert unter: Die Aufzeichnungen der Söhne

XIX. Ceres, Tarl

Wenn jemand Ceres gefragt hätte, wie sie sich fühlte, hätte sie mit der Floskel ›Wie neugeboren‹ geantwortet. Leider fragte so etwas niemand in der rauen Welt der Gladiatoren, aber viel wichtiger war ihr, dass sie sich tatsächlich wie neugeboren fühlte. Ceres wusste genau, wann ihr zweites Leben begonnen hatte: in der Nacht, die sie allein in der Arena verbracht hatte. Seitdem spürte sie endlich die Magie in jeder Faser ihres Körpers. In den Jahren davor war diese besondere Kraft immer nur wie ein undeutliches Brummen zu vernehmen gewesen, jetzt vibrierte sie fast vor Energie. Mit dieser neuen Macht war Ceres' Selbstbewusstsein immens gewachsen. Sie ging aufrechter, schaute jedem in die Augen und ließ sich nichts mehr gefallen – egal wie groß oder stark ihr Gegenüber war. Sie wusste, dass sie ihnen mittlerweile allen überlegen war.

Trotzdem hatte Ceres drei große Probleme, die auch ihre neu entfachte Gabe nicht so einfach lösen konnte. Das offensichtlichste war ihre Haft in der Gladiatorenschule. Inzwischen bedrückte sie diese Enge der Katakomben mehr, als sie jemals erwartet hätte. Ceres hatte die Freiheit gekostet, draußen im weitläufigen Land, und sie war süchtig danach geworden.

Ihr zweites Problem befand sich nur einige Schritte entfernt von ihrer Zelle. Ein unscheinbares, rotbraunes Kreuz aus gebranntem Ton, um das sich eine stilisierte Schlange wand. Das war nur eines von etlichen Sigilla magica, den Schutzsiegeln, die illegale Zauberei in der Gladiatorenschule erspürten und dies sofort an die sieben großen Magier weitergaben. Einige waren für alle sichtbar angebracht, andere versteckt im Mauerwerk eingelassen. Der Zauberer, der hier magische Energie einsetzte – zu welchem Zweck auch immer –, wurde sofort dem Tode zugeführt. Manak beharrte darauf, dass selbst die rot gekleideten Magier von dieser Regel nicht ausgenommen waren. Es hatte zwar nicht viele magisch Begabte in der Geschichte der Arena gegeben, aber die meisten von ihnen versuchten irgendwann, den tödlichen Kämpfen durch Flucht zu entgehen. Doch kaum dass diese unglücklichen Gestalten auch nur ihr Zellenschloss mit einem Feuerzauber geschmolzen hatten, waren sie schon von den Sieben zu Staub verbrannt worden. Auch Ceres würde es – trotz ihrer neuen Kräfte – nicht schaffen zu fliehen, geschweige denn gegen sieben erfahrene und gut ausgebildete Zauberer zu bestehen. Das war ihr deutlich bewusst. Somit erwartete sie doch das Schicksal eines Arenenkampfs. Dafür würde Luca schon sorgen.

Das dritte war ihr größtes Problem. Sie war – rein theoretisch – zwar in der Lage, mit ihrer kraftvollen Magie jede Bestie zu erledigen, aber sie hatte ihre Ausbildung nicht abschließen können und kannte somit nur zwei Handvoll Zaubersprüche. Von den Gegenzaubern ganz zu schweigen. Ceres verfluchte sich selbst zum hundertsten Mal dafür, dass sie den Papyrus aus der Bibliothek des Latifundiums nicht mehr hatte. Die Zaubersprüche, die darin enthalten waren, gehörten zu den mächtigsten, die es gab. Nur wenige hatte sie sich merken können, der Rest lag unerreichbar in dem Tunnel, durch den sie nach Kol zurückgekommen waren, und wartete auf einen Magus, der vorsichtiger damit umging und zu schätzen wusste, wie wertvoll die Schrift war. *In Kol hätten sie sie mir sowieso gleich abgenommen*, versuchte Ceres sich zu beruhigen, aber sie ärgerte sich trotzdem.

»Alle raus aus den Himmelbetten«, dröhnte Mokons eklige Stimme durch die Katakomben.

Mit einem genervten Stöhnen erhob sich Ceres von ihrer Pritsche. Ihre drei Probleme warteten – und noch eine ganze Menge mehr.

Nach den üblichen Morgenritualen an den Waschplätzen und beim Frühstück fand sich Ceres in der Arena wieder. Heute stand Krafttraining auf dem Programm. Sie hasste jede Art von sportlichen Übungen, seitdem sie hier war. Diese war ihr aber besonders zuwider, obwohl Bestienmeister Gaius ihnen vor jeder Einheit predigte, wie wichtig es im Kampf war, fit zu sein. Ceres rollte mit den Augen, als sie die überall im Arenenrund verteilten Folterinstrumente sah. Stangen mit schweren Eisenkugeln dran, Steinplatten mit Ledergurten, an denen man sie umherziehen sollte, Gerüste, um Klimmzüge zu machen, Hindernisse aus Hauslatten für einen Parcours und so weiter und so fort. Ceres war diese Form der Beschäftigung zu stupide. Das einzig Gute daran war, dass sie hier draußen zaubern konnte. Jedes Mal, wenn eine Übungseinheit in der Arena stattfand, nutzte sie die Tatsache, dass es hier keine Siegel gab, und vollführte unauffällig einige kleinere Zauber. Da sie dazu ja nicht mehr zu sprechen brauchte, war dies nicht besonders schwer. Ceres musste nur besser darauf achten, dass die Ergebnisse ihrer magischen Experimente nicht zu offensichtlich wurden. Dennoch hatte sie mit allen anderen schallend gelacht, nachdem sie einen Wasserzauber dazu benutzt hatte, Mokon einen nassen Fleck im Schritt zu verpassen.

»Ein Barthaar für deine Gedanken«, begrüßte Tarl sie überraschend.

»Du hast doch noch gar keinen richtigen B-b-bart«, neckte Ceres ihn, drückte den Jungen aber fest an sich. »Wieso d-d-dürfen wir uns denn wieder zusammen ertüchtigen?«

»Ich habe keine Ahnung.« Tarl beugte sich kurz vornüber. »Seitenstechen«, presste er mit rotem Kopf und aufgeblähten Wangen heraus.

»Der Hindernisp-p-parcours?«

Tarl nickte und kam mit schmerzverzerrtem Gesicht langsam wieder hoch. »Viermal hat mich der alte Schinder da durchgeschickt.«

»Du gehörst eben zu den L-l-lieblingen unseres B-b-bestienmeisters.« Ceres legte Tarl unwillkürlich eine Hand auf die Schulter, um ihn zu trösten. Dass der daraufhin rot anlief, bekam sie gar nicht mit. »Tarl, ich habe t-t-tolle Neuigkeiten. Ich k-k-kann …«

»So, ihr beiden Plaudertaschen, wenn ihr noch so viel Luft habt, dann mache ich wohl etwas falsch. Ich will von jedem fünfzig Klimmzüge sehen. Abmarsch!«

Tarl ließ die Schultern hängen. »Ich schaffe nicht mal einen«, flüsterte er Ceres zu.

»Egal«, sagte die mit einem Grinsen. »Ich auch nicht. K-k-komm!« Fröhlich ergriff sie Tarls Hand und zog ihn im Laufen zu den Klimmzugstangen, die an einem hölzernen Gerüst befestigt waren.

Tarl schaute mit skeptischem Gesichtsausdruck zu den polierten Stangen hinauf, in denen sich das herbstlich milde Sonnenlicht spiegelte. Selbst wenn er die Arme ausstreckte und sich auf die Zehenspitzen stellte, konnte er die Stangen nur mit den Fingerkuppen berühren. »So ein Mist, da würde ich lieber noch mal den Parcours machen«, murmelte er in sich hinein.

Ceres konnte die Stange bei ihrer Größe zwar umfassen,

aber die Kraft, sich daran hochzuziehen, brachte sie nicht auf.

»Siebzig!«, waberte Gaius gestrenge Stimme zu ihnen herüber. Er hatte sich nicht einmal umgedreht, sondern beobachtete weiter einen Übungskampf zweier Gladiatoren, die mit Holzschwertern auf sich einprügelten.

»Das kann doch unmöglich sein Ernst sein. Nicht mal Balger würde so viele schaffen«, flüsterte Tarl, machte aber einige ungelenke Hopser, um die Stange zu erreichen. Es nützte nichts, jedes Mal, wenn er sie erreichte, fehlte ihm die Kraft, sich daran festzuhalten. Von Hochziehen gar nicht zu reden.

»Achtzig und die gleiche Anzahl an Stockschlägen, wenn ich nicht sofort wenigstens einen sehe.«

Tarl schaute Ceres mit aufgerissenen Augen an. Zu seiner Überraschung grinste die ihn an. »Ich glaube, er meint das ernst«, flüsterte er zwischen zwei Sprüngen. Wieder erreichte er die Stange und griff resigniert fest zu. Er spannte schon seine Beine an, um den gleich folgenden Sturz abzufedern, aber auf einmal konnte er sich hochziehen, als wäre es die einfachste Sache der Welt. Er blickte erstaunt zur Seite und sah, dass Ceres das Gleiche schaffte. »Wie …«

Das hübsche kurzhaarige Mädchen zwinkerte ihm zu und formte während eines perfekt ausgeführten Klimmzugs mit den Lippen ein Wort: »Z-A-U-B-E-R-E-I.«

Inzwischen hatten die anderen Gladiatoren mit ihren Übungen aufgehört und starrten sie an. Ceres und Tarl machten in einer unglaublichen Geschwindigkeit Klimmzüge.

Jetzt erkannte Ceres ihren Fehler, das hier war genau das Gegenteil von ›nicht auffällig‹. Ausgerechnet Decimus rettete sie und ihr Geheimnis.

»Ich habe eine Ankündigung zu machen«, dröhnte seine Stimme über den Kampfplatz. Der Direktor war in Begleitung zweier mit Speeren und kleinen Rundschilden bewaffneter Legionäre erschienen. »Gaius, lass sie aufhören und sich versammeln!«

»Ihr habt unseren Direktor gehört«, führte der Bestienmeister sofort den Befehl seines Vorgesetzten aus. »Bewegt eure müden Hintern und baut euch bei den Gewichten in einer Doppelreihe auf!« Der ehemalige Legionär hatte immer noch ein Faible für militärische Formationen, die man aus menschlichen Leibern so schön auf Befehl herstellen konnte.

»Das war knapp«, hörte Tarl Ceres murmeln und dann sagte sie etwas in der alten Sprache, das er nicht verstand. Innerhalb eines Lidschlags verschwand seine neu entdeckte Kraft. Sein Bizeps brannte wie Feuer und die Arme begannen zu zittern. Ähnlich einer überreifen Pflaume plumpste er vom Reck.

Ceres machte es besser und landete mit einem kleinen Knicks anmutig im Sand. »Entschuldige bitte«, flüsterte sie und streckte Tarl die Hand hin, um ihm aufzuhelfen. Zügig gingen sie zu den anderen.

Decimus war heute erstaunlich ordentlich gekleidet. Seine Toga war fast noch weiß und hatte nur wenige Flecken. Einen davon konnte Tarl als verkrustetes Ei enttarnen, nachdem er sich mit Ceres neben Manak gestellt hatte. Der blinde Gladiator atmete noch schwer nach seiner sportlichen Übung. Sein vor Schweiß glänzendes Gesicht verriet Anspannung.

Er weiß, dass der Direktor unsere Ausbildung niemals unterbrechen würde, um uns etwas Gutes mitzuteilen, begriff Tarl.

In der Tat schien sogar Decimus ein wenig nervös zu sein. »Liebe Helden, es tut mir leid, euch unterbrechen zu müssen …«

Eine Entschuldigung? Tarl konnte sich nicht erinnern, so etwas jemals von dem brutalen Mann gehört zu haben. *Er muss furchtbare Nachrichten haben.* Tarl spürte, wie sich ein schmerzhafter Klumpen in seinem Magen bildete – und der hatte nur etwa zur Hälfte mit dem scheußlichen schleimigen Hirsebrei vom Frühstück zu tun.

»… aber es gibt Informationen, die keinen Aufschub dulden.« Decimus nestelte umständlich am Kragen seiner Tunika. »Der Senat hat mir eben mitgeteilt, dass … hm«, er schluckte schwer, »die Sonderspiele schon in drei Tagen beginnen werden.«

»Was?«, kam es ungläubig aus etlichen Mündern. Selbst Bestienmeister Gaius schaute drein, als wäre er ein betrunkenes Acidum. »Das geht doch gar nicht …« – »Wieso?« – »Wir sind noch nicht so weit …«

Der Direktor machte beschwichtigende Handbewegungen. »Ja, ich weiß, dass ihr nur wenig Vorbereitungszeit hattet, hoffe aber, dass ihr unserem Publikum trotzdem unterhaltsame Spiele bieten werdet, so wie es die freien Bürger der großartigsten Stadt auf Erden verdienen. Da appelliere ich einfach an eure Ehre als Gladiatoren, es den Bestien nicht zu einfach zu machen.«

Manak schüttelte resigniert den Kopf.

Dieser Arsch, dachte Tarl wütend, *er macht sich nur Sorgen, dass wir zu früh sterben und keine gute Vorstellung abliefern.* Sein Hass auf den dicken Mann wuchs.

»Es sind schwere Zeiten, daher hat der Senat beschlossen, dass das Volk eine Ablenkung braucht, damit es sich anschließend auf die Wahlen konzentrieren kann. Also, legt euch in den nächsten Tagen noch mal richtig ins Zeug, damit ihr als neue Helden in die Geschichtsbücher eingehen könnt.« Mit diesen Worten drehte Decimus sich um und verließ die Arena in Richtung Katakomben.

Ceres war kreidebleich. Sie zitterte, als sie mit hoher Stimme herausbrachte: »Es ist zu früh. Viel zu früh.«

Manak tätschelte ihren Unterarm. »Ich habe von einer der Wachen gehört, dass Tiburtina und Aurelia, die Viertel der Aufstände, von einer Mauer umschlossen wurden. Niemand darf heraus oder hinein. In den restlichen Stadtvierteln macht man sich Sorgen, was passiert, wenn dort ebenfalls Unruhen aufflammen, und diese braven Bürger sollen sich nun offensichtlich lieber auf die Spiele konzentrieren. So löst unser geliebter Senat Probleme.«

Tarl spürte in sich hinein. Der wahnsinnige Hass des Weißen Schattens wurde stärker und stärker.

»Die armen Menschen aus Tiburtina und Aurelia«, hauchte Ceres.

Manak nickte. »Zehntausende leben, oder besser, lebten dort. Sie überlässt man ihrem Schicksal zum Wohle der ewigen Stadt. Kol frisst schon seit seinen Anfängen die eigenen Kinder. Wir sind die Ablenkung, damit der Rest der Bevölkerung auch ja nicht zu viel darüber nachdenkt, dass sie die Leute, die das befohlen haben, auch noch wiederwählen sollen.«

»So, ich denke, wir machen eine Pause«, befahl Gaius. Kein Gladiator dachte im Moment ans Trainieren und so wahrte er seine Autorität, indem er das sogar anordnete.

Die Weißen Schatten, ging es Tarl unablässig durch den Kopf. Dass er höchstwahrscheinlich in wenigen Tagen im Schlund oder zwischen den Klauen einer Bestie sterben würde, war ihm mittlerweile fast schon egal. *Der Senat muss es endlich erfahren!* Wortlos verließ er die überrascht dreinschauende Ceres und ging zu Bestienmeister Gaius.

»Was willst du, Tarl?« Er hatte sich seinen Namen gemerkt, weil Tarl einen Kampf in der Arena überlebt hatte, genauso wie Magnus es angekündigt hatte.

»Ich muss mit Decimus sprechen!«

Kampfzauber halten nicht genug Bestien auf. Egal wie viele wir töten, es werden beständig mehr. Auf ein getötetes Ungeheuer folgen hundert andere. Haben wir am Ende doch einen Fehler begangen?

Anonymus – archiviert unter: Die Aufzeichnungen der Söhne

XX. Magnus, Tarl

Magnus schlich durch die Dunkelheit der Katakomben. Seitdem ihn Gaius in aller Heimlichkeit wieder zurück in seine Zelle geschafft hatte, arbeitete sein Hirn unablässig und er sinnierte über seine verfahrene Situation. Eine positive Seite hatte die Entwicklung zumindest: Um den Diebstahl begehen zu können, musste er sich in der Gladiatorenschule wieder frei bewegen können. Das konnte nur ein einziger Insasse – der Narr. Magnus hatte nicht weiter nachgefragt, wie Enzyklos den Direktor dazu gebracht hatte, ihm diese Funktion und die dazugehörigen Privilegien zurückzugeben, aber am Morgen nach dem konspirativen Treffen mit dem Diener hatte ihm Mokon wortlos seine arg ramponierte Narrenkappe in die Zelle geworfen. Der Wächter und seine Kumpane ließen ihn seitdem in Ruhe. *Decimus will sich bei der Familie Acilius lieb Kind machen. Auch er geht davon aus, dass sie den neuen Kaiser stellen wird,* glaubte Magnus zu wissen.

Auch bei einer anderen Sache war er sich sehr sicher: Er würde seinen Auftrag nicht ausführen oder besser gesagt, er würde ihn nicht so ausführen, wie es Enzyklos erwartete. Magnus war fest entschlossen, die Macht des Artefakts zu nutzen, um aus der Arena und Kol zu fliehen. Dazu brauchte er aber jemanden, der die Kraft des Knochens auch wirklich nutzen konnte: Ceres. Und genau das war eines seiner weiteren Probleme. Das Mädchen ignorierte Magnus immer noch, aber er war fest entschlossen, seine Schuld bei ihr zu begleichen. Wenn er ihr das Artefakt brachte, konnte sie ebenfalls fliehen und dem Elend der

Arena entkommen.

»Wie fange ich nur an?«, ertönte das Gemurmel einer hellen Stimme. Tarl.

Was macht der denn hier?, wunderte sich Magnus, freute sich aber sehr über die Gelegenheit, endlich mit dem Jungen reden zu können. Er hatte viel zu erklären. *Ich werde mich erst mal bei ihm entschuldigen.*

»Oh Schreck, Magnus, was lungerst du denn hier im Dunklen rum?«, rief Tarl, nachdem er aus dem Schatten einer Säule hervorgetreten war.

»Ich warte auf eine Gelegenheit, mich bei dir zu entschuldigen.«

Tarl hielt inne. »Bei mir? Ich denke, Ceres wäre …«

»Ja, auch bei dir!«, unterbrach ihn Magnus mit flehendem Blick. »Ich habe die gesamte Gruppe hintergangen und das tut mir unendlich leid. Ich … ähm …« Magnus rannen die Tränen die Wangen herunter. Es war ihm jetzt einfach zu viel. Zu viele Schmerzen, zu viele Enttäuschungen, zu viele Geheimnisse. Aber vor allem vermisste er seine Freunde Tarl, Ceres und Balger. Die ersten, die er jemals gehabt hatte, und selbst die hatte er verprellt.

»He, Kleiner.« Umständlich tätschelte Tarl Magnus die Schulter, bevor er ihn schließlich fest und ehrlich umarmte. »Es ist schon gut, ich habe uns die Sache doch eigentlich erst eingebrockt. Ohne mich wärst du gar nicht erst in Versuchung geführt worden.« Er grinste ihn schief an.

»D-danke.« Der Narr zog hörbar die Luft hoch und etwas Rotz lief ihm aus der Nase. Er nickte. »Du bist ein großzügiger Mensch, Tarl. Vielleicht der großzügigste, den ich kenne.«

»Ach was«, winkte der ab. »Ich weiß nicht, was Luca gegen dich in der Hand hat, aber ich bin mir sicher, dass du uns nicht aus freien Stücken verraten hast. So war es doch, oder?«

Jetzt schaute er Magnus etwas skeptisch an und sein Lächeln war nicht mehr ganz so breit.

»Ja«, hauchte Magnus und hickste. So langsam verrannen die Tränen. »Meine Mutter ...« Er redete sich sein Leben von der Seele. Es tat so gut, sich nach all den Jahren endlich jemandem anzuvertrauen.

Tarl schaute ihn am Ende fassungslos an. »Warum hast du nichts gesagt? Das hätten wir alle verstanden.«

Magnus zuckte mit den Schultern. »Ich habe mich so daran gewöhnt, die Wahrheit für mich zu behalten. Außerdem habe ich mich nicht getraut, um meiner Mutter willen, aber auch, um euch nicht zu verlieren. Es fühlte sich«, er räusperte sich und scharrte verlegen mit dem Fuß, »fast so an, als wären wir Freunde gewesen.«

Tarl beugte sich hinunter und fasste ihn an beiden Schultern. »Wir *sind* Freunde. Ceres musst du vielleicht daran noch mal erinnern, aber ich bin mir sicher, dass sie dir verzeiht, wenn sie deine Gründe kennt. Obwohl das Mädchen fast so dickköpfig ist wie ein Felsengram.«

»Das wäre sehr schön. Ich will sie doch nicht dir oder Balger überlassen«, antwortete der Narr jetzt schon wieder mit seinem üblichen spitzbübischen Lächeln.

»Ich muss aber erst mal zu Decimus«, wechselte Tarl abrupt das Thema. »Die Stadt ist in Gefahr, vielleicht ist es noch nicht zu spät.«

Magnus wusste zwar nicht, wie der versoffene Direktor Kol retten sollte und wovor, aber wenn es Tarls Wunsch war, würde er ihre neu erweckte Freundschaft nicht dadurch riskieren, dass er das kritisch anmerkte. Stattdessen ging er mit ihm zum Büro des beleibten Rektors.

Tarl rang nervös die Hände.

»Hast du Angst? Willst du den Alten fragen, ob er dich diesmal nicht auslost? Wenn ja, dann spare dir den Atem! Jeder, der das bisher gemacht hatte, wurde sofort in Runde eins gezogen.«

Tarl verneinte mit einem Kopfschütteln, war aber ganz grau im Gesicht. »Es ist kompliziert. Ich werde es dir erklären, wenn ich bei Decimus war. Jetzt zählt jede Minute.«

»Gut, ich werde hier warten. Falls du Hilfe brauchst, dann huste laut und dein Narr und Helfer kommt hereingestürmt. Ansonsten ist es aber besser, der stinkende Trinker sieht mich erst mal nicht. Irgendwie ist er ein wenig verstimmt, was meine Person angeht.«

Tarl schaute mitleidig auf das blaue Auge des Narren, dann drehte er sich um und trat in das Büro des Leiters der Gladiatorenschule.

Der schnarchte selig mit dem Kopf auf seinem dreckigen Schreibpult, das eher einer Ablage von vergammelten Essensresten ähnelte als einem Arbeitsplatz. Neben dem Schlafenden breitete sich eine bräunliche Pfütze aus, die ihren Ursprung wohl in dem umgefallenen Tonkrug links daneben hatte. Dem scharfen Geruch nach zu urteilen, handelte es sich dabei um Mulsum. Der mit Honig versetzte Starkwein galt als Delikatesse. Es war eine Schande, ihn einfach so zu verschütten.

Tarl ging kurz der Gedanke durch den Kopf, wie sich der Direktor ein solch exquisites Getränk leisten konnte. Schlussendlich konzentrierte er sich aber wieder auf seine eigentliche Mission. »Direktor?«, flüsterte er.

Ein lautes Schnarchen, gefolgt von einem Schmatzen, antwortete Tarl.

»Hallo, Direktor?«, versuchte er es etwas lauter und weniger zaghaft.

Diesmal ertönte nur ein merkwürdig zischender Furz und Decimus drehte den Kopf zur anderen Seite.

Wie kriege ich ihn nur wach, ohne dass seine schlechte Laune mir gleich alles verdirbt? Tarl blickte auf die Flasche. *Vielleicht …* Er nahm sie in die Hand und siehe da, es war noch etwas Flüssigkeit in dem gewölbten Bauch enthalten. Tarl angelte sich einen kleinen, staubigen Kelch mit einem winzigen Henkel von einem Regal, auf dem ein halbes Dutzend davon standen, stellte ihn direkt neben Decimus' Kopf und schenkte ihm laut hörbar ein.

Augenblicklich erwachte der Direktor. Er blinzelte Tarl aus roten Augen an, setzte sich auf und schüttete wortlos den ihm dargebotenen Alkohol in sich hinein. »Hmm … ein feiner Tropfen, wie komme ich zu der Ehre, Junge?« In seinem Rausch entging Decimus wohl, dass Tarl ihm den eigenen Wein angeboten hatte.

»Ich habe eine wichtige Nachricht für den Senat, Herr. Es geht um das Wohl und die Zukunft Kols.«

»Aha.« Decimus rülpste herzhaft, was eine unangenehme Note nach Kohl und Knoblauch in dem fensterlosen Büro hinterließ. »Wie lautet sie?«

Tarl war sich unsicher, was er dem Direktor sagen konnte, daher beschränkte er sich auf das Wesentliche: »Die Unruhen, die in Tiburtina und Aurelia herrschen, werden nicht von Aufständischen angestachelt.«

»Sondern?« Decimus machte eine gelangweilte Handbewegung und saugte an der Flasche mit dem Mulsum, die inzwischen leider leer war. Er glotzte mit einem Auge in den dunklen Hals des Gefäßes.

Jetzt kommt der schwierigste Teil. »Von Weißen Schatten.«

Decimus ließ doch tatsächlich seine geliebte Weinflasche fallen. Klirrend zerbarst sie auf dem Boden. Für einen kurzen Moment schaute er Tarl entgeistert an, dann begann er zu lachen. Er lachte sich schier in Rage und schlug am Ende mit den Fäusten auf das Pult. Als er Tarl ansah, liefen ihm Tränen über die feisten Wangen. »Du bist witzig, Kleiner. Kurz dachte ich schon, dass du es ernst meinst. Weiße Schatten.« Er schüttelte den Kopf und lachte wieder. »So ein Blödsinn.«

»Es gibt sie wirklich. Fünf Bestienarten haben die Welt versehrt und nicht nur vier. Die Weißen Schatten sind vermutlich sogar die gefährlichste.«

Decimus' Gesicht wurde ernst, nach dem Spaß des Betrunkenen folgte augenblicklich der Zorn desselben. »Aha, und woher weißt gerade du das? Als Gelehrter bis du nun ja noch nicht gerade aufgefallen«, fragte er scharf und wankte ein wenig auf seinem Stuhl.

»Ähm …« Was sollte Tarl jetzt sagen? Dass er mit einem Acidum redete, ihm einen Namen gegeben hatte und es ihm verriet, was er wusste? »Die anderen Bestien rotten sich zu Tausenden zusammen und marschieren in Richtung Kol, auch das muss der Senat erfahren. Vielleicht hängt beides sogar miteinander zusammen«, antwortete er stattdessen.

Decimus lief rot an. Zorn sprühte förmlich aus seinen Augen. »Sklave«, er benutzte extra die abwertendste Bezeichnung für einen Gladiator, »wenn das ein Versuch ist, den Sonderspielen zu entkommen, dann ist er gescheitert. Ich mache mich doch nicht vor dem Senat lächerlich mit den Hirngespinsten eines ängstlichen Jungen. Außerdem werden in diesem Moment die Gebiete der Aufständischen mit einer zusätzlichen magischen Kuppel versiegelt. Was oder wer auch immer für das Chaos dort verantwortlich ist, er kann nicht mehr heraus.«

Tarl horchte in sich hinein und tatsächlich, das böse

Hintergrundrauschen und der endlose Hass, den Tarl sonst immer von dem Weißen Schatten empfing, waren verstummt. *Sie lösen nicht das Problem, sondern bekämpfen nur seine Auswirkung.*

»Gewinne deinen Kampf in ein paar Tagen, dann bekommst du bestimmt eine Audienz beim neuen Kaiser und kannst ihm persönlich deine Märchen erzählen, Tarl. Zum Dank schickt er dich bestimmt dauerhaft wieder hierher zurück. Nun raus mit dir, bevor ich vollends die Geduld verliere und dich von Mokon und Validus durchwalken lasse. Wage es nicht noch einmal, mich zu stören!« Mit einer unwirschen Handbewegung scheuchte er Tarl aus seinem Büro.

Desillusioniert verließ der den Raum.

»Und, wie war es bei dem alten Trottel?«, empfing ihn Magnus hinter der Tür.

»Ahhh!«, schrie Tarl schmerzgepeinigt auf und hielt sich den Schädel.

»Was ist los?«

»Die neue Kuppel, sie hat versagt.« Eine ungeahnte Bösartigkeit erfasste ihn. Die Bestie schien unbändig wütend zu sein, weil man es gewagt hatte, sie mit Magie einzuengen. Nichts würde sie nun noch aufhalten können.

Es geht nicht anders. Wir müssen zusammenarbeiten und unsere Kräfte bündeln, nur so können wir gegen die Bestien bestehen. Sieben Magi – sieben Familien auf den sieben Hügeln Kols.

Anonymus – archiviert unter: Die Aufzeichnungen der Söhne

XXI. Mamercus

Behutsam spülte Mamercus Malkos tiefe Bisswunde mit einem warmen Kräutersud aus, damit sie sich nicht entzündete. Das hoffte er zumindest. Ein Hundebiss wurde oft brandig. »Na, mein Guter. Du bist der beste Hund, den man haben kann. Danke, dass du mich beschützt hast!« Er grub sein Gesicht in das dichte Fell des schnell atmenden Hundes, der trotz seines Zustands die Liebesbekundungen seines Herrn mit geschlossenen Augen genoss. Mamercus ging zu dem Gefäß, in dem er Knochen und andere besondere Leckereien aufbewahrte, die den Hunden sonst nur an Fest- und Feiertagen gereicht wurden, griff zwei Handvoll davon und warf sie vor Malko auf den Boden. »Friss, mein Guter! So viel du kannst, damit du wieder zu Kräften kommst.«

Malko hob kurz den riesigen Kopf, um an dem Futter zu riechen. Kraftlos senkte er sein Haupt wieder, ohne auch nur einen Bissen anzurühren.

Ein sehr schlechtes Zeichen für einen Hund, der sonst alles verschlang, was ihm unter die Nase kam. Mamercus zog sorgenvoll die Stirn kraus. »Schlaf, Malko. Ich werde mich um deine Brüder kümmern. Obwohl sie sich am Ende gegen mich gewandt haben, haben sie mir immer treu gedient. Irgendetwas hat sie verändert ...« Er strich sich über seinen Bart und dachte darüber nach, was er in dem Almanach gelesen hatte. Schließlich ging er nach draußen. Dort herrschte eine merkwürdige Stimmung. Der Himmel war in ein tiefes Orange getaucht, das der Herbst immer zu dieser Jahreszeit heraufbeschwor. Getrübt wurde das Farbenspiel aber durch die dicken, grauen Rauchfetzen, die sich immer wieder vor die Sonne schoben. Der Brandgeruch bereitete Mamercus Halskratzen. Er wischte sich mit dem Handrücken Tränen aus den vom Qualm gereizten Augen. *Wie lange soll das noch so weitergehen?*

Ein Knistern erklang.

Überrascht schaute Mamercus auf und ging zu seinem Zaun, um besser sehen zu können, woher das Geräusch kam. Er traute seinen Augen nicht. Eine kleine magische Kuppel schob sich gerade vom Boden nach oben und schloss sich langsam über den vom Weißen Schatten befallenen Stadtvierteln. »Bei den Göttern«, murmelte Mamercus, »sie sperren die armen Schweine in Tiburtina und Aurelia einfach ein.« Eine eigennützige Stimme in seinem Inneren redete ihm ein, dass das doch besser wäre, als wenn die zerlumpten Gestalten demnächst an seine Pforte klopfen würden, trotzdem war er schockiert, dass man ganze Viertel und ihre Tausenden Bewohner einfach ihrem Schicksal überließ. Schließlich waren das Menschen, Frauen, Kinder, ganz normale Bürger, die einfach ihr Leben leben wollten.

Mamercus schüttelte den Kopf, dann holte er eine Schaufel aus dem verbrannten Schuppen und begann mit seiner traurigen Arbeit. Er hatte Unus und Duus schon als Welpen bekommen und hatte sie, auch wenn er streng zu den Tieren gewesen war, in sein Herz geschlossen – mehr als die meisten Menschen. Die Gräber auszuheben, war schwer und eintönig, aber das beruhigte Mamercus. Er sammelte seine Gedanken. *Ich muss etwas unternehmen. Die Magi wissen offensichtlich nicht, dass es sich um einen Weißen Schatten handelt, sonst hätten sie die Viertel nicht einfach nur unter der Kuppel eingeschlossen.* Wieder kehrten Mamercus' Gedanken zu Tarl zurück. Er als Fühlender könnte vielleicht helfen und die Bestie aufhalten. Doch wo war der Junge? Das Letzte, was Mamercus von ihm gehört hatte, war, dass Tarl aus der Arena geflohen war.

Panische Schreie wehten plötzlich aus seiner Nachbarschaft herüber. Abrupt brachen sie ab. Danach herrschte Stille. Allein das magische Knistern der neuen Kuppel durchschnitt die fast körperlich zu spürende Ruhe.

Mamercus bekam eine Gänsehaut. *Die neue Kuppel hat nicht geholfen.*

Ein tiefes, gutturales Knurren erklang hinter ihm.

Oh nein, Malko, dachte er tief erschüttert, als er den verletzten, zitternden Hund sah, der ihn anknurrte. »Malko, beruhige dich! Alles ist gut. Ich bin es, dein Mamercus.« Trotz der freundlichen Worte umklammerte er die Schaufel fester. Mamercus hatte nicht vergessen, mit welcher Kraft und Brutalität der Hund Unus und Duus besiegt hatte. Auch wenn Malko verletzt war, war er ein nicht zu unterschätzender Gegner. Es brach Mamercus das Herz, dass jene Aggressivität, die der Weiße Schatten heraufbeschwor, jetzt auch Malko übermannte. »Ruhig, ganz ruhig«, redete er auf ihn ein und ging langsam auf das große Tier zu. *Wenn ich es schaffe, ihn mit der Schaufel in den Schuppen zu drängen, muss ich ihn vielleicht nicht erschlagen.*

Der Hund ließ sich davon nicht beschwichtigen. Weiter stand er starr mit aufgestelltem Nackenfell und steifer Rute da und ließ ein furchteinflößendes Grummeln erklingen, das an ein Sommergewitter erinnerte.

Mamercus stiegen die Tränen in die Augen. Dieser Hund war schon so lange sein Begleiter, dass er ein wahrer Freund geworden war. Die Vorstellung, ihn töten zu müssen, war grauenvoll. Jetzt stand er direkt vor dem geliebten Tier. Langsam ließ er die linke Hand sinken, zeigte Malko den Handrücken und hielt ihn ihm vor die Nase.

Der drehte sich weg und versuchte um Mamercus herumzuschauen. Malko schien im Moment gar kein Interesse an ihm zu haben, sondern an etwas, das sich hinter ihm befand.

Merkwürdig. Mamercus blickte über die Schulter und sah etwa fünf Schritte hinter sich ein kapitales Acidum. Hatte er eben noch Angst gehabt, erfasste ihn jetzt fast die Panik, aber der Gladiator in ihm bekam nun die Oberhand. Vorsichtig drehte er sich um, umfasste den Stiel der Schaufel und hob sie langsam an. Dabei versuchte er die Bestie nicht direkt anzuschauen, damit sie ihm ihre Säure nicht genau in die Augen spucken konnte.

Das Acidum bewegte sich nicht.

Malko knurrte weiter, blieb aber auch an Ort und Stelle.

Mamercus machte dieses Verhalten unsicherer, als wenn die Bestie ihn angefallen hätte. *Was will das Mistvieh hier und wo ist der Rest des Schwarms? Ob es aus der Arena geflohen ist?* Mit kurzen Schritten und erhobener Schaufel ging Mamercus auf die ballförmige, gelbweiß gescheckte Bestie zu.

Die rollte mit demselben Tempo von ihm weg und blieb so immer außerhalb der Reichweite seiner Schaufel.

Komisch, als ob … Mamercus führte den Gedanken aus, bevor er ihn zu Ende gedacht hatte. Er machte einen langen Schritt nach links.

Das Acidum rollte fast synchron ebenfalls dorthin.

Mamercus überprüfte seine Theorie noch mal und ging zwei Schritte nach rechts.

Jetzt rollte es nach rechts.

Mamercus betrachtete die Bestie genauer. Sie war außergewöhnlich groß für ein Acidum und kam ihm irgendwie bekannt vor. *Moment mal!*, beschlich ihn ein Gedanke. »Bist du etwa die Bestie, die ich beim fetten Jonlo gekauft habe und die mir mein altes Wasserfass ruiniert hat? Von dem Schuppen da ganz zu schweigen.« Er zeigte mit dem Daumen auf die ausgebrannte Ruine.

Das Acidum rollte zwei Mal vor und zurück.

Mamercus zog die linke Augenbraue hoch. Was sollte er nur davon halten?

Malko gab ein langes Schnaufen von sich.

»Geh ins Haus, Malko! Es ist hier alles in Ordnung. Ist es doch, oder, mein Großer?«

Die Bestie rollte wieder vor und zurück, so als würde sie dadurch ein Kopfnicken imitieren.

Es bedurfte dennoch viel Überredungskraft und reichlichen Schiebens, um den großen Hund ins Haus einzusperren. Mamercus schaute dabei immer wieder über die Schulter. Schließlich befand sich eine tödliche Bestie in seinem Innenhof. Wenn er aber an die Schreie seiner Nachbarn dachte, gab es jetzt vermutlich unter jedem Dach Ungeheuer. Schließlich stand Mamercus wieder vor dem Acidum. »So, mein befellter Freund, und nun? Was willst du von mir?«

Die Bestie schaute ihn aus ihren glänzenden, tiefschwarzen Augen an, mahlte leicht mit den großen Kiefern, was das typische Knacken seiner Art erzeugte, und bewegte die verkümmerten Ärmchen.

»Blöd von mir, eine Antwort von einer Bestie zu erwarten. Es ist ja nicht so, dass du mit mir reden könntest oder fühlen würdest, was ich denke.« Als er das Wort ‚fühlen' aussprach, musste Mamercus wieder an Tarl denken. *Ob …* »Kannst du dich an Tarl erinnern? Er hat dich damals aus dem Schuppen und dem Wasserfass gerettet. Ganz schön mutig für ein solch dünnes Jüngelchen, da kann man schon dankbar sein. Bist du wegen ihm hierher zurückgekommen?«

Das Acidum rollte schnell einmal im Kreis herum und blieb dann an exakt derselben Stelle stehen, wo es gestartet war. Die Bewegung hatte eine kleine Furche in dem trockenen Sand des Innenhofs hinterlassen.

So richtig schlau wurde Mamercus daraus aber nicht. »Leider ist er nicht mehr hier. Ich weiß auch nicht, wo er abgeblieben ist. Hm ... Was mache ich nun mit dir? Böse scheinst du ja nicht zu sein. Willst du was fressen? Meinen Hund aber nicht!«, warnte Mamercus. Ihm wurde wieder bewusst, mit wem er sich hier gerade so entspannt an diesem herbstlich frischen Vormittag unterhielt.

Wieder ertönten von irgendwoher in der Nähe Schreie, gefolgt von einem metallischen Klirren, das nur von aufeinanderprallenden Schwertern stammen konnte.

Mamercus reckte sich, konnte aber nicht herausfinden, woher die Geräusche kamen. »Weißt du vielleicht, was hier los ist?«, fragte er das Acidum, ohne eine Antwort zu erwarten. Zu seiner Überraschung rollte es wieder vor und zurück. Das wirkte, als würde jemand nicken.

Der alte Gladiator legte seine Scheu ab und kniete sich auf den Boden, um der Bestie näher zu sein. Mit sich vor Aufregung überschlagender Stimme fragte er: »Du weißt, was in Kol passiert. Stimmt's? Sind es Bestien?«

Keine Reaktion.

So einfach war es offensichtlich doch nicht, mit einem Acidum zu sprechen. »Wenn nur Tarl hier wäre, er wüsste, was in dir vorgeht.«

Kaum, dass der Name seines ehemaligen Zöglings gefallen war, rollte das Acidum wie von Sinnen im Zickzack umher.

»Kennst du etwa Tarl?«

Die gleiche Reaktion. Mit dem Ergebnis, dass das Acidum jetzt auf Armeslänge an ihn herangerollt war.

Es kostete Mamercus viel Kraft, nicht auf die Beine zu springen und wegzulaufen. Er roch jetzt die chemisch-ätzende Säure, die die Drüsen des Acidums absonderten, und das typische Knacken war deutlich zu hören. Mamercus holte tief Luft und sagte resigniert: »Ich weiß leider wirklich nicht, wo er ist.«

Das Acidum rollte schnell in Richtung des Tors, blieb davor stehen und drehte sich zu Mamercus um.

Nur wenn er von allen als Verrückter hätte bezeichnet werden wollen, hätte Mamercus zugegeben, dass ihn die Bestie mit einem ihrer verkümmerten Ärmchen heranwinkte. Trotzdem folgte er ihr und hoffte, dass sie ihn zu Tarl führen würde, dem Jungen, der vielleicht als Einziger Kol noch vor dem Weißen Schatten würde retten können.

Kol gleicht einer Geisterstadt, aber wir haben endlich einen Weg gefunden, unser Zuhause dauerhaft vor den Bestien zu beschützen: eine magische Kuppel über der gesamten Stadt. Nur gemeinsam bewerkstelligen wir, die Sieben, diesen gigantischen Zauber.

Anonymus – archiviert unter: Die Aufzeichnungen der Söhne

XXII. Enzyklos

Enzyklos half Luca wie an jedem Morgen, seitdem der Junge in der Magiakademie von der Zauberin verkrüppelt worden war, beim Anziehen. Für sie beide war dies eine ungeliebte, aber notwendige Routine. Es hatte lange gedauert, bis Luca nach dem Angriff akzeptiert hatte, Hilfe anzunehmen. Enzyklos hatte er persönlich dafür ausgewählt. Der war am Anfang zwar unzufrieden damit gewesen, dass er von der Leibwache des Senators zum Kindermädchen eines blinden Jungen gemacht worden war, aber inzwischen genoss er doch gewisse neue Privilegien. War Enzyklos vorher ein einfacher Befehlsempfänger von Gaius Acilius gewesen, so ließ ihm Luca viele Freiheiten bei der Erledigung seiner Aufgaben. Unter dem Hauspersonal nahm er inzwischen eine gehobene Stellung ein und obwohl er ein Sklave war, lebte Enzyklos doch weit besser als die meisten freien Bürger Kols. Daher konnte er die gelegentlichen Wutausbrüche seines jungen Herrn durchaus verkraften, auch wenn sie in letzter Zeit heftiger und häufiger geworden waren.

Enzyklos war seit seiner Geburt im Besitz des Hauses Acilius. Kinder von Sklaven wurden auch zu solchen. Vom ersten Augenblick ihres Lebens an bis zum letzten blieben sie im Besitz derer, denen ihre Mütter gehörten. Seine Eltern hatte er niemals kennengelernt, sondern er war von der Amme des Hauses großgezogen worden, die sich auch um die Kinder der Herrschaft kümmerte. Er konnte lesen, rechnen, disputieren, zeichnen und spielte sogar ganz manierlich Flöte. Als Kind war er gar nicht auf die Idee gekommen, dass das etwas Besonderes sein könnte, das war ihm erst als Erwachsenem klar geworden. Vielleicht lag es an seinem Aussehen. Nur wenige dunkelhäutige Menschen lebten mit ihren Familien in Kol. Nach der großen Katastrophe kamen sie aus weit entfernten Gebieten und daher hatte es nur eine geringe Anzahl von ihnen bis in den rettenden Hafen von Kol geschafft. Die meisten Dunkelhäutigen verdienten ihren Unterhalt als Priester, Sterndeuter oder Seher, waren hochgeschätzt in ihren Gemeinden und wurden von den Menschen bewundert. Einige der Bewohner glaubten sogar, dass es Glück für den Tag brachte, wenn man einem Dunkelhäutigen begegnete und seinen Segen bekam. Wahrscheinlich wollte Gaius Acilius sich mit Enzyklos schmücken und hatte ihm daher die gute Ausbildung zukommen lassen.

Als Enzyklos etwa zwölf Jahre alt gewesen war, begann man damit, ihn in der Kampfkunst zu unterrichten. Er war erstaunlich gut darin gewesen und hatte schnell die anderen überholt, die mit ihm gemeinsam die harte Ausbildung des vernarbten Kampflehrers durchliefen. Ein Höhepunkt war für ihn gewesen, eine Gruppe Externi in das weitläufige Land zu begleiten. Er hatte nicht gewusst, dass diese Reise seine Abschlussprüfung darstellte. Als er mit den rauen Gesellen einige Tagesreisen von Kol entfernt gewesen war, hatten sie in den Ruinen einer alten Siedlung übernachtet, die sie nach Wertvollem durchsucht hatten. Zwei der Männer waren dabei einem Nachtvogelangriff zum Opfer gefallen. Trotzdem herrschte an dem Abend eine gute Stimmung, hatten sie doch reichlich Beute gemacht. Alle sprachen dem Wein zu. Zumindest hatte Enzyklos das geglaubt. Erst in der Rückschau auf diesen Abend war ihm bewusst geworden, dass die anderen immer nur kleine Schlucke genommen und den Weinschlauch dauernd an ihn zurückgereicht hatten. Unter den Anfeuerungsrufen der älteren Männer wollte der junge Sklave sich natürlich nicht lumpen lassen und hatte schnell zu viel getrunken.

Dem Aufwachen am nächsten Morgen folgte nicht nur ein Kater, sondern die traumatische Erkenntnis, dass man ihn allein in der Ruinenstadt zurückgelassen hatte. Allein im weitläufigen Land, ohne richtige Häuser und die Kuppel. Neben der warmen Asche ihres Feuers hatten die anderen ihm einen Rucksack hingestellt, an dem eine kleine Papyrusrolle befestigt war. Die wenigen Zeilen, die darauf gestanden hatten, kannte Enzyklos bis heute auswendig.

Komm zurück zu mir, um zu beweisen, dass du das viele Geld für deine Ausbildung wert warst.

Natürlich hatte sich der Senator nicht die Mühe gemacht, die Anweisung zu unterzeichnen. Enzyklos, damals noch ein halbes Kind, hatte angefangen zu weinen. Dann verfluchte er den Senator, dessen Familie und sein Schicksal im Allgemeinen. Nachdem er das alles ausführlich getan hatte, begann Enzyklos den Rucksack zu durchsuchen. Er war vollgepackt mit Dingen, die er brauchte, um im weitläufigen Land zu überleben: Nahrung, Wasser, eine Decke, Feuersteine und ein Gladius sowie – am wertvollsten – eine einfache, aber verständliche Karte, die auf ein Stück Leder gezeichnet war. Als äußersten Punkt im Osten zeigte sie die Ruinensiedlung an und ganz im Westen das Ziel seiner Reise – Kol. Man wollte ihn also testen und nicht opfern. Enzyklos stand vor einer sein Leben verändernden Wahl. Er konnte in die ewige Stadt zurückkehren und dem Mann weiterdienen, der ihn auf diese grausame Prüfung schickte, oder frei im weitläufigen Land leben.

Er hatte die Barbaren, die hier draußen lebten, in der Arena gesehen. Riesige, grobschlächtige Kerle, die wie gemacht zu sein schienen, gegen Bestien zu kämpfen. Enzyklos sah sich nicht auf einer Stufe mit diesen Kreaturen. Er war vielseitig gebildet – er spielte ja sogar Flöte – und einem Barbaren haushoch überlegen. Kol war seine Heimat.

So trat Enzyklos den Rückweg an. Bis heute hatte er sich verboten, jemals an diese Reise zurückzudenken. In manchen Nächten schreckte er aber noch immer schweißgebadet hoch und tastete nach der Steinwand des Hauses, um sich zu beruhigen. Nie wieder hatte er unter freiem Himmel schlafen können.

Nach einer Woche war er erschöpft in das Haus seines Herrn zurückgekehrt. Er kannte jeden Winkel des großen Anwesens auf dem Hügel und so schlich er schließlich in das leere Arbeitszimmer von Gaius Acilius. Er verbarg sich hinter einem ausladenden Vorhang und wartete. Wie jeden Morgen begab sich der Senator an seinen Schreibtisch und arbeitete sich durch Berge von Papyri, die seiner ganzen Aufmerksamkeit bedurften.

Enzyklos verharrte hinter dem Vorhang. Er wusste gar nicht genau, warum und was er zu tun beabsichtigte. Schließlich war es Gaius Acilius gewesen, der ihm die Entscheidung abnahm. Ohne von seiner Arbeit aufzusehen, sagte er: »Zieh dich um und nimm ein Bad, Enzyklos. Der Hauptmann meiner Leibwache darf nicht stinken wie ein Acidum.«

Das hatte Enzyklos getan, so wie alles andere, was der Senator seitdem von ihm verlangt hatte. Daher hatte er auch keine Sekunde gezögert, als er den Auftrag bekam, sich um Luca zu kümmern und ihn zu beschützen. ‚Mein verkrüppelter Sohn hat dich als seinen Diener erwählt. Obwohl er nicht mehr zu viel nütze ist, bleibt er doch ein Acilius. Achte darauf, dass unserer Familie nie wieder jemand ein Leid zufügen kann! Auch nicht dem Geringsten unter uns.‘ Und so war er hier gelandet. So wie vorher Gaius Acilius diente Enzyklos nun loyal seinem neuen Herrn: Luca. Sie waren beide etwa gleich alt und kannten einander seit Kindertagen. Teilweise waren sie sogar von denselben Lehrern unterrichtet worden. Enzyklos hütete sich aber immer, besser zu sein als Luca, da dieser ein sehr schlechter Verlierer war. Trotzdem war so etwas wie Freundschaft zwischen den ungleichen Jungen entstanden – soweit es eben zwischen Sklaven und Herren möglich war. Nachdem Enzyklos in Gaius Acilius' Dienst gestellt worden war, hatten sie sich zwar weniger gesehen, aber der Diener hatte mehr als einmal beschwichtigend auf Gaius Acilius eingewirkt, wenn dieser zornig oder enttäuscht über seinen Sohn gewesen war. Luca rechnete ihm das hoch an und vertraute Enzyklos nur noch mehr. Es war daher für Enzyklos keine Überraschung gewesen, dass Luca ihn dauerhaft an seiner Seite wissen wollte, nachdem er erblindet war.

»Pass doch auf, du Tölpel, du reißt mir ja sämtliche Haare aus«, schimpfte Luca, als Enzyklos ihm die ungeliebte Maske anlegte. Eine der Schnallen hatte sich im Haar des jungen Herrn verfangen.

Wortlos ließ Enzyklos die Schelte über sich ergehen und fing noch mal von vorn an. Mit Lucas schlechter Laune schienen gleichzeitig seine fast vergessen geglaubten Lebensgeister wieder zu erwachen. Hätte es Enzyklos nicht besser gewusst, hätte er sogar behauptet, dass Luca wieder sehen konnte. Natürlich stellte er ihm diese Frage nicht. Sollte es etwas geben, das für ihn von Bedeutung war, würde ihn der junge Acilius schon darüber aufklären.

Als würde er auf glühenden Kohlen sitzen, sprang Luca vom Bett hoch, streckte seine Hand aus, damit Enzyklos ihn halten konnte, und tigerte unruhig im Raum umher: »Morgen gehen die Wahlspiele los. Für unsere Pläne könnte es nicht besser sein, auch …«

Enzyklos wäre kein guter Sklave gewesen, hätte er bei diesem ›unsere Pläne‹ die Augen verdreht. Er machte hier gar keine Pläne, sondern führte sie nur aus, das war schon immer so gewesen. Selbst in der Zeit, als sie noch Kinder waren.

»… wenn ich mich ärgere, dass Marwon auf Befehl meines Vaters die Kräfte des Artefakts für die zusätzliche Kuppel verschleudert. Wir werden endlich dieser Verschwendung wertvoller Magie ein Ende bereiten. Bist du dir sicher, dass wir uns auf den Zwerg verlassen können?«

Enzyklos ließ eine Reihe schneeweißer Zähne erscheinen. »Ich bin mir ganz sicher. Seine Mater wird als Kellnerin mit in der Loge sein und ich warte davor mit einem Dolch. Magnus hat die Wahl. Entweder er stiehlt den Knochen oder eine unwichtige Sklavin verlässt die Arena nicht mehr lebend. Er kann gar nicht anders.«

»Sehr gut. Ich hasse es, dass wir uns auf diese Missgeburt verlassen müssen und dass mein Vater diese Frau immer noch duldet. Dennoch, du kannst es natürlich nicht stehlen und ich schon gar nicht. Niemand anderes außer der Familie und ihren engsten Bediensteten kommt in die Nähe des nächsten Großkaisers, dafür hat mein Vater gesorgt. Er will auf den letzten Gradus nichts mehr riskieren. Noch nie war mein Vater seinem Ziel so nahe.«

Und sein Sohn verdirbt ihm alles aus Selbstsucht,

schoss es Enzyklos durch den Kopf, aber natürlich ließ er sich nichts anmerken. Luca hatte ihn erwählt. Er war sein Herr und er würde ihm widerspruchslos dienen, egal was er von seinen Ränken hielt.

»Magnus ist der perfekte Kandidat. Habe ich erst das Artefakt, werde ich Großes vollbringen. Größeres als jeder andere Magus, den Kol zuvor gesehen hat«, schrie Luca sich in Rage.

»Auch Wände haben Ohren. Bedenkt das, Herr«, bemerkte Enzyklos flüsternd.

Luca strich über seine Maske. Etwas, das ihn zu beruhigen schien. »Ja, du hast recht. Glaubst du an mich, Enzyklos?«

Der dunkelhäutige Diener in den makellos weißen Kleidern dachte daran, dass er dem jungen Herrn heute Morgen den Sabber aus dem entstellten Gesicht gewischt hatte, aber er verbeugte sich tief und sagte bestimmt: »Natürlich, Herr.«

»Gut. So muss es sein. Nur wenn auch die Niedrigsten an einen glauben, kann man zu wahrer Größe kommen.«

Enzyklos verzog keine Miene.

»Die Macht des Artefakts hat mich verändert«, flüsterte Luca. »Ich habe das noch niemandem erzählt, aber sie heilt mich. Ich kann wieder sehen. Schau.« Er griff zielgerichtet nach dem Krug mit dem warmen Würzwein, der zum Morgenmahl gereicht wurde und den ihm Enzyklos sonst immer an die Lippen führen musste, und trank einen Schluck daraus. Beiläufig stellte er das Gefäß wieder ab, etwas, das ihm in den letzten Monaten unmöglich gewesen war. Wie oft hatte Luca einen Wutausbruch gehabt, weil er etwas runtergeworfen oder zerbrochen hatte. »Wenn ich nicht mehr im Verborgenen handeln muss, wird es auch kein Problem sein, mein Aussehen wiederherzustellen.«

Umständlich nestelte er die Maske herunter – als Enzyklos einen Schritt vortrat, um ihm zu helfen, wehrte er dies mit einer unwirschen Geste ab – und offenbarte sein vernarbtes Gesicht mit den feuchten Wundstellen. Ein Anblick, an den sich Enzyklos längst gewöhnt hatte. »Sieh hin.« Er murmelte etwas in der alten Sprache, das Enzyklos nicht verstand.

Der konnte seinen Augen kaum trauen. Die entstellten Züge seines Herrn veränderten sich und ließen in Umrissen wieder das Gesicht eines jungen Mannes erscheinen.

Erneut sprach Luca etwas leise in der alten Sprache. Als ob man aus einem prallen Wasserschlauch die Flüssigkeit herausdrücken würde, sackte seine Haut wieder herab.

Enzyklos hielt kurz die Luft an. Aber ja, so etwas hatte er kommen sehen. »Beeindruckend, Herr.«

»Nicht wahr, und du wirst genauso davon profitieren, mein alter Freund. Ich weiß mehr als zu schätzen, was du für mich tust und getan hast. Bei meinem Vater wärst du nie über die Rolle des Henkersknechts hinausgekommen, egal wie viel Macht du ihm verschafft hättest. Mein zukünftiger Hofmeister im Kaiserpalast wird aber kein Sklave sein, sondern einer der einflussreichsten Freien der ganzen Stadt. Such dir schon mal eine Villa am Fuß des Hügels aus!« Luca lachte ein wenig zu hoch, als er Enzyklos diese äußerst verlockende Perspektive beschrieb. Mehr als einmal hatte er dem Sklaven davon vorgeschwärmt, doch der hatte das stets als Fantasien eines Krüppels abgetan, den man seiner Zukunftspläne beraubt hatte. Jetzt schienen sie wirklich in greifbare Nähe zu rücken.

Enzyklos verbeugte sich demütig. Die Vorstellung, frei zu sein, bereitete ihm vor Aufregung eine Gänsehaut.

»Noch ist es nicht so weit. Es gibt zu viele Neider und Kleingeister. Meinen Vater an erster Stelle. Halte ich das Artefakt erst in meinen Händen, werde ich jeden töten, der mir im Weg stand. Angefangen mit der verfluchten Ceres. Sie wird diesmal die Arena nicht lebend verlassen.«

Enzyklos registrierte die Drohungen, kommentierte sie aber nicht. Das, so fand er, stand einem zukünftigen freien Hofmeister nicht zu.

Es funktioniert, gemeinsam errichten wir Septem jede Nacht einen magischen Dom über der Stadt. Die Bestien können diesen Zauber nicht durchdringen. Endlich können die Bewohner Kols nachts wieder ruhig schlafen.

Anonymus – archiviert unter: Die Aufzeichnungen der Söhne

XXIII. Tarl, Magnus, Ceres

Die Katakomben der Gladiatorenschule glichen einem Bienenstock, seitdem klar war, dass die nächsten Spiele so bald stattfinden sollten. Handwerker bevölkerten den unterirdischen Zellentrakt und brachten das Leben der Freiheit herunter zu den gefangenen Gladiatoren. Tischler lagerten ihr Holz, das sie nach dem großen von den Nachtvögeln verursachten Brand zum Ausbessern der Sitzreihen brauchten, zwischen den vergitterten Zellen und fluchten ständig über die Inkompetenz ihrer Kollegen. Schneider trugen farbenfrohe Stoffballen für die prunkvollen Logen der Adelsfamilien umher und fielen jedes Mal fast in Ohnmacht, wenn einer der Schreiner aus Versehen Späne auf die glänzenden Stoffe rieseln ließ. Wachen und Legionäre säuberten Waffen und Ausrüstung, um der Veranstaltung noch mehr Glanz zu verleihen, wenn sie die Todgeweihten in die Arena brachten. Etliche Besitzer der Kämpfer kamen zu Besuch, allerdings nicht etwa, um ihnen Mut zuzusprechen, sondern um herauszufinden, in welchem Zustand ihre Investition war und ob sich eine Wette lohnte. Das Megafon wurde entstaubt und der Zeremonienmeister testete es – zum Leidwesen aller – sehr oft und ausgiebig.

»Sei doch vorsichtig!«, schimpfte Magnus mit einem Tischler, der ihm fast eine lange Bohle auf den Fuß geworfen hatte.

»Du hast mir gar nichts zu sagen, Zwergensklave«, ranzte der zurück und begann ungerührt zu hobeln.

»Blödmann!« Magnus trat unauffällig mit dem Fuß einen Keil weg, der einen Stapel Holzbretter sicherte. »Mich nervt diese Aufregung, wie soll man sich denn dabei aufs Sterben konzentrieren?«, murmelte er.

Tarl lief neben ihm her und musste grinsen, obwohl das Gesagte makaber war. »Beim letzten Mal war es hier aber nicht so geschäftig, oder?«

»Tja, da warst du ja auch noch ein Grünschnabel und hast dich nur auf dich konzentriert, außerdem hatte Ceres damals die Arena auch nicht vorher in Schutt und Asche gelegt.« Nachdem Magnus ihren Namen ausgesprochen hatte, verfinsterte sich sein Gesichtsausdruck. »Ich glaube, ich muss noch mal aufs Klo. Geh du ruhig ohne mich vor.«

»Nix da!« Tarl packte den Narren am Kragen, bevor er in dem Gewusel entwischen konnte. »Es ist höchste Zeit, dass ihr beiden miteinander sprecht. Besser noch, dass wir drei endlich einmal reden. Zu viele Geheimnisse und Neuigkeiten schweben zwischen uns, die dringend geklärt werden müssen.«

Tarl hatte Magnus von dem Weißen Schatten erzählt und dass er mit Pila sprechen konnte. Magnus wiederum hatte ihm von dem neuen Auftrag berichtet und seiner Absicht, diesen nicht auszuführen. Tarl war begierig darauf zu erfahren, wie Ceres dafür gesorgt hatte, dass sie ihm die Kraft für die furchtbaren Klimmzüge geben konnte. Am wichtigsten war aber: Der Narr und die Zauberin mussten sich endlich wieder vertragen. Sie empfanden so viel füreinander. Da ihnen die Zeit weglief, mussten sie den heutigen freien Tag, den sie vor den Spielen hatten, unbedingt nutzen.

Ein lautes Krachen ertönte, gefolgt von den Flüchen des Tischlers. »Das kann doch wohl nicht wahr sein! Welcher Idiot hat den Sicherheitskeil entfernt? Alle Bretter sind dahin, jetzt muss ich von vorn anfangen.«

Magnus gönnte sich ein kurzes Grinsen, das sich aber

gleich wieder verfinsterte, als sie von Weitem Ceres in ihrer Zelle sitzen sahen. »Geh mal lieber vor und kündige mich an«, flüsterte Magnus. Ceres schien zu meditieren oder etwas Ähnliches. Zumindest saß das Mädchen mit geschlossenen Augen im Schneidersitz auf ihrer Pritsche und rührte sich nicht.

Tarl war sich sehr sicher, dass nicht nur ihm auffiel, wie schön sie dabei aussah. Das ebenmäßige Gesicht mit den geschwungenen, vollen Lippen so friedlich und entspannt zu sehen, machte ihn froh und beschwor ein wohliges Kribbeln in seiner Magengegend herauf. »Das kannst du vergessen. Los, komm!« Sanft schob er den Narren vor.

»Ich glaube, sie schläft«, flüsterte Magnus, als sie vor Ceres' Zelle standen, die in ihrer Friedlichkeit einen starken Kontrast zu der Unruhe vor den Gitterstäben bildete. »Wir sollten Ceres wirklich nicht stören! Lass uns gehen!«

»Ich schlafe nicht«, sagte die plötzlich und schlug die Augen auf.

»Wir wollten gar nicht weiter stören«, stammelte Magnus. »Ähm … Tarl und ich … hm … wir kamen gerade zufällig hier vorbei und … na ja, wir würden dann jetzt mal überprüfen, ob deine Zelle gestrichen werden muss.« Er klopfte an die rostigen Eisenstangen. »Na, da hast du Glück, nicht nötig. Ich werde den Handwerkern schnell sagen, dass sie dich nicht belästigen müssen. Mach's gut …«

»Stopp«, zischte Tarl ihm zu.

Ceres schaute den mindestens einen Kopf kleineren Jungen ernst an.

»Hach, du bist ja eine schlimmere Nervensäge als Balger«, grummelte Magnus, ließ aber nicht die Augen von Ceres. »Ähm, Ceres …«, druckste er herum und spielte mit dem groben Strick um seinen Bauch, der das Gewand an Ort und Stelle hielt, »… vielleicht sind wir doch nicht so zufällig hier, wie es im ersten Moment erschien. Tarl hatte sich verlaufen, weil es so viel Aufregendes zu sehen gibt, und da habe ich ihn …«

Tarl räusperte sich.

Ceres saß immer noch in ihrer meditativen Pose da und hörte sich das Ganze regungslos an.

»Mann, ist ja schon gut. Ich bin hierhergekommen, um mich zu entschuldigen. Tarl sollte mitkommen, damit er mich beschützen kann, wenn du versuchst, mir den Kopf abzureißen. Obwohl ich das natürlich verdient habe«, endete Magnus leise.

Ceres' Lippen umspielte ein leichtes Kräuseln, aber das fiel nur Tarl auf.

Magnus schaute verschämt zu Boden. Der Narr schien nicht damit umgehen zu können, dass sein Gegenüber ihm nur mit Schweigen antwortete. Deshalb plapperte er, wie so oft, einfach drauflos, um die Stille zu vertreiben. »Es tut mir wirklich sehr leid, dass ich Lucas Auftrag nicht sofort abgelehnt habe, aber seine Familie hält meine Mutter seit vielen Jahren gefangen. Oder auch nicht mehr und sie ist längst tot, ich weiß es einfach nicht genau. Auf jeden Fall hatte ich nie vor, dir etwas zu tun. Die ganze Reise über hat mich diese elende Aufgabe gequält. Jede Nacht hatte ich Albträume und eines musst du mir glauben: Niemals hatte ich vor, dir etwas anzutun. Dazu habe ich dich einfach zu gern. Seit dem Tag, an dem du hier angekommen bist, hatte ich etwas wirklich Gutes in meinem Leben. Du bist so ein toller Mensch und hübsch obendrein. Ja, das sollte mal gesagt werden, wie gut du aussiehst. Balger ist ja auch nett, aber hässlich wie die Nacht mit seinen vielen Muskeln und …«

Tarl schob ihm den Ellenbogen in die Seite, damit er sich nicht in seinen Worten verlor.

»Was, ach ja … Also, was ich sagen will: Es tut mir sehr leid, Ceres. Ich habe dein Vertrauen missbraucht und das wird nie wieder vorkommen. Das wollte ich einfach mal loswerden.« Er ließ die Schultern hängen, weil das Mädchen immer noch vollkommen ruhig dasaß. »Ich gehe dann mal besser, ihr beiden Freunde habt sicher viel zu besprechen.«

»Wir drei Freunde haben so einiges zu b-b-bereden«, sagte Ceres mit einem schiefen Grinsen und stand mit einer federnden Bewegung auf den Beinen. »Ich nehme deine Entschuldigung an, M-m-magnus, und entschuldige mich, dass ich dich nie gefragt habe, wie du zu diesem furchtbaren A-a-auftrag gekommen bist und was deine Gründe dafür waren. Ich wusste immer, dass du ein guter M-m-mensch bist. Eigentlich war mir sofort klar, dass du so etwas niemals aus freien Stücken getan hättest. Meine W-w-wut und Enttäuschung hatten mich übermannt, dafür bitte ich dich um Verzeihung.«

Magnus rannte auf Ceres zu und umarmte das Mädchen mit seinen muskulösen Armen. Die Tränen liefen ihm die Wangen hinunter.

Ceres erwiderte die Sympathiebekundung mit einem glücklichen Lächeln.

Sie standen so lange innig umarmt, dass Tarl schließlich fragte: »Sollte ich jetzt besser gehen?«

»U-u-untersteh dich, es gibt so viel zu bereden. Nutzen wir die Zeit, die wir vor den Spielen haben, um uns auszutauschen. Wer weiß, ob wir das m-m-morgen noch können«, endete sie traurig.

Sie setzten sich alle auf Ceres' Pritsche. Das Mädchen in die Mitte. Dabei fiel Tarl das erste Mal auf, dass Magnus' Beine nicht den Boden berührten. Er nahm gar nicht mehr wahr, dass Magnus anders war. Im Grunde war er das auch nicht. Magnus war Magnus. Aber Ceres hatte sich verändert. Sie saß ganz gerade da, aufrecht und stolz. Das Mädchen strahlte ein Selbstbewusstsein aus, das sie auf ihrer Reise in das weitläufige Land noch nicht gehabt hatte. *Hat sie eben nicht auch weniger gestottert?*

»Ich freue mich, dass ihr h-h-hier seid. Es gehört viel Mut dazu, einen Fehler zuzugeben, Magnus. Morgen werden wir drei mit Sicherheit ausgewählt und müssen kämpfen.« Tarl wollte sie unterbrechen, aber Ceres schnitt ihm das Wort ab. »Du weißt es genauso gut wie ich, Tarl. L-l-luca will mich tot sehen. Decimus hasst Magnus und mich gleichermaßen und du bist einfach eine zu große A-a-attraktion, als dass der Senator dich vor seiner Wahl nicht dem P-p-publikum präsentieren würde. Morgen stehen wir auf dem Sand der Arena. Das Einzige, was wir heute nicht wissen, ist, o-o-ob wir sie auch lebend wieder verlassen.«

Tarl nickte stumm.

»Ich werde auf gar keinen Fall kämpfen müssen«, nuschelte Magnus.

Seine beiden Freunde schauten ihn überrascht an.

»Ich soll das Artefakt aus der Loge des Senators Acilius stehlen, daher darf ich nicht in einem der Kämpfe sterben«, erklärte Magnus leise. »Man hat mir meine Sonderrolle als Narr wiedergegeben, die mich vor den Glücksrädern schützt. Decimus war nicht begeistert, aber die mächtigen Kräfte, die da im Hintergrund wirken, haben ihm keine Wahl gelassen. Wenigstens verhaut mich im Moment niemand.« Unwillkürlich fuhr sich Magnus mit der Hand über sein linkes Auge, das inzwischen ein scheckiges Grüngelb angenommen hatte.

»D-d-das ist doch verrückt. Warum sollst du der Familie etwas stehlen, was ihr sowieso gehört?«

Magnus zog die Schultern hoch.

»Enzyklos hat dir doch wieder den Auftrag gegeben, oder?«

Der Narr nickte und erzählte die ganze Geschichte. Von der Flucht aus den Katakomben, vom schändlichen Verrat des Bestienmeisters, von der verlassenen Wohnung.

»Enzyklos arbeitet für Luca und nicht für dessen Vater. Er hat mich zu ihm in den Garten gebracht, als ich den Auftrag bekam, das Artefakt zu bergen«, hielt Tarl nach dem Bericht fest. »Ich denke, dass du es mit ihm zu tun hast.«

»Ja, aber warum sollte er den K-k-knochen, den wir ihm doch gegeben haben, stehlen wollen?«

»Vielleicht lässt sein Pater ihn nicht damit spielen?«, alberte Magnus herum.

Ceres grinste kurz, dann sagte sie: »Was auch die Gründe sind, es ist ein sehr gefährliches S-s-spiel, auf das du dich einlässt. Sollte es wirklich um einen Streit bei der F-f-familie Acilius gehen, kannst du nur verlieren. Aber ich hoffe, dass du deine Mutter findest.« Sanft strich sie Magnus über den Unterarm.

Der genoss offensichtlich die Berührung. »Ich werde den Knochen stehlen und ihn zu dir bringen, Ceres, damit du dich und Tarl damit befreien kannst. Der Macht des Artefakts kann keiner widerstehen.«

Ceres' Gesicht verfinsterte sich. »Nie wieder werde ich dieses D-d-ding benutzen. Das Artefakt ist das pure Böse. Außerdem b-b-brauche ich kein Artefakt mehr, um gut zu zaubern«, endete sie mit einem Grinsen. Sie berichtete von ihrer einsamen Nacht in der Arena und den Kräften, über die sie seitdem verfügte. »Aber wenn du es wirklich in die Hände bekommen solltest, werde ich das Artefakt vernichten, diese böse Macht darf nicht in den Händen eines einzelnen Menschen oder auch nur einer Familie liegen. Zu viel Schlechtes kann damit angerichtet werden. Damit zahlen wir es Luca heim, dass er uns so hintergangen hat, und nehmen seiner Familie jede Chance bei der Kaiserwahl.«

»Außerdem berauben wir Luca damit der Macht, dich aufzuhalten, wenn du uns aus der Arena hinausbringst«, ergänzte Tarl mit einem Grinsen.

»U-u-unterschätzt nicht, wie gefährlich d-d-dieser Junge und seine Familie sind«, sagte Ceres mit besorgtem Blick.

»Warum sprengst du uns nicht jetzt gleich einen Weg nach draußen, große Magus?«, fragte Tarl mit einem frechen Grinsen. »Das Artefakt holen wir dann einfach gemeinsam aus dem Haus der Familie Acilius.«

Ceres zeigte mit dem Finger auf das Sigillum magicum, das gegenüber ihrer Zelle hing. »Weil diese D-d-dinger das verhindern. Jede Form von Magie hier drin wäre mein Todesurteil und eures wahrscheinlich gleich mit. Ich kann nur in der A-a-arena zaubern, nicht in den Katakomben.«

»Wie unpraktisch. Obwohl, bei den Spielen wird sich deine neu erworbene Macht schon als nützlich erweisen. Du musst nur den richtigen Zauber anwenden und schon lässt du die Bestien einfach zerplatzen.«

»Wenn es so einfach wäre, die B-b-bestien zu vernichten, hätten das die Magi schon vor Generationen gemacht.« Ceres nahm Tarls Hand und lächelte belustigt. »Ich hoffe aber d-d-doch, dass ich jetzt stark genug bin, um das P-p-publikum so gut zu unterhalten, dass es meinen Sieg wünscht.«

»Vielleicht kann ich dir helfen. Ich fühle die Bestien immer besser«, murmelte Tarl. »Pila und ich, wir unterhalten uns inzwischen sogar richtig.«

»Waaaas?«, kam es von den beiden anderen.

»Da lässt du uns unsere l-l-langweiligen Neuigkeiten zuerst erzählen und kommst dann mit so was?«

Tarl wurde ein wenig rot und zog die Schultern entschuldigend nach oben.

»Wo ist Pila jetzt?«

»Ich habe ihn zu Mamercus geschickt, damit er ihn herholt und ich ihm berichten kann, was die Stadt wirklich bedroht. Vielleicht kann er Hilfe organisieren. Auf mich hört nämlich niemand.«

»Was weißt du denn über die Aufstände? Ist Pila etwa ein Rebellenführer?«, frotzelte Magnus.

Tarl blickte seine Freunde ernst an. »Es handelt sich nicht um einen einfachen Aufstand der Armen, wie er alle paar Dekaden vorkommt, wenn die Reichen ihnen mal wieder zu viel abgepresst haben, sondern um einen Weißen Schatten, der die Menschen in mordende Ungeheuer verwandelt. Du erinnerst dich an das Latifundium und was dort passiert ist? Genau dasselbe wütet jetzt in Kol, nur dass diesmal Hunderttausende davon bedroht sind. Es gibt sie, die Schatten. Fünf Bestien haben die Erde unterjocht und nicht nur vier. Ich fürchte, dass diese letzte Art sogar die gefährlichste sein könnte. Sie rückt immer näher auf das Stadtzentrum zu, das spüre ich genau. Ich habe versucht, Decimus dazu zu bringen, den Senat zu informieren, aber er glaubt mir nicht. Vielleicht kann Mamercus etwas ausrichten. Er hat aus seiner Zeit als Gladiator noch viele Kontakte zur Oberschicht.«

Ceres schaute ihn schockiert an. »Die Bestien kommen ins Z-z-zentrum?« Sie schluckte schwer. »Die Arena bildet den M-m-mittelpunkt der Stadt. N-n-nicht auszumalen, was passieren könnte, wenn die Bestien während der Spiele zuschlagen. Zehntausende sind dann auf engstem Raum versammelt.«

»Das wäre das Ende Kols«, ergänzte Magnus mit düsterem Gesicht.

Flüchtlinge aus allen Himmelsrichtungen kommen zu uns. Die Stadt hat einen furchtbaren Blutzoll entrichten müssen. Jeder neue Mensch bedeutet Hoffnung auf ein normales Leben. Wir brauchen Handwerker, Köche, Diener, Soldaten und vieles mehr. Wir heißen sie willkommen, wenn sie sich unserer Herrschaft unterwerfen.

Anonymus – archiviert unter: Die Aufzeichnungen der Söhne

XXIV. Spurius

»Was sind das für Kreaturen, Zenturio?«, fragte der blasse Junge ängstlich, den Spurius auf der Agora angeworben hatte.

Der alte Kämpfer zog ihn hastig hinter den großen Felsen zurück, der sie vor neugierigen Blicken verbarg. »Wirst du wohl still sein, du Idiot!«, zischte er scharf. Spurius gab es nicht gern zu, aber in Momenten wie diesem vermisste er seine alte Mannschaft um den Optio Kaeso. *Vielleicht habe ich ihnen doch vorschnell den Garaus gemacht?*

Spurius dachte zurück an den Tag auf der Ebene, als er mit dem Barbarenjungen und seinem Vater das Lager aufgesucht und seinem Zorn freien Lauf gelassen hatte. Der vernarbte Zenturio spuckte verärgert aus. *Wer konnte denn damals ahnen, dass ich diesen Mist hier noch mal machen muss?* Zuerst war sein Plan wunderbar aufgegangen. Der muskulöse Barbar war ihm von den Vertretern der Sklavenhändlergilde förmlich aus den Händen gerissen worden und hatte bei der Auktion einen fantastischen Preis erzielt. Es war herrlich gewesen, im Publikum zu stehen und die sich überschlagenden Gebote zu verfolgen. Fast genauso gut hatte ihn die Anklage des Bengels, die der auch noch in der alten Sprache vorgetragen hatte, unterhalten. Der Barbar war schlau, aber nicht so schlau, wie er glaubte. Fast niemand konnte mehr diese tote Sprache und schon gar nicht der Hochadel Kols. Kurzum, ein wunderbares Erlebnis, das ihn für die vielen Mühen entschädigt hatte und jedes Opfer wert gewesen war.

Anschließend allerdings war alles schiefgelaufen. Spurius hätte es nicht laut ausgesprochen, aber er war daran auch nicht ganz unschuldig. In Erwartung eines üppigen Geldregens hatte er sich in Tage der ekstatischen Ausschweifungen gestürzt, die Unsummen kosteten, die er nicht besaß. Allein für Huren hatte er ein kleines Vermögen ausgegeben und kräftig bei den Filii Elegantes anschreiben lassen. Die ›Feinen Söhne‹ waren nicht gerade bekannt dafür, besonders lange darauf zu warten, dass man seine Schulden bezahlte. Als der verfluchte Barbarenbengel dann aus der Arena geflohen war, beschloss sein Besitzer, die Gilde nicht komplett auszuzahlen – sie hatten ja solch aufmüpfige Ware verkauft, was eine Preisminderung rechtfertigte. Selbstverständlich strebte die Vereinigung der Menschenhändler einen Prozess vor Gericht an, wie es sich für zivilisierte Geschäftsleute in der großartigsten Stadt der Welt gehörte, um ihre Sesterzen zu bekommen, aber der zog sich hin. Manche dieser Rechtsstreitigkeiten konnten Jahre dauern und die Einzigen, die daran verdienten, waren am Ende die Advokaten. Spurius hatte keine Zeit, auf ein Urteil zu warten. Diejenigen, die auf das Gesetz pfiffen, waren da ganz deutlich gewesen. Niemand legte sich ungestraft mit dem größten Verbrecherkartell der Stadt an. Daher war Spurius nur ein Ausweg geblieben: Er musste seine Schulden bei den Feinen Söhnen abarbeiten.

Da er sich nur auf ein Handwerk verstand, war Spurius wieder hier draußen. Auch die Filii Elegantes brauchten das, was jeder in der Stadt haben wollte: Menschen. In ihren Bordellen waren stets neue Mädchen gefragt, die illegalen Kämpfe benötigten Streiter, auf die man wetten konnte, und an guten Haussklaven herrschte ohnehin immer Mangel. Barbaren waren inzwischen eine rare Ware. Daher war Spurius auch so weit ins weitläufige Land eingedrungen wie noch nie zuvor. Sie hatten ein halbes Dutzend Männer auf dem Weg hierher verloren. Die gedrungenen Schläger, die die Feinen Söhne ihm mitgegeben hatten, waren in der Stadt angsteinflößend, hier draußen aber benahmen sie sich wie ungeschickte Kinder. Den Bestien waren ihre Muskeln, ihr Ruf und die gefährlich vernarbten Glatzköpfe gleichgültig. Sie zerfleischten sie, ob sie nun einer Verbrecherorganisation angehörten oder nicht. Bis auf Jutzius, den Aufpasser, den die Feinen Söhne ihm an die Seite gestellt hatten, waren nur noch Männer dabei, die Spurius selbst rekrutiert hatte. Selbst der junge Aulus, der sich ihm geradezu aufgedrängt hatte, war bisher nur durch Anfängerglück den Bestienangriffen entgangen.

»Sollen wir die anderen warnen? Ist das vielleicht eine neue Bestienart?«

Spurius kniff die Augen zusammen, um die Gestalten genauer zu erkennen, die das etwa fünfhundert Meter von ihnen entfernte Dorf betraten. Ihre Augen glühten in unterschiedlichen Farben und die Gesichter waren schreckliche Fratzen. Viele von ihnen hatten auf dem Rücken zusätzliche Gliedmaßen, die Waffen trugen. Menschliche Waffen. Schwerter, Äxte, Streitkolben und allerlei mehr, womit man jemandem den Garaus machen konnte.

»Hmm …«, brummte er. Dann sah Spurius, wie eine der Gestalten an seiner Rückseite herumnestelte. Spurius brauchte einen Moment, bis er begriff, was er tat, dann breitete sich ein Grinsen auf seinem Gesicht aus. »Das sind keine Bestien, es sei denn, die würden sich inzwischen auch am Hintern kratzen. Was du da siehst, sind verkleidete Menschen. Mithin für uns noch gefährlicher als Bestien. Sie könnten versuchen, uns unsere Beute abspenstig zu machen. Komm zurück zu den anderen!«

Etwa zehn schwer gepanzerte und bewaffnete Legionäre

erwarteten die beiden Kundschafter, als sie zurückkamen.

»Und? Was habt ihr gesehen?«, fragte ein hünenhafter Krieger, der eine Doppelaxt locker in einer Hand trug.

»Andere Menschen in schwarzen Gewändern und mit Masken«, sprudelte es aus Aulus heraus.

Spurius warf ihm einen genervten Blick zu, bei dem sich seine Narben verzogen. »Unser kleiner Grünschnabel sagt ausnahmsweise mal die Wahrheit. Wahrscheinlich irgendwelche Wilden in Stammeskluft, die ihresgleichen bekriegen.«

»Vielleicht noch eine lohnende Beute?«, fragte der muskulöse Beilträger.

»Eher nicht. Sie führen eine merkwürdige Ausrüstung mit sich, die ich so noch nie gesehen habe. Jeder von ihnen strotzt nur so vor Waffen und sie sind uns zahlenmäßig überlegen. Besser, wir machen uns schleunigst aus dem Staub. Was macht die Herde?« Er zeigte auf etwa fünfundzwanzig verängstigt aussehende Menschen, die dicht gedrängt nebeneinanderstanden. Die meisten jüngeren Männer unter ihnen bluteten aus Mund und Nase oder hatten eine andere Verletzung, die klar bewies, dass keiner von ihnen freiwillig hier war. Die Frauen und Mädchen hatten verweinte Gesichter und hielten einander an den Händen.

Höhnisches Gelächter wehte zu ihnen von dem Bergdorf herüber.

»Wapf ifst da loff?«, fragte Jutzius, der einen furchtbaren Sprachfehler hatte. Er reckte sich sinnloserweise, da er dadurch niemals größer als einer der Bäume werden würde, die von hier die Sicht auf den Ort versperrten.

Bei den Göttern, wenn der Idiot nicht gleich die Klappe hält … Spurius schluckte seinen Zorn hinunter. Jutzius war seine Garantie dafür, dass die Feinen Söhne ihm seine

Schulden auch wirklich erließen und er wieder frei leben konnte. »Ihr macht euch abreisefertig! Treibt die Herde zur Eile, aber verletzt sie nicht zu schwer, wir wollen ihre hübschen Gesichter doch nicht zerstören.« Er zwinkerte zwei etwa sechzehn Jahre alten Mädchen zu, die Schwestern zu sein schienen und sich an ihre erstaunlich muskulöse Mutter drückten. Die Gesichtszüge der Frau kamen ihm irgendwie vertraut vor, aber Spurius hatte jetzt keine Zeit, darüber zu grübeln. »Ich schaue noch einmal nach! Macht leise, wir wollen einen Kampf auf jeden Fall vermeiden! Alles, was die Ware gefährdet, ist schlecht fürs Geschäft. Stimmt's, Jutzius?«

Der einäugige Verbrecher nickte nur und trieb die anderen an, Spurius' Aufforderung nachzukommen.

Der lief hastig noch näher an das Felsendorf heran, um besser erkennen zu können, was dort vor sich ging. Spurius hatte im Laufe der Jahre hier draußen gelernt, wie man sich praktisch unsichtbar machte. Er sah jetzt immer mehr der schwarz gekleideten Gestalten. Sie standen hoch oben auf dem Plateau, unter dem das Bergdorf der Barbaren lag. Spurius war in diesem Moment froh, dass er die anderen davon abgehalten hatte zu plündern und darauf bestanden hatte, das Dorf so aussehen zu lassen, als wären die Menschen freiwillig gegangen. Der Tand, den die Wilden horteten, wäre in Kol sowieso nur ein paar Kupfermünzen wert gewesen. Lohnender war es, keine Spuren zu hinterlassen, wie sich jetzt zeigte. Grinsend gratulierte er sich im Geiste zu seiner zweiten genialen Idee. Das in riesenhaften Lettern auf den Boden geschriebene BESTIAS würde jeden Schnüffler in die Irre leiten.

Es war schwer zu erkennen, was dort oben vor sich ging, aber zwei der Gestalten schienen miteinander zu ringen. Die anderen griffen nicht ein. Vielstimmiges Gelächter erklang erneut, was den Zenturio verwirrte. Ein Kampf und fröhliches Lachen passten so gar nicht zusammen. Spurius erkannte einen drahtigen Grauhaarigen, der wohl bis eben eine Art Maske getragen hatte. *Ganz normale Menschen, wusste ich es doch.* Er schien mit einer der am Boden liegenden Personen zu reden, dann reichte er ihr die Hand und zog eine breitschultrige Gestalt auf die Füße. Spurius fühlte sich in diesem Moment, als ob ihm jemand einen Eimer mit eiskaltem Wasser über den Kopf gießen würde. »Da hast du dich also verkrochen, Barbarenbürschlein«, flüsterte er böse. »Ich hole dich mir wieder, du verräterisches Acidum!« Hastig lief er zurück ins Lager.

»Und?«, fragte Jutzius. »Eine Gepfahr?«

Spurius beachtete ihn nicht weiter. »Ich brauche drei Freiwillige für eine Hatz. Es wird gefährlich, aber es lohnt sich. Danach werdet ihr nie wieder arbeiten oder betteln müssen, das garantiere ich euch!«

»Waff?«, fragte der Aufpasser überrascht. »Davon war nie die Rede, Pffuriusf.«

Aulus meldete sich als Erster.

Der Hüne, Umunut, war der Zweite. Niemand anderes traute sich.

»Also gut. Drei sind eh besser als vier. Nehmt euren Kram, reichlich Proviant und Wasser«, befahl Spurius den beiden, die sich augenblicklich daranmachten, seinen Befehl auszuführen.

»FFFchluff mit dieffem Quatfsch«, schrie Jutzius. »Im Namen der Filii Eleganteff verbiete ich eff!«

Spurius war mit einem Satz bei dem Vertreter der Verbrecherorganisation. Ohne Worte stach er ihm sein Kurzschwert durch den Hals, sodass es hinten wieder herauskam.

Jutzius umklammerte die Waffe panisch mit den Händen. Das Blut spritzte fontänenartig aus seiner Kehle. Er brach erst zusammen, nachdem Spurius die Waffe herausgezogen hatte. Dann drehte Spurius sich zu den anderen um, als wäre nichts geschehen. »Wartet drei Tage auf uns, dann geht ihr mit der Herde zurück nach Kol. Beachtet das, was ich euch beigebracht habe, dann kehrt ihr als reiche Leute zurück in die ewige Stadt. Wir werden versuchen, zu euch aufzuschließen, aber wagt es nicht, auch nur einen Tag früher aufzubrechen!« Der Zenturio zeigte mit seinem blutigen Schwert auf Jutzius und wartete gar nicht auf eine Bestätigung seiner Anweisung. »Bereit?«, fragte er stattdessen seine beiden Begleiter.

Die waren inzwischen bepackt mit Rucksäcken, Wasserschläuchen und reichlich Waffen. Sie nickten ihm nur stumm zu. In den Augen des jungen Aulus war nun doch so etwas wie Angst zu sehen. Wahrscheinlich hatte er jetzt erst verstanden, mit wem er sich eingelassen hatte.

»Gut, dann lasst uns Barbaren jagen gehen!«

Es ist herrlich, eine Stadt nach seinen eigenen Vorstellungen zu formen, als wäre sie ein Klumpen Ton. Alles, was nicht den Ideen der Septem entspricht, wird getilgt und hat keinen Platz mehr in der großartigsten Metropole, die es je auf Erden gegeben hat.

Anonymus – archiviert unter: Die Aufzeichnungen der Söhne

XXV. Balger

Balger traute seinen Augen nicht, als ihn Olos durch ein gewaltiges Tor führte, das sich wie durch Magie öffnete, doch als er hinter dem beeindruckenden Portal aus Eisen stand, sah er, dass auch hier unzählige Zahnräder und andere mechanische Teile verbaut worden waren.

»Willkommen bei den Rebelles«, sagte Olos mit ausgebreiteten Armen und deutete auf den geschäftigen, von einem massiven Drahtgeflecht überspannten Innenhof. Überall gingen Menschen verschiedensten Tätigkeiten nach. Es gab eine Schmiede, aus deren Schornstein sich feiner, weißer Rauch in den blassblauen Himmel kräuselte. Der Geruch nach frischem Brot lenkte Balgers Blick zur Bäckerei. Das fröhliche Quietschen von Schweinen zu einem Pferch voll mit den rosafarbenen Tieren. Auf jedem freien Platz zwischen diesen lebensnotwendigen Einrichtungen standen Teile für die beeindruckenden Mechanicawaffen herum. Dutzende Männer und Frauen arbeiteten daran oder montierten sie anderen auf den Rücken. Nur dieser Technik verdankten die Rebelles ihr Überleben im weitläufigen Land, das war Balger klar, nachdem er mit ihnen gemeinsam gekämpft hatte. Anders als seine Familie und die Bewohner seines Dorfes bewegten sie sich offen durch das weitläufige Land, wie es die Menschen in der Zeit davor getan hatten, und verkrochen sich nicht wie Ratten an unzugänglichen Orten.

»Mandirus, was hast du mit deinen neuen Armen gemacht?«, schrie ein über und über mit schwarzer Flüssigkeit beschmierter Mann und rannte eilig auf die Neuankömmlinge zu. Beinahe wäre er dabei über eines der zahlreichen Hühner gestolpert, die den Innenhof bevölkerten. Aufgeregt gackernd machte ihm das Tier aber noch rechtzeitig Platz.

»Reparus, ich … ähm … ich meine, wir sind …«

Der schmächtige Mann, der auf dem Kopf einen konischen Eisenhelm mit merkwürdig wippenden Eisententakeln und um die Hüfte einen Gürtel mit unterschiedlichsten Werkzeugen trug, blieb abrupt stehen. »Wo sind die anderen?«, fragte er mit weit aufgerissenen Augen. »Nur so wenige? Was ist passiert?«

»Bestias«, kommentierte Olos nur mit traurigem Blick und begrüßte Reparus, indem er dessen Unterarm umfasste. Der tat es ihm nach. »Die ganze traurige Geschichte gibt es dann später im Rat. Hilf mir die Verletzten zu versorgen!«

Um Balger herum wurden die Dämonenfratzen heruntergezogen. Zerschlagene, verschwitzte Gesichter und etliche blutige Wunden kamen zum Vorschein. Die Kämpfer unterstützten einander und leisteten den schwerer Verletzten Hilfe. Gesprochen wurde dabei nur das Nötigste. Alle waren am Ende ihrer Kräfte. Zu Balgers Überraschung kamen nicht nur männliche Gesichter zum Vorschein, sondern auch zahlreiche weibliche. Einige von ihnen waren sogar sehr hübsch, wie er freudig registrierte. Der Rebell, der ihn zuerst angegriffen hatte – Keänschi –, stellte sich als sommersprossige junge Frau mit rückenlangen, flachsblonden Haaren heraus. Sie war etwa zwei Jahre älter als Balger. Weil die Maske ihre Stimme verzerrt hatte, war es Balger nicht möglich gewesen herauszuhören, dass es sich um eine Frau handelte.

»Was glotzt du so, Barbar?«, ranzte sie ihn an. »Noch nie zuvor eine Frau gesehen?«

Balger wurde rot. Er hatte sie tatsächlich angestarrt, während sie, mithilfe zweier Mechaniker und eines kleinen Krans, ihre vier Mechanicaarme und den Rest ihrer Rüstung ablegte, mit denen sie in der Ebene erfolgreich die Lacernae attackiert hatte. Etliche waren unter ihren Streichen zusammengebrochen. Das Mädchen kämpfte wie ein Berserker. »Ich … ich habe Schwestern«, brachte er stotternd heraus.

»Na, dann bist du ja Experte.« Der halbe Hof lachte.

Balger wurde noch röter. In Momenten wie diesem wünschte er sich die Schlagfertigkeit von Magnus. So hätte er doch sagen können: ›Doch, habe ich, aber noch nie so eine hübsche.‹ Oder: ›Klar, aber keine, die mich fast im Kampf besiegt hätte und dabei so toll aussieht.‹ Stattdessen hatte er seine Schwestern erwähnt. Gern wäre Balger jetzt in den Boden versunken.

Nachdem Keänschi von ihrer Rüstung befreit war – sie trug darunter eine eng geschnittene, kurze Tunika, die einen wunderbaren Blick auf ihre wunderbaren schlanken, brauen Beine freigab –, kam sie auf Balger zu.

Der war von dem Anblick ganz hin und weg, was er leider auch nicht verbergen konnte. Mit debilem Blick stierte er sie fasziniert an.

»Du glotzt ja schon wieder«, sagte sie mit einem frechen Schmunzeln.

Jetzt! Jetzt war der geeignete Zeitpunkt, eine schlagfertige Antwort zu geben und die Schmach von eben auszutilgen. »Ich habe nur Sand im Auge.« Balger rieb sich umständlich übers Gesicht. *Bei den Göttern, was ist nur los mit mir?*

»So, so, Sand im Auge. Aha … Na, solche wie dich kenne ich schon.« Sie strich wie zufällig über ihr rechtes Bein und schob ihre sowieso schon kurze Tunika ein ganzes Stück weiter nach oben. Keck warf sie sich dabei die langen

Haare – sie erinnerten Balger an flüssiges Gold, obwohl er noch nie welches gesehen hatte – über die Schulter: »Wenigstens kämpfst du besser, als du beobachtest. Beim nächsten Mal komm mir aber bitte nicht in die Quere, sondern halte dich an die anderen Anfänger ohne Mechnicas. Verstanden?«

»Natürlich.« Er deutete wirklich eine kleine Verbeugung an. Balger überlegte in diesem Moment ernsthaft, ob er nicht einfach durch das riesige Tor hinaus in die Steppe laufen sollte, um sich dort für immer in einem Erdloch zu verkriechen. Natürlich machte er das nicht, sondern blickte einfach nur der kess ihre Hüften schwingenden Keänschi nach, die gerade Reparus herzlich umarmte.

»Mach dir nichts draus. Jeder Mann, der sie das erste Mal sieht, ist überwältigt von ihr. Zumal wenn sie auch noch aus dieser Rüstung herausschlüpft und aus dem Todesengel ein echter Engel wird. Ich finde, du hast dich ganz gut geschlagen«, sagte Mandirus. Der Rothaarige trug inzwischen auch nur noch ein beiges Gewand und verströmte einen herben Schweißgeruch.

Balger zwang sich, den Blick von der blonden Kämpferin zu nehmen. Er schämte sich ein wenig, weil er doch eigentlich Ceres liebte, aber er konnte sich nicht gegen die Faszination wehren, die von Keänschi ausging. »Findest du? Ich hatte das Gefühl, dass ich mich wie ein vollkommener Idiot benommen habe.«

»Hast du auch, aber genau das erwartet sie. Ich glaube, Keänschi mag dich, zumindest hat sie dich nicht gleich mit ihren Mechnicas verprügelt.« Der Junge, gegen den Balger in einem gefühlt anderen Leben heute Morgen noch gekämpft hatte, grinste ihn an und ließ dabei eine große Zahnlücke sehen, die ihn unheimlich sympathisch wirken ließ.

Balger kam trotzdem nicht umhin, die perlenkettenartigen blauen Flecken an Mandirus' Hals zu bemerken. Er nickte in ihre Richtung. »Tut mir leid deswegen.«

»Nicht der Rede wert. Ich habe schon Schlimmeres erlebt, und da du im Anschluss so tapfer mit uns gegen die Lacernae gekämpft hast, verzeihe ich dir.« Der Rothaarige lächelte wieder und hielt Balger eine sehr blasse, große Hand hin.

Dankbar schüttelte Balger sie, froh darüber, dass es kein böses Blut mehr zwischen ihnen gab.

»Komm jetzt, wir müssen zum Rat! Er wird wissen wollen, was wir erlebt haben, und …«, der blasse Junge schluckte schwer, »unsere Toten betrauern.« Mandirus führte Balger zielstrebig zu dem Bergmassiv, das die kleine Schlucht, in der das Versteck der Rebelles lag, abschloss. Eine große Höhle, deren robustes Tor weit offen stand, war das Ziel.

Als Balger sie betrat, traute er seinen Augen nicht. In der gigantischen Kaverne stand die riesenhafte Statue eines bärtigen Mannes, der so etwas wie Blitze in seiner Hand zu tragen schien. Allein die Füße der Figur waren fast so hoch, wie Balger groß war. Staunend legte er den Kopf in den Nacken. »Wer ist das?«

Mandirus schien das monumentale Bauwerk gar nicht mehr wahrzunehmen. »Ach, der steinerne Riese? Keine Ahnung. Das war irgendein Gott der Altvorderen. Das Höhlengeflecht muss in der Zeit davor eine Art Kultstätte für ihn gewesen sein. Das Ding ist zu riesig, um es einfach abzureißen, und vielleicht beschützt er ja diesen Ort doch noch ein wenig, obwohl er seine Welt gegen die Bestias nicht verteidigt hat. Falls man denn an so was glaubt. Du gewöhnst dich an seinen Anblick.«

Was haben wir alles durch die schändlichen Bestien

verloren, dachte Balger. Heute konnte niemand mehr derartige Dinge errichten. *Wo könnte die Menschheit stehen, hätten die Bestien nicht alles vernichtet?*

Schließlich erreichten sie einen großen unterirdischen Platz, der von zahlreichen Feuerschalen in ein schummriges Licht getaucht wurde. In der Mitte war ein rundes Podest aus weißen Steinen errichtet worden, das man über in den Felsen gehauene Treppenstufen besteigen konnte. Sie waren in der Mitte schon ganz abgetreten von den vielen Füßen, die sie im Lauf der Zeit benutzt hatten. Immer mehr Menschen strömten zusammen. Balger sah Frauen, Männer und Kinder jedes Alters. Etliche waren als Kämpfer zu identifizieren, andere trugen – genauso wie Reparus – verschmutzte Tuniken voller schwarzer Ölflecken. Selbst ihre Gesichter waren mit Öl benetzt, was dazu führte, dass ihre Augen riesenhaft und besonders hell wirkten. Jene Gruppe wurde von allen anderen mit besonderem Respekt behandelt und stand fast komplett weit vorn.

»Rebelles«, ertönte plötzlich eine hohe Stimme.

Balger reckte sich, um zu erkennen, wer dort sprach.

Eine kleine Frau, die in einen azurblauen Umhang gekleidet war, stand auf dem Podest und hatte die Arme geöffnet, als wolle sie einen Segen sprechen. Schnell ebbte das Gemurmel ab. Selbst die Kinder schienen der natürlichen Autorität der schmächtigen Gestalt Respekt zu zollen und schwiegen. »Eine der Expeditionen ist heute zurückgekehrt. Leider musste sie Verluste erleiden. Lasst uns schweigen für diejenigen, die ihr Leben für die gute Sache gegeben haben, und die Bestias um Verzeihung bitten für das, was wir ihnen antun mussten, um zu überleben.«

Eine traurige, bleierne Stimmung legte sich über die Gruppe. Alle senkten die Köpfe. Männer umarmten ihre

Frauen. Mütter drückten die Kinder an sich. Alle hier wussten, was Verlust bedeutete, und versuchten ihr Glück festzuhalten, damit es ihnen von der grausamen Welt vor dem Tor nicht doch noch entrissen wurde.

Einzig auf Balger übertrug sich dieser Funke des Gedenkens nicht. Er glaubte sich verhört zu haben. *Die Bestias um Verzeihung bitten?*

Sein Gesicht musste ihn verraten haben. Mandirus legte ihm beschwichtigend die Hand auf den Unterarm und nuschelte mit gesenktem Kopf »Ich erkläre es dir später.«

»Olos, komm zu mir und berichte!«, forderte die kleine Frau, deren Gesicht fast vollständig im Schatten ihrer ausladenden Kapuze verschwand, den Anführer von Balgers Gruppe auf.

Der drahtige Mann mit den grauen Haaren ging getragenen Schrittes die Stufen nach oben, als wäre es eine Bürde und Ehre zugleich. Ohne lange Vorrede begann er mit seinem Bericht. »Schwestern und Brüder, wir sind tief in das weitläufige Land vorgedrungen und haben uns erneut dem Übel der Welt genähert …« Er beschrieb den langen Weg und die Gefahren, denen sich seine Gruppe hatte stellen müssen. Nannte jeden der Gefallenen beim Namen und Vatersnamen und beschrieb die Heldentaten, die sie vollbracht und bei denen sie ihr Leben verloren hatten. »Leider sind die meisten Siedlungen geplündert, sodass wir kaum neue Mechanicateile mitbringen konnten, und …«, er blickte traurig zur Gruppe, »… es war uns erneut nicht möglich, einen Weg hinein in den Moloch, den sie Kol nennen, zu finden, um der siebenköpfigen Schlange die Köpfe abzuschlagen.«

Enttäuschtes Gemurmel brandete auf. Balger hätte ebenfalls am liebsten mit eingestimmt, hatte er doch erwartet, etwas über den Verbleib seiner Familie zu erfahren.

Olos versuchte die Menge zu beschwichtigen. »Dennoch war unsere Expedition nicht vergebens. Wir haben einen jungen Mann, oder sollte ich besser Krieger sagen, gefunden, der sich schon jetzt als große Bereicherung unserer Gemeinschaft herausgestellt hat. Begrüßt den tapferen Balger, Rebelles.«

Eine Art Gebell ging durch die Gruppe und alle Augen waren auf Balger gerichtet. Dem war die Aufmerksamkeit etwas unangenehm, dennoch beglückte es ihn, in so viele offene Gesichter zu sehen, die sich ehrlich darüber zu freuen schienen, dass er hier war.

»Gibt es Nachrichten von den Gruppen Viridis und Caeruleus, Tarratia?«, erlöste eine Frage Balger von den vielen Blicken.

Die Stimme der Anführerin der Rebelles verdüsterte sich. »Leider nein. Wir haben immer noch nichts von der grünen und blauen Expedition gehört. Nehmen wir die Rückkehr der roten als Zeichen der Hoffnung, dass auch noch die anderen zurückkehren. Vielleicht ist es ihnen ja gelungen, einen Weg nach Kol hinein zu finden. Geht jetzt zurück an eure Arbeit, Rebelles! Ich werde euch rufen lassen, wenn ich Neuigkeiten habe.«

Mit traurigen Gesichtern zerstreute sich die Gruppe. Balger ging auf Tarratia zu. Er musste erfahren, ob sie etwas über den Verbleib seiner Familie wusste.

»He, Mann, wo willst du hin? Du kannst doch nicht einfach mit der Princeps sprechen, als wäre sie ein einfacher Mechanicus«, versuchte Mandirus ihn aufzuhalten.

Balger ignorierte den rothaarigen Jungen und stapfte zielstrebig auf die in das Gespräch mit Olos vertiefte Frau zu. Überrascht blickte sie auf, als sie ihn bemerkte. Balger wünschte sich, er hätte es geschafft, sein Keuchen zu unterdrücken, aber das gelang ihm nicht. Jetzt, wo er unmittelbar vor Tarratia stand, konnte er sehen, was sich unter der Kapuze ihres azurblauen Umhangs befand. Als ein Gesicht war der Fleischklumpen nicht mehr zu bezeichnen. Vielmehr sah es aus, als hätte jemand einen Brocken geschmolzenes, fleischfarbenes Wachs an den Ort gesetzt, wo sich dieses einmal befunden hatte.

»Du bist dann wohl Balger«, begrüßte sie ihn trotzdem freundlich. »Acidumangriff.« Sie zeigte beiläufig auf ihr Gesicht. »Ich war noch ein Kind und die rollenden Bestien sind doch einfach zu niedlich, da habe ich versucht, mit einer von ihnen zu spielen, was natürlich keine gute Idee war. Es ist ein Wunder, dass ich nicht mein Augenlicht verloren habe. Die Kreatur trifft keine Schuld, sie hat nur das getan, was ihrer wahren Natur entspricht. Ich war es, die sich falsch verhalten hat.«

»'Tschuldigung, Princeps«, murmelte Mandirus und griff nach Balgers Ellbogen, um ihn wegzuziehen.

»Oh, mein lieber Mandirus, es gibt nichts zu entschuldigen. Natürlich ist unser neuer Gast neugierig. Ich will gern seine Fragen beantworten. Aber du darfst dich ausruhen, mein tapferer Mandirus. Olos berichtete mir gerade, dass du deine Mechnicas ehrenvoll eingesetzt hast da draußen. Ich freue mich, dass meine Entscheidung richtig war.«

Mandirus lief ein wenig rot an über dieses Lob – bei einem Rotschopf ein durchaus amüsanter Anblick –, dann verbeugte er sich, warf Balger einen warnenden Blick zu und verschwand.

Balger öffnete gerade den Mund, um seine Fragen zu stellen, da unterbrach die Anführerin der Rebelles ihn.

»Du willst wissen, wo deine Familie ist, nicht wahr? Leider kann ich darüber keine konkrete Auskunft geben, außer der, dass wir noch zwei weitere Expeditionen da draußen haben. Beide besitzen als Hauptaufgabe den Auftrag, Menschen zu retten und sie, wenn sie das selber möchten, hierherzubringen. Hab Geduld, vielleicht befinden sich deine Liebsten bei ihnen.«

Balger ließ traurig die Schultern hängen.

Olos klopfte ihm auf den Rücken. »Versuch Vertrauen zu haben, vielleicht wendet sich noch alles zum Guten. Ein komplett leeres Dorf ohne jede Kampfspuren spricht dafür, dass sie geordnet die Siedlung verlassen haben und nicht von Bestien überrollt worden sind.«

Aber es sagt nichts darüber aus, mit wem sie gegangen sind und wohin. Balger dachte unwillkürlich an Spurius und die anderen Menschenfänger, die seinen Vater getötet hatten. Die Söldner drangen immer tiefer ins weitläufige Land vor, um noch genügend lohnende Beute zu machen. Ein ungeschütztes Dorf voller Frauen und Kinder wäre für sie so etwas wie die sprichwörtliche Goldgrube.

»Du hast noch weitere Fragen, das merke ich«, unterbrach Tarratia Balgers düstere Gedanken.

Balger überlegte sich, ob er es wirklich aussprechen sollte, war er doch als Gast aufgenommen worden, aber es brannte ihm einfach zu sehr auf der Seele, als dass er es hätte unterdrücken können. »Warum entschuldigt Ihr Euch bei den Bestien?«

Sie lachte mädchenhaft auf, obwohl die Falten auf ihren Händen vermuten ließen, dass sie eine alte Frau war. »Balger, ich glaube, ich muss dir erst einmal erklären, wer wir Rebelles sind. Komm mit!« Ohne auf eine Antwort von ihm zu warten, ging sie voraus. Der azurblaue Umhang blähte sich dabei dramatisch auf.

Balger folgte ihr, nachdem ihn Olos angegrinst hatte und dabei eine wedelnde Bewegung mit den Händen gemacht hatte. Die Princeps führte ihn tief hinein in ein Gewirr aus Stollen und Kammern, die durch zahllose Öllämpchen beleuchtet wurden. Das war zwar praktischer als Fackeln, aber der stechende Geruch und der im Hals kratzende Ruß waren dennoch gewöhnungsbedürftig.

Tarratia öffnete eine schmucklose Holztür und führte ihn in einen gemütlich eingerichteten Raum, der mit viel Aufwand aus dem Stein geschlagen worden war und dessen Mittelpunkt ein großes Bücherregal sowie zwei zerschlissene Sessel bildeten.

Balgers Herz tat einen kleinen Sprung bei dem Anblick der vielen Schriften.

»Setz dich. Kann ich dir etwas zu trinken anbieten? Aber sei gewarnt, ich habe nur Wasser.«

»Nein danke, Princeps, ich habe keinen Durst«, antwortete Balger und ließ sich auf einem der erstaunlich gemütlichen Sessel nieder.

Sie schien erfreut über die ehrenvolle Anrede zu sein, zumindest verzog sich der Fleischklumpen, der einmal ihr Gesicht gewesen war, ein wenig.

»Du sprichst die alte Zunge, hat mir Olos erzählt?«

»Ja«, antwortete Balger knapp. Er wollte etwas Neues erfahren und nicht über sich erzählen.

»Das ist heutzutage sehr selten. Irgendwann musst du mir einmal erzählen, wo du das gelernt hast.« Sie ließ sich in einen der gepolsterten Stühle fallen, der direkt hinter einem breiten Schreibtisch stand. »Wärst du so nett, mir das Holzkästchen hinter dir zu geben?« Tarratia zeigte auf das Bücherregal in Balgers Rücken.

Der tat wie gewünscht und gab es ihr.

Die Anführerin der Rebelles nahm daraus eines der schmalen Papyrusröllchen und zündete es zu Balgers Überraschung an. »Ahhh, das tut gut. Auf die Toten!« Sie prostete ihm mit dem brennenden Stäbchen zu. Ein süßlicher Rauchgeruch verteilte sich in dem fensterlosen unterirdischen Raum. »Ich hoffe, du hast nichts gegen ein bisschen Tabacum?«

Was hätte Balger sagen sollen, da sie bereits rauchte?

»Du möchtest also erfahren, warum wir die Bestien nicht als solche sehen, sondern eher als Geschöpfe, die so wie wir leiden?«

Balger sagte nichts. Manchmal war es besser, den Mund zu halten, als jemandem, der blödes Zeug erzählte, eine dumme Antwort zu geben.

»Es ist eine lange Geschichte, die ich dir hier nur in Auszügen wiedergeben kann. Falls du sie einmal in Gänze lesen magst ...« Sie griff hinter sich und holte einen abgegriffenen Folianten hervor. ›Die Bestien Chroniken‹ war als Titel darauf vermerkt. »Wir Rebelles haben es uns zur Aufgabe gemacht, Kol und vor allem seine sieben herrschenden Familien zu stürzen. Fast seit Anbeginn der Katastrophe versuchen wir dies, leider ohne Erfolg, wie du sicher bemerkt hast. Unser fester Glaube ist es, dass Magie und die Bestien unmittelbar zusammenhängen.«

Ceres' schönes Gesicht tauchte vor Balgers innerem Auge auf. Gleichzeitig dachte er an die gewalttätige Macht des Artefakts.

»In Kol gibt es eine Geheimgesellschaft, die die Geschicke der Stadt lenkt, der Senat ist nur eine Fassade für die Massen. Diese Geheimgesellschaft sorgt dafür, dass der Magiestrom aus der ursprünglichen Welt der Bestien nicht versiegt und damit auch nicht deren Anzahl.«

Balger fröstelte bei diesen Worten.

»Hast du dich jemals gefragt, warum die Bestien gleich einer Gottesstrafe so einfach über uns kamen?«

Balger musste sich eingestehen, dass er das noch niemals getan hatte. Genauso wenig, wie er darüber nachdachte, warum der Himmel blau oder Wüstensand gelb war.

»Ohhh …«, sie blies genüsslich Rauch aus dem Loch, das vor vielen Jahren mal ein Mund gewesen war, »gräme dich nicht, das macht fast niemand. Außer uns Rebelles. Die Bestias sind keine Strafe der Götter oder eine verrückte Laune der Natur«, sie schlug mit der flachen Hand auf ihren großen Schreibtisch, »nein, sie sind eine Plage, die von Menschen heraufbeschworen wurde.«

»Wie?«, entwich es Balger, der eben tatsächlich ein wenig zusammengezuckt war, als die kleine Frau auf den Tisch gehämmert hatte.

»Wenn ich dir das beantworten könnte, dann müssten wir dieses Gespräch nicht führen. Ich kann dir nur das *Warum* benennen. Die Septem, so der Name jener konspirativen Gruppe, bilden heute die Elite Kols, aber es gab sie schon vor der Katastrophe.«

Balger bekam eine Gänsehaut, als er den Begriff hörte. Septem – Sieben. War nicht von ihnen in dem Papyrus die Rede gewesen?

»Die ersten sieben Männer – natürlich nur Männer«, sie hustete und drückte ihr Rauchutensil einfach auf der Tischplatte aus, »wollten mehr Macht, als sie zu ihrer Zeit hatten. Auf verschlungenen Wegen kamen sie an die Überlieferung eines mörderischen Rituals, das es ihnen ermöglichen sollte, Magie anzuwenden.«

Balger rutschte auf seinem Sessel hin und her vor Aufregung. Tarratia hatte eine gute Art, Geschichten zu erzählen, man merkte, dass sie darin geübt war, ihr Gegenüber von ihrer Meinung zu überzeugen. Außerdem vervollständigten ihre Worte das Bild, das er sich aus den Fragmenten der Schrift zusammengereimt hatte, die er in den Ruinen des Latifundiums gefunden hatte.

»Was sie nicht wussten oder schlicht ignoriert haben, ist die Tatsache, dass die Kraft, die sie aus jener anderen Welt heraufbeschworen, nicht allein kam, sondern etwas aus ihrem Kosmos mitbringen würde: die Bestien.« Sie machte eine lange Pause und schaute Balger tief in die Augen. »Deswegen sehen wir die Bestien nicht als Feinde oder Monster. Sie sind genauso Opfer wie wir und wurden mit Gewalt aus ihrer Welt in unsere verfrachtet. An einen Ort, den sie nicht kennen und der sich vermutlich stark von ihrem wirklichen Zuhause unterscheidet. Sie taten das, was jede Lebensform in dieser Situation tun würde: überleben. Das Glück der Bestien war nur, dass sie stärker waren als die eigentlichen Herrscher der Erde. Die Menschen stellten eine einfache Beute dar und so konnten die Bestien sich vermehren und eroberten eine neue Heimat.«

»Warum haben die Septem ihr Ritual nicht unterbrochen, als sie die Konsequenzen bemerkten?«

Tarratia lehnte sich zurück und legte die Hände hinter den Kopf. »Das ist eine wirklich gute Frage, auf die es aber leider nur eine Antwort gibt: Macht. Die Sieben hatten jetzt die magischen Kräfte, die sie über alle anderen Menschen erhoben, daher dachten sie nicht mal im Traum daran, den Strom der Magie zu unterbrechen. Ihre Heimat Kol beschützen sie nur, weil es ja langweilig ist, wenn man zu den sieben mächtigsten Menschen der Welt zählt, es aber niemanden gibt, den man beherrschen kann, weil alle anderen aufgefressen worden sind.«

»Wisst Ihr, was das für ein Ritual war? Könnte ein Zauberkundiger, der auf Eurer Seite steht, es erneut durchführen und so eventuell umkehren?«

Tarratia klappte gedankenverloren das Kästchen mit ihrer Rauchware auf und zu. In das glänzend polierte Holz war ein feines Mosaik aus Schildpatt eingearbeitet, das eine Seenlandschaft mit Vögeln auf langen Stelzenbeinen zeigte. Derartig blühendes Leben gab es schon lange nicht mehr auf der Welt. »Es ist versucht worden, aber alle scheiterten. Wir wissen nicht einmal genau, woher all die Energie kommt, die inzwischen so stark ist, dass sogar viele Menschen magische Kräfte entwickeln, die nicht zu den Familien der Sieben gehören. Beständig sickert diese unreine und fremde Kraft in unsere Welt hinein. Ihr Zentrum liegt innerhalb Kols. Im weitläufigen Land werden fast keine Magi geboren, das beweist es. Zauberei ist leider unsichtbar, aber es muss ein Netz geben, das die Stadt umgibt und über dessen feine Fäden die Magie im Herzen der Stadt weiter gespeist wird. Es ist aber bisher niemandem gelungen zu klären, wie genau dies vonstattengeht. Wir wissen nur, dass es mehr geben muss als die starke Quelle innerhalb Kols.«

Balgers Herz begann schneller zu schlagen. Etwas wurde ihm gerade klar. Er griff unter seine Kleidung und holte die mittlerweile arg ramponierte Karte mit dem Heptagon der Türme hervor, legte sie auf den Schreibtisch und strich sie glatt. »Hier habt Ihr Euer magisches Netz.«

Die Magie versiegt schneller, als wir gedacht haben. Die Türme und das Nymphäum brauchen Unmengen an Blut. Glücklicherweise suchen täglich Neuankömmlinge in der Stadt Trost und Sicherheit. Sie helfen uns, Kol gegen die Bestien zu verteidigen.

Anonymus – archiviert unter: Die Aufzeichnungen der Söhne

XXVI. Mamercus

Hatte Mamercus am Anfang seiner wilden Hatz durch Kol noch Angst gehabt, dass irgendjemand die rollende Bestie sehen und ihm die Patrouille auf den Hals hetzen würde, so musste er sich inzwischen anstrengen, um sie nicht gänzlich aus den Augen zu verlieren. Geschickt nutzte das kleine Acidum jeden Vorsprung, Winkel und Schatten aus und glitt ungesehen durch die riesige Stadt. Heute war dies allerdings auch etwas leichter als zu normalen Zeiten. Die Alleen, Gassen und Straßen von Mamercus' Heimat waren wie ausgestorben. Geschlossene Fensterläden und verrammelte Türen blickten ihn aus den Insulae an, als wären sie vorwurfsvolle Augen, die ihn rügten, weil er durch sein Auftauchen die Ruhe störte. Mamercus wusste, dass es eine Friedhofsruhe war. Die Bürger Kols hatten Angst vor dem, was in ihrer Stadt wütete, und blieben in ihren Wohnungen und Häusern. Die Furcht hatte alle Schichten ergriffen. In den vornehmen Vierteln hatte man sich genauso verschanzt wie in den ärmsten. Selbst die Bettler und Penner hatten irgendein Versteck gefunden und ließen sich nicht blicken. Keiner vertraute offensichtlich den Maßnahmen des Senats.

Nicht gerade ideal, um eine Kaiserwahl durchzuführen, ging es Mamercus durch den Kopf, obwohl ihm dieses Schauspiel reichlich egal war. Er wählte schon seit vielen Jahren nicht mehr. Hätte er eine echte Wahl gehabt, hätte er seine Stimme abgegeben, aber ihm und einem Großteil der normalen Bewohner Kols war es völlig egal, welche der sieben Familien als nächste auf dem Kaiserthron folgte. *Eine wie die andere*, dachte er grimmig und hielt kurz inne, um nach dem Acidum zu sehen. Mamercus war trotz der feuchtkühlen Spätherbsttemperaturen durchgeschwitzt, die kleine Bestie kam auf ein beeindruckendes Tempo und navigierte ihn schlafwandlerisch sicher durch die verwinkelten Gassen Kols. Fast so, als würde sie hier schon ewig leben. Selbst Mamercus war überrascht über den einen oder anderen Schleichweg und Abkürzungen, die das Tier einschlug. Mamercus fand es immer noch seltsam, dass er einer tödlichen Bestie nachrannte, in der Hoffnung, dass sie ihn zu seinem ehemaligen Zögling bringen würde. *Das Ganze könnte auch eine Falle sein und ich lande heute noch im Magen des säurespuckenden Acidums.*

Von irgendwoher erklang ein böses Fauchen, das abrupt endete.

Im nächsten Moment tauchte das Acidum hinter einem Mauervorsprung auf und rollte aufgeregt vor und zurück, als wollte es Mamercus zur Eile antreiben.

Der begann wieder zu laufen und folgte ihm, in der Hoffnung, dass es ihn wirklich zu Tarl brachte. *Ist das Vieh jetzt etwa dicker als eben noch?*

Die Arena?, grübelte er, als sie in den Bezirk einbogen, über dem das Amphitheater thronte. Schließlich hatte der wirre, aber überaus effektive Zickzackkurs der Bestie Mamercus ungesehen kurz vor den Eingang zur Gladiatorenschule gebracht. Ein Ort, mit dem Mamercus sehr zwiespältige Erinnerungen verband. Auf der einen Seite war er hier zu einem Volkshelden aufgestiegen, auf der anderen hatte er beim Anblick des riesenhaften Kolosseums und der Kampfschule gleich wieder den Geschmack der Todesangst auf seinen Lippen. »Hier soll Tarl sein?«, fragte er die Bestie leise, obwohl er wusste, dass er keine Antwort erwarten konnte. »Er ist vor Wochen aus der Arena geflohen. Wir sind hier falsch!«

Das Acidum kam nicht mehr hervor, um sich zu zeigen, aber sein Zischen war immer noch deutlich zu vernehmen.

Was soll das? Mamercus ging an dem hohen Zaun entlang, der die Gladiatorenschule umschloss. Unbewusst berührte er die dicken Eisenstangen, die an ihrem Ende in scharfen Spitzen ausliefen. Seine Füße trugen ihn automatisch vor das große Tor. Wie immer wurde es von etlichen gelangweilten Legionären bewacht. Der letzte Gladiatorenaufstand hatte unter Tylonika III. stattgefunden, aber Mamercus konnte sich gut daran erinnern, dass es auch zu seiner Zeit gebrodelt hatte. Kol leistete sich den Luxus, tödliche Bestien auszubilden, die man gegen ebenso tödliche Bestien in den Kampf schickte. Eine gefährliche Gemengelage, die man nicht unterschätzen durfte. Die Gladiatoren blieben nur so lange ruhig, wie sie eine reelle Chance hatten, die Kämpfe auch zu gewinnen und am Ende die Arena als gemachte Leute zu verlassen. Mamercus selbst war ein gutes Beispiel dafür, dass dieses Versprechen durchaus auch eingelöst wurde. Er hatte diese Tore nach sechs Spielzeiten als wohlhabender, freier Mann durchschritten, und wäre da nicht seine Spielleidenschaft gewesen …

»He, Alter, was drückst du dich hier so rum? Verschwinde!«

Die barsche Ansprache holte Mamercus aus seinen trüben Gedanken.

»Beruhige dich, Junge. Seit wann ist es denn verboten, die Helden der Arena zu bewundern?«

»Seitdem man beschlossen hat, dass morgen die Sonderspiele zu Ehren der Kaiserwahl stattfinden werden.« Die Wache verdrehte genervt die Augen.

Mamercus schalt sich selbst einen Trottel. Er war so

beschäftigt gewesen in der letzten Zeit, dass er das vollkommen vergessen hatte. »Morgen schon?«

»Bist du besoffen«, fragte ein anderer Legionär, »oder einfach nur dumm? Wie kann man denn verpassen, dass die Spiele stattfinden?«

Das mit dem ›besoffen‹ hatte Mamercus mehr verletzt, als es der milchgesichtige Wächter wahrscheinlich beabsichtigt hatte. Gleichzeitig fiel ihm auf, dass er in letzter Zeit weniger getrunken hatte, weil er ständig unterwegs gewesen war, um herauszufinden, was in der Stadt vor sich ging. Alles hatte sein Gutes, selbst die Menschheit bedrohende Krisen.

»Verschwinde, Alter! Die Gladiatorenschule ist heute und morgen Sperrgebiet. Du kannst in zwei Tagen wiederkommen. Ich kann dir aber nicht garantieren, dass von dem Abschaum in den Katakomben dann noch jemand lebt.« Seine Kameraden stimmten in sein wieherndes Gelächter ein.

Mamercus ärgerte sich zwar über die respektlosen Worte, aber er wollte keinen Streit vom Zaun brechen. *Es war einfach eine dumme Idee, einer hirnlosen Bestie durch die halbe Stadt hinterherzulaufen.* Kopfschüttelnd drehte er sich um und entfernte sich vom Tor, da hörte er von irgendwoher das böse Zischen und aufgeregte Knacken des Acidums. *Was soll das? Bin ich hier etwa doch richtig?* Zügig ging Mamercus auf die Wachen zu, die ihn schon gar nicht mehr beachteten.

»Also, der alte Streuner will doch heute wirklich noch eine kräftige Abreibung haben«, begrüßte ihn der junge Wächter genervt.

»Pass auf, was du dir wünschst, du bartloses Jüngelchen. Hol Direktor Decimus her, sag ihm, Mamercus der Glorreiche, der ihm dreimal das Leben in der Arena gerettet hat, will ihn sprechen.«

Die Legionäre schauten sich ratlos an. Schließlich sagte der kleinste von ihnen, der mit Pickeln und einer riesigen Knollennase gestraft war: »Ich glaube, das ist er wirklich. Ich habe Mamercus den Glorreichen als Kind in der Arena gesehen. Du warst mein Held. Wegen dir bin ich zur Legion.«

Idiot, dachte Mamercus, sagte aber mit einem freundlichen Grinsen: »Holst du bitte meinen alten Freund Decimus? Ich muss euren Vorgesetzten wegen einer dringenden Angelegenheit sprechen, die keinen Aufschub duldet. Sag ihm das, mein guter Junge!« Mamercus griff durch das Gitter und schlug dem Wächter freundschaftlich auf die eisenbewehrte Brust.

»Ja, Glorreicher«, sagte der begeistert und rannte zur Gladiatorenschule.

»Was willst du?«, begrüßte Decimus Mamercus unfreundlich.

»Lass mich rein und wir reden in Ruhe in deinem Büro darüber.«

»Dazu habe ich keine Zeit. Ich muss Spiele vorbereiten. Die aufwendigsten, die es jemals gab.« Er richtete sich stolz auf. Der furzig riechende Rülpser, der ihm dabei entfuhr, trübte diesen erhabenen Moment allerdings ein wenig.

»Es ist wichtig!«, drängte Mamercus.

»Alle wollen etwas Wichtiges von mir, mein alter Freund. Ich bin der Direktor der Gladiatorenschule. Zwar war ich nie so gut wie du in der Arena, doch schau, wo wir beide heute stehen. Das hätte der Glorreiche nie gedacht, oder?«

Mamercus musste sehr an sich halten, um in diesem Moment nicht darauf hinzuweisen, dass Decimus' eng sitzende, verdreckte Tunika nicht gerade auf eine erfolgreiche Karriere schließen ließ. »Deswegen komme ich zu dir, weil es eine wirklich wichtige Sache ist, mein alter Freund. Es geht um das Schicksal Kols.«

Decimus wedelte jovial mit der Hand zum Zeichen, dass Mamercus weiterreden durfte.

»Die Aufstände, es gibt jemanden, der vielleicht weiß, was dahintersteckt.«

»Es ist gut, dass du zu mir kommst, um mir den Verräter zu nennen. Ich habe inzwischen Verbindungen in die höchsten Kreise.«

»Vorher muss ich mit einem deiner Kämpfer reden.«

Decimus' Augen verengten sich zu Schlitzen. »Mit wem?«, fragte er lauernd.

»Mit Tarl, du kennst ihn vielleicht gar nicht. Ein dünner Junge, der bei mir mal …«

»Ich kenne diesen Ausreißer sehr wohl«, schrie Decimus erbost und Geifer schoss ihm aus dem Mund. »Und ich weiß auch, welcher Familie er gehört.«

Er ist also tatsächlich hier. »Ich muss nur kurz …«

»Nein, Mamercus. Ich habe beim letzten Mal meine Schuld bezahlt, als ich dich zu ihm ließ. Die Zeiten haben sich geändert. Necromius I. ist schon lange kein Kaiser mehr und du stehst heutzutage in der Gunst von niemandem. Anders als ich, wenn ich die Spiele morgen erfolgreich über die Bühne bringe. Geh nach Hause. Ich kann dir eine Karte für die Spiele besorgen, wenn du willst. Du kannst deinem Schützling auf den Rängen die Daumen drücken. Für alles andere bist du zu alt. Du bist längst kein Teil meiner Welt mehr, Mamercus.« Damit drehte Decimus sich um und humpelte zurück.

Mamercus wusste, dass er nie wieder eine Gelegenheit haben würde, Decimus zu sprechen. Es gab nur eine Möglichkeit, in die Gladiatorenschule zu kommen. Ein uraltes Recht, das ihm auch der Direktor nicht verwehren konnte. »Ius veteranorum postulo.«

Decimus blieb abrupt stehen und drehte sich um. »Mach das nicht, alter Mann. Du willst morgen auf keinen Fall kämpfen, glaub mir das!«

Mamercus wiederholte seine Worte. »Ich fordere der Veteranen Recht!«

»Lasst ihn herein! Er ist jetzt wieder einer von uns. Ein Gladiator, der für den neuen Kaiser morgen im Amphitheater sein Leben geben wird.«

Die Menschen sind doch ungerecht. Kritik brandet allenthalben auf. Der Pöbel begreift nicht, wie dankbar er den Magi und ihren sieben Familien eigentlich sein müsste, aber wir haben verstanden, was das Volk braucht: Panem et circenses – Brot und Spiele. Brot sichern wir ihnen durch Sklaven, zu denen wir viele der Neuankömmlinge gemacht haben und die draußen auf den Latifundien Nahrung für die hungrige Stadt anbauen. Und Spiele werden wir den Bürgern in Zukunft größer und fantastischer als jemals zuvor bieten. Der Kalender der Menschen wird sich bald nicht mehr an den Jahreszeiten, sondern an den Spielplänen des Amphitheaters orientieren.

Anonymus – archiviert unter: Die Aufzeichnungen der Söhne

XXVII. Nakan

»Mögen die Götter der Weite, des Grases und der neuen Welt uns alle beschützen, um auch diese Saison zu überstehen«, murmelte Manak den Segen, den er in jeder Nacht vor der neuen Saison sprach, und beendete seine Andacht. Es nahmen nie alle Kämpfer daran teil, aber die meisten schon. Anschließend verließen die Arenenkämpfer wortlos das Atrium der Gladiatorenschule und kehrten in ihre Zellen zurück. Jeder mit einem angespannten Gesicht. Morgen könnte der Tag ihres Todes sein, wenn die manipulierten Glücksräder und ihre Herren entschieden, dass sie zu kämpfen hatten. Viele klopften dem blinden Manak auf die Schulter und bedankten sich für seinen Segen.

Nakan begleitete den blinden Gladiator zurück zu ihren Zellen, die nebeneinanderlagen. Nicht das Einzige, was sie verband. Eigentlich hätten sie beide die Gladiatorenschule nach der letzten Saison als freie Männer verlassen müssen, doch die Flucht von Tarl, Ceres, Balger und Magnus hatte das verhindert. Nakan war anfangs sehr böse auf die vier gewesen, doch schnell wurde ihm klar, dass man diesen Vorfall nur als Vorwand nutzte, um im Fall des baldigen Ablebens des Kaisers genügend Kämpfer für die Sonderspiele zur Verfügung zu haben. »Da wären wir, mein Freund. Ich wünsche dir eine gute Nacht. Hoffen wir, dass wir den morgigen Tag gut überstehen.«

Manak nickte und legte dem hünenhaften Gladiator die Hand auf die Schulter. »Das hoffe ich mehr für dich als für mich alten Mann. Vor allem um deiner Familie willen.«

»Einschluss. Zeit zum Schlafen, Männer. Morgen werdet

ihr eure Kräfte brauchen, wenn das Glück es so will«, dröhnte Validus' fistelige Stimme durch die Dunkelheit der Katakomben.

Wortlos trennten sich die beiden so unterschiedlichen Männer. Die Einsamkeit einer durchwachten Nacht wartete auf sie.

Bei diesen Sonderspielen galt die spezielle Regel, dass alle Kämpfe an einem Tag stattfanden und nicht wie üblich an dreien. Das Volk sollte danach schließlich so schnell wie möglich zu den Wahlurnen schreiten. Wählen durften zwar nur diejenigen, die es sich leisten konnten, aber es war dennoch eine schöne Tradition, den Schein von Demokratie und Mitbestimmung aufrechtzuerhalten, und glücklicherweise dachte fast niemand darüber nach, weil die Wahlspiele immer so besonders schön blutig und aufregend waren.

»Aus den Federn, meine hübschen Mäuschen«, grollte Mokons Stimme an Nakans Ohr. Er hätte schwören können, dass er sogar Mokons ekelhaften Mundgeruch wahrnahm, aber das war bei der Entfernung eigentlich unmöglich. Er streckte sich. Die kurzen Pritschen zwangen den großen Mann in jeder Nacht, mit angewinkelten Beinen zu schlafen. Nakan setzte sich auf, wischte sich kraftlos mit der Hand übers Gesicht und stöhnte gepeinigt. Sein Traum hing ihm immer noch nach. Wieder einmal hatte er seine Frau und die vier Kinder gesehen. Seine jüngste Tochter Solisia hatte er gerade einmal ein paar Tage kennenlernen dürfen, bevor er nach Kol verschleppt worden war. Es verging kein Augenblick, in dem er nicht an sie dachte.

»Heute ist euer Glückstag. Die ganze Stadt wartet darauf, euch kämpfen zu sehen. Ich bin mir sicher, dass ihr es kaum erwarten könnt.«

»Dieser Blödmann, den möchte ich mal in der Arena sehen«, murmelte Nakan in sich hinein.

»Höre nicht auf diesen gottlosen Schwätzer, sondern vertrau dir selbst«, antwortete ihm Manak, obwohl die Worte eigentlich nicht für ihn bestimmt gewesen waren.

Gemeinsam gingen die beiden Kämpfer in den Essenssaal der Gladiatorenschule. Ein würzig-leckerer Bratengeruch schlug ihnen entgegen, der Nakan den Magen umdrehte. An jedem Spieltag gab es Fleisch. Sonst ernährten sich die Gladiatoren fast ausschließlich vegetarisch. Der Umstand, dass Fleisch mit solch einem schlechten Ereignis wie den Kämpfen verbunden war, hatte im Laufe der Zeit tatsächlich dazu geführt, dass Nakan es nicht mehr ausstehen konnte. Er war offensichtlich nicht der Einzige. In der Kantine war es praktisch still, nur gelegentlich hörte man das Zischen der großen Fleischscheiben auf dem Grillrost, wenn einer der Köche sie wendete. Kaum jemand sprach. Fast alle Teller waren reichlich gefüllt mit den dampfenden, knusprig braunen Kotelettscheiben und dem immer gleichen Getreidebrei. Ein krasser Unterschied zu normalen Tagen in der Gladiatorenschule, wenn alle sich entspannt unterhielten und vor den anstrengenden Trainingseinheiten so viel in sich hineinstopften, wie es nur irgendwie ging. Ein altes Sprichwort lautete: ›Ein satter Gladiator ist ein toter.‹ Heute nahmen es wohl alle wörtlich.

Von irgendwoher aus den Tiefen der Katakomben war ein grelles Lachen zu vernehmen.

Manak schüttelte den Kopf und machte ein zorniges Gesicht. »Für andere ist das heute wirklich ein Freudentag. Die Ignoranz dieser Stadt ist furchtbar.«

Nakan nickte, obwohl sein blinder Freund dies nicht

sehen konnte, aber sein Schweigen war für den blinden Zauberer Zustimmung genug.

»So, meine Lieben«, begrüßte der Zeremonienmeister die Gladiatoren. Er war in eine grellgelbe Robe gekleidet und trug darunter eine fliederfarbene Tunika. Sein Gesicht war noch stärker geschminkt als bei den letzten Spielen.

Er wird alt, der Glückspilz, dachte Nakan neidisch und angewidert zugleich.

»Schön, dass ihr euch alle wieder so traut versammelt habt.«

Nakan spürte den Speerschaft des Legionärs in seinem Rücken. Drei Dutzend Soldaten waren in den Katakomben, um zu verhindern, dass die Gladiatoren sich darauf besannen, was sie am besten konnten: kämpfen – und zwar gegen ihre Aufpasser. Auch hinter den Kulissen folgten die Spiele einem festen Ablaufplan, und dazu gehörte auch das nervige Tête-à-Tête mit dem Zeremonienmeister, der seinen Auftritt in und unter der Arena sehr schätzte.

»Ich hoffe, ihr seid auch schon so aufgeregt wie ich. Sonderspiele zu Ehren der Kaiserwahl, ach, was könnte es Schöneres geben?« Er klatschte ausgelassen in die Hände und strahlte so sehr, dass seine dicke, angetrocknete Schminkschicht ein wenig aufplatzte.

Zornige Gesichter antworteten dem Spielleiter.

Der ließ sich davon gar nicht irritieren. »Das Erregendste in dieser Spielzeit ist, dass wir so viele unglaubliche Änderungen vorgenommen haben, dass es die Zuschauer von ihren Sitzreihen blasen wird.« Er lachte glockenhell über seine eigenen Worte. »Ich will euch noch nicht alles verraten, um nicht die Spannung zu zerstören, aber eine Sache schon, sonst platze ich.« Er machte einen kleinen Freudensprung, klatschte in die Hände und kreischte:

»Bringt die Kostüme! Schnell, schnell!«

Nakan glaubte erst, sich verhört zu haben, doch dann schoben zwei Schneider Karren mit farbenfrohen Kleidungsstücken zu ihnen hin.

Der Spielleiter fuhr verträumt mit den Händen durch den Stoff. »Sehen die nicht herrlich aus? Wir haben sie zwar nicht maßgeschneidert für jeden, aber sie werden schon passen. Also«, begann er mit sich vor Aufregung überschlagender Stimme zu erklären, »wir wollen, dass das Publikum euch besser kennenlernt. Bei den letzten Spielen seid ihr doch alle etwas untergegangen in euren gleichförmigen Lendenschurzen und mit euren freien Oberkörpern, auch wenn die meisten von euch sich das gut leisten können.« Er zwinkerte Nakan frivol zu.

Dem war jetzt noch schlechter als eben beim Essen.

»Daher bekommt ihr entsprechend euren besonderen Fähigkeiten ein Kostüm.« Er griff wahllos zwischen die Kleider und beförderte einen langen, roten Umhang hervor. »Den hier zum Beispiel werden die Magier unter euch tragen.«

Nakan sah, wie die hübsche Ceres, die ihm in dem Halbkreis gegenüberstand, die Augen verdrehte. Trotz allem musste er grinsen. »Du wirst toll darin aussehen«, flüsterte er Manak zu. »Nicht so toll wie die süße Ceres, aber fast.«

Der alte Zauberer knuffte ihn in die Seite und sagte: »Warte mal lieber ab, was er sich für dich ausgedacht hat.«

Da hat er recht.

Der Zeremonienmeister schaute mit strengem Blick zu den beiden Freunden. Es gefiel ihm offensichtlich gar nicht, dass er nicht ihre ungeteilte Aufmerksamkeit hatte. »Danke.« Ohne hinzusehen, ließ er den feuerroten Umhang in die Arme eines Schneiders gleiten. Schon hatte er das nächste Kostüm in der Hand. Offensichtlich hatte man hier am Material gespart, bestand es doch nur aus einigen Lederriemen und Metallscheiben sowie Arm- und Beinschützern. »Na, wer erkennt es?«, fragte er aufgeregt in die Menge.

Ratlose Gesichter antworteten ihm.

»Also, so schwer ist das doch nicht. Erkennen die Barbaren unter euch denn nicht ihre ursprüngliche Tracht? Wild und ungezähmt werdet ihr darin aussehen. Außerdem kann dann jeder eure tollen Muskeln bewundern.«

Manak schaute zu Nakan hoch und fragte grinsend: »Es ist noch schlimmer, oder?«

Auch Ceres musste ein Lachen unterdrücken und blickte Nakan mit hochgezogenen Augenbrauen an. Der wollte gerade laut rufen, dass er sich weigern würde, das zu tragen, aber dann spürte er den Legionärsspeer wieder im Rücken.

»Also gut, kommen wir zur letzten Rolle.« Der Zeremonienmeister fischte eine lange, schneeweiße Toga heraus, über der eine rote Schärpe hing. »Ich präsentiere den Intellektuellen. Den Ränkeschmieder und Planer. Den Anführer eurer tapferen Dreiergruppe in der Arena. Jawohl, ihr habt richtig gehört, diesmal werdet ihr nicht allein gegen die Bestien antreten. Hach, ich bin wirklich ein bisschen stolz auf meine tollen Ideen.«

Böses Gemurmel erklang.

»Gibt es keine Rüstungen?«

»Wo sind die Waffen?«

»Ihr könnt einem aber auch alles verderben mit der ewigen Maulerei. Ich zerbreche mir wochenlang den Kopf, wie ich in den verstaubten Laden ein wenig Stimmung hineinbekomme, und dann das. Seid froh, dass es nach dem Fiasko vom letzten Mal überhaupt noch Spiele gibt.« Er hielt kurz inne und Tränen traten ihm in die Augen. »Sie sind mein Leben«, rief er theatralisch aus. »Rüstungen hätten nur das Gesamtbild verzerrt. Ihr werdet sie diesmal sowieso nicht brauchen und Waffen findet ihr, wie immer, in der Arena.«

»Wir brauchen keine Rüstungen, aber Waffen? Was soll das denn?«, fragte Nakan erbost.

Der Spielleiter winkte gelangweilt ab und drehte sich um. »Anziehen«, zischte er nur über die Schulter, bevor er sich beleidigt zurückzog.

»Sei ehrlich, wie sehe ich aus?«, fragte Manak Nakan. Die Rollen waren wirklich allzu simpel vergeben. Zauberer gab es nur wenige, die sogenannten Barbaren und die angeblichen Intellektuellen mussten selbst herausfinden, wer welche Verkleidung anziehen sollte. Bei einem Streit darüber halfen die Legionärsspeere gern bei der Entscheidungsfindung.

»Saublöd, aber nicht so dumm wie ich, wenn es dich beruhigt«, schimpfte Nakan und schloss den letzten Lederriemen. Er trug jetzt eine Art einfacher Lederrüstung, die aber nur in seinem Lendenbereich komplett geschlossen war. Über seinen ausladenden Brustkorb gingen breite Streifen. Den Höhepunkt des Ganzen bildete aber eine große Dämonenfratze aus Eisen, die direkt vor seinem besten Stück befestigt war und bei jedem Schritt wackelte. Die Beine waren mit Schienbeinschonern versehen und die Unterarme mit Ledermanschetten. Leider war das Material sehr dünn und nicht gehärtet worden, sodass es zwar beim Kämpfen behinderte, aber nicht schützte.

»Ja, das beruhigt mich doch ein wenig«, erwiderte Manak mit einem schiefen Grinsen und warf seinen feuerroten Umhang nach hinten. Darunter trug er eine einfache, beige Robe und Sandalen. »Allerdings hoffe ich, dass ich in der Arena nicht über dieses Ding stolpere. An Blinde hat unser

Spielleiter trotz all seiner Genialität wohl nicht gedacht.«

»Das hoffe ich auch«, sagte Tzanka. Der dünne Mann mit den herausragenden Nahkampffertigkeiten war zum Intellektuellen berufen worden, obwohl er bisher wenig geistig Erhellendes zum Besten gegeben hatte. Er sah auf den ersten Blick nicht wie ein typischer Barbar aus und war dem Publikum damit auch nur schwerlich als solcher zu verkaufen. Zaubern konnte er nun leider auch nicht, daher blieb nur diese Rolle.

Ein Rauschen und Summen brandete über ihren Köpfen auf. Die Zuschauerreihen füllten sich. Der Spielleiter zupfte nervös an seiner Kleidung herum und wartete zappelig auf seinen Auftritt. Schließlich nickte ihm einer der Legionäre zu und er ging erhabenen Schrittes die Treppe nach oben in das grelle Licht der Arena.

Tosender Applaus empfing ihn, der sich in den Katakomben wie eine riesige Brandungswelle anhörte.

»Jetzt geht es los«, murmelte Manak.

»Wo sind die Schicksalsräder?«, rief plötzlich jemand aus der Menge.

Nakan bekam eine Gänsehaut.

Es funktioniert, die Masse liebt die Spiele und ist geradezu süchtig nach ihnen. Die Wetten bringen unserem neuen Staat Unsummen und niemand denkt auch nur daran, sich darüber zu beschweren, dass er nicht seine Meinung frei äußern kann oder ähnlich Belangloses. Der Kitzel der Arena wirkt besser, als es tausend Legionäre jemals vermocht hätten.

Anonymus – archiviert unter: Die Aufzeichnungen der Söhne

XXVIII. Tarl

Tarl kam sich lächerlich in der viel zu großen Tunika vor, die um seinen schmalen Körper wallte wie eine abgestreifte Schlangenhaut. »Ich bin wirklich froh, dass Balger nicht hier ist. Der hätte wahrscheinlich lieber nackt gegen die Bestien gekämpft, anstatt sich das hier anzuziehen.«

Ceres nickte traurig. »Ich hoffe, es geht ihm g-g-gut. Wir hätten einfach mit ihm gehen sollen, dann w-w-wären wir jetzt nicht hier.«

»Macht schneller, Herrschaften. Ihr zieht euch nicht für einen Debütantinnenball um, sondern für Arenenspiele«, herrschte eine der Wachen die Kämpfer an.

»Es läuft diesmal so, dass ihr nicht einzeln, sondern in Gruppen rausgeht. Erst die Zauberer, dann die Barbaren und am Ende die Intel … Inlekt … na ja, die mit der Toga«, würgte der Legionär heraus.

Tarl hörte die anfeuernde Stimme des Zeremonienmeisters aus der Arena herüberwehen. »Ich bitte um einen kräftigen Applaus für die Zauberer!«

»Los, los!«, scheuchte Mokon diejenigen, die für diese Rolle auserkoren waren, nach draußen.

»Bis gleich! Du siehst hübsch aus«, verabschiedete sich Tarl von Ceres mit einem wenig hilfreichen Kompliment.

Sie errötete und grinste ihn unsicher an.

Tarl ärgerte sich über seine blödsinnigen Worte, aber sie waren einfach aus ihm herausgeflossen, weil er schlicht genau das dachte. Ceres sah einfach umwerfend aus mit dem roten Umhang, der engen Leinenkleidung und ihrem zu allem entschlossenen Gesichtsausdruck. *Ist sie rot geworden, weil ihr das Kompliment trotz allem gefallen hat?* Tarl überlegte, dass er sich jetzt vielleicht lieber auf die bevorstehenden Kämpfe um Leben und Tod vorbereiten sollte, statt seiner Schwärmerei für die Zauberin nachzuhängen. Trotzdem machte Ceres Tarl glücklich. Umso mehr schmerzte es ihn, dass sie nun mit den anderen Magiern im Laufschritt die Treppe hoch in die Arena getrieben wurde. Aufwallender Applaus zeigte, dass sie angekommen waren.

»Barbaren!«, brüllte Mokon und hielt einen Arm hoch. Auf das Zeichen eines anderen Wächters in der Arena ließ er den Arm sinken. »Und los!«

Eine wogende Masse aus schweißfeuchter Haut und Muskeln setzte sich in Gang. Sie hinterließen einen schalen Geruch nach schlecht gegerbtem Leder. Auch diese Schar wurde vom Jubel der Menge empfangen.

Wenigstens müssen wir dieses Mal nicht Ewigkeiten in der Sonne braten, konnte Tarl der Situation sogar etwas Positives abgewinnen.

»So jetzt die Impektu ... Inlet ...«

Nervöses Gelächter erklang.

»Die letzte Gruppe von euch Idioten, wenn euch das lieber ist.«

Tarl reihte sich in die weiß gekleideten Gestalten ein. Anspannung war in den Gesichtern seiner Nebenleute zu sehen. Der kurze Moment der Heiterkeit war so schnell verflogen, wie er gekommen war. Auch sie bekamen einen wohlwollenden Applaus von den Rängen. Tarl musste aber zweimal hinsehen, um zu begreifen, was dieses Mal anders war: Die Tribünen waren heute nur zur Hälfte gefüllt. In etlichen Bereichen des gigantischen Amphitheaters saßen bloß wenige Grüppchen und die hölzernen Sitzreihen waren deutlich zu erkennen. *Was ist hier los?*

»Da sind sie, die Planer, die Ränkeschmieder, die schlauen Köpfe, die ihre Gruppe durch die Kämpfe führen werden, um den Bestien ein Schnippchen zu schlagen. Unsere In-tel-lek-tu-elleeen!« Die Zuschauer waren begeistert, auch wenn der Applaus des deutlich geschrumpften Publikums leiser war als üblich. »Jeweils einer aus jeder Gruppe wird mit den anderen kämpfen. In Zeiten wie diesen«, der Zeremonienmeister legte den Kopf auf die Brust und schüttelte ihn traurig, »in denen bösartige Aufständische ganze Viertel verwüsten, müssen wir zeigen, dass Kol immer zusammensteht. Ich bitte um einen Beifall für euch, für Kol. Ihr alle seid die Stadt und sie ist nichts ohne ihre stolzen Bürger.« Der Zeremonienmeister klatschte übertrieben in Richtung der Ränge und verbeugte sich tief.

Jetzt riss es die Zuschauer von den Sitzen. Frenetische »Kol-Kol-Kol«-Rufe wogten durch das riesige Rund und erzeugten eine so euphorische Stimmung, als wäre die Arena komplett gefüllt.

Wegen der Unruhen ist es so leer, wurde Tarl klar. *Wenn mir nur jemand zuhören würde, es sind keine normalen Aufständischen, sondern ein Weißer Schatten.* Tarl überlegte kurz, das in die große Flüstertüte des Spielleiters zu brüllen, aber ihm war klar, dass man ihn dann sofort umbringen würde. Niemand würde ihm glauben und es auf die Panik vor seinem bevorstehenden Kampf schieben. Dazu kam, dass die Weißen Schatten für die meisten Menschen einfach ein Mythos waren. Das Gebrüll eines Sklaven würde niemanden dazu bringen, lieb gewonnene Gewissheiten einfach so über den Haufen zu werfen.

»Ja, wir haben überlebt. Die letzte Stadt der Menschheit, die den Bestien trotzt, das werden unsere Helden uns heute wieder beweisen, und zwar gegen die gefährlichste und stärkste Bestienart, die es gibt.« Der geckenhafte Spielleiter machte eine künstliche Pause, um die Spannung zu steigern. »Den Felsengraaaaam!«

Ein ängstliches, erstauntes Raunen ging durch die Menge.

Mehrere schwarze Bullen zogen unter der klatschenden Melodie der Lederpeitsche das Eisengefängnis herein, in dem sich die riesenhafte Bestie befand.

Langsam ging der Zeremonienmeister auf den stählernen Zylinder zu und legte eine Hand dagegen. »Man spürt ihre gigantische Kraft sogar durch das Metall. Es fühlt sich an wie ein vibrierendes Summen. Großartig, aber auch tödlich.« Das letzte Wort flüsterte der Zeremonienmeister laut. »Dennoch, keine Angst, das Untier wird von drei der sieben großen Magier in einer Trance gehalten, die es nur während der Kämpfe ablegen kann. Auch ein Zauberer allein könnte diesen Spruch vollführen, doch damit dies die sichersten Spiele aller Zeiten werden, haben drei der sieben Familien ihre besten Magi geschickt, um euch zu beschützen.«

Diese Worte und das strahlende, um Vertrauen heischende Lächeln des Moderators schienen die Zuschauer tatsächlich zu beruhigen und die Ereignisse, die die letzten Spiele zu einer Katastrophe gemacht hatten, vergessen zu lassen. Auch damals hatte man ihnen versprochen, dass ein Magus ihre Sicherheit garantiere.

»Niemals hätte ich zu träumen gewagt, dass ich so eine überlegene Kreatur einmal in meiner Arena begrüßen dürfte. Manchmal aber werden auch die unmöglichsten Träume wahr. Dieser hier wurde erfüllt durch die Familie des ehrenwerten Gaius Acilius, eines der aussichtsreichsten Kandidaten für das Kaiseramt. Mit dieser heroischen Tat hat er schon bewiesen, dass er ein fähiger Herrscher wäre. Senden wir ihm einen dankbaren Applaus in seine Loge.«

Das Publikum folgte der Aufforderung des Spielleiters und blickte auf den Senator, der ausnahmsweise mit einem bescheidenen Lächeln an die Brüstung des Balkons trat und demütig in die applaudierende Menge winkte.

Noch unverhohlener kann man ja keine Wahlwerbung machen, dachte Tarl genervt.

»Diese Bestie«, brüllte der Zeremonienmeister, nachdem er den Dienst seines Auftraggebers auf so plumpe Art erfüllt hatte, »hat besondere Spiele verdient, daher werden unsere tapferen Helden heute auch nur gegen dieses Prachtexemplar und keine andere Bestienart antreten.«

Tarl schaute verblüfft zu seinen Nebenleuten. Alle blickten erstaunt drein. Damit hatte niemand gerechnet.

»Um eine faire Chance zu haben, kämpfen sie erstmalig in Dreiergruppen: Magier, Barbar und Intellektueller. Diese drei Stützpfeiler unserer Welt werden gemeinsam die stärkste aller Bestien niederringen.«

Die Zuschauer hingen gebannt an den Lippen des genialen Spielleiters.

»Und, meine Freunde, heute zeigen wir den Bestien, dass nur der Mensch dazu bestimmt ist, die Welt zu beherrschen. Heute ist der Tag, an dem es in jedem Fall einen Sieger geben wird. Alle Gladiatoren treten heute gegen den Felsengram an. So lange, bis er niedergerungen ist oder alles Blut der Helden im Sand vergossen wurde. Doch seid hoffnungsfroh: Der Sieger wird an diesem Freudentag ein Mensch sein. Ich bin sicher, unsere stolzen Kämpfer werden uns nicht enttäuschen.«

Tarl hätte sich in diesem Moment am liebsten in den Arenensand übergeben. Es war vorbei. Der Zeremonienmeister raubte ihm noch die letzte Hoffnung, eventuell verschont zu bleiben. Heute ging es nur darum, möglichst viel Blut zu vergießen, damit die Massen bei der Wahl für Gaius Acilius stimmten. Einen Felsengram konnte man zu dritt niemals besiegen, dazu brauchte es schon eine ganze Legion. Es würden keine Spiele werden, sondern ein großes Schlachten.

Unsere Macht ist konsolidiert. Die sieben Familien auf den Hügeln sind unantastbar in ihrer Herrschaft. Wir haben vereinbart, dass das Volk jemanden braucht, zu dem es aufschauen kann: einen Kaiser, wie in den alten Tagen.

Primi de septem – Die Ersten der Sieben

XXVIV. Magnus

Magnus sah von der Treppe, die von den Katakomben hoch in die Arena führte, dem Theater zu, das der Zeremonienmeister veranstaltete. Er hatte als Einziger nicht in das Spielrund gemusst. Dem Narren gestattete man alle Freiheiten. *Das wird Decimus gar nicht schmecken.* Magnus kaute vor Aufregung auf seinem Bart herum. Sollte nämlich alles so laufen, wie es von der Spielleitung geplant war, bestand eine sehr hohe Wahrscheinlichkeit, dass er sich seine Zelle heute Nacht würde aussuchen können, weil alle anderen leer blieben. Die Chancen, gegen den Felsengram zu gewinnen, wären selbst dann gering gewesen, wenn alle Gladiatoren gleichzeitig hätten gegen ihn antreten dürfen. *Umso wichtiger, dass ich meinen Plan richtig ausführe.* Magnus versuchte sich noch mal alle Einzelheiten seines waghalsigen Vorhabens zu vergegenwärtigen. In der letzten Nacht hatte er das schon mit Enzyklos gemacht, ohne natürlich zu erwähnen, dass er nicht vorhatte, ihm am Ende das Artefakt zu übergeben. Der Sklave ging ganz selbstverständlich davon aus, dass Magnus seine Aufgabe weisungsgemäß erfüllen würde, wie so oft in den letzten Jahren.

Gemeinsam waren sie durch die renovierte Loge der Familie Acilius gelaufen, in der am nächsten Tag die illustren Herren Platz nehmen würden. Magnus spürte die dicken Brokatteppiche mit ihren verschlungenen Mustern aus Goldfadenstickerei immer noch unter seinen Füßen. Enzyklos hatte ihn genauestens darüber unterrichtet, wo wer sitzen würde, wenn die Spiele begannen. Sich das zu merken, war eigentlich nicht weiter schwer, da es sich nur um drei Personen handelte, die dauerhaft Zutritt zu der Ehrenloge hatten: der Senator selbst, sein Bruder und Hauszauberer Marwon sowie Luca, der Sohn des mächtigen Politikers. Bewaffnete Wachen würden sich vor der Loge befinden. Enzyklos garantierte Magnus, dass sie ihn passieren lassen würden. Das Artefakt würde, gut verborgen vor den Blicken neidischer Konkurrenten, unter dem Stuhl von Gaius Acilius stehen, verdeckt durch die feine rotweiße Husse aus Samt. Der Senator traute wohl nur sich selbst zu, über die Quelle seiner neuen Macht zu wachen. *Er tut recht daran*, dachte Magnus und knirschte grimmig mit den Zähnen.

Seit jener dunklen Nacht in der verfallenen Insula dachte Magnus darüber nach, warum er das Artefakt dem Vater stehlen sollte, um es dann dessen Sohn zu übergeben, der es ja ursprünglich für seinen Pater familias hatte beschaffen lassen. *Es muss ein Machtkampf in der Familie Acilius toben.* Das war in Kol nichts Außergewöhnliches. Wenn man schon das Glück hatte, in eine der sieben herrschenden Familien hineingeboren zu werden, dann wollte man bitte schön auch an erster Stelle stehen. Schließlich gab es ja noch fünf andere Familienoberhäupter und den Kaiser, mit denen man konkurrieren musste. *Vielleicht hat Gaius seinen Sohn verstoßen? Aber warum ist er dann mit in der Loge?*, überlegte Magnus weiter. Eigentlich war es für ihn müßig, sich darüber Gedanken zu machen. Wichtig war nur, dass er das Artefakt zu Ceres brachte, damit sie es zerstörte und sie gemeinsam fliehen konnten. Ob Ceres' und Tarls besondere Kräfte ausreichen würden, um sie, während die Spiele liefen, heil aus der Arena hinauszubekommen, das war die große Unbekannte in ihrem Plan. *Sie werden es schaffen*, war sich Magnus sicher. Sein eigenes Schicksal war ihm inzwischen egal. Magnus war fest davon überzeugt, dass seine Mater tot und nichts weiter als ein Mittel gewesen war, um ihn über die Jahre hinweg gefügig zu machen. Das Einzige, was ihn noch antrieb, war die Hoffnung, seinen Freunden bei ihrer endgültigen Flucht von diesem grausamen Ort helfen zu können.

Magnus streckte sich. Ihm schlug das Herz bis zum Halse. Immer wieder blickte er zu dem kleinen, unter einigen dreckigen Säcken versteckten Eisenkästchen hinüber, das bis ins kleinste Detail so aussah wie das der Familie Acilius. Selbst der Beinknochen, den es enthielt, war wohl nicht vom Original aus der Wüstenstadt zu unterscheiden. Der Plan, den auszuführen Enzyklos ihm aufgetragen hatte, war denkbar simpel: Sobald es auf dem Spielfeld besonders spannend war, sollte Magnus in die Loge gehen, den Senator zusätzlich ablenken und dabei unbemerkt die Kisten austauschen. Anschließend sollte er das magische Artefakt an Enzyklos übergeben, der es vermutlich für Luca verwahren würde. Was der magisch begabte Junge damit anfangen wollte, darüber wollte Magnus gar nicht nachdenken. *Dazu wird es nicht kommen.* Er griff unter seine klappernde, bunte Narrenrüstung aus Holz und spürte das beruhigende Gewicht der kleinen Axt. *Nur für alle Fälle.*

»Hoffnung, das ist es, was unsere fantastische Stadt zusammenhält. Und wer könnte mehr davon geben als einer der größten Helden, die die Arena jemals gesehen hat«, dröhnte die Stimme des Spielleiters dumpf in die Katakomben hinein und holte Magnus aus seinen Gedanken.

Im gleichen Moment ertönte lautes Getrappel, und Magnus sah sich überrascht um. Das war ein Geräusch, wie man es in einem geschlossenen Raum normalerweise nicht erwartete. Ein in eine goldene Rüstung gekleideter Mann mit einem feuerroten Umhang wurde auf einem Schimmel sitzend von Decimus zur Treppe geführt. Der Fremde saß so sicher im Sattel, dass das helle Tier gar nicht vom Direktor bei den Zügeln hätte gehalten werden müssen. Es folgte dem Schenkeldruck des Unbekannten so willig wie ein dressierter Hund. Das war auch gut so, denn der neue Gladiator hatte keine Hand mehr frei, um das Pferd zu führen. Er hielt zwei Gladii triumphal gekreuzt über seinem Kopf. Das Gesicht des Unbekannten war hinter einem kupferfarbenen Murmillo verborgen, der auf Hochglanz poliert worden war.

»So, alter Freund, du hast es nicht anders gewollt. Jetzt bist du der Höhepunkt dieses Spektakels. Der Zeremonienmeister war begeistert, dass er einen Veteranen einbauen kann. Ich musste ihm sogar schwören, deinen Aufenthalt hier geheim zu halten. Danke, dass du mitgespielt hast. So schlecht schläft es sich doch gar nicht in meinem Büro, oder?«

Der breitschultrige Gladiator antwortete gar nicht erst auf diese Frage, sondern blickte starr geradeaus.

Das Pferd war nicht ganz so steif. Es äpfelte fröhlich auf den Steinboden der Katakomben und scharrte dabei aufgeregt mit dem linken Vorderhuf. Ein stechender Geruch verbreitete sich in der Heimstatt der Gladiatoren.

Decimus hob resigniert die Schultern, dann nickte er dem Legionär zu, der in der Arena alles beobachtete und den Kontakt zu den Katakomben bildete.

»Noch mehr, meine Freunde, immer noch mehr fantastische Dinge warten auf euch bei diesen einzigartigen Wahlspielen. Bedenkt das später, wenn ihr eure Tonscherben abgebt«, fing der Spielleiter jetzt an.

Magnus hörte das aufgeregte Murmeln, das die Menge nach diesen Worten abgab.

»Begrüßt mit mir gemeinsam einen der größten Gladiatoren, den die Arena jemals gesehen hat. Ich bitte um einen fantastischen Applaus für den Glooooooorreichen!« Der Zeremonienmeister brüllte die Ehrenbezeichnung so laut in seinen Sprechverstärker, dass einem selbst in den Katakomben die Ohren wehtaten.

Im gleichen Moment stob das Pferd die Treppen hoch. Der rote Mantel seines Reiters blähte sich dabei wunschgemäß dramatisch auf. Tosender Beifall begrüßte den Veteranen, der mit siegesgewiss erhobenen Schwertern eine Runde durch die Arena galoppierte. Große Sandfontänen stoben dabei unter den Hufen seines schönen Pferdes auf.

Magnus ging neugierig einige Stufen nach oben, um besser sehen zu können. *Soll ich schon nach oben gehen?*, grübelte er, entschied sich aber dagegen, sich auf den Weg zur Loge der Familie Acilius zu machen. Der Senator würde sicher noch viel mehr abgelenkt sein, wenn irgendeinem armen Gladiator gerade der Arm ausgerissen wurde von dem Felsengram – oder mit viel Glück gar der Kopf. Magnus musste jetzt Geduld haben.

Der Glorreiche hatte seine Ehrenrunde beendet. Sein Pferd brachte ihn tänzelnd zum Spielleiter. Dort setzte er den Murmillo ab und zeigte mit seinen Schwertern herausfordernd auf die Zuschauerränge.

Das Publikum war begeistert über den Recken aus längst vergangenen Zeiten. Früher war einfach alles besser gewesen, selbst die Gladiatoren, da war sich die Menge einig.

Na, ob der Alte noch was reißen kann? Magnus wandte den Blick ab und versuchte unter all den Gladiatoren seine Freunde auszumachen. Ceres fand er auf die Schnelle nicht. Tarl hingegen sofort. Der Junge ging zielstrebig auf den Reiter zu und sah aus, als hätte er gerade ein utemakainisches Geisterwesen gesehen, so blass war er.

»Wenn es nach mir gegangen wäre, du elende Missgeburt, dann wärst du jetzt mit da oben«, kam Decimus' böse Stimme aus dem Dunkel der Katakomben und lenkte Magnus' Aufmerksamkeit weg vom Geschehen in der Arena.

Langsam drehte er sich um. Das Gewicht der Axt unter seiner Kleidung war in diesem Moment sehr beruhigend. Wie gern hätte er dem feisten Mann die Klinge jetzt sofort in seinen Säuferschädel geschlagen. Der Direktor hatte mit der Familie Acilius von Anfang an unter einer Decke gesteckt und ihn, wie alle anderen in dieser verfluchten Schule, nur dazu benutzt, seine eigenen dreckigen Ziele durchzusetzen. *Reiß dich zusammen, du hast eine Aufgabe zu erfüllen. Ein Streit mit Decimus könnte alles verderben.* »Und wenn es nach mir ginge, wäre Euer stinkender Breitarsch da oben. Ihr schickt doch seit Jahren Männer, die hundert Mal besser sind als Ihr, in den Tod. Wer war das eben wieder? Aber wahrscheinlich könnt Ihr Euch die Namen noch nicht mal merken. Ich hoffe, die Geister all jener Unschuldigen suchen Euch wenigstens des Nachts heim.« Magnus spuckte angewidert auf den Boden. So ganz hatte das mit dem Zusammenreißen nun doch nicht funktioniert, aber es tat einfach zu gut, dem dämonischen Direktor endlich mal die Meinung zu sagen.

Der dicke Mann mit der rot glühenden Trinkernase verzog das Gesicht zu einer Maske des Hasses. »Wie kannst du es wagen, du elender Gnom?« Er holte tief Luft vor seinen nächsten Worten. »Heute überlebst du das Gemetzel vielleicht, aber ich verspreche dir, dass du den neuen Kaiser nur noch dem Namen nach kennenlernen wirst. In dem Moment, in dem die Krönung vollzogen wurde, werde ich Mokon und Validus in deine Zelle schicken, aber sie werden es nicht beenden, das mache ich persönlich.« Er lachte bösartig. »So war es mit Gaius Acilius von Anfang an verabredet. Dein Leben ist mein Lohn dafür, dass ich in seinem Namen die großartigsten Spiele aller Zeiten organisiert habe, um den Pöbel auf seine Seite zu ziehen. Genieß deine letzte Saison.« Er schrie jetzt so laut, dass selbst der Legionär am Eingang der Arena nach unten blickte. »Du bist genauso totes Fleisch wie alle anderen da oben!«

Wahlen – ein Relikt aus der Zeit der Gründerväter. Sie sind eine Droge für das Volk, die es berauscht und ihm vorspielt, dass es Macht und Einfluss hätte. Nur zu gern bedienen wir uns dieser überkommenen Idee – natürlich nach unseren Regeln. Die Wahlen werden garantieren, dass immer einer der Septem auf dem Kaiserthron sitzt.

Primi de septem – Die Ersten der Sieben

XXX. Tarl

Tarl konnte es nicht glauben: Als der Unbekannte seinen Helm abnahm, kam darunter das Gesicht von Mamercus zum Vorschein. *Wieso ist er hier?,* grübelte Tarl fieberhaft. Eine Sache verstand er aber ganz genau. Der frühere Gladiator war jetzt kein Ehemaliger mehr, sondern einer von ihnen und er würde heute ebenfalls gegen den unbesiegbaren Felsengram antreten müssen. Wie hypnotisiert verließ Tarl seine Gruppe der sogenannten Intellektuellen und steuerte auf seinen Freund zu.

Mamercus stand mit dem Pferd, so wie es sicher geplant war, neben dem Zeremonienmeister und forderte das Publikum zum Jubeln auf. Er nahm gar keine Notiz von Tarl.

»Der Glorreiche ist ein Kämpfer aus den goldenen Tagen des XV. Kaisers. Er ist als Sinnbild der Verbindung zwischen diesen Zeiten hier, die unter unserem zukünftigen Kaiser noch glorreicher und besser werden als in den Dekaden davor. Es ist heute an euch – dem Souverän Kols –, weise zu entscheiden. Vielleicht schenkt ihr ja dem ehrenwerten Gaius Acilius eure Stimme, dem ihr diese Sonderspiele zu verdanken habt«, endete der Spielleiter mit schmeichelnder Stimme und verbeugte sich demütig vor den Wählern.

Wohlwollender Applaus war zu hören.

Tarl ging weiter auf Mamercus zu, obwohl alle die strikte Anweisung hatten, bei ihrer Gruppe zu bleiben. Er musste unbedingt mit ihm reden, um zu erfahren, warum er hier war.

»Aber jetzt ist es endlich an der Zeit, Kol die Hauptattraktion dieser Wahlspiele zu zeigen!«

Das Publikum wusste, was jetzt kam, und schrie voller Begeisterung: »Bestias, Bestias, Bestias …«

»Begrüßen Sie die mächtigste aller Bestien erstmalig in der Arena: den Felsengraaaaaam!«

Tarls Blick ging unwillkürlich zu der Bestie. Sie war inzwischen aus ihrem Eisengefängnis befreit worden und lag betäubt und in sich zusammengesunken inmitten der Arena. Die riesenhafte Kreatur war an allen Gliedern mit beindicken Ketten gesichert. *Die zerreißt er wie Garn*, war sich Tarl sicher. Über den Kopf der einäugigen Kreatur hatte man einen gewaltigen Sack gezogen, der mit dicken Hanfseilen am kaum vorhandenen Hals der Bestie verschlossen war. So wurde der Felsengram seiner wichtigsten Waffe beraubt: des lähmenden, goldgelben Blicks seines Zyklopenauges. Natürlich konnte er seine Opfer auch riechen und hören und sich so orientieren, aber man wollte dem Publikum ja auch nicht jeden Spaß nehmen.

Es war still geworden in der großen Arena, nur das laute Ein- und Ausatmen der riesenhaften Kreatur war noch zu vernehmen.

»Er ist wirklich … ähm …«

Tarl war jetzt so nah beim Spielleiter, dass er sehen konnte, wie der trocken schluckte und sein Kehlkopf dabei auf und ab rollte.

»… sehr groß.«

Das typische Summen des Felsengrams erklang. Leise und tief dröhnte es in die Arena hinaus. Die Leute tuschelten aufgeregt und ein wenig ängstlich. Das Stadion verließ natürlich niemand. Schließlich hatte es Freikarten gegeben und spannend war es ohnehin, obwohl immer noch niemand gestorben war.

Tarl spürte jetzt den Zorn des Wesens. Nur leicht, aber diese Emotion wurde stärker. *Er weiß, dass wir hier sind.*

»Zurück an deinen Platz«, zischte eine grobe Stimme Tarl an, der überwältigt neben dem Zeremonienmeister stehen geblieben war. Unsanft schob ihn der Legionär zurück zu der Intellektuellengruppe. Als er wieder dort stand, suchte Tarl den Blick von Mamercus und fand ihn. Der alte Kämpfer hob nur entschuldigend die Augenbrauen.

Der Spielleiter hatte sich wieder gefangen. Mit getragener Stimme begann er mit einem schwülstigen Vortrag: »Eine Wahl ist immer ein Neubeginn. Ein Moment des Innehaltens, in dem wir uns daran erinnern, wer wir sind und woher wir kommen. Wir sind Kol, die Stadt, die den Bestien getrotzt hat, das letzte sichere Refugium der Menschheit, des Wissens und der Güte …«

Tarl glaubte wirklich, die Tränen der Rührung in den Augen der Zuschauer zu sehen, die dieses dumme Zeug hervorzauberte. Er schüttelte angewidert den Kopf. *Eine tolle Stadt voller Güte ist das. Eine, die sich regelmäßig daran ergötzt, wie andere Menschen von Bestien abgeschlachtet werden.*

»Die Wahlen und Spiele sind das, was unsere Stadt im Kern zusammenhält, und diese edlen Traditionen wollen wir an die künftige Generation weitergeben, daher begrüßen Sie mit mir die Kinder Kols. Die strahlende Zukunft unserer großartigen Stadt.«

Eine kleine Schar Kinder, die bunte Trockenblumensträuße trugen und damit ins Publikum winkten, kam in die Arena gelaufen. Etliche von ihnen hatten verheulte Gesichter. Selbst die Jüngsten verstanden schon, dass man sich einem Felsengram besser nicht freiwillig näherte. Natürlich kannte die strenge Regie des Zeremonienmeisters keine Gnade und so rannten sie zu ihm, als wäre er ein netter Onkel und nicht der Regisseur eines Todesspektakels.

Der verzog nur kurz das Gesicht, als er die ängstlichen Mienen sah, fand sich aber sofort zurück in seine Rolle. »Willkommen, meine kleinen Freunde. Danke, dass ihr hier seid. Euch kommt heute fast die wichtigste Aufgabe zu. Die Wahl der Kääääämpfer!«, endete er lauter werdend und euphorisch.

Das Publikum pfiff und johlte nach dieser weiteren spannenden Neuerung.

Tarl verstand zuerst nicht, worauf der Spielleiter hinauswollte, doch dann wurden alle Gladiatoren vom sanften Druck der Speerschäfte der Legionäre in eine gerade Reihe geschoben.

Der Meister der Spiele hatte drei Kinder ausgewählt.

Je eins für jede Gruppe von Kämpfern, wurde Tarl nun klar.

»Ihr dürft entscheiden, wer den bösen Felsengram bekämpfen soll.« Er wendete sich an ein blondes Mädchen mit weit aufgerissenen, schönen blauen Augen. »Welcher Barbar kann das wohl am besten, mein Schätzchen?« Langsam führte er die Kleine an den muskulösen Männern in den Lederrüstungen vorbei. Sie schien kurz mit sich zu hadern, doch dann zeigte sie auf den hünenhaften Nakan, der der Größte und Muskulöseste in dieser Gruppe war.

Das Publikum jubelte.

Mit versteiften Gesichtszügen winkte Nakan kurz den Zuschauern zu. Er wusste, dass sie ihm heute noch das Leben retten konnten, daher wollte er sie nicht verprellen und seine Angst zeigen.

Ein etwa achtjähriger Junge mit wuscheligem schwarzem Haar entschied sich bei den Zauberern für Manak.

Tarl freute sich insgeheim, dass es nicht Ceres erwischt hatte, aber er war auch traurig, weil Manak ein so guter Mensch war.

Der Blinde lächelte nach seiner Wahl verständnisvoll und tätschelte dem Jungen zärtlich den Haarschopf, was das Publikum mit einem gerührten »Ohhh« quittierte.

Schließlich lief der Zeremonienmeister mit einem weiteren Mädchen die Reihen der Intellektuellen ab.

»Na, wen magst du kämpfen sehen?«, fragte der Spielleiter die etwa Fünfjährige, deren Gesicht besonders verweint aussah.

»Keinen, der Felsenbahm sieht so böse aus. Er tut den Gladikoren bestimmt was.«

Tarl sah, wie der Spielleiter genervt die Augen rollte.

»Nein, sie helfen uns, die Welt von diesen bösen Wesen zu befreien.«

Das Mädchen begann wieder zu weinen.

»Ich wusste gleich, dass es schwierig werden würde, mit Kindern zu arbeiten«, schimpfte der geschminkte Zeremonienmeister leise. »Du musst dich aber entscheiden, meine Süße. Die Leute warten.« Er zeigte auf das Publikum, das daraufhin rhythmisch zu klatschen anfing.

Das verunsicherte das kleine Mädchen nur noch mehr. Sie schloss einfach die Augen und zeigte auf irgendwen.

Tzanka, durchfuhr es Tarl. Glück und Trauer mischten sich in diesem Moment in seinem Inneren. Er empfand Glück, dass er noch nicht kämpfen musste, aber Trauer, dass es gerade seinen freundlichen Zellennachbarn so früh erwischte.

Der Spielleiter legte dem drahtigen Kämpfer seine Hand auf die Schulter und führte ihn zu Manak und Nakan. »Wir haben unsere ersten drei Helden des Tages! Daher ist es nun Zeit für die Wetten. Wer wird gewinnen? Der Mensch oder die Bestias?«

»Bestias, Bestias …«

Auch wenn es gemein war, teilte Tarl diese herausgebrüllte Einschätzung des Publikums.

Nach der Entscheidung trieben die Legionäre alle Gladiatoren aus der Arena zurück in die Katakomben.

»Was machst du denn hier?«, fragte Tarl Mamercus fassungslos, als er sich endlich durch das Chaos der Gladiatoren zu ihm durchgekämpft hatte.

»Lass mich doch erst mal von dem Gaul herunterkommen«, brummelte der und rutschte umständlich von dem nervösen Pferd herunter. Das kluge Tier wollte weg von dem Felsengram, was man ihm nicht verdenken konnte. Ein Sklave zerrte den ängstlichen Schimmel gewaltsam in einen der unterirdischen Ställe, die normalerweise die Acida beheimateten.

»Du kommst ja kaum vom Pferd herunter, alter Mann. Welcher Wahnsinn hat dich geritten, freiwillig hierher zurückzukommen?«

Mamercus wischte sich den Schweiß aus dem Gesicht und sah Tarl mit ernstem Gesicht an. »Du!«

»Waaaas? Glaubst du etwa …«

»Komm mit, wir brauchen einen ruhigeren Ort als den hier. Schnell, wir haben nicht viel Zeit!« Mamercus legte Tarl seine prankengleiche Hand in den Rücken und schob ihn weg von den anderen Gladiatoren.

Tarl reckte noch schnell den Hals, um nach Ceres und Magnus zu sehen. Ihren gemeinsamen Fluchtplan hatte er nicht vergessen, auch wenn Mamercus diesen jetzt schon durchkreuzt hatte. Er entdeckte allerdings nur Ceres, die in ein ernstes Gespräch mit Manak und Nakan vertieft zu sein schien.

»Hier ist es doch deutlich ruhiger. Früher bin ich immer in die alte Krypta gegangen, um …«

Tarl räusperte sich und sah seinen väterlichen Freund streng an.

»Ja ja, ist ja schon gut. Darf ich nicht mal einen Moment in Erinnerungen schwelgen?« Eine streng hochgezogene Augenbraue von Tarl beendete diese unpassende Frotzelei. »Du hast ja recht, die Zeit arbeitet gegen uns. Warum ich so dumm war, wieder in die Arena zurückzukommen, nachdem ich sie vor vielen Jahren gerade so mit heiler Haut verlassen hatte?«

Tarl ließ die Stille für sich antworten.

»Es war wirklich wegen dir oder besser gesagt wegen deiner kleinen Bestie. Du hast mir doch das Acidum geschickt, damit es mich zu dir bringt, oder werde ich langsam verrückt?«

»Nein, wirst du nicht. Das Acidum heißt Pila und es sollte dich herholen. Ich habe wichtige Informationen, die unbedingt weitergegeben werden müssen, aber ich wollte nicht, dass du dich dafür gleich hier einsperren lässt.«

Mamercus warf ihm einen irritierten Blick zu. »Du kannst Bestien dazu bringen, dass sie etwas für dich erledigen? Mann, ich glaube, du bist der mächtigste Fühlende, den die Welt jemals hervorgebracht hat. Auch dabei«, Mamercus zeigte mit dem Daumen auf sich selbst, »hattest du den richtigen Riecher. Ich habe ebenfalls versucht dich zu finden. Da draußen«, er klopfte mit der flachen Hand auf die groben Steinwände, hinter denen sich irgendwo die Stadt befand, »passiert etwas Furchtbares. Die Politiker wollen uns einreden, dass es sich um Aufstände handelt, aber so etwas habe ich noch nie gesehen. Tarl, die Menschen schlachten sich förmlich ab in den östlichen

Vierteln. Ich glaube, es handelt sich um einen …« Mamercus räusperte sich verlegen.

»Einen Weißen Schatten«, beendete Tarl seinen Satz.

»Also ist es wahr!« Mamercus ließ sich kraftlos an einer der Wände heruntergleiten. »Du hast ihn gespürt. Kannst du der Stadt helfen, Tarl? Nur deshalb bin ich wieder hier, um dich das zu fragen. Anders hätte ich nicht zu dir gelangen können.« Er zog die Schultern hoch, als wäre diese Entscheidung das Selbstverständlichste auf der Welt.

Tarl seufzte. »Ich fühle seine furchtbare Macht genau in diesem Moment. Er bewegt sich auf das Stadtzentrum zu und wird viele weitere Opfer fordern, wenn die Magier ihn nicht aufhalten. Ich vermag dies leider nicht!« Tarl setzte sich zu Mamercus auf den Boden. »Vielleicht vernichtet er sogar die gesamte Stadt.«

Mamercus war kreidebleich geworden. Er sah in diesem Moment alt und abgehärmt aus. Die euphorische Energie, die er eben noch in der Arena gezeigt hatte, war wie weggeblasen. »Es gibt sie also wirklich«, hauchte er und konnte die Angst in seiner Stimme nicht ganz verbergen.

Tarl nickte traurig. »Ja, und sie sind die gefährlichsten aller Bestien. Sie töten nicht mit Krallen, Zähnen, Säure oder Feuer, sondern indem sie den Geist ihrer Opfer vergiften. Die Menschen beginnen sich gegenseitig niederzumetzeln, wenn ein Weißer Schatten sie befällt. Ich habe die furchtbare Macht einer solchen Bestie ebenfalls schon gesehen. Auf einem der Latifundien im weitläufigen Land. Niemand hat dort überlebt.«

»Wir müssen den Senat warnen, noch können wir die Stadt retten.«

»Ich habe es versucht, Mamercus, aber niemand hat auf mich gehört. Zu Decimus müssen wir gar nicht erst gehen. Der hat mich ausgelacht und für verrückt erklärt. Und,

Mamercus«, Tarl legte ihm den Arm um die Schultern und schaute ihn traurig an, »Pila habe ich zu dir geschickt, damit du der Welt da draußen von dem Schatten erzählen kannst, aber jetzt bist auch du hier gefangen und kannst niemanden mehr davon überzeugen, dass wir von einem Weißen Schatten bedroht sind. Mein Plan, dich hierherzuholen, war ein Fehler. Wenn ich nur gewusst hätte, dass du es schon selbst herausgefunden hast.«

»Manchmal sind Bücher eben doch zu etwas gut.« Mamercus grinste seinen Zögling schief an. »Es war nicht umsonst! Nie hätte ich gewagt, diese Behauptung aufzustellen, wenn ich nicht von dir die Bestätigung dafür bekommen hätte.« Er sprang auf und ging aufgeregt auf und ab in dem kleinen, kaum genutzten Raum, dessen Wände so feucht waren, dass grünlicher Salpeter an ihnen wucherte. Schließlich blieb er an einem der zahlreichen Sarkophage stehen, der irgendeinem König der Altvorderen als ewige Ruhestätte diente, und murmelte in sich hinein: »Es gibt nur einen Weg. Nur den einen, so war es schon immer …«

»Was meinst du?«

»Wenn alles stimmt, was du sagst, wovon ich ausgehe, bleibt uns nur noch wenig Zeit, bis die Bestie auch das Stadtzentrum erreicht hat. Richtig?«

Tarl nickte.

»Also müssen wir sehr schnell mit einer sehr einflussreichen Person sprechen, die uns auch zuhört. Eigentlich gibt es dafür nur eine Möglichkeit: Dem Sieger der Wahlspiele wird eine Audienz beim neuen Kaiser gewährt. Verstehst du? Während dieses Empfangs kann man ihm von der Wahrheit berichten und so die Stadt retten.«

»Wieso sollte der neue Kaiser jemandem glauben, der behauptet, dass ein Mythos Wirklichkeit geworden ist?«

»Unser neuer Herrscher wird nicht irgendwem glauben,

sondern nur dir.« Mamercus' Blick ruhte schwer auf Tarl. »Entweder, weil du den Felsengram durch deine beeindruckenden Fähigkeiten so glorreich besiegt hast, dass er gar nicht anders kann, oder du nimmst dein Acidum mit zu dem Treffen und beweist, dass du die Bestien wirklich fühlen kannst.«

Tarl schluckte schwer. So verrückt es auch klang, Mamercus hatte recht. Wenn er die Stadt retten wollte, gab es keinen anderen Weg. Nur würde er Ceres und Magnus klarmachen müssen, dass sich ihre Pläne geändert hatten. Er würde nicht mit ihnen fliehen können. Und er musste irgendwie den Felsengram besiegen. Tarl stöhnte gepeinigt: Er musste eine Entscheidung treffen. Opferte er sich selbst für das Schicksal Kols, einen Ort, dessen Herrscher ihn in diese Arena eingesperrt hatten, oder besiegelte er das Ende der letzten Stadt der Menschheit durch Flucht und rettete sein eigenes Leben?

Ein Fanfarenstoß kündigte den ersten Kampf an.

Kämpfe Mann gegen Mann langweilen die Bewohner Kols. Sie wollen in die Arena gehen und etwas Spektakuläreres erleben als Streitigkeiten zwischen tumben Barbaren. ›Menschen gegen Bestias‹ lautet das Geheimrezept, das die Massen elektrisiert.

Primi de septem – Die Ersten der Sieben

XXXI. Ceres

Es wird Zeit.« Validus räusperte sich verlegen, als würde es selbst ihm schwerfallen, Manak in die Arena zu führen.

Ceres umarmte den blinden Zauberer fest und lang. »Ihr schafft das! Ich glaube an euch«, flüsterte sie ihm mit tränenerstickter Stimme ins Ohr.

Sanft entglitt der alte Gladiator ihrer Umarmung. »Wir geben auf jeden Fall unser Bestes. Der Rest liegt in der Hand der Götter.«

Ceres schluchzte, als sie den drei Kämpfern nachsah, die von etlichen Legionären eskortiert den Weg die Treppe hinauf in die Arena antraten. Der große Nakan in seiner Lederrüstung, der drahtige Tzanka in der viel zu großen Tunika und schließlich der untersetzte Manak mit dem langen roten Umhang, der ihm gefährlich zwischen den Beinen hin und her glitt, waren alsbald nur noch als Silhouetten erkennbar. *Hoffentlich fällt er nicht hin*, schlich sich ein deplatzierter Gedanke in ihren Kopf. Der alte Mann hatte wahrlich andere Sorgen.

»Ceres, darf ich dir einen guten Freund vorstellen?«

Überrascht drehte sie sich zu Tarl um. Sie hatte sich schon gewundert, wohin er verschwunden war, aber die Sorge um Manak und Nakan hatte diese Frage in den Hintergrund gedrängt. Sie wischte sich mit ihrem lächerlichen roten Umhang die Augen trocken und schnaubte anschließend kräftig hinein.

»Ich glaube, du gefällst mir, Mädchen. Das ist wirklich das Beste, was man mit diesem Blendwerk anstellen kann. Ich bin Mamercus der Glorreiche, Held der Massen und inzwischen Gelegenheitstrinker mit einem ausgeprägten Faible für Hunde und Landstreicher«, sagte der grauhaarige Mann mit einem Zwinkern und hielt Ceres seine riesenhafte Pranke entgegen.

Die blickte kurz zu Tarl, der sie aufmunternd anlächelte, dann nahm sie sie und begrüßte den Neuankömmling. Er hatte einen erstaunlich leichten Händedruck, obwohl seine rauen Hände verrieten, dass er regelmäßig fest zupackte. *Er ist vorsichtig mit mir.* Ceres konnte sich in diesem Moment nicht entscheiden, ob ihr das gefiel oder nicht.

»Wir müssen reden«, drängte Tarl. »Mamercus ist hier, weil …«

Ein böses Brüllen übertönte jedes andere Geräusch. Der Felsengram war aus seiner künstlichen Starre aufgeweckt worden.

»Später, ich will Manak und Nakan jetzt nicht alleinlassen!« Ceres eilte die Treppe zur Arena hoch. Das Spielrund war hermetisch abgeschlossen. Es war eine Dreifachsicherung getroffen worden. Die Spielfläche war von der Drahtkuppel überzogen, die sonst den Nachtvögeln vorbehalten war. Umzäunt war der Kampfplatz mit den Spundwänden, die die Acida ursprünglich im Zaum halten sollten, und zusätzlich mit dem massiven Gitter, das normalerweise die Lacernae vom Publikum weghielt. Ceres drängte sich an eine der aufschiebbaren Öffnungen in der Spundwand, die man eingebaut hatte, um so das Geschehen auch von hier unten verfolgen zu können.

»Ist der Alte wirklich ein Zauberer?«, fragte Mamercus wenig emphatisch. Er und Tarl waren Ceres gefolgt. »Sonst werden sie nicht lange durchhalten.«

Ceres beschloss, auf diese Frage nicht zu antworten. Der Fremde war ihr im Moment vollkommen egal. Außerdem wusste sie, dass es um Manaks Kräfte nicht zum Besten bestellt war. Er war in diesem Drecksloch gelandet, weil er seine schwache magische Begabung benutzt hatte, um beim Glücksspiel zu betrügen. Zu viel mehr war sie wohl auch immer noch nicht zu gebrauchen. Manak war einer jener wilden Zauberer, die es nie in die Magiakademie geschafft hatten. Entweder weil ihre Kräfte nicht stark genug waren oder weil es niemanden gegeben hatte, der sie förderte und dafür sorgte, dass die Magister auf sie aufmerksam wurden. Einem Adligen oder wohlhabenden Händlerkind wäre das nie passiert. Jeder von diesen Sprösslingen, der nur ein Fitzelchen Magie in sich trug, schaffte es auf die Akademie und bestand in den meisten Fällen sogar einige der ersten Prüfungen. Ceres kannte solche unnützen Begabten, die sich nur aufgrund von Einfluss oder Macht durch die Ausbildung schummelten, nur zu gut. Kurz tauchte das entstellte Gesicht von Luca vor ihrem inneren Auge auf. *Er oder ich, darauf wird es am Ende hinauslaufen,* war sie sich sicher. Ceres ließ magische Energie durch ihren Körper fließen. Gierig sog sie die Kraft aus ihrer Umgebung auf. Es war berauschend. Wahrscheinlich war sie die kraftvollste Person in der ganzen Arena. Nur leider kannte sie kaum starke Zaubersprüche und überall um sie herum gab es schwer bewaffnete Legionäre, sodass ihr ihre Macht im Moment nicht viel nützte. Mit weit aufgerissenen Augen beobachtete Ceres, wie sich der Felsengram schwerfällig erhob. Eine Art Gesteinsbrösel fiel dabei überall von seinem Körper ab und mischte sich mit dem Arenensand.

Das Publikum raunte verzückt.

Nakan, Manak und Tzanka wirkten lächerlich klein im Vergleich zu der riesigen Bestie, die mehr als doppelt so groß war wie einer der Bullen, die sie hier hereingezogen hatten. Die drei Männer standen in einem Halbkreis, um kein allzu leichtes Ziel für die gefährliche Kreatur zu bilden.

Orientierungslos tappte der bösartige Riese durch die Arena. Jeder seiner Schritte war als leichte Vibration des Bodens zu spüren. Ceres hörte, wie auf der Treppe hinter ihr der Putz von der Decke fiel und auf dem Boden zerschellte.

»Er wird gleich merken, dass er nicht sehen kann und sich dann aufs Schnüffeln verlegen. Diese Biester haben einen erstaunlich feinen Geruchssinn. Ich kenne einen Externus, der könnte euch davon ein Liedchen trällern.«

Ceres drehte sich zu Tarls Freund um und schaute ihn böse an.

Der Mann schien das gar nicht zu bemerken, sondern redete einfach weiter: »Die drei sollten seine Verwirrtheit ausnützen und nicht nur Maulaffen feilhalten. Einen besseren Augenblick zum Angreifen wird es nicht mehr geben.«

Auch wenn sich Ceres über Mamercus ärgerte, musste sie ihm recht geben. Die drei Gladiatoren standen einfach nur da und schienen nicht zu wissen, was sie tun sollten. Woher auch? Kämpfe gegen einen Felsengram standen nicht auf dem Ausbildungsplan der Gladiatorenschule.

»Nehmt die Seile und versucht ihn zu Fall zu bringen! Einer geht auf ihn zu und lenkt seine Aufmerksamkeit auf sich und die anderen gehen mit dem Seil an die Seiten und spannen es, damit er darüber stolpert. Wenn er liegt, kommt ihr an das Auge. Stecht es ihm aus und der Felsengram stirbt. Kommt schon, Männer!«, brüllte der eben noch so unfreundlich wirkende Fremde durch den Sehschlitz. Er hatte Ceres mit seinen breiten Schultern einfach ein wenig zur Seite gedrückt.

Mamercus will ihnen helfen, erkannte Ceres.

Die aufrüttelnden Worte schienen wirklich bei den Gladiatoren anzukommen. Manak ließ einen kraftlosen roten Blitz aufsteigen, der in die Leistengegend des Felsengrams einschlug, was der aber nicht mal zu bemerken schien. Er stapfte einfach weiter. Nakan und Tzanka arbeiteten sich vorsichtig zu dem Waffenstapel vor, der gefährlich nah neben der Bestie aufgeschichtet worden war. Armdicke Seilrollen lagen obenauf.

»Unsere Helden haben eine Taktik. Ich denke, das verdient einen aufmunternden Applaus.«

Die Worte des Zeremonienmeisters brachten die Leute dazu, zaghaft zu klatschen. Die Masse war von dem langweiligen Kampf bisher alles andere als begeistert. Auch dass der Felsengram gar nicht so blutrünstig war wie erhofft, war für viele sicher eine Enttäuschung. Er stampfte immer noch wie ein Betrunkener orientierungslos durch die Arena.

Tzanka hatte gerade in geducktem Lauf den Haufen mit der Ausrüstung erreicht und schickte sich an, eines der Seile zu greifen.

Der Felsengram ging derweil unkontrolliert auf Manak zu, der beständig seine schwachen Zauber auf ihn abfeuerte. Bei jeder magischen Anwendung wurden die Blitze kleiner. Dem Blinden ging die Kraft aus.

Nakan schloss zu Tzanka auf. Der hatte das Seil auseinandergerollt und gab ein Ende an den großen Barbaren weiter.

»Ohhh, ich glaube, ich weiß, was sie vorhaben. Habt ihr es auch schon erraten?«, verbreitete der Spielleiter die frohe Kunde.

»Kann der Blödmann nicht sein Maul halten? Felsengrame mögen keinen Lärm. Er macht es den dreien unnötig schwer«, brummelte Mamercus.

So langsam wurde er Ceres richtig sympathisch.

Tatsächlich hob die große Kreatur ihren Kopf und wendete ihn zur Sprecherloge. Das ängstliche, hohe Quietschen, das dem Spielleiter jetzt entfuhr, entlockte nicht nur Tarl ein zufriedenes Grinsen.

Nakan und Tzanka hatten das Seil inzwischen über die ganze Breite des Spielrunds aufgerollt und gingen vorsichtig auf den Felsengram zu, der Manak immer weiter nach hinten drängte. Sie spannten es mit einem Ruck auf Hüfthöhe.

»Es könnte klappen, wenn sie es schaffen, ihn zu halten«, sagte Ceres mit mehr Hoffnung in der Stimme, als sie sich eigentlich zugestehen wollte.

»Vielleicht ...« Tarl konnte seinen Satz nicht beenden. Der Felsengram hatte so schnell reagiert, dass man es kaum sehen konnte. Blitzschnell war sein linker Arm ausgefahren und hatte Tzanka gepackt, obwohl der riesige Schädel immer noch starr auf Manak gerichtet war. Mit einem furchtbaren, schmatzenden Geräusch zerquetschte er Tarls ehemaligen Zellennachbarn, als wäre der eine lästige Fliege. Tzankas Schreie gellten durch die Arena, bis sie abrupt aufhörten. Als wäre er ein Stück Abfall, ließ der Felsengram den Mann einfach auf den Boden fallen. Seine riesige Pranke troff vor Blut.

Ceres stieß einen erstickten Schrei aus. Sie hörte, wie sich Tarl hinter ihr übergab. Selbst dem so hart wirkenden Mamercus hatte es die Sprache verschlagen.

»Was ist passiert?«, schrie der blinde Manak panisch, der sich nur auf sein Gehör verlassen konnte.

»Das Drecksvieh hat Tzanka getötet«, antwortete ihm Nakan, der das Seil fallen gelassen hatte und nun panisch versuchte, aus der Reichweite der Bestie zu kommen. Es wäre besser gewesen, wenn er nicht gesprochen und ihr so seinen Aufenthaltsort offenbart hätte. Der Felsengram machte einen ausladenden Schritt zur Seite und zertrat

Nakan, als wäre er Ungeziefer. Der freundliche Barbar, der Ceres so tapfer beschützt hatte, kam nicht mal dazu, einen Schmerzensschrei abzugeben. Alles, was von ihm blieb, war ein feuchter roter Fleck im Arenensand.

»Das ging überraschend schnell, aber … äh … wir haben ja noch einen … ähm … Helden«, stotterte der Moderator, dem jetzt so langsam wohl auch aufging, dass diese Bestie mit nichts zu vergleichen war, was es in der Arena jemals gegeben hatte.

Der Felsengram ging mit langen Schritten auf Manak zu, der sich in den Sand gekniet hatte und lautstark betete.

»Manak, kämpfe. Nutze deine Z-z-zauberkraft«, schrie Ceres. Am liebsten hätte sie sich auch übergeben. Das war das Schrecklichste, was sie jemals gesehen hatte. *Ich werde ihm helfen*, beschloss sie. Ceres holte tief Luft und versuchte ihre Panik und Trauer zu unterdrücken. Bereitwillig floss ihr die magische Energie zu. Eine große Hand schloss sich urplötzlich schmerzhaft um ihren Oberarm.

»Ich weiß, was du vorhast, kleine Magierin, aber lass es! Du wärst schneller tot als er. Die Septem überwachen die Arena während der Spiele. Jede Art von Zauberei, die nicht von einem Kämpfer kommt, wird augenblicklich aufgespürt.« Mamercus schaute ihr mahnend in die Augen.

Ceres hätte sich vielleicht über seine Warnung hinweggesetzt, aber in diesem Moment ertönte ein ekelhaftes, reißendes Geräusch, das sich anhörte, als würde man ein Bündel feuchter Papyri zerfetzen. Nur war es leider kein Papier, sondern Manak, der von dem Felsengram in zwei Stücke gerissen worden war. Aus dem geteilten Torso quoll sein Darm und schwang wie ein blutiger Wurm hin und her, als der Felsengram den Körper triumphierend über seinen Kopf hielt und brüllte.

»W-w-wir haben einen S-s-sieger«, stotterte der Spielleiter

in seine Flüstertüte. »Bestias.«

Nachdem er diese Worte ausgesprochen hatte, sackte der Felsengram zusammen. Die Magi hatten wieder den Betäubungszauber über ihn gesprochen.

Das Publikum quittierte den Kampf mit einem gellenden Pfeifkonzert. Die Zuschauer mochten es zwar, wenn ordentlich Blut floss, aber es sollte zumindest immer noch der Anschein erweckt werden, dass die Gladiatoren eine Chance hatten. Den Leuten war klar geworden, dass kein Mensch gegen diese Bestie würde bestehen können.

»Keine ideale Stimmung für einen erfolgreichen Wahlkampf«, kommentierte Mamercus die Unmutsbekundungen kalt.

Ceres hatte Tarl umarmt. Gemeinsam weinten sie um ihre toten Freunde. Schluchzend drückte sie den Kopf an die Halsbeuge ihres Freundes.

Mokon unterbrach sie gefühllos. »Ihr geht als Nächste rein. Der Spielleiter will die besten Kämpfer haben. Da ihr drei die Einzigen seid, die jemals einen Kampf gewonnen haben, ist die Wahl auf euch gefallen!«

Unseren Vorfahren haben wir die herausgehobene Stellung in der großartigsten Stadt, die die Welt jemals hervorgebracht hat, zu verdanken, dennoch sollte über die glorreichen Taten der Altvorderen besser der Mantel des Schweigens gebreitet werden. Es gibt unter dem Pöbel zu viele Kleingeister, die ihre ruhmreiche und aufopferungsvolle Arbeit nicht zu würdigen wissen. Hiermit ergeht ein Verbot folgender Schriften: ›Die Bestien-Chroniken‹, ›Die Aufzeichnungen des ersten Magus‹ sowie ›Primi de septem – Die Ersten der Sieben‹. Sämtliche Exemplare sind zu konfiszieren oder zu vernichten. Ihr Handel und Besitz werden mit hohen Strafen geahndet.

Das Buch der Septem – Chroniken der Zauberer

XXXII. Balger

Balger dachte schon, dass Tarratia eingeschlafen sei, so lange starrte sie wortlos auf die Karte mit dem Heptagon, die er ihr gegeben hatte. Schließlich erwachte die Princeps aus ihrer Starre.

»Bei den alten Göttern und den nicht ganz so alten, ich kann es nicht glauben. Woher hast du das?«

Balger erzählte von dem Latifundium, seinem Freund Euthydemos und der Zerstörung des Landguts durch die wild gewordenen Felsengrame. »Ich bin quasi über sie gestolpert. Fast hätte ich bei all der Aufregung, die mich zu Euch geführt hat, die Karte vergessen.« Er lächelte verlegen.

Die Anführerin der Rebelles strich über das mitgenommene Schriftstück. »Das wäre nicht auszudenken gewesen. Balger, ist dir klar, was diese Landkarte bedeutet?«

Der Angesprochene überhörte, dass es sich um eine rhetorische Frage handelte, und antwortete: »Ihr wisst jetzt, woher die magische Energie kommt, die Kol versorgt, und könnt dieses Netz zerstören.«

Tarratia nickte gedankenverloren. Sie zündete sich einen weiteren Rauchstängel an und zog an ihm, als wäre sie kurz davor zu verdursten. »Erzähl mir alles, was du über diese Türme weißt.«

Balger betrachtete das karge Zimmer, das man ihm zugeteilt hatte. Er massierte sich die Schläfen. Er hatte so lange mit Tarratia gesprochen, dass ihm der Schädel brummte. Wieder und wieder musste er ihr den fensterlosen Turm beschreiben, den er mit Tarl, Ceres und Magnus in Almyra entdeckt hatte. Leider hatte er das Gebäude selbst nicht betreten und konnte daher nur erzählen, was er aus Ceres' und Magnus' Berichten kannte. Schließlich war er von der Princeps entlassen worden. Sie wollte sich zunächst mit dem Rat der Rebelles über das weitere Vorgehen besprechen. Balger hatte dabei das unablässige aufgeregte Aneinanderreiben ihrer schwieligen Hände beobachtet. *Sie wird versuchen, diese Türme zu zerstören, um Kol zu Fall zu bringen.* Balger sollte sich ausruhen, um den anderen Rebelles am nächsten Morgen zu berichten, was er wusste. Daher befand er sich nun in einer der einfachen Unterkünfte der Widerständler. Der Raum bestand im Wesentlichen aus einem grob gezimmerten Bett, Stuhl und Tisch sowie einem etwas schief an der Wand befestigten Bücherregal. Doch darauf stand etwas, das Balgers Herz schneller schlagen ließ: ein alter, abgegriffener Foliant. Vorsichtig nahm er ihn herunter und schlug ihn auf. Balger musste sehr nah mit dem Gesicht herangehen, um im Zwielicht, das die flackernde Öllampe in dem Raum bot, überhaupt etwas lesen zu können. Der Titel war, was er erwartet hatte: ›Die Bestien-Chroniken‹. *Sie hält ihre Versprechen.* Balger grinste. Das fühlte sich merkwürdig in seinem Gesicht an. Er brauchte einen Moment, um zu verstehen warum. *Ich habe nicht mehr gelacht, seitdem wir uns getrennt haben.* Vor seinem inneren Auge erschienen die Gesichter von Ceres, Tarl und Magnus. Balger vermisste die drei. Seine Gefühle für Ceres waren nach wie vor stark, obwohl er zugeben musste, dass ihm die schöne, wilde Keänschi heftig den Kopf verdreht hatte. Immer wieder musste er an ihre braun gebrannten Beine und das flachsblonde Haar denken. Es klopfte an der Tür. *Wer kann das …* Bevor er zu Ende denken konnte, wurde die Tür aufgerissen.

»Ich hoffe, du spielst nicht gerade an dir rum!« Keänschi

kam mit geschlossenen Augen herein und tastete theatralisch in der Luft herum. »Natürlich nicht, unser neuer Held liest lieber in einem Buch.« Sie grinste Balger frech an. Das Licht der Öllampe, die sie bei sich trug, spiegelte sich auf ihren geraden, weißen Zähnen wider und beleuchtete ihr schönes Gesicht.

Vorsichtig stellte Balger die wertvolle Schrift wieder zurück an ihren Platz, bevor er überrascht fragte: »Was machst du hier, Keänschi?«

»Oho, der Barbar weiß sogar noch meinen Namen. Wie komme ich denn zu dieser Ehre?«

Die junge Frau war inzwischen so nah an Balger herangetreten, dass der ihre Körperwärme spüren konnte. Ein wohliger Schauer durchlief ihn. *Sie ist so schön.* Balger versuchte sich Ceres' Gesicht vorzustellen, was ihm aber nur leidlich gelang. »Ich kenne gern den zweitbesten Kämpfer in meinem Umfeld«, kam ihm endlich eine halbwegs schlagfertige Antwort über die Lippen.

»Den was?«, fragte die Kämpferin und trat zornig drei Schritte zurück.

Jetzt war es an Balger, sie frech anzugrinsen.

»Glaube bloß nicht, dass dich deine dicken Muskeln mir überlegen machen. Mit den Mechanicas ist es egal, wie viel Kraft man hat.«

»An meine Muskeln dachte ich gar nicht«, Balger spannte die Arme an und ließ kugelige Berge voller Kraft entstehen, »sondern an den hier.« Er tippte sich mit dem Zeigefinger an den Kopf.

Keänschi betrachtete ihn forschend aus ihren strahlend blauen Augen. »Meinst du den dicken Pickel über deiner Augenbraue? Ich finde den jetzt nicht besonders beeindruckend.«

Als hätte er sich verbrannt, zog Balger seine Hand sofort

zurück.

Keänschi lachte triumphierend auf. Schnell wurde sie aber wieder ernst. »Was du da draußen für uns gemacht hast, war wirklich tapfer. Ohne Rüstung in der ersten Reihe gegen die Lacernae zu kämpfen, auch wenn ich natürlich die ganze echte Arbeit machen musste, damit dir keiner deinen hübschen Hintern abbeißt.«

Balger war dankbar für das Zwielicht in seiner Kammer. Sein Kopf war gerade mindestens so rot wie ein glühendes Eisen in der Esse. *Hübscher Hintern.* Schon war es endgültig vorbei mit der Schlagfertigkeit. »Ähhm ...«

»Na ja, verlass dich in Zukunft aber vielleicht doch lieber auf deine Muskeln als auf deinen Kopf. Ein niemals um Worte verlegener Philosoph steckt ja nicht gerade in dir.« Sie zwinkerte ihm zu.

Balger sah aber nur ihre vollen, feuchten Lippen, die verführerisch im flackernden Licht funkelten.

»Komm mit, ich soll dir das Confugium zeigen, hat mir Olos aufgetragen. Das Wort stammt aus der alten Sprache und heißt wohl ...«

»Zuflucht«, beendete Balger ihren Satz.

Keänschi lachte rau auf. »Na, da steckt doch ein Weiser in dir, was? Ich glaube, ich habe noch nie einen solch merkwürdigen Jungen wie dich getroffen. Hirn und Muskeln, das passt eigentlich sonst nie zusammen. Noch bin ich aber am Überlegen, ob mir diese außergewöhnliche Mischung gefällt oder nicht.« Die Rebellin nahm Balgers Hand und führte ihn hinaus in den langen Tunnelflur. Zahlreiche Türen zierten diesen an beiden Seiten. Anders als noch bei Balgers Ankunft, herrschte nun geschäftiges Treiben. Männer und Frauen kamen und gingen. Einige hatten nasse Haare und waren nur mit einem Tuch bekleidet, offensichtlich hatten sie sich am Brunnen gewaschen – besonders viel Scham, ihre durchtrainierten, teilweise mit Narben übersäten Körper zu zeigen, hatte keiner von ihnen. Andere trugen Rüstung und Waffen bei sich. Sie gingen wahrscheinlich zur Wachschicht. Die abgelösten Wachen kamen mit müden Augen die Treppe herunter und freuten sich auf ihr Bett. »Willkommen im Schweinebau«, sagte Keänschi glücklich mit einem Blick auf das quirlige Treiben. »Diese heiligen Hallen sind den Kämpfern der Rebelles vorbehalten. Tarratia muss viel von dir halten, wenn sie dich gleich an deinem ersten Tag hier unterbringt. Normalerweise dauert die Ausbildung Jahre, bis man sich die ersten Mechanicas verdient hat.«

Balger nickte nur mit staunendem Gesichtsausdruck. Er fühlte sich hier auf Anhieb wohl.

»Hey, Leute«, brüllte Keänschi in das Gewusel hinein. »Begrüßt doch mal alle unseren Neuen hier im Schweinebau. Er hat zwar noch keine Mechanicas, aber draußen bewiesen, dass er die Eier hat, um gegen die Bestias zu bestehen.«

»Hast du das schon persönlich überprüft?«, rief eine tiefe Männerstimme.

Grölendes Gelächter erklang.

»Vielleicht, aber nur kein Neid, Xuria«, antwortete die Rebellin lachend und ohne die Spur von Verschämtheit.

Balger ging es leider nicht so. Es fühlte sich sehr unangenehm für ihn an, dass man sich über seine Testikel unterhielt.

»Also, lasst ihn uns gebührend willkommen heißen! Ich fange an!«

Was hier wohl das Begrüßungsritual ist? Vielleicht umarmen sie mich oder schütteln mir die Hand. Im gleichen Augenblick knuffte Keänschi ziemlich fest mit der Faust gegen Balgers linken Oberarm. Bei dem Schlag hatte sie ihren Mittelfinger so angewinkelt, dass er wie ein schmerzhafter Dorn hervorstach. In der Folge prasselten Dutzende weitere Schläge auf die gleiche Art und Weise auf Balger ein. Die Krieger hatten es dabei raus, fast immer exakt dieselbe Stelle zu treffen. Am Ende war Balgers Arm so taub, dass er ihn kaum noch heben konnte. Begleitet wurde dieser martialische Ritus von zahlreichen sehr herzlichen Willkommensgrüßen, Schulterklopfen und Lachen, was einen irritierenden Kontrast zu den wuchtigen Fausthieben bildete. Balger zwang sich die ganze Zeit, dabei zu grinsen, als spürte er den Schmerz nicht. Krieger mussten rau sein, das wusste er. Die Welt um sie herum war es auch und verzieh keine Schwäche.

»Gut gemacht«, flüsterte ihm Keänschi ins Ohr, nachdem alle ihn begrüßt hatten. »Sind deine dicken Muskeln doch zu was gut.« Sie kniff ihm spielerisch in den Oberarm.

Balger grinste dümmlich über das Lob, obwohl sein Oberarm sich langsam blau verfärbte.

Die Rebellin zog ihn weiter hinter sich her, als wäre er ein Kind. Ihre Hand war auf eine wunderbare Art sowohl rau als auch weich, wie Balger verzückt registrierte. Keänschi brachte ihn die Treppe nach oben in den Innenhof. Inzwischen ging die Sonne unter und tauchte das erstaunlich aufgeräumte Gelände in ein lilafarbenes Herbstlicht. Menschen waren nur noch wenige zu sehen, das Leben spielte sich aus Sicherheitsgründen nach dem Einbruch der Dunkelheit unter der Erde ab. Die Luft war deutlich kühler geworden und vor dem Tor konnte man den Wind heulen hören.

»Herrlich, wenn es hier mal so ruhig ist. Findest du nicht auch? Zuweilen freue ich mich direkt auf eine Nachtwache. Na ja, wirklich nur manchmal, lieber liege ich um diese Zeit doch in meinem Bett, besonders wenn ich dort nicht allein bin.« Sie zwinkerte Balger mit einem anzüglichen Lächeln zu.

Ihr Götter, was ist das nur für ein Mädchen? Balger fühlte sich neben ihr, als wäre er der unsicherste Junge der Welt.

»Bist du eigentlich immer so still?«, fragte sie, als sie die Leiter hinauf zum in den Felsen getriebenen Wehrgang kletterte.

Balger musste sich sehr zwingen zu antworten. Der Anblick, den die direkt über ihm kletternde Keänschi bot, fesselte seine Aufmerksamkeit. Noch immer trug sie die kurze Tunika, die aus seiner aktuellen Sicht nur wenig mehr als das Nötigste verdeckte. »Ähm … nicht immer.«

»Also nur bei mir?« Keänschi stemmte beleidigt die Arme in die Hüften und funkelte ihn mit einem wütenden Blick an.

Mühelos überwand Balger die letzten Leitersprossen. Nachdem er ebenfalls sicher auf dem Wehrgang stand, traute er sich zu antworten. »Natürlich nicht. Ich bin nur, ähm … fasziniert von euch Rebelles. Alles ist noch so, hm ... na ja, neu für mich.«

»Na, ich will es mal glauben«, sagte die hübsche Blondine und lächelte wieder einnehmend. Wie selbstverständlich griff sie erneut nach Balgers Hand und führte ihn zum großen Tor, über dessen gesamte Länge ein schmaler Holzsteg mit einer hüfthohen Brüstung verlief. Hier hielt eine einsame Person Wache, die in den Schatten des verlöschenden Tageslichts fast nicht mehr auszumachen war. »Hallo, Uria«, begrüßte Keänschi den Posten. Es handelte sich um eine stämmige Frau von etwa vierzig Jahren. Auf ihrem Rücken trug sie unglaubliche sechs Mechanicaarme, die ein feines Surren und Rattern von sich gaben.

»Keänschi, mein schönes Kind. Was treibt dich um diese Zeit heraus aus deinem Schweinebau? Heute niemand da, mit dem du trinken oder wetten kannst? Oh«, sie wandte ihren Blick Balger zu, »ich sehe schon, dass du dir eine noch interessantere Beschäftigung gesucht hast.« Die Frau zwinkerte Keänschi zu, worauf die doch tatsächlich ein wenig beschämt nach unten schaute.

Bin ich ihr etwa peinlich?, grübelte Balger.

»Und du bist unser Neuer? Hübsch, aber auch nützlich?« Sie taxierte Balger mit einem herausfordernden Blick.

»Ich habe Keänschi besiegt, ist das hilfreich genug?«

»Hey, Moment mal! So war das ja nun wirklich nicht«, protestierte die Blondine.

Die Frau lachte freundlich und hielt Balger ihre Hand hin. »Also, mir gefällt er. Willkommen bei uns! Macht euch einen schönen Abend, ihr Turteltäubchen. Ich halte mal lieber weiter Ausschau nach den Bestien.«

Schweigend bummelten sie weiter über den Steg des riesigen Tors. Keänschi schien es das erste Mal an diesem Tag wirklich die Sprache verschlagen zu haben. Balger betrachtete das fast vollständig aus Eisen konstruierte Bauwerk fasziniert. Die Rebelles hatten mit den Mechanicas ihre ganz eigene Art von Magie erschaffen, die ihnen so weit weg von Kol das Überleben sicherte. Etwa auf der Mitte des Torwegs blieb Keänschi stehen und lehnte sich über die Brüstung. Verträumt blickte sie hinaus auf die weite Ebene. Der kühle Abendwind blies ihr schönes Haar nach hinten. »Das ist einer meiner liebsten Orte. Obwohl der Blick durch den elenden Draht eingeschränkt ist, habe ich hier immer das Gefühl, dass ich fast in Freiheit leben würde.«

Balger genoss ebenfalls die Aussicht. Er würde es nicht

zugeben, aber er war froh, dass das gesamte Versteck der Rebelles von einem feinen Drahtgeflecht überzogen war, das ein Eindringen der Nachtvögel verhinderte. Der abnehmende Mond warf inzwischen ein silbernes Licht auf die karge, steinübersäte Ebene und beschwor kurze Schatten zwischen den Felsen hervor. In diesem Moment war diese lebensfeindliche Landschaft wirklich wunderschön. Vielleicht lag es aber auch nur an Balgers attraktiver Begleitung, die ihn beeinflusste. »Du bist freier als die meisten Menschen auf der Welt. Fast niemand aus Kol hat jemals die Mauern der Stadt verlassen.«

»Warst du schon in der Stadt?« In ihrer Stimme schwang etwas Sehnsüchtiges mit, das sie nicht ganz unterdrücken konnte.

»Ja, und ich werde niemals wieder dorthin zurückkehren. Alles, was ihr hier habt, ist tausendmal besser als das Leben dort. Eure Technik ist ihrer so überlegen. Allein das hier!« Balger stampfte auf die Eisenbrüstung, was ein dumpfes Geräusch erzeugte.

»Das Tor?«, fragte Keänschi mit gelangweiltem Gesichtsausdruck.

»Ja, nimm nur dieses Tor. Es würde den Menschen in Kol wie ein Wunder erscheinen. Selbst mir ist unbegreiflich, wie es funktioniert.«

»Oha, da will einer gleich in die tiefsten Geheimnisse der Rebelles eingeweiht werden, aber ich will mal nicht so sein.« Sie deutete mit dem Finger nach unten und begann mit Gelehrtenstimme gestelzt zu erklären. »Wir, mein junger Freund, stehen gerade auf dem rechten Torflügel. Er und das restliche Tor werden über riesige Zahnräder angetrieben, kein Mensch könnte es sonst bewegen. Die Technik ist so ähnlich wie bei den Rüstungen. Das Besondere daran ist aber, dass selbst ein einziger Mensch es öffnen und schließen kann. Im Mechanicaraum da unten gibt es einen großen Hebel, den selbst ein Kind ziehen könnte. Ist das erst einmal passiert und niemand stellt ihn wieder zurück, öffnen sich die Flügel zu ihrer vollen Pracht. Natürlich gibt es eine Torwache, die verhindert, dass Unbefugte an dem Hebel herumspielen.«

»Beeindruckend«, raunte Balger und strich mit der Hand über das kühle Metallgeländer.

»Wenn du das sagst. Lass uns gehen! Mir wird kalt. Verdammter Herbst.« Keänschi drehte sich um, ohne Balger in die Augen zu sehen. Auch seine Hand nahm sie nicht mehr. Die Launen des Mädchens änderten sich schneller als Wüstenwind seine Richtung.

Habe ich etwas falsch gemacht? Balger rang mit sich, ob er ihr diese Frage stellen sollte, aber dann sah er etwa hundertfünfzig Schritt vom Tor entfernt mehrere Schatten, die zwischen den Felsbrocken hin und her glitten, als würden sie dort Schutz suchen. Für Bestien waren sie zu klein. »Keänschi«, flüsterte er leise und legte ihr die Hand auf die Schulter.

»Du bist hübsch und sehr nett, Balger, aber ich bin jetzt wirklich nicht in der Stimmung, um ...«

»Da draußen schleicht sich jemand an das Tor heran!« Er zeigte mit dem Finger durch das Drahtgeflecht hinaus in die Richtung, wo er das Phänomen beobachtet hatte. Jetzt lag die Ebene wieder vollkommen ruhig da.

Eine Verwandlung ging durch das Mädchen. Sie duckte sich, spannte die Muskeln an und sondierte wachsam das Gelände. Keänschi war zur Kriegerin mutiert. »Bist du dir sicher?«, fragte sie leise.

Balger nickte mit ernstem Gesichtsausdruck.

Keänschi vertraute ihm augenblicklich: »Bestias?«

»Nein, ich glaube Menschen.«

»Wir müssen die Wache alarmieren, falls sie es noch nicht bemerkt hat! Wahrscheinlich sind es nur ängstliche Flüchtlinge, aber man weiß nie. Komm!« Sie blickten über den dunklen Steg, doch Uria war nicht mehr auszumachen.

»Bleibt die Wache nicht die ganze Nacht auf ihrem Posten?«, fragte Balger leise.

»Doch«, antwortete Keänschi gepresst, »und gerade Uria würde niemals einschlafen oder ihren Platz leichtfertig verlassen.«

Geduckt überquerten sie im Schutz der Brüstung den Steg. Uria stand definitiv nicht mehr auf ihrem Platz. Als sie fast wieder am Wehrgang angekommen waren, machte Balger eine furchtbare Entdeckung. Etwas Dunkles lag weit unter ihnen auf dem leeren Innenhof. Den Umrissen nach zu urteilen, handelte es sich um einen menschlichen Körper. Er machte Keänschi darauf aufmerksam.

»Uria«, entfuhr es ihr lauter als beabsichtigt und voller Sorge.

So schnell sie konnten, kletterten Balger und Keänschi die Leiter hinunter.

»Sie ist tot.« Balger ließ sanft Urias Arm los, nachdem er nach ihrem Puls gefühlt hatte.

Keänschis Gesicht wurde zu einer Maske des Zorns. »Wer kann das getan haben? Noch nie hat eine Bestie unsere Mauern überwunden.«

Balger untersuchte den toten Körper, der noch warm war, obwohl das Leben ihn längst verlassen hatte. Er ertastete eine blutige Wunde an ihrem Hinterkopf. Sie war kreisrund. Er kannte nur eine Waffe, die derartige Verletzungen hervorrief. Die Stahlkugel einer Schleuder. »Sklavenhändler versuchen uns zu überfallen!«

Keänschi nickte nur verstehend und war schon im Begriff, in Richtung Schweinebau zu laufen, um Hilfe zu holen, da fiel ihr Blick auf das sich langsam öffnende Tor. Mit einem metallischen Rattern schlug einer der beiden Flügel auf. »Was zum …«

Ihr Ausruf wurde unterbrochen durch das böse Kreischen einer Lacerna, die sich durch die immer größer werdende Öffnung schob.

Wir sollten Schreiberlinge fördern, die den Bewohnern seichte Historien erzählen, in denen sie sich verlieren können, ohne groß über das System nachzudenken. Als besonders erfolgreich haben sich in den letzten Dekaden Ränke, Abenteuer- und Liebesgeschichten gezeigt. Solche Autoren und Erzählungen zu fördern, sollte den Septem als eine politische Aufgabe ein besonderes Anliegen sein.

Das Buch der Septem – Chroniken der Zauberer

XXXIII. Magnus

Magnus verfolgte das Ende von Nakan, Manak und Tzanka ungläubig aus luftiger Höhe. Er war bis in den obersten Rang hinaufgestiegen, direkt darüber befanden sich nur noch die Logen. Es machte ihn traurig, die altgedienten Gladiatoren sterben zu sehen. Tief in seinem Inneren gab er sich eine Mitschuld an ihrem Tod. Ohne seine Flucht wären Nakan und Manak inzwischen vielleicht zurück bei ihren Familien gewesen und in Sicherheit. Nun würde der hünenhafte Barbar seine Kinder nie wiedersehen. Tränen rollten über Magnus' Gesicht und versickerten in seinem Bart. »Mögen die Götter euch wohlgesinnt sein!«, murmelte er.

»Schaut nur, der Narr«, rief eine Frau freudig, als sie ihn entdeckte. Das Spektakel in der Arena war für den Moment mit dem Tod der Kämpfer beendet und die Menge suchte eine neue Ablenkung. Der Narr kam dafür mehr als gelegen, zumal der Kampf – da waren sich alle einig – doch wirklich eine Schande und an Langweiligkeit nicht zu überbieten gewesen war.

Sofort war Magnus zurück in der Rolle, die von ihm erwartet wurde. Unauffälligkeit war entscheidend für den Erfolg seiner Mission. Magnus war inzwischen klar, dass niemand diese Bestie jemals würde besiegen können. Er musste unter allen Umständen das Artefakt bekommen und es rechtzeitig an Ceres weitergeben. Nur so hatten seine Freunde eine Chance, die Spielstätte lebend zu verlassen. Ohne den Knochen würde niemand in der Lage sein, Ceres aufzuhalten. Tarl oder die Zauberin konnten jeden Moment von den Kindern gewählt werden. So weit würde Magnus es nicht kommen lassen. Trotzdem musste er sich gedulden und auf den nächsten Kampf warten, der dann hoffentlich die Aufmerksamkeit des Senators so fesselte, dass er die Kästchen austauschen konnte.

»Oh, eine holde Maid«, begrüßte er die Frau mit affektiert tiefer Stimme. »Wollt Ihr nicht Euren verehrten Gatten als Arenenkämpfer anmelden, damit ich Euch heute Abend etwas wirklich Witziges zeigen kann? Nicht alles an mir ist so klein.« Er bewegte frivol sein Becken und zwinkerte übertrieben. Die Umstehenden lachten ausgelassen. Außer dem verhöhnten Ehemann, der wurde schlicht rot vor Zorn.

Die durchdringende Stimme des Zeremonienmeisters unterbrach das Geplänkel. »Unsere nächste Gruppe besteht aus Freiwilligen …«

Was ist das wieder für ein verdammter Blödsinn?, fragte sich Magnus und schaute hinunter in die Arena. Der Zeremonienmeister wirkte von hier oben wie eine Spielzeugpuppe.

»Echte Helden, die schon bewiesen haben, dass sie Bestien besiegen können. Drei erfolgreiche Gewinner der vergangenen Spielzeiten werden euch jetzt einen Kampf liefern, der an Spannung nicht zu überbieten sein wird.«

Für einen Augenblick verschlug es Magnus den Atem. Er lehnte sich, so weit er konnte, über die breite Steinbrüstung, um erkennen zu können, wer diese angeblich Freiwilligen waren.

»Begrüßen Sie Mamercus den Glorreichen!«

»Oh, der Glorreiche, weißt du noch?«, »Den habe ich immer so gern gesehen!«, »Früher waren die Spiele einfach besser!« und ähnliche Reaktionen entlockte diese Ankündigung den Zuschauern.

Der Gladiator ritt erhaben in die Arena. Er trug eine golden schimmernde Rüstung. Tosender Applaus begrüßte ihn. Demütig grüßte der Mann auf seinem edlen Ross die freien Bürger der großartigsten Stadt der Welt.

Alles in Magnus schrie danach, weiter zu den Logen zu gehen. Er hatte schon viel zu lange gewartet. Drei Freunde waren schon tot, weil er zu langsam gewesen war. Die großen, aus beigen Steinquadern bestehenden Treppenstufen bereiteten ihm und seinen kurzen Beinen nämlich einige Mühe. Wann immer es möglich war, vermied Magnus es, sich so hoch in die Arena zu begeben. Das Publikum wollte seinen Narren sowieso lieber Auge in Auge mit den Bestien sehen, nur selten erwartete ein Adliger hier oben seine Aufwartung. Magnus wandte sich ab und war im Begriff, zu den Logen hinaufzusteigen, da hielten ihn die Worte des Spielleiters zurück.

»Unterstützt wird dieser mächtige Krieger natürlich von einem Zauberer. In diesem Fall sollte ich besser Zauberin sagen.« Der Zeremonienmeister wackelte vergnügt mit den Augenbrauen bei diesen Worten. »Hier ist sie, die Bezwingerin der Nachtvögel, deren Seele durch das Feuer der Bestien reingewaschen wurde und die nun ihre Schuld an euch und unserer Stadt durch einen freiwilligen Kampf abtragen möchte. Kol bestraft, aber Kol verzeiht auch. Begrüßt Ceres, die Magierin!«

Magnus wäre fast vornübergefallen. *Nein!* Panisch bahnte er sich einen Weg durch die euphorischen Zuschauer, die allesamt unter kollektivem Gedächtnisschwund zu leiden schienen. Noch vor Wochen wollten sie das Mädchen, das sie jetzt mit lautem Beifall begrüßten, tot sehen.

»Was für ein niedliches Ding. Ich habe sie schon bei den letzten Spielen für unschuldig gehalten. Es ist so mutig von ihr, freiwillig zu kämpfen. Ein wahres Vorbild für alle Frauen.«

Magnus hörte den Blödsinn gar nicht, der um ihn herum dahingesagt wurde. Zielstrebig steuerte er die Treppe an, die hoch zu den Logen führte. Zwei muskulöse Wachen in roter Uniform und mit großen Breitschilden hatten sich davor aufgebaut. Ihre Gesichter waren eine Maske des Desinteresses, als würden sie nicht inmitten einer vergnügungssüchtigen Menge stehen, die einen ohrenbetäubenden Krach veranstaltete.

Als Magnus sie passieren wollte, kreuzten sie ihre Speere und verhinderten ein Durchkommen. »Wohin des Wegs, Narr? Müsstest du nicht in der Arena sein?«

»Lasst mich durch, ihr Blödmänner! Ich werde erwartet.«

Noch immer schaute keiner der beiden Magnus an, sondern sie starrten geradeaus in die Luft, als gäbe es dort das Interessanteste zu sehen, was man sich nur ausmalen konnte. »Ach wirklich, jemand von den ganz Großen erwartet den ganz Kleinen.«

»Ihr seid ja zwei echte Spaßvögel. Vielleicht solltet ihr einfach den Beruf wechseln und mich bei meiner Arbeit in der Arena unterstützen?« Magnus wusste, dass es kontraproduktiv war, die beiden auch noch zu reizen, aber er stand so unter Stress, dass diese Worte einfach aus ihm heraussprudelten. *Ceres könnte jeden Moment sterben*, raste ihm immer wieder derselbe Gedanke durch den Kopf. Magnus schickte sich an, einfach unter den gekreuzten Speerschäften hindurchzuschlüpfen, da brachte ihn die künstlich verstärkte Stimme des Spielleiters aus dem Konzept.

»Natürlich braucht jede Gruppe auch einen Kopf zum Denken. Begrüßt mit mir Tarl, den fühlenden Intellektuellen!«

Magnus stolperte vor Überraschung und riss dabei eine der Wachen um. *Das ist ein Albtraum.*

»Du elender Krüppel«, schrie ihn der Legionär an, den

Magnus mit zu Boden gezogen hatte. »Dich mache ich fertig.« Schon hob sein Kamerad den Speer, um ihn Magnus über den Schädel zu ziehen.

»Warte«, schrie Magnus verzweifelt. »Ich …«

»Was ist hier los?«, durchschnitt eine befehlsgewohnte Stimme das Gerangel.

Magnus sah vom Boden aus eine schneeweiße Toga. Enzyklos. Zum ersten Mal in seinem Leben war er froh darüber, den dunkelhäutigen Diener zu sehen.

»Entschuldigt, Herr. Der Narr wollte sich hoch zur Loge schleichen. Wir haben ihn erfolgreich aufgehalten und werden den Gnom seiner gerechten Strafe zuführen.«

»Lasst ihn passieren!«

Die beiden Soldaten schauten sich verständnislos an, aber sie folgten augenblicklich dem Befehl.

Zügig erklomm Magnus die Treppenstufen. Enzyklos erwartete ihn mit wütendem Gesichtsausdruck.

»Hätte ich wirklich erwähnen müssen, dass du unauffällig sein sollst, du kleinwüchsiger Blödmann?«, zischte der Dunkelhäutige.

»Sie wollten mich nicht durchlassen«, murmelte Magnus eine lahme Entschuldigung. Er wusste, dass das eben wirklich idiotisch gewesen war und alles gefährdete, woran er so lange gearbeitet hatte.

»Hast du alles dabei, was du brauchst?«

Wenn du wüsstest. Magnus nickte nur.

»Ich warte hier auf dich, wenn du zurückkommst.« Der Diener baute sich in dem dunklen, halbrunden Umgang auf, der den einzigen Weg heraus aus der Loge bildete. »Sollte etwas schieflaufen, dann töte ich dich auf deiner Flucht und werde ein Held sein.« Er grinste Magnus böse an.

Magnus ignorierte das. Um Enzyklos konnte er sich

Sorgen machen, wenn er das Artefakt in seinen Händen hielt. Zielstrebig ging er auf den dicken, roten Samtvorhang zu, der den Balkon von dem schlichten Raum dahinter abtrennte. Vorsichtig schob er ihn auseinander und warf einen Blick in die exklusive Loge. Er sah die drei Mitglieder des Acilius-Clans in ihren herrschaftlichen Sitzen von hinten. Genau so, wie Enzyklos es ihm erklärt hatte. Luca, der ganz links von Magnus aus saß – er war von hinten einfach an den Riemen seiner Maske zu erkennen –, schaute angespannt nach unten in die Arena, auch wenn er zu versuchen schien, dies zu verbergen. *Er bekommt seine Rache*, wurde Magnus bei diesem Anblick klar. *Ceres wird jeden Moment von dem Felsengram zerfetzt.* Der als Magier rot gekleidete Marwon, der rechts außen platziert war, wirkte hoch konzentriert und murmelte vor sich hin. *Er wirkt den Zauber, um den Felsengram ruhigzustellen.* Schließlich fiel Magnus' Blick auf sein eigentliches Ziel: den kahlen Hinterkopf des Senators in der Mitte. Unter seinem Stuhl befand sich das kleine Metallkästchen mit dem Knochen. Der Senator ließ sich gerade von einer Dienerin Wein einschenken. Magnus sah die braunhaarige Frau ebenfalls nur von hinten, aber eine Sache war ihm klar. *Sie muss hier weg, sonst kann ich nicht beginnen.* Er hatte das Gefühl, dass die Zeit so schnell verging wie nie zuvor in seinem Leben.

Der Senator nahm den silbernen Weinkelch entgegen, den ihm seine Bedienstete anbot, und sagte mit überraschender Zuneigung in der Stimme zu der Frau: »Danke, Malvina.«

Magnus wurde schwarz vor Augen. *Meine Mutter!*

Ein Volk kann nicht nur aus Herrschern und Arbeitern bestehen. Wir brauchen eine Zwischenebene, die glaubt, ebenfalls den Aufstieg ganz nach oben schaffen zu können. Daher gründen wir mit dem heutigen Tage die Magiakademie, eine Ausbildungsstätte für neue Zauberer, die wir brauchen, um das normale Leben in Kol am Laufen zu halten. Niemand aus den sieben Familien hat Lust, hinter den Mauern eines Latifundiums sein Dasein zu fristen, nur um Kornfelder oder Externi auf ihren Erkundungsmissionen magisch zu beschützen.

Das Buch der Septem – Chroniken der Zauberer

XXXIV. Tarl

Tarl tastete nach Pila. Er machte sich Sorgen, da er so lange nichts von dem Acidum gefühlt hatte. Außerdem wäre die kleine Bestie jetzt eine gute Hilfe gewesen, um den Felsengram irgendwie zu überwinden. Tarl spürte nichts. Falls Pila irgendwo in der Nähe war, gingen seine Emotionen in dem dumpfen Hass des Felsengrams unter, der langsam erwachte. Zusätzlich war da aber noch etwas anderes, Größeres, das Tarl empfing, das selbst die Emotionen der riesigen Kreatur überlagerte. Er konnte es nur nicht richtig greifen.

»Junge, jetzt ist die falsche Zeit zum Rumglotzen. Das Mistvieh wird sich gleich zu seiner ganzen Größe aufrichten und versuchen, uns zu Brei zu hauen«, lenkte Mamercus Tarls Aufmerksamkeit auf das Wesentliche.

Sie hatten nur sehr kurz Zeit gehabt, einen Plan zu schmieden. Im Wesentlichen lief er darauf hinaus, dass Tarl herausbekommen sollte, was die Kreatur vorhatte, und Ceres sie dann mit Magie attackierte. Mamercus sollte die beiden währenddessen irgendwie beschützen. *Wir müssen das hier ohne Pila schaffen*, wurde Tarl bewusst. Er machte sich Sorgen um die kleine Bestie, die inzwischen ein Teil seines Lebens geworden war. Auf die Gefühle und Eindrücke von Pila verzichten zu müssen, fühlte sich an, als ob ihm ein Körperteil oder ein Sinn fehlen würde. Tarls Blick fiel auf einen dunkelroten Klumpen direkt vor ihm im Sand. Fliegen umschwirrten den grausigen Beweis dafür, dass sich vor kurzer Zeit Freunde von ihm – gute Menschen – vergeblich gegen die grauenhafte Bestie gestellt hatten. Mehr war von ihrem Leben nicht geblieben. Sein

Magen schmerzte bei dem Anblick und Trauer überkam ihn.

»Was hat er vor, T-t-tarl?«, fragte Ceres panisch, die sich links neben ihm befand und angsterfüllt auf den sich langsam aufrichtenden Felsengram blickte. »H-h-hilf uns!«

Mamercus' Pferd tänzelte aufgeregt. Er vollführte Scheinangriffe auf die benommene Bestie, drehte aber immer schnell genug ab, damit er außerhalb ihrer großen Pranken blieb. Das Publikum pfiff und johlte begeistert. Der alte Gladiator wusste, wie man die Massen unterhielt und dass es wichtig war, sie jetzt in gute Laune zu versetzen, nachdem der erste Kampf aus ihrer Sicht enttäuschend langweilig gewesen war.

Die Zuschauer entscheiden über Leben und Tod, kamen Tarl Magnus' Worte in den Sinn. Er versuchte sich zu konzentrieren und etwas aus den überbordenden Gefühlswellen des Felsengrams herauszulesen. Das war schwer. Sie waren so stark, dass sie ihn fast überwältigten.

Ceres schoss einen rötlichen Blitz auf den fuhrwagenbreiten Brustkorb der Bestie ab. Die antwortete mit einem schmerzgepeinigten Brüllen. Augenblicklich war der Felsengram hellwach und hieb mit seinem langen Arm nach der Zauberin. Auch ohne sein Auge konnte er erstaunlich gut ihren Standort ausmachen. Als ob sie fliegen könnte, sprang Ceres anmutig hoch über den Felsengram und entging so dem tödlichen Schlag. Ihr roter Umhang umspielte sie dabei. Ceres sah aus, als wäre sie eine der Göttinnen der Altvorderen.

»Jetzt wage ich es, das Wort auch zu benutzen, ihr braven Bürger Kols. Wir sehen einen echten Kaaaampf! Ich bitte um aufmunternden Applaus für unsere mutigen Helden«, schaltete sich nun auch der Zeremonienmeister wieder ein, offensichtlich zufrieden über die Auswahl, die er getroffen hatte.

Die Zuschauer jubelten.

Mamercus' Glück schien jetzt schon aufgebraucht. Mit einem gigantischen Tritt erwischte der Felsengram überraschend das Pferd des Gladiators. Beide flogen in einem weiten Bogen durch die Arena. Mit einem gefährlich klingenden Klatschen schlugen zuerst das Pferd und einige Schritte weiter der Mensch auf dem Boden auf.

»Mamercus!«, schrie Tarl panisch.

Der Veteran war schnell wieder auf den Beinen und schüttelte sich, um die Benommenheit loszuwerden. »Es geht mir gut, Junge. Trotzdem könnten wir jetzt wirklich deine Hilfe gebrauchen. Du kannst das!« Humpelnd rannte Mamercus aus der Reichweite des Felsengrams. Sein Pferd blieb liegen und wieherte panisch, ein Laut, der Gänsehaut bereitete. Die beiden Hinterläufe waren gebrochen und standen in einem unnatürlichen Winkel ab. Immer wieder hob das schöne Tier den Kopf, um aufzustehen, was aber unmöglich war.

Tarl sondierte erneut die Gefühle des Felsengrams. Eine Woge des Zorns umspülte ihn. Er schloss die Augen und versuchte tiefer zu gehen, was sehr schwer war, da die Emotionen der Bestie ihm rasende Kopfschmerzen bereiteten. Kurz blitzte etwas auf. Tarl bekam es kaum zu greifen, dann wurde dieses Gefühl wieder überlagert von jener dumpfen Emotion, die er nicht richtig einordnen konnte. »Das Pferd. Er will das Pferd!«, brüllte Tarl hastig seine Informationen heraus und rannte weg von dem Tier und in die Richtung von Ceres.

»Zauberin, kannst du ihn attackieren, wenn er sich über den Gaul hermacht?«, schrie Mamercus, der sich erschreckend langsam auf sie zubewegte. Sein linkes Bein blutete und schien den Körper nur noch widerwillig tragen zu wollen.

Ceres hatte die Augen panisch aufgerissen, aber sie nickte.

»Gut! Tarl, du und ich, wir versuchen uns der Bestie von hinten zu nähern. Unsere Aufgabe wird ab jetzt sein, den Felsengram abzulenken und ein ähnliches Ziel wie das Pferd zu bilden, damit unsere kleine Magus hier ihn mit ihren Zaubern fertigmachen kann. Verstanden?«

Es fiel Tarl schwer, nicht einfach wegzulaufen, sondern sich hinter die Bestie zu schleichen, aber er begriff, dass Mamercus recht hatte. Mit normalen Waffen war hier nichts auszurichten. Ceres war ihre einzige Hoffnung.

Der Felsengram griff gierig nach dem zuckenden Pferd. Das Tier trat in seiner Panik aus und bekam Schaum vor dem Mund. Das alles nutzte ihm nichts. Schließlich fand es der Felsengram doch, hob es hoch und zerfetzte es, als wäre es ein Papyrus.

Ceres baute sich in gefährlicher Nähe zu der Bestie auf und schoss eine Kaskade von kleinen Feuerbällen auf den Felsengram ab. Die goldgelb glühenden Zauber verpufften wirkungslos an der dicken, grauen Haut des Ungeheuers.

»Das war der falsche Zauber, Mädchen«, schrie Mamercus, der bereits hinter dem Felsengram stand. »Überleg dir schnell was anderes!« Er humpelte zu einem der riesigen Füße der Bestie und schlug mit seinem Schwert dagegen.

Irritiert versuchte das plumpe Wesen herauszufinden, wer es da ärgerte. Verletzen konnte die Waffe es nicht. Wahrscheinlich fühlte sie sich für den Felsengram an wie ein Mückenstich für Menschen. Weil die Bestie nichts sehen konnte, schwang sie ihre großen Pranken zwischen den Füßen hin und her, um den Angreifer irgendwie zu packen zu bekommen.

»Jetzt, Ceres!«, schrie Tarl. »Er achtet nicht mehr auf

dich. Schnell! Lange kann Mamercus ihm nicht mehr ausweichen.«

»Der beste Kampf des Jahrhunderts, wenn ich das so sagen darf, liebe Leute. Das Herz des Glorreichen schlägt auf dem rechten Fleck. Wird sein Mut auch belohnt oder bestreitet er heute seinen letzten Kampf?«

In der Arena war es still geworden. Gebannt verfolgte die Menge das Geschehen. Nur das böse Brummen des Felsengrams war noch zu vernehmen. Tarl schaute zur Loge der Familie Acilius hoch. *Wo bleibst du nur, Magnus?* Jetzt, da er mit Mamercus und Ceres gemeinsam in der Arena stand, wollte er wieder ihrem ersten Plan folgen und mit seinen Freunden fliehen. Eine andere Option hatten sie nicht mehr. Nur wenn es Magnus gelang, das Artefakt zu entwenden, bestand noch Hoffnung, dass Ceres die anderen Zauberer in der Arena ausschalten konnte.

Ceres stand mit geschlossenen Augen da. Sie hatte die rechte Hand weit ausgestreckt. Auf der Innenfläche entstand eine um sich selbst drehende Feuerkugel, die immer größer wurde. Der Wind umspielte ihren roten Mantel. Ein eindrücklicheres Schauspiel hätte sich selbst der Zeremonienmeister nicht ausdenken können. Er war sicher entzückt von dem Anblick.

»Ahhh …«, kam es plötzlich von Mamercus. Die Pranke der Bestie hatte ihn an der Schulter erwischt und in den Sand gestoßen.

Der Felsengram brüllte und hob den Fuß, um den am Boden liegenden Gladiator zu zertreten.

»Ceres!!!«, brüllte Tarl.

Die ließ ihren inzwischen pferdekopfgroßen Feuerball direkt auf den Schädel der Bestie zufliegen. Funken stoben auf, als das Geschoss sein Ziel fand und explodierte. Einen Moment lang war der Kopf des Felsengrams komplett in

Feuer eingehüllt. Die Kreatur schrie so entsetzlich, dass es wehtat. Das Publikum hielt sich die Ohren zu und verzog das Gesicht. Der Felsengram wankte und verfehlte daher Mamercus um eine Armlänge mit seinem riesenhaften Fuß.

Tarl spürte so etwas wie Fassungslosigkeit von der Bestie. Sie konnte nicht begreifen, dass ein Gegner in der Lage war, ihr solche Schmerzen zu bereiten. Felsengrame stießen normalerweise nur bei ihresgleichen auf ebenbürtige Kontrahenten. Hastig rannte Tarl zu Mamercus und half ihm auf die Beine. »Na, alter Mann. Das Tempo der jungen Generation ist doch etwas zu schnell für dich, was?«

»Ja ja, komm, wir müssen hier weg! Der Koloss fällt gleich um. Deine kleine Zauberin hat es tatsächlich geschafft.«

Mit einem glücklichen Grinsen beobachtete Tarl, wie der Felsengram erst in Schieflage geriet und dann zu Boden ging.

»Ohhh, die Bestie fällt. Meine Damen und Herren, ich denke, es ist an der Zeit zu entscheiden, ob der Kampf damit beendet ist. Wer von euch braven Bürgern meint, dass der Sieg den Meeeeenschen gebührt?«

Tosender Applaus brandete auf und aus Tausenden Kehlen brüllte das Publikum: »Sieg, Sieg, Sieg …«

»Und der Sieger heißt: Mensch!«, schrie der Spielleiter frenetisch.

Sie hatten gewonnen. Tarl grinste übers ganze Gesicht. Der von ihm und Mamercus geschmiedete Plan ließ sich vielleicht doch umsetzen. Er würde den neuen Kaiser vor dem Weißen Schatten warnen können, bevor Schlimmeres passierte. Er blickte zu Ceres. Sie schaute ungläubig auf den Felsengram, der zusammengesunken am Boden lag. Die Zauberer mussten ihn wieder betäubt haben. Was war mit ihr los? Sie wirkte schockiert von ihrer eigenen Macht.

Tarl war eben im Begriff, zu ihr zu laufen, da überspülte ihn eine solch unsagbare Boshaftigkeit, dass es ihm kalt über den Rücken lief, obwohl er schwitzte. Im gleichen Moment ertönte ein langer Schmerzensschrei aus den Zuschauerreihen. Aufgeregtes Gemurmel erhob sich.

»Liebes Publikum, bleiben Sie ruhig, die Wettgewinne werden bald ausgezahlt. Wir haben … He, was soll das? Verschwinde mit dem Messer, du Idiot! Wache! Wache!!«, tönte es panisch aus dem Stimmverstärker. »Warum machst du das? Ich …« Mit einem feuchten Röcheln beendete der Zeremonienmeister seinen letzten Auftritt. Jemand hatte ihm die Kehle durchgeschnitten. Irres Gelächter erklang und verbreitete sich in der gesamten Arena.

Tarl brauchte noch einen Moment, bis er begriffen hatte. Der Weiße Schatten war gekommen.

Nachtrag: Erstaunlich viele Bewohner der Stadt weisen magische Fähigkeiten auf. Wir müssen verhindern, dass ihnen klar wird, welche Macht dies bedeutet, und dafür sorgen, dass es niemals zu viele Magi werden.

Das Buch der Septem – Chroniken der Zauberer

XXXV. Pila

Pila rollte schnell hinein in die enge Gasse. Seine verkümmerten Ärmchen ruderten hektisch und der große Kiefer öffnete und schloss sich unablässig. Es gab ununterbrochen das für seine Art charakteristische Zischen und Knacken ab. Tarl wäre allerdings aufgefallen, dass es sich verändert anhörte. Die Töne waren lauter und deutlich höher, als die befellte Bestie sie normalerweise von sich gab. Diese Andersartigkeit war mit einer Emotion zu erklären, die Pila bis dahin gar nicht gekannt hatte. Das neue Gefühl hatte es von seinem menschlichen Schwarmmitglied gelernt: Angst. Genauer gesagt: Todesangst.

Das Acidum sondierte hektisch die Umgebung, um weiterzukommen. Noch mal durfte es nicht in einer Sackgasse landen, das würde sein Ende bedeuten. Seine besonderen Sinne erlaubten ihm, das Straßengewirr der riesigen Stadt wie in einem verkleinerten Ausschnitt zu sehen. Die Knacktöne, die es permanent von sich gab, funktionierten ähnlich wie der Ultraschallruf von Fledermäusen. Das zurückgeworfene Echo ermöglichte es Pila, sich auch auf unbekanntem Terrain spielend leicht zu orientieren. Normalerweise musste es sich dabei aber nicht so sehr beeilen und konnte seine Erkenntnisse mit denen zahlreicher Schwarmmitglieder abgleichen, sodass sich ein viel umfangreicheres Bild seiner Umgebung ergab.

Pilas Tempo war so hoch, dass das Acidum ein wenig abhob, als es über eine leichte Bodenwelle rollte. Der Aufprall war unangenehm, aber nicht allzu schmerzhaft. In Paarungskämpfen hatte es Schlimmeres erlebt. Die Straße verbreiterte sich zu einer kleinen Kreuzung. Pila versuchte immer noch zur Arena zu kommen, weil es von dort die letzte Emotion seines Schwarmmitglieds Tarl empfangen hatte, aber sein Verfolger schnitt ihm erneut den Weg ab und trieb die kleine Bestie in die entgegengesetzte Richtung. Pila wurde zornig, weil es ihm einfach nicht gelang, Tarl zu erreichen. Sein Wille siegte über die Vernunft. Entgegen seinem Überlebensinstinkt nahm es daher die linke Abbiegung und nicht die rechte, die es weg von seinem Verfolger geführt hätte. Es wusste, dass sein Schwarmmitglied unbedingt seine Hilfe brauchte, sonst hätte der mit seinen schwachen Kräften keine Chance gegen den Weißen Schatten, der Pila schon den halben Morgen durch die Stadt trieb. Die körperlose, riesenhafte Bestie zog wie eine unnatürliche Nebelbank über die Stadt und hinterließ Tod und Verderben. Wäre Pila ein Mensch gewesen, hätten es die Bilder der grausamen Wunden, die die Menschen sich in seiner Umgebung gegenseitig beibrachten, erschüttert. So ärgerte es sich nur darüber, dass es all das warme Fleisch, das in der Gegend herumlag, nicht fressen konnte.

Sollte es in die Reichweite des Weißen Schattens kommen, würde der Pila ebenfalls vereinnahmen und zu einer seelenlosen Kreatur machen, die nur dem Befehl der körperlosen Bestie folgen würde. Es würde eingereiht werden in die Horde dieses Schattens, um dessen Kämpfe gegen andere Weiße Schatten auszufechten. Bestienarmeen gegen Bestienarmeen. Weit draußen, in den leeren Ebenen der Welt, kämpften die wenigen nebelartigen Bestien, die es auf der Erde gab, um die Herrschaft. Doch dieser Schatten war anders. Ihm ging es nicht darum, seinesgleichen zu dominieren. Er wollte nur eins erreichen, und das schon seit ewigen Zeiten: die Menschheit endgültig vernichten.

Pila verstand auf seine eigentümliche Weise, dass diese Bestie uralt war. Sie kannte noch die ursprüngliche Welt der Bestien und war nicht auf der Erde geboren worden. Man hatte diesen Schatten aus seiner Heimat gerissen und das machte ihn unendlich zornig. Der Weiße Schatten hatte die Schuldigen auserkoren, die diesen Hass stillen sollten – die Menschen.

Pila rollte schnell auf eine Nebelwand zu, die sich langsam, als würde sie voranschreiten, in der Straße verbreitete. Der Weiße Schatten wuchs mit jedem Opfer, das er sich gefügig machte. Kol war für ihn wie ein Festmahl. Hunderttausende Menschen auf engstem Raum und keine Macht, die ihn aufhalten konnte.

Pila hielt an und rollte unsicher vor und zurück. Wenn es zu Tarl wollte, dann musste es direkt durch die grauweiße Nebelwand hindurch. Instinktiv spürte es, dass der Mensch jetzt noch dringender seiner Hilfe bedurfte. Urplötzlich ging ein schmutziges, graues Wabern durch die körperlose Bestie. Der Nebel zog sich pulsierend zusammen und drehte ab. Pila spürte etwas, das es auch von Tarl gelernt hatte – Hoffnung. Es rollte zügig in die nun verlassene Nebenstraße, die von etlichen grausam entstellten Menschen bedeckt war. Einige Leiber gaben noch ein kraftloses Stöhnen von sich, das aber bald verstummen würde. Pila verstand nicht, was passiert war, aber sein Orientierungssinn vermittelte ihm deutlich, dass der Weiße Schatten direkter und noch schneller als zuvor auf die Arena zusteuerte. Er bündelte sich und seine Kraft, um zügiger dorthin zu gelangen. Irgendetwas schien ihn von dort anzuziehen. Pila ließ seine Zisch- und Knacklaute erklingen, um einen alternativen Weg zu finden. Es dauerte eine ganze Weile, in der es vollkommen bewegungslos und allein mitten auf der lehmfarbenen Straße verharrte – ein

Anblick, der in normalen Zeiten unter den Bewohnern der Insulae Panik ausgelöst hätte. Nun natürlich nicht mehr, sie waren ja alle tot. Schließlich glaubte Pila eine Route gefunden zu haben. Sie verlief in einem weiten Halbkreis um die Arena herum und würde es in Teilen über die Stadtmauer führen. Ein Umweg, aber seine einzige Chance, doch noch zu Tarl zu gelangen, ohne den Weg des Schattens zu kreuzen. Wenn es schnell genug war, würde es noch vor dem Schatten ankommen. Hoffnung. Das Acidum rollte zügig los und zog einen feinen gelbroten Staubfilm hinter sich her.

Pila hüpfte die Treppenstufen zur Stadtmauer hoch. Normalerweise hätte es diesen Weg gemieden, da er keine Deckung bot, aber es waren heute keine der Menschen zu sehen, die sonst ständig auf dem Bollwerk patrouillierten. Schließlich erreichte es den breiten Wehrgang. Zielstrebig begann es Richtung Westen zu rollen. Nicht mehr lange und es würde an eine Stelle gelangen, von der es leicht die Rückseite der Arena erreichen konnte. Pila streckte seine Sinne nach Tarl aus, aber es konnte ihn immer noch nicht spüren, weil etwas anderes, sehr Starkes und Riesenhaftes alle übertragbaren Emotionen überlagerte. Pila blieb verwirrt stehen. Es war nicht der Zorn des Schattens, den es spürte, sondern eine wahre Woge an Emotionen, die auf ihn mit einer unglaublichen Gewalt einschlug. Pila verlor für einen Moment die Kontrolle und rollte heftig gegen die mannshohe Brustwehr. Als es das Mauerwerk berührte, wurden die Gemütsbewegungen nochmals verstärkt. Unkoordiniert rollte es ein Stück weiter und kam gerade noch rechtzeitig vor einer tiefen Schießscharte zum Stehen, die ihm den Blick durch die Mauer hindurch in die Ebene vor der Stadt gestattete. Es war nicht überrascht darüber, was es erblickte, sondern eher befriedigt, weil es nun die starken Gefühlswellen, die es eben noch nicht verstanden hatte, einordnen konnte. Vor der Stadtmauer hatten sich Tausende Bestien aller Arten versammelt. Sie verharrten bewegungslos und entgegen ihrer Natur friedlich nebeneinander und schienen auf etwas zu warten.

Undankbarkeit ist der Menschen Lohn. Trotz allem, was die Septem für die Bevölkerung getan haben, formiert sich organisierter Widerstand. Zu lange haben wir diesem Treiben zugesehen, weil es einigen der großen Familien gut in ihre Machtkämpfe passte.

Das Buch der Septem – Chroniken der Zauberer

XXXVI. Balger

»Versteck dich!«, schrie Keänschi Balger über die Schulter zu und rannte in Richtung Schweinebau. Inzwischen befanden sich vier Lacernae auf dem Innenhof. Eine weitere steckte zwischen den Flügeln des sich immer weiter öffnenden Tores fest und brüllte ungeduldig.

»Was ist hier los?«, rief Balger Keänschi hinterher.

»Die haben auch die Torwache getötet und machen jetzt das Tor von außen auf«, gab sie gehetzt zurück und war auch schon aus seinem Blickfeld verschwunden.

Die Bestien kommunizierten mithilfe ihrer primitiven Brüll- und Kreischlaute. Sie liefen auf dem gesamten Hof herum. Ihre Schädel zuckten dabei vogelartig vor und zurück. Die geschlitzten gelben Augen, die seitlich an ihrem langen Schädel saßen, funkelten im Mondschein. Langsam und lauernd staksten sie mit ihren muskulösen Hinterbeinen über den Hof, bereit, sich ihre Beute zu holen.

Noch hatten die Bestien Balger nicht entdeckt, aber das war nur noch eine Frage von Augenblicken. Balger überlegte krampfhaft, wo er sich sicher verbergen konnte, bis die anderen mit Waffen und Rüstungen zur Verteidigung des Confugiums herbeieilten. Er war unbewaffnet, aber mit ihren Mechanicas würden die Krieger der Rebelles eine Chance gegen die Bestien haben. Auch wenn es zahlreiche Opfer geben würde, zumal jetzt schon die fünfte Bestie in den Hof eingedrungen war. Hinter dem Tor war das Kreischen von weiteren zu hören. Vermutlich ein zweites Rudel, das vorhatte, in seltener Eintracht mit seinen Artgenossen zu jagen. *Ich muss das Tor schließen, wenn wir eine Überlebenschance haben wollen.* Balger wollte sich gar nicht ausmalen, was passierte, wenn die Bestien in die Schlaftrakte der wehrlosen Familien vordrangen.

Die größte Lacerna legte ihren riesenhaften, langen Echsenschädel schief. Einen Moment später drehte sie den Kopf in Balgers Richtung und brüllte ihren Kameradinnen etwas zu. Die Rudelmutter hatte Balger wohl als Vorspeise auserkoren. Als wären sie an einem langen Seil befestigt, änderten die Lacernae schlagartig ihre Richtung und liefen geduckt auf Balger zu.

»Verdammter Mist!«, schimpfte der in sich hinein. »Sie treiben mich vom Tor weg.« Ein sicheres Versteck war nirgendwo in Reichweite. Es fühlte sich für Balger ein wenig an wie in der Arena – nur dass ihm niemand beim Sterben zusah. Leider machte das die Situation keinen Deut besser. »Dum spiro spero«, rief Balger den Bestien entgegen. ‚Solange ich atme, hoffe ich', war einer der Sprüche, die Euthydemos immer benutzte, wenn Balger mal wieder die Deklinationen der alten Sprache verwechselt oder gar vergessen hatte. In dieser Situation passte er aber auch ganz gut, fand Balger.

Die fünf Bestien hatten keine Eile. Sie waren sich ihrer Überlegenheit bewusst. Sie kreisten ihn langsam immer weiter ein und drückten ihn näher an die grob behauenen Steine der Schlucht in seinem Rücken heran. Die Situation war aussichtslos. Balger konnte nur hoffen, dass die Rebelles ihm schnell zu Hilfe eilten. Aus dem Augenwinkel nahm er am Tor eine Bewegung wahr. Zu klein für eine Lacerna. *Menschen?* Er hatte keine Zeit, darüber nachzudenken, sondern suchte weiter fieberhaft nach einem rettenden Versteck.

Die Lacernae hoben plötzlich alle die langen Schädel und schnupperten hörbar.

Kurz danach stieg auch Balger der unverwechselbare Geruch in die Nase. *Feuer.* Er konnte es nicht glauben, aber aus dem Eingang des Schweinebaus schlugen große Flammen. Seine neuen Freunde würden ihm so schnell also nicht zu Hilfe kommen können. Sie waren unter der Erde eingeschlossen und kämpften wahrscheinlich um ihr eigenes Leben. Balger ging noch einen Schritt nach hinten. Sinnloserweise hatte er die Arme ausgestreckt und dabei die Handflächen nach außen gekehrt. Hätte er in der Arena so versucht die Lacernae zu beschwichtigen, hätte ihn das Publikum ausgelacht.

Balger stolperte plötzlich über etwas hinter ihm und schlug lang hin. *So ein Mist.* Sein Blick fiel auf eine der mehrarmigen Maschinen, die am Vormittag hier repariert worden waren. Die schwere Rüstung war an einer Aufhängung befestigt – über die ausladenden Eisenfüße des Ständers war er gefallen – und gab ein leises Brummen ab. Zwei riesige Schwerter hingen an den künstlichen Eisenarmen. Er versuchte eines davon zu lösen, aber die Waffe saß so fest, als wäre sie mit der Rüstung verschmolzen. »Deus ex machina«, brummelte Balger und kletterte in Ermangelung anderer Möglichkeiten in das Gerät hinein. Vielleicht würde es ihn schützen können. Im Inneren war es stickig und er konnte dumpf seinen Atem hören. Schließlich streckte er den Kopf durch die obere Öffnung wieder hinaus. Wie von allein senkten sich seine Hände in die dafür vorgesehenen Öffnungen und er ertastete zwei kleine Hebel. Bei jeder noch so kleinen Berührung der Hebel bewegten sich die mechanischen mit riesigen Zweihändern bewehrten Schwertarme. »Deus ex machina«, brüllte Balger die Bestien jetzt deutlich selbstbewusster an, denn so fühlte er sich jetzt wirklich – wie ein Maschinengott. Er genoss es, dass die großen Waffen ihm gehorchten. Zwar hätte er damit noch keine Zwiebeln schälen wollen, aber einer Lacerna den Schädel abzuschlagen, das traute er sich schon zu.

Die Bestien zischten ihn böse an. Auf ihre eigene Art verstanden sie, dass aus ihrem Opfer gerade ein ernst zu nehmender Gegner geworden war. Sofort liefen die pfeilschnellen Kreaturen auseinander, um kein allzu leichtes Ziel abzugeben.

Balger holte mit seinem linken, künstlichen Arm aus. Das Schwert schwang in einem ausladenden Bogen. Er verpasste die Bestien mit dem ungelenken Schlag um Längen. Gleichzeitig verlor er bei dem heftigen Schwung das Gleichgewicht und kam ins Taumeln. Die nachgeahmten Extremitäten waren schwer und wurden nur von Balgers normalen Beinen getragen, da er nur das Oberteil der Rebellesrüstung angezogen hatte. Kein Wunder, dass die Aufständischen Jahre darauf verwendeten, ihre Krieger an den Mechanicas auszubilden.

Eine der Lacernae erkannte seine Schwäche sofort und stieß nach vorn.

Balger schaffte zur Verteidigung nur seinen rechten Arm gerade auszufahren. Die Schwungbewegung bekam er nicht wieder hin. Die Bestie rannte glücklicherweise direkt in das lange Schwert und spießte sich selbst mit einem animalischen Kreischen auf. Ihr böses Schreien bereitete ihm Übelkeit. Die Kreatur wand sich so stark, dass sie Balger fast von den Füßen gerissen hätte. Schließlich schaffte er es, den Hebel so zu bedienen, dass er die Waffe wieder aus der Bestie herausziehen konnte.

Die Lacerna zog sich stark blutend und humpelnd hinter ihre Artgenossen zurück, die jetzt zornige Rufe ausstießen. Die Zeit des Spielens war vorbei. Jetzt wollten sie einfach nur schnell Balgers Tod. Gegen vier von ihnen hatte er auch mit seiner neuen Ausrüstung keine Chance.

»Rebelles, das Tor. Schließt das Tor!«, dröhnte eine befehlsgewohnte weibliche Stimme über den Hof. Tarratia hatte es mit etwa einem halben Dutzend mit Mechanicas Ausgerüsteten durch die Flammen herausgeschafft.

Die Lacernae reagierten schnell auf die sich verändernde Situation. Ihre Mutter dirigierte die anderen Bestien mit Kreischlauten über den Hof, um sich der neuen Bedrohung stellen zu können. Das kleinste ihrer Rudelmitglieder ließ sie bei Balger zurück, um die Rache der Herde zu vollziehen.

»Da waren es nur noch wir beiden. Was machst du ohne deine großen Kumpels, Dreieckskopf?«

Die Echse ließ sich nicht von Balger irritieren. Langsam umkreiste sie ihn und blieb dabei immer außerhalb der Reichweite seiner ungelenk geschwungenen künstlichen Schwertarme.

So halte ich das Vieh wenigstens auf Abstand. Die anderen werden mir sicher bald zu Hilfe kommen, beruhigte sich Balger und holte erneut aus.

Die Bestie duckte sich und attackierte ihn direkt von vorn mit ihren messerscharfen Zähnen.

Balger ging hastig einen Schritt zur Seite und versetzte dem Wesen dabei zufällig einen Schlag mit seinem Schwert, weil er an den Mechanicahebel gekommen war. Leider erwischte er es nur mit der flachen Seite, sodass er es nicht ernsthaft verletzte. Allerdings strauchelte die Kreatur kurz und brauchte einen Moment, bis sie wieder sicher auf ihren muskulösen Hinterbeinen stand. Balger verzichtete darauf, sofort nachzusetzen, sondern versuchte zu erkennen, ob es den Rebelles gelang, das Tor zu schließen. Sollte das geschehen, könnte er sich vielleicht zu den anderen durchkämpfen. Da fiel ihm am Tor etwas auf, das ihm merkwürdig vorkam. Ein riesiger Mann kam durch das Tor herein. Er trug eine Doppelaxt, die fast so groß war wie eines der Schwerter, die Balger nur mithilfe mechanischer Kraft zu führen in der Lage war. »Was zum …?«

Zischend sprang die Lacerna ihn mit aufgerissenem Maul an.

Balger bemerkte es gerade noch rechtzeitig. *Gut, dass die Viecher solch einen schlimmen Mundgeruch haben.* Dabei bedachte er aber nicht, dass seine weit ausgefahrenen mechanischen Arme seinen Schwerpunkt verlagerten und ihn aus dem Gleichgewicht brachten. Unaufhaltsam kippte er vornüber. Er riss wahllos an den Hebeln, um den Sturz zu verhindern, denn wenn er erst einmal auf dem Boden lag, war er eine leichte Beute für die Echse. Sein Unterleib und die Beine waren ungeschützt. *Das Mistvieh könnte mir im wahrsten Sinne des Wortes den Anus aufreißen.* Keine schöne Aussicht, zumal Keänschi seinen Hintern gerade erst als besonders schön hervorgehoben hatte. Trotzdem stellte sich der Sturz als sein Glück heraus. Die Lacerna hatte gar nicht vorgehabt, ihn im Sprung zu attackieren, sondern wollte über Balger hinwegspringen, um seine Kehrseite zu attackieren. Balger schaffte es, sich im Fallen auf die Seite zu drehen. Er sah den grün geschuppten Bauch der Bestie über sich. Mit aller Kraft zerrte er weiter an dem Hebel und schaffte es irgendwie, seinen rechten Mechanicaarm hochzureißen. Als wollte er einen Fisch ausnehmen, schlitzte Balger der Lacerna von unten ihren Wanst auf. Stinkendes, gelbgrünes Blut und eklige warme Innereien ergossen sich auf ihn. Balger hatte leider so stark an dem Steuerungshebel gezogen, dass der im gleichen Moment abbrach. Der nutzlose Schwertarm fiel augenblicklich mit einem metallischen Scheppern auf den Boden. Schließlich fand sich Balger rücklings auf dem mit

Lacernablut durchtränkten Boden wieder. Seine Augen brannten von dem unnatürlich gefärbten Lebenssaft. Schwerfällig hob er den Kopf, um nach seiner Angreiferin zu sehen. Die Echse lag bewegungslos direkt hinter seinen ausgestreckten Beinen. *Das war knapp.* Balger versuchte sich wieder aufzurichten. Um ihn herum tobten Kämpfe, aber zwei weitere Lacernae lagen inzwischen dahingerafft auf dem Boden oder waren schwer verletzt. Den gut ausgebildeten Rebelles und vor allem ihren Mechanicas hatten sie auf deren eigenem Terrain wenig entgegenzusetzen. Etwa sechs oder sieben der Bestien waren inzwischen eingedrungen und das Tor stand immer noch fast ganz offen. Das Gekreische ihrer sterbenden Artgenossen würde sicher noch mehr der Echsenbestien anlocken. *Ich muss es schließen!* Verzweifelt blickte er zum Eingang des Schweinebaus, aus dem immer noch Flammen schlugen. *Ich hoffe, Keänschi hat einen anderen Weg herausgefunden.* Der Hof war geschwängert vom Rauch, der in den Augen brannte und die Kehle reizte. Das Feuer hatte mittlerweile auf zahlreiche andere Gebäudeteile übergegriffen. Ächzend versuchte Balger wieder auf die Beine zu kommen, musste aber feststellen, dass das nicht möglich war. Der nutzlos gewordene rechte Mechanicaarm mit dem riesigen Schwert nagelte ihn praktisch am Boden fest. Balger ließ sich resigniert wieder nach unten sinken, nur um im nächsten Moment erneut zu versuchen hochzukommen. »Stercus«, keuchte er unflätig in der alten Sprache. Er hatte nun nur zwei Möglichkeiten. Hier einfach liegen zu bleiben und auf den Schutz seiner Rüstung zu vertrauen oder zu versuchen aus ihr ohne Hilfe wieder herauszukrabbeln und dann unbewaffnet sein Glück auf dem Schlachtfeld zu versuchen. In seinem beschränkten Sichtfeld auftauchende Caligae nahmen Balger diese Entscheidung ab.

»Alea iacta est, mein kleiner Barbar«, erklang eine schneidige Stimme, die Balger in Angst und Schrecken versetzte. Spurius. »Die Würfel sind endgültig für dich gefallen. Fesselt ihn, und dann raus aus diesem Schlachthaus!«, befahl der vernarbte Zenturio.

Grobe Hände zerrten an Balger, schafften es aber nur, ihn etwas zur Seite zu drehen. Hochheben konnten sie ihn nicht.

»Wir kriegen ihn nicht auf die Beine, Zenturio.«

»Wozu habe ich einen hirnlosen Muskelprotz mitgenommen, wenn der bei jedem Schritt so laut schnauft, als wäre er ein Felsengram?«, schimpfte der Menschenfänger.

»Es ist diese komische Rüstung. Der Barbar muss sie ausziehen, dann könnte es gehen«, ergänzte eine erstaunlich junge Stimme.

»Komm raus aus dem Ding!«, schrie Spurius.

Balger dachte gar nicht daran, sondern krallte sich an freien Metallteilen fest.

»Ich könnte ihn herausschneiden.«

Vor Balgers Augen schwang die große Doppelaxt gefährlich hin und her. An ihr klebte grünliches Lacernablut. Die Sklavenhändler hatten sich also ihrer eigenen Falle auf dem Weg zu Balger erwehren müssen. Leider erfolgreich.

»Nein, wir dürfen die Ware doch nicht beschädigen, du Idiot.«

»Vielleicht ist er schon tot? Er sagt ja gar nichts«, sagte die junge Stimme.

»Könnte sein, sonst ist er nämlich ein ausgebufftes Plappermäulchen.«

Im gleichen Moment bekam Balger einen harten Tritt zwischen die Beine, der ihn schmerzvoll aufstöhnen ließ.

Der Mann mit der Doppelaxt lachte böse auf. »Der lebt noch.«

Spurius umkreiste Balger. »Helft mir!«

Schon spürte Balger raue Hände an seinen Unterschenkeln, die heftig an ihm zerrten. Er spannte jeden Muskel an, um nicht aus der Rüstung herausgezogen zu werden.

»Stell dich nicht so an, Barbar«, zischte Spurius und zerrte erneut.

Ich muss wieder auf die Beine kommen, sonst ist alles verloren. Balger trat so kräftig aus, wie es ihm möglich war, um seine Peiniger abzuschütteln. Er tastete in der Rüstung herum, doch seine rechte Hand berührte immer wieder nur den kaputten Schalthebel.

Wieder griffen sie nach ihm.

Panik überkam Balger und er strampelte wie ein Baby.

»Halt ihn doch mal richtig fest«, schimpfte Doppelaxt.

»Du hast ihn doch auch losgelassen«, entgegnete die junge Stimme.

»Schluss jetzt! Los, versuchen wir es noch mal und diesmal lasst ihr euch nicht abschütteln!«, befahl Spurius.

Balger dachte an seine Familie, aber auch an seine Freunde – Ceres, Tarl, Magnus. Sie hätten in dieser Situation jedenfalls nicht aufgegeben. Wütend schlug er auf den nutzlos gewordenen Hebel ein. Ein Zischen erklang und er spürte im gleichen Moment einen feinen Windzug an seinen Achseln. *Habe ich etwa ...* Er erlaubte sich nicht den Luxus weiterzudenken, sondern nutzte die Kraft des anderen Arms, um sich in einer schnellen Bewegung hochzudrücken, bevor die drei wieder nach seinen Beinen greifen konnten. Der nutzlos gewordene Mechanicaarm rutschte einfach ab und blieb samt dem Schwert auf dem Boden liegen. Kaum dass Balger wieder stand, attackierte ihn auch schon der Hüne mit der Doppelaxt. Balger wurde geleitet vom Zorn. Er sah in diesem Augenblick in dem grobschlächtigen Mann keinen Menschen, sondern einfach nur eine weitere Bestie. Leicht fing er die Axt mit seinem linken Arm ab und zog mit seinem übermenschlich starken mechanischen Schwert daran, sodass sie dem Riesen entglitt. Gefühllos stieß er dem wehrlosen Mann daraufhin seine große Waffe in die Brust – so tief, dass sie zum Rücken wieder herauskam.

Der Menschenjäger schaute entgeistert auf den schnell größer werdenden Blutschwall, der aus seinem Oberkörper floss.

Balger ging einen Schritt zurück und zog das Schwert zu sich, drehte sich um und wandte sich seinen beiden anderen Gegnern zu. Spurius grinste ihn bösartig an. Er hielt seinen Gladius locker in der Hand. Neben ihm stand ein Junge, der vielleicht ein, zwei Jahre jünger war als Balger. Sein Gesicht erinnerte Balger an eine der Ratten, die überall in Kol herumwuselten.

Es war so, als befänden sie sich in einer vom Rest der Welt abgeschotteten Blase. Das tödliche Chaos um sie herum, die Schreie, das Brüllen der sterbenden Bestien, das Prasseln des Feuers, all das existierte für Balger nicht mehr. Es gab nur noch ihn, die Menschenfänger und seine Rache. Jetzt würde er seinen Schwur erfüllen und den Mann töten, der seinen Pater ermordet hatte. »Mors certa, hora incerta. – Der Tod ist sicher, nur die Stunde ist ungewiss, Spurius. Erinnerst du dich? Jetzt ist es für dich so weit.« Er zeigte mit seinem unnatürlich langen Arm und dem riesigen Schwert auf den vernarbten Kämpfer.

Spurius spuckte auf den Boden. »Bis repetita nemini placent! Wiederholungen gefallen niemandem, Barbar.«

Balger tat so, als wollte er seine Waffe über den Kopf heben, um Spurius in zwei Hälften zu teilen.

Der Junge, der links neben dem Zenturio stand, reagierte sofort und versuchte ihn zu unterlaufen, um Balger einen gefährlich gebogenen Dolch in die Kniekehle zu rammen.

Doch Balger hatte damit gerechnet, hielt inne und hieb dem Jungen brutal die flache Seite seines Schwerts gegen die Schulter.

Der flog etliche Schritte weit und blieb dann besinnungslos im Hühnerstall liegen, dessen Außenwand er mit dem Rücken durchschlagen hatte.

Balger hatte ihn nicht töten wollen. Vielleicht war der Junge von Spurius gezwungen worden hierherzukommen. Auf jeden Fall war er zu jung zum Sterben.

Spurius hatte offenbar mit Balgers Milde gerechnet. Blitzschnell schlug er mit seinem Gladius auf dessen ungeschützten Arm ein, rollte sich in der Bewegung ab und stand plötzlich hinter Balger.

Schnell drehte der sich um. Aus seinem Bizeps quollen dicke Bäche dunklen Bluts. Wäre Spurius' Waffe nicht an einem vorstehenden Rüstungsteil hängen geblieben, wäre die Verletzung noch schwerer gewesen. Die Schmerzen waren schrecklich und Balger tränten die Augen, aber sein Hass trieb ihn weiter. Er schlug nach den Beinen des Zenturios.

Der sprang leichtfüßig in die Luft und schlug gleichzeitig auf Balgers gepanzerten Mechanicaarm. Funken sprühten auf. »Du bist zu langsam mit deiner plumpen Rüstung. Heute wirst du sterben, Barbar. Es sei denn, du kommst mit mir.« Spurius duckte sich, nahm eine Handvoll Sand und warf sie Balger ins Gesicht.

Der war geblendet und hätte fast versucht, sich mit dem Mechanicaarm die Augen zu reiben. Rechtzeitig hielt Balger inne, bevor er sich schwere Verletzungen am Kopf zufügte.

Spurius nutzte diesen Moment gnadenlos aus und führte einen schnellen Streich gegen Balgers Oberschenkel aus. Die Haut öffnete sich augenblicklich und ließ Blut hervorquellen. »Ich will dich nicht weiter beschädigen, dafür bist du zu wertvoll. Gib auf und komm mit mir! Ich bringe dich zu den anderen Barbaren, die wir erst kürzlich in einem Felsendorf gefangen haben. Es sind sogar Frauen darunter, du darfst dir eine aussuchen, die dir die Rückreise nach Kol versüßt.«

Balger schaute Spurius mit weit aufgerissenen Augen an.

»Hahaha«, rief der triumphierend und duckte sich unter Balgers plump geführtem Schwerthieb weg. »Es war also dein Dorf, das wir versklavt haben. Waren etwa Freunde von dir unter den Bewohnern oder sogar deine Familie?«

»Wo sind sie?«, schrie Balger und drosch ungelenk und wenig effektiv mit seinem Schwert nach Spurius. Die Waffe krachte mehrmals nutzlos neben dem Zenturio in den Boden. Roter Lehm spritzte auf.

Der alte Kämpe ging einfach rückwärts, als wäre nichts geschehen, und lachte: »Familie also. Lass mich doch mal überlegen, wer es sein könnte. Hast du Schwestern? Da waren zwei ganz entzückende Wesen dabei, die ich schon für mich reserviert habe. Ein bisschen jünger als du. Stimmt's? Aber mach dir keine Sorgen, ich bringe ihnen nur das bei, was sie dann in einem der Häuser der Freude in Kol täglich über sich ergehen lassen müssen.«

Balger rannte mit erhobenem Schwert auf den Zenturio zu.

Der sprang lachend zurück und wieder waren sie ein ganzes Stück näher am Tor. »Komm schon, Junge. Immer hinter mir her, dann kannst du sie wenigstens auf der Reise beschützen und als erfolgreicher Arenenkämpfer vielleicht nach ein paar Jahren freikaufen. Sie finden dann bestimmt immer noch einen Mann, der ihre gute Ausbildung zu schätzen weiß. Huren sind beliebt.«

Balger brüllte vor Zorn und schlug erneut in einer ungeschickten Drehbewegung zu.

Diesmal duckte sich Spurius nicht nur, sondern lief unter dem künstlichen Arm hindurch und stach Balger einen Dolch in die eisenbewehrte Achsel.

Der konnte daraufhin seinen Schwertarm nicht mehr senken. Aus dem anderen floss weiter heftig das Blut. Balger wusste, dass er kurz davor war, diesen Kampf zu verlieren. Er wankte leicht.

»Mach es uns doch nicht so schwer, mein kleiner Barbar. Folge mir und ich werde dafür sorgen, dass du wieder kerngesund bist, wenn wir zurück in Kol sind.« Spurius schlug hart auf Balgers mechanische Hand, die geradeaus zeigte. Das mechanische Schwert fiel nutzlos herunter. Spurius grinste ihn an. »Was sagst du?«

»Dass du schlimmer als jede Bestie bist.«

»Ach was, da hast du aber noch keine aus der Nähe kennengelernt.«

»Nein, aber du gleich!«

Spurius riss überrascht die Augen auf.

Balger begann zu rennen und packte ihn mit seinem ausgestreckten Schwertarm am Hals. Problemlos hob er den Söldner mit seiner künstlichen Kraft hoch und lief mit ihm auf die Lacernamutter zu, die gerade von drei Rebelles attackiert wurde. Die kapitale Kreatur war die letzte lebende Lacerna und blutete aus zahlreichen Wunden, biss aber weiter bösartig um sich.

»Jetzt sind die Würfel gefallen, Menschenhändler!«, schrie Balger mit Tränen in den Augen, als sie direkt neben der Lacerna standen.

Die Bestie schnappte augenblicklich zu. Als Erstes erwischte die Rudelmutter Spurius' Kopf, aus dem sie mit einem triumphierenden Schrei ein faustgroßes Stück herausbiss.

Rebelles nennen sich die Mitglieder der Organisation, die das friedliche Miteinander der Stadt gefährdet. Eine Truppe von gescheiterten Existenzen, die sich in der Kanalisation verkriechen.

Das Buch der Septem – Chroniken der Zauberer

XXXVII. Magnus

Magnus war wie paralysiert, als er begriff, dass seine Mutter noch lebte. Enzyklos hatte das perfekte Druckmittel direkt vor seiner Nase platziert, damit er den Auftrag in jedem Fall weisungsgemäß ausführte. Magnus' geheimer Plan implodierte. Was sollte er tun? In der Arena starben seine Freunde, wenn er nicht schnellstmöglich das Artefakt holte, damit Ceres seine Macht vernichten konnte. Tat er dies aber, dann war das Leben seiner geliebten Mutter verwirkt, die wiederzusehen in den letzten Jahren sein größter Wunsch gewesen war.

Unschlüssig blieb Magnus hinter dem Vorhang stehen. Von den Zuschauerreihen kam aufgeregtes Gemurmel und euphorischer Applaus. Der Kampf musste spannend sein, dennoch würden Tarl, Ceres und der alte Recke nicht in der Lage sein, gegen den riesigen Felsengram zu gewinnen. Fieberhaft grübelnd drehte Magnus die kleine Amphore mit dem brennbaren Öl in seiner Hand. Er hatte vorgehabt, die Loge in Brand zu setzen und während der daraus resultierenden Aufregung das Artefakt einfach auszutauschen. Ob den Mitgliedern der Familie Acilius dabei etwas passierte, war ihm bisher vollkommen egal gewesen. Da sich seine Mutter aber ebenfalls in dem engen Raum befand, konnte er diese Idee vergessen. Magnus steckte zaghaft den Kopf durch den Vorhang. Die drei Adligen verfolgten jetzt gebannt den Kampf. Von seiner Mutter war nichts zu sehen. *Merkwürdig,* grübelte er. Im gleichen Moment wurde der Stoff energisch aufgezogen und Magnus stand direkt vor seiner Mater, die gerade mit einem Tablett voll leerer Kelche die Loge verlassen wollte. Fast wäre sie über ihren eigenen Sohn gestolpert.

Malvinas Augen öffneten sich weit, als sie begriff, wer da vor ihr stand.

Magnus besaß in diesem Augenblick die Geistesgegenwart, sofort seinen Finger auf ihre Lippen zu legen, damit sie nicht laut sprach, um ihn zu begrüßen.

Seine Mater schluckte schwer, trat aber wortlos und so unauffällig es ihr möglich war, aus der Loge.

Draußen fielen sich Mutter und Sohn in die Arme. Tränen rannen beiden über das Gesicht.

Malvina fuhr Magnus immer wieder durchs Haar. Sie drückte ihn an sich wie ein Kleinkind. Ihre Tränen benetzten sein Gesicht. Vor Magnus' innerem Auge entstanden Bilder einer glücklichen, unbeschwerten Kindheit, aber auch von jenem furchtbaren Tag, an dem man sie getrennt hatte. Entzweit von der Familie Acilius, die nur wenige Schritte entfernt den Todeskampf seiner Freunde bei einem Kelch Wein genoss. Magnus musste dem allen ein Ende setzen. Das ging nur, indem er die Aciliusfamilie und ihren Handlanger Enzyklos tötete.

»Mein lieber Junge«, flüsterte Malvina. »Mein lieber, lieber Magnus. Es ist so wunderbar, dich endlich wiederzusehen.«

Magnus genoss noch einen Moment die tröstliche Nähe seiner Mutter, bevor er sagte: »Mater, ich werde uns befreien. Ein für alle Mal. Warte hier!« Erhobenen Hauptes trat Magnus durch den Vorhang.

»Verehrter Senator«, begrüßte er bewusst nur eines der Familienmitglieder.

»Was denn?«, fragte der genervt und drehte sich um.

Auch Luca und Marwon blickten auf Magnus. Ihr Blick verriet weniger Überraschung, sondern eher angespannte

Aufgeregtheit.

Ach, die beiden stecken unter einer Decke, wurde Magnus klar. *Besser hätte es gar nicht laufen können.*

»Darf ich mich vorstellen, werter Gaius Acilius. Ich bin Magnus, Narr der Arena und Troubadour der Massen.« Er schlug absichtlich ungeschickt ein Rad und zerbrach dabei eine wertvolle Vase auf einem kleinen Beistelltisch. Magnus widerte der zur Schau gestellte Prunk an und da war es ein gutes Gefühl, etwas davon zu zerstören.

»Schaff mir einer diesen Zwerg hier raus!«, bellte der Senator böse.

»Entschuldigt dieses Missgeschick, Herr. Lasst es mich mit einer Geschichte wiedergutmachen«, sagte Magnus mit Unschuldsmiene und verbeugte sich tief.

»Deine blödsinnigen Geschichten interessieren mich nicht. Geh und unterhalte die Massen in der Arena, bevor ich dich eigenhändig da hinunterwerfe. Ich bin mir sicher, dass das für etliche Lacher sorgen würde.«

Magnus wackelte mit dem Kopf, sodass die Glöckchen an seiner Narrenkappe fröhlich klingelten. »Oh, ich glaube, Herr, dass Euch meine Erzählung gefallen könnte. Es geht um Verrat und Intrigen in einer der wichtigsten Familien unserer geliebten Stadt.«

Luca und Marwon schauten sich hinter dem Rücken des Senators panisch in die Augen.

»Ich werde diesen ungehobelten Gnom an Enzyklos übergeben.« Der Zauberer erhob sich.

Gaius brachte ihn mit einer herrischen Geste dazu, sich wieder hinzusetzen.

Magnus grinste. *Ich habe ihn.* »Meine Geschichte beginnt damit, dass ein unzufriedener Sohn neidisch ist auf den großen Erfolg seines Vaters und deshalb …«

»Schluss mit diesem Unsinn«, schrie Luca. »Enzyklos!

Enzyklos, sofort zu mir!«

Magnus bekam eine Gänsehaut. Das war die Schwachstelle seines Plans. Jetzt musste er sich beeilen. »Herr, ich bin von jenem Enzyklos hierher beordert worden, um das hier«, blitzschnell griff er unter den Sitz des Senators und holte das kleine Eisenkästchen hervor, »zu stehlen und es ihm zu übergeben. Er wollte es an Euren Bruder und Euren Sohn übergeben, damit sie Euch stürzen können, um selbst die Kaiserwürde an sich zu reißen«, erklärte er das, was er sich zusammengereimt hatte.

Die Reaktion der beiden Delinquenten zeigte, dass er recht nah an der Wahrheit war.

»Vater, glaub diesem elenden Zwerg kein Wort. Enzyklos, wo bleibst du?« Luca wollte erstaunlich leichtfüßig aus der Loge laufen.

»Ja, der Zwerg will sich nur wichtig machen.« Gierig griff Marwon nach dem Eisenkästchen, das Magnus in der Hand trug.

»Nimm deine dreckigen Finger von dem Artefakt, du stinkender Verräter«, zischte Gaius seinen Bruder an. »Wenn es keinen Verrat von euch gab, woher weiß der kleine Krüppel dann von dem Artefakt und seinem Versteck? Und du, du unbotmäßige Frucht meiner Lenden«, der hakennasige Senator blickte Luca böse an, »erkläre mir augenblicklich, was hier los ist, bevor …«

»Bevor was, alter Mann?«, schrie Luca und baute sich vor seinem Vater auf. »Du bist derjenige, der hier unrechtmäßig Macht hat. Wie kann es sein, dass du das Oberhaupt unserer Familie bist, obwohl du nicht zaubern kannst? Es ist eine Schande. Marwon sollte der Pater familias sein.«

Schlau, dachte Magnus, *jetzt schiebt er die Schuld an der Verschwörung seinem Onkel zu.*

»Was? Ich habe nie versucht, meinem Bruder seine

Position streitig zu machen«, verteidigte der sich.

Magnus wollte gerade grinsend die Kästchen austauschen, da kam seine Mutter blutüberströmt in die Loge gewankt. »Mater«, schrie er. Achtlos ließ er das Artefakt einfach auf den Boden fallen. Die kleine Truhe sprang auf und der begehrte Knochen fiel heraus.

»Malvina«, rief der Senator ehrlich besorgt und ging einen Schritt auf sie zu.

Die Schwerverletzte wankte zu Magnus und flüsterte ihm ins Ohr. »Gaius ist dein Vater und Luca dein Halbbruder. Sie sind die einzige Familie, die du hast. Gib sie nicht leichtfertig auf.« Dann sackte sie zusammen.

Aus der Arena kamen jetzt wildes Gekreische und böses Brüllen. Die Spielstätte hatte sich in einen brodelnden Kessel verwandelt. Aus dem Innenraum war das Klirren von Schwertern zu vernehmen.

Enzyklos trat durch den Vorhang. Er sah aus wie eine jener dämonischen Kreaturen aus der Unterwelt, an die die Altvorderen geglaubt hatten. Seine weiße Kleidung war rot vor Blut. Die großen, hellen Augen glühten fiebrig in seinem dunklen Gesicht. »Herr, die Leute sind verrückt geworden. Wir müssen hier weg!«

»Ich komme«, sagte Gaius und bewegte sich auf seinen Diener zu.

»Er meint nicht dich, alter Mann. Diese Spielstätte wird dein Grab werden.«

»Wie kannst du es wagen, sogar die Sklaven gegen mich aufzuhetzen?« Gaius gab seinem Sohn eine Ohrfeige. »Bedeutet dir deine Familie so wenig?«

Magnus bekam von diesem Streit nichts mit. Todtraurig beugte er sich über seine Mutter, die nur noch flach atmete. Ihr Oberkörper war von groben Schwerthieben grausam entstellt. Sein Blick fiel auf den blutigen Gladius, den Enzyklos in der Hand hielt. Magnus erhob sich und zog seine Axt. »Du Dämon. Heute hast du zum letzten Mal Unglück gebracht!« Brüllend schlug er auf den Diener ein.

Enzyklos wehrte den schweren Schlag geübt mit seinem Schwert ab. »Ich hatte dich gewarnt, was passiert, wenn du deinen Auftrag nicht ausführst, und nun mach dich nicht lächerlich, Zwerg. Du hast keine Chance gegen mich. Ich habe das weitläufige Land überlebt und die Familie Acilius.«

»Das habe ich auch und dazu zahlreiche Kämpfe in der Arena.« Magnus schlug mit der breiten, flachen Seite seiner Axt zu und traf mit vollem Schwung Enzyklos' Knie, das sich für seine Körpergröße perfekt in Schlaghöhe befand.

Der Diener ging schmerzgepeinigt zu Boden. »Du kämpfst wie eine Ratte.« Böse stieß er mit seinem Gladius zu und erwischte Magnus an der linken Schulter.

Ein stechender Schmerz durchzuckte den, doch er ignorierte ihn. Magnus hatte diese Verletzung sogar eingeplant. Schnell trat er einen Schritt vor. Enzyklos' Klinge schob sich dabei tiefer in seinen Körper.

»Bist du verrückt, Gnom?«, schrie der dunkelhäutige Mann überrascht auf und versuchte seine Waffe wieder freizubekommen.

»Noch nie im Leben war ich so klar«, flüsterte Magnus. Als er direkt vor Enzyklos stand, war das Schwert zwei Handbreit aus seinem Rücken hervorgetreten. Die furchtbaren Schmerzen verachtend, hob er seine Axt mit der rechten Hand. Mit der Kraft eines Schmieds ließ er sie in die Halsbeuge des Mannes krachen, der sein ganzes Leben zerstört hatte. Als würde er Butter schneiden, drang die scharfe Axtklinge tief ein und verrichtete ihr furchtbares Handwerk.

Enzyklos schaute ihn überrascht an und wollte noch

etwas sagen, aber aus seinem Mund kam nur ein Schwall Blut. Kraftlos sackte er zusammen.

Magnus zerrte das Schwert aus seiner Schulter.

»Gut gemacht, mein Sohn«, jubelte Gaius mit giftigem Unterton, um Luca zu demütigen.

»Diese Kakerlake nennst du Sohn?«, fragte Luca. Er hatte die Aufregung genutzt und das Artefakt an sich gebracht. Wie eine Waffe hielt er den magischen Gegenstand vor sich. »Ich bin dein Sohn!«, kreischte er.

»Nicht mehr«, sagte Gaius und drehte sich angewidert von dem entstellten Luca weg. »Du bist ein nutzloser Krüppel und Verräter! Die Septem werden über dich richten. Mein noch ungeborenes Kind wird über die Bürger Kols herrschen!«

»Falsch, Vater. Ich werde sie anführen.« Luca murmelte etwas in der alten Sprache.

Gaius wurde grob in die Luft gerissen. Seine Toga flatterte, als wäre er ein Geist. »Was soll das? Lass mich sofort runter. Ich bin dein Pater familias. Du hast mir zu gehorchen«, schrie der alte Mann panisch.

»Wieder falsch, jetzt bin ich der Pater familias.« Mit einer leichten Handbewegung ließ Luca seinen Vater über die Brüstung segeln und dann hinab in die Arena stürzen. »Endlich«, schrie Luca und plötzlich veränderten sich seine Gesichtszüge. Die Narben verschwanden und sein Gesicht kam wieder zum Vorschein. Aber er musste einen Fehler gemacht oder zu viel magische Energie genutzt haben, denn die Haut spannte sich stärker und stärker und begann zu reißen. »Hört mir zu! Ich besitze nun absolute Macht. Endlich! Huldigt eurem neuen Kaiser«, schrie er hinunter in die sich gegenseitig abschlachtende Menge.

Magnus musste sich abwenden, so furchtbar sah der Junge nun aus. Sein Mund wurde durch die unnatürlich gestraffte Haut nach oben gezogen, sodass es aussah, als würde er beständig verrückt grinsen. Die Augen waren weit aufgerissen. Sie glühten vor Wahnsinn und sein kahles Haupt zierten jetzt die Narbenwülste, die nach oben gewandert waren. Er glich mehr einer Bestie als einem Menschen. Vorsichtig hob Magnus seine Mutter auf die unverletzte Schulter und trug sie weg von diesem Irrsinn. Es war alles verloren. Seine Mater, das Artefakt und damit auch seine Freunde.

Der Rat der Septem hat sich entschieden, eine letzte große Gruppe von Flüchtlingen aufzunehmen. Wir brauchen frisches Blut, um das Ritual erneut durchzuführen.

Das Buch der Septem – Chroniken der Zauberer

XXXVIII. Ceres

»Vorsichtig, Mädchen«, rief Mamercus mit einem schiefen Grinsen und zeigte scheinbar wahllos nach oben.

»W-w-was?«, fragte Ceres verwirrt, dann wurde ihr Gesicht von etwas Warmem besprenkelt. Als sie mit den Fingern darüberfuhr, verfärbten sie sich rot.

»Ob Magnus das getan hat?«, fragte Tarl und betrachtete den zerschmetterten Körper, der über ihnen in dem Nachtvogelgitter hing, das die Zuschauer vor dem Felsengram beschützen sollte. Blut tropfte in langen Schlieren herunter.

»Bei dem Chaos, das auf den R-r-rängen herrscht, würde ich nicht darauf w-w-wetten«, antwortete Ceres und trat hastig einige Schritte beiseite, um nicht noch weiter besudelt zu werden. Ceres schaute den Jungen an, den sie eigentlich erst seit Kurzem kannte, auch wenn es sich anfühlte, als wären sie schon ihr ganzen Leben miteinander verbunden, so viel hatten sie gemeinsam erlebt. Das herbstliche, milde Sonnenlicht spiegelte sich in Tarls scharf geschnittenem Gesicht wider. Die braunen Haare hingen ihm in die Stirn und verliehen Tarl etwas Draufgängerisches, das so gar nicht seinem Wesen entsprach. Ceres wusste, dass er Angst hatte. Aber Tarl ließ sich von diesem Gefühl nicht übermannen, sondern strahlte in seiner ruhigen Art eine Tapferkeit und Zuversicht aus, die Ceres das Herz wärmten. Er bedeutete ihr viel. Sie alle drei, das wurde ihr in diesem Moment noch einmal richtig bewusst.

»Seht ihr die grüne Schärpe?« Tarl hielt sich eine Hand über die Augen, um sie vor der Sonne abzuschirmen, als er nach oben zu der Leiche blickte. »Das ist«, er räusperte sich, »*war* ein Senator.«

»Also doch M-m-magnus«, hauchte Ceres, die dem Narren eine derartige Gewalttätigkeit gar nicht zugetraut hätte. Schließlich hatte er ihr Leben geschont, obwohl die Familie Acilius damit gedroht hatte, seine Mutter zu töten. *Außer er ist ebenfalls von dem befallen, was den Rest des Publikums toben lässt. Wir müssen hier weg!*

»Ich weiß nicht, ob wir noch auf ihn warten können. Bisher sind wir nicht von dem Weißen Schatten befallen, aber euer kleiner Kamerad ist da oben, mittendrin in dem Chaos.« Mamercus zeigte auf die südliche Tribüne, wo der Tumult am stärksten war.

»Wir gehen nicht ohne unseren F-f-freund!«, beharrte Ceres und blickte sorgenvoll hoch zur Loge des Senators Acilius. *Was ist dort passiert?*

Ein weiterer Mensch stürzte schreiend auf den Käfig. Der Aufschlag erzeugte ein ekelhaftes Klatschen. Noch mehr Blut tropfte auf den rotbraun verfärbten Arenensand.

»Wenn wir noch länger warten, sterben wir alle!«, brachte es Mamercus auf den Punkt.

Ceres wusste, dass er recht hatte, aber sie konnte nicht einfach weglaufen. Magnus hier zurückzulassen, fühlte sich falsch an. Sie waren gerade erst wieder Freunde geworden und der Narr hatte von Anfang an einen besonderen Platz in ihrem Herzen gehabt. »Tarl, was würde Magnus tun, wenn er an unserer Stelle wäre?«

»Warten!«

Mamercus riss die Arme in die Höhe. »Warum seid ihr nur so halsstarrig? Werft euer Leben nicht weg, dazu ist es viel zu kostbar. Euer Freund würde nicht wollen, dass ihr sterbt, nur weil ihr zu lange auf ihn gewartet habt.«

Ein kopfloser Torso klatschte direkt über Mamercus auf

das Gitter. Aus seinem Hals schoss Blut wie aus einem Springbrunnen.

»Seht«, rief Mamercus mit sich überschlagender Stimme, »und es wird noch viel schlimmer. Ich habe schon gesehen, was ein Weißer Schatten anrichtet. Es ist der schiere Wahnsinn, so als habe man die Türen zum Infernum geöffnet. Mit dem Unterschied, dass unsere reale Welt jetzt die Unterwelt ist und die Menschen zu Dämonen geworden sind. Niemand ist mehr sicher. Wir können keinem außerhalb dieses Käfigs trauen. Selbst wenn es euer Magnus hierherschafft, kann niemand garantieren, dass er dann nicht versucht, uns den Kopf abzuschlagen. Der Weiße Schatten verschlingt alle Menschen, egal ob sie einmal gütige Narren waren oder machtgierige Senatoren.«

Ceres versetzten diese Worte einen Stich, wie es nur die Wahrheit konnte. Tränen stiegen ihr in die Augen. Magnus in diesem Schlachthaus zurückzulassen, war etwas, das ihr ein Stück aus dem Herzen herausbrach. *Nein! Ich bin ein Magus. Es muss einen Weg geben.*

»Ähm … Leute«, flüsterte Tarl, obwohl um sie herum ein brüllendes Chaos herrschte, und riss Ceres aus ihren Gedanken.

»W-w-was ist l-l-los?«

»Der Felsengram erwacht wieder. Wahrscheinlich haben die Magier, die ihn ruhigstellen sollen, was Besseres zu tun, als einen Schlafzauber aufrechtzuerhalten.«

»Worauf du wetten kannst. Ist euch noch nicht aufgefallen, dass uns niemand aus diesem Käfig hier rauslässt?« Mamercus ging zu einer der massiven Eisenstangen und rüttelte daran. Sie bewegte sich keinen Zoll. Von der hohen Spundwand dahinter gar nicht zu reden. Die mehrfach gesicherte Arena würden sie ohne Hilfe von außen nicht verlassen können. Das bedeutete zwar, dass sie vor den mörderischen Horden auf den Rängen geschützt waren, gleichzeitig blieben sie aber mit dem wütenden Felsengram eingesperrt.

»Es ist vielleicht überflüssig zu erwähnen, dass er jetzt richtig böse ist«, sagte Tarl und ging mit den anderen rückwärts, um sich von der riesenhaften Bestie zu entfernen.

»Das sind die doch immer, ich habe mal bei einer Externusmission einen getroffen, der …«

»Oh nein«, unterbrach Tarl mit panisch aufgerissenen Augen Mamercus' Anekdote aus seiner Jugendzeit.

Ceres versuchte Tarl zu beruhigen. »Wir schaffen d-d-das. I-i-ich gebe mein Bestes und ihr l-l-lenkt ihn. Was einmal geht, dass geht auch ein z-z-zweites Mal.« Sie tätschelte ihm liebevoll den Unterarm.

Tarl schien es gar nicht zu bemerken. Er zeigte nur mit dem Finger nach oben.

Ceres und Mamercus sahen hoch und erbleichten. Der Felsengram konnte wieder sehen. Der große Sack, den man ihm über sein goldglühendes Zyklopenauge gezogen hatte, war durch Ceres' Feuerzauber zu großen Teilen verbrannt. Gefährlich leuchtete der lähmende Strahl durch die Arena, als die Bestie wieder aufstand. Die Zuschauer, die die Bestie mit ihrem Blick streifte, erstarrten für einen Moment und hielten mit dem Morden inne. Augenblicke später fuhren die erhobenen Schwerter aber wieder nach unten, schlitzten die Messer weiter Bäuche auf und krachten Fäuste brachial in Gesichter. Für eine derartige Masse an Lebewesen war die besondere Fähigkeit des Felsengrams zu schwach, wenn sein Blick aber jemanden traf, der sich allein in seiner Nähe befand, würde diese Person so lange erstarren, wie die Kreatur brauchte, um sie zu töten. In diesem Moment gab es genau drei Personen, die dieser

Gefahr ausgesetzt waren: Ceres, Tarl und Mamercus.

»Ich gebe es nicht gern zu, aber das ist jetzt ziemlich schlecht«, schrie Mamercus, der den Schock als Erster überwunden hatte. »Zur Seite!«

Ceres und Tarl folgten seiner Warnung. Der gelbe Lichtstrahl glitt knapp an ihnen vorbei.

Ceres war klar, dass sie die Einzige war, die sie noch retten konnte. Fieberhaft grübelte sie nach einem passenden Zauber. Zum gefühlt tausendsten Mal versuchte sie vor ihrem inneren Auge die Spruchliste heraufzubeschwören, die ihr wegen Tarls Stolperer in der Bibliothek des Latifundiums praktisch in den Schoß gefallen war. *Ich werde sie retten! Wir kommen hier raus, und dann suchen wir Balger*, nahm sie sich vor und etwas unglaublich Mächtiges überrollte Ceres. Etwas, das aus dem Boden kam. Sie hätte nicht beantworten können, woher sie das wusste, aber Ceres begriff plötzlich, dass es direkt unter der Arena eine extrem starke magische Quelle gab, deren Kraft jetzt ungehindert in sie hineinlief. Deshalb waren in der Nacht, als sie allein hier ausgeharrt hatte, ihre Kräfte geweckt worden. Es war dieser Ort, doch erst jetzt hatte sie sich endgültig für seine Macht geöffnet.

»Mädchen«, brüllte Mamercus panisch. »Hör auf, Tarl anzuschmachten. Unternimm was, wenn du kannst!«

Selbst aus den Augenwinkeln konnte Ceres sehen, dass Tarl rot wurde. *Er ist verliebt in mich.* Ceres ließ sich davon nicht ablenken. Jetzt musste sie sich ganz auf ihre Aufgabe konzentrieren. Der Boden bebte bei jedem Schritt des Felsengrams. Ihre Zähne klapperten leicht.

Die Bestie drehte ihren riesenhaften Schädel in alle Richtungen, um sich nach der Besinnungslosigkeit zu orientieren. Überraschenderweise griff sie nicht sofort Ceres und ihre Kameraden an, sondern schlug mit ihren gigantischen Fäusten auf den Schutzkäfig ein. Die Menschenmassen dahinter waren wohl verlockender als die wenigen hier drin. In jeder anderen Situation wären die Zuschauer panisch geflüchtet. Heute blickte kaum jemand die bedrohliche Kreatur an. Stattdessen schlachteten sie sich weiter gegenseitig ab.

»Na ja, vielleicht ist doch nicht so große Eile angebracht. Warten wir ab, bis der Koloss uns einen Weg nach draußen geöffnet hat, und fliehen dann?«, fragte Mamercus und legte die Stirn in Falten. Er verstand das Vorgehen des Felsengrams nicht.

Der Weiße Schatten da draußen ist die größere Gefahr und nur der Eisenkäfig hat bisher verhindert, dass wir von ihm überwältigt wurden, wurde Ceres plötzlich klar. »M-mamercus! T-t-tarl! Sorgt dafür, dass der Felsengram den K-k-käfig nicht zerstört! Ich kümmere mich um den R-r-rest.«

»Ähmm …«, begann der alte Gladiator.

»Hör einfach auf sie! Ceres weiß, was sie tut«, rief Tarl ihm zu.

»Das will ich hoffen«, murmelte Mamercus und ging leicht in die Knie. Er griff in den feinen Arenensand und ließ ihn durch seine großen Hände rieseln.

Ceres hätte schwören können, dass sie dabei von ihm ein gemurmeltes »Fortes fortuna adiuvat – Den Tapferen hilft das Glück« hörte, aber der Krach des Felsengrams und die Todesschreie des Publikums waren so laut, dass sie sich das vielleicht eingeredet hatte.

Kurz darauf ertönte die feste und befehlsgewohnte Stimme des Mannes: »Tarl, was fühlst du? Hat das Mistvieh irgendwelche spannenden Pläne, die ich kennen müsste?« Lauernd ließ er seinen Gladius kreisen. Hätten die Zuschauer sich nicht gegenseitig umgebracht, wären sie von seinem dramatischen Auftritt bestimmt begeistert gewesen.

Es dauerte einen Moment, bis Tarl antwortete. »Er will raus, um sich dem Weißen Schatten anzuschließen und«, er schluckte schwer, »den Schatten hier hereinzulassen.«

»Das wird ja immer schöner!«

Ceres holte tief Luft. Sie wusste, dass nur ein Zauber ihnen noch helfen konnte. Ein lautes, stählernes Quietschen erklang. Die Spundwand begann sich unter der enormen Kraft des Felsengrams zu verbiegen. Wenn sie fiel, wäre das ihr Ende.

»Hallo, Grauschuppe«, schrie Mamercus, doch der Felsengram beachtete ihn gar nicht, sondern schlug weiter auf den Käfig ein. Das Metall beulte sich nach außen. Etliche Zuschauer wurden von Eisenstangen aufgespießt, ohne mit dem Morden innezuhalten.

Zwei, vielleicht drei Schläge, und das war's. Ceres atmete geräuschvoll aus und beobachtete Mamercus, der jetzt direkt hinter dem Felsengram stand. Obwohl er verletzt war, bewegte der ehemalige Gladiator sich furchtlos und fast katzenhaft.

»Mamercus, komm zurück! Das ist doch Wahnsinn«, brüllte Tarl. »Er weiß, dass du hinter ihm stehst!« Tarl lief zu der Bestie hinüber, um seinem Freund beizustehen.

Der Felsengram ließ tatsächlich von dem Schutzkäfig ab und drehte sich langsam um. Es war fast so, als würde er auf Tarl reagieren.

»Da hast du deine Ablenkung!«, schrie Mamercus und schlug mit seinem lächerlich klein wirkenden Gladius auf das riesenhafte Bein des Felsengrams ein.

Tarl tat es ihm nach, aber seine Klinge flog ihm beim ersten Schlag aus der Hand, als er auf das steinharte Fleisch der Kreatur einschlug. »Jetzt, Ceres! Du hast nur diesen einen Versuch, oder wir sind tot. Jetzt!«, brüllte er. Im gleichen Moment wurden er und Mamercus von dem gelben Licht des Zyklopenauges eingehüllt und erstarrten, als wären sie eingefroren.

Die Bestie holte mit ihren baumstammdicken Armen aus und ließ sie zusammenfahren, als wollte sie eine Fliege zerklatschen.

Ceres sah all dies, als würde die Zeit stehen bleiben. Es war ihr wieder etwas eingefallen. Auf der Liste, die der alte Bibliothekar aufbewahrt hatte, war in roter Tinte ein Zauber notiert worden. Man hatte ihn durchgestrichen und mit einem warnenden Totenkopf versehen. Dunkle, äußerst böse Magie, die eigentlich niemals hätte archiviert oder aufgeschrieben werden dürfen. Ein Spruch aus archaischer Zeit, bevor die Zivilisation in die Welt zurückkam. Ceres wusste, dass dieser Zauber laut ausgesprochen werden musste, wollte sie seine ganze Kraft entfalten. Ein Stotterer, und sie würde ihre Kameraden in den Tod schicken. *Ich kann es!* Die Magie strömte machtvoll durch den Boden in sie herein und steigerte ihr Selbstvertrauen. Sie konzentrierte sich auf den Felsengram, um den Zauber nicht fehlzulenken. Dann sprach sie den verbotensten Zauber, den es gab: »Abi – geh!«

Im ersten Moment passierte gar nichts. Es schien, als sei der Felsengram selbst erstarrt, so plötzlich hielt er in seiner Bewegung inne.

Ceres beobachtete ihn angespannt. Ihre Lippe blutete, so stark biss sie darauf. Etwas flog ihr ins Auge. Blinzelnd versuchte sie die Ascheflocke zu vertreiben, doch es wurden immer mehr. Es war, als würde es Asche regnen. Es waren die Überreste des Felsengrams, der sich in Staub auflöste und vom Wind davongetragen wurde. Ceres atmete tief durch. Jetzt endlich wusste sie, was die Inschrift im Akademiegefängnis bedeutete: Erst die achte Prüfung macht uns den Bestien ebenbürtig!

Einer der Flüchtlinge ist entkommen. Die Wache sucht nach ihm. Es scheint, als würde er ahnen, was mit seinen Kameraden passiert ist. Wir müssen seiner schnellstmöglich habhaft werden.

Das Buch der Septem – Chroniken der Zauberer

XXXIX. Balger

Traurig betrachtete Keänschi Reparus' Leiche. Der ölbeschmierte Chefmechaniker sah im Tod aus, als ob er jeden Moment wieder aufstehen würde, um an einer seiner geliebten Mechanicas zu arbeiten. Ein lautloser Gegner, der keine Spuren hinterließ, hatte ihn getötet. Der große Brand hatte die Luft in den Gängen der Zuflucht gefressen und vielen Menschen keine Chance gelassen. Zahlreiche Kämpfer der Rebelles waren durch einen Feind ums Leben gekommen, den sie weder sehen noch besiegen konnten. Die Flammen hatten sich in den engen unterirdischen Gängen der Anlage rasend schnell ausgebreitet. Spurius und seine gemeinen Kameraden hatten vor ihrem feigen Anschlag noch dafür gesorgt, dass die Türen von außen verbarrikadiert waren, sodass keine Flucht möglich gewesen war.

Immer mehr Leichen wurden nach draußen getragen. Einige hatten schauerliche Brandverletzungen und strömten einen ekelhaften Bratgeruch aus. Andere, so wie Reparus, sahen aus, als ob sie nur schlafen würden. Die Überlebenden starrten fassungslos auf ihre Freunde und Familienmitglieder. Allerorten war Wehklagen zu hören. Menschen beugten sich über ihre Lieben und nahmen sie ein letztes Mal in die Arme. Noch immer wüteten die Flammen. Ans Löschen war nicht zu denken. Die Rebelles versuchten nur noch zu verhindern, dass das Feuer auf die noch intakten Gebäude übergriff, und schauten ansonsten bestürzt dabei zu, wie ihr Zuhause mit einem lauten Knistern von der gierigen, gelbroten Bestie verschlungen wurde. Die Hitze war so unerträglich, dass man sich kaum in der Nähe der Brandherde aufhalten konnte. Der Rauch brannte in den Augen und kratzte im Hals.

Balger drückte Keänschis schweißfeuchte Hand und flüsterte: »Es tut mir leid.« In ihm tobte eine Mischung aus Zorn und Schuldbewusstsein. Nur seinetwegen war Spurius hier eingedrungen. Tränen liefen über Balgers Gesicht und hinterließen helle Wege in seinem rußigen Antlitz. Er schämte sich ihrer nicht.

Auch die blonde Kriegerin ließ ihrer Trauer freien Lauf. Immer wieder erzitterte ihr Körper von wehmütigen Schluchzern. Sie blutete stark an der Schläfe. Keänschi hatte es irgendwie aus dem Schweinebau herausgeschafft und gemeinsam mit Balger und anderen Rebelles die Lacernae zurückgeschlagen. Sie hatte schlussendlich den Mechanismus betätigt, der das große Tor schloss, sodass die Bestien ausgesperrt waren. Keänschi ließ sich von ihren Schmerzen nichts anmerken, obwohl ihre klaffende Kopfwunde gefährlich aussah. Zukünftig würde eine große Narbe ihr schönes Gesicht verunstalten.

Balger wusste, dass der Rebellin das egal war. Keänschi war mehr als nur eine hübsche junge Frau. Viel mehr. Balgers eigene Verletzungen quälten ihn ebenfalls, obwohl er vor ihr niemals gejammert hätte. Sein Arm tat weh und er konnte ihn kaum anheben, aber er blutete nicht mehr so stark. Keänschi hatte ihm geholfen, die Mechanicateile abzulegen.

Ein gellender Schrei durchschnitt das Tosen des Feuersturms. Er kam von einer jungen Stimme.

»Lasst ihn in Ruhe! Wir begeben uns nicht auf das Niveau dieser Monster«, schrie Tarratia wütend dazwischen.

Balger schaute in Richtung des Tumults und erkannte, dass der Junge, der mit Spurius gekommen war, von einer Gruppe Männer und Frauen umringt wurde. Sie alle hatten einen geliebten Menschen verloren und wollten sich jetzt offensichtlich an dem letzten überlebenden Attentäter rächen. Balger konnte es ihnen nicht verdenken, aber er brauchte diesen Bengel noch. So schnell es ihm sein wunder Körper erlaubte, eilte er zu der bedrohlichen Szene hinüber.

Keänschi folgte ihm mit einem erstaunten Gesichtsausdruck.

»Er ist schuld, Princeps! Schau dich um, dieser grüne Junge und seine Mordbrüder haben alles vernichtet, woran wir seit Jahrzehnten gearbeitet haben.«

»Wegen ihm ist mein Junge tot«, schrie eine Frau mit grauen Haaren und tränennassem Gesicht.

Keänschi ging zu ihr und nahm sie sanft in den Arm.

»Gerechtigkeit! Wir fordern Gerechtigkeit!«, brüllte ein untersetzter Mann mit Halbglatze erbost.

»Was soll das für eine Gerechtigkeit sein, einen wehrlosen Jungen zu ermorden? Er wird bestraft werden. Der Rat wird über ihn richten, so wie es schon immer war, Wunika!« Die Princeps baute sich mit funkelnden Augen vor dem fast doppelt so großen Mann auf. Ihr zerstörtes Gesicht wurde heute nicht von einer Kapuze verdeckt. Angriffslustig streckte sie es ihm entgegen.

Der Mann schien einen Moment mit sich zu ringen, schließlich sackte er in sich zusammen, als wäre er ein Wasserschlauch, aus dem alle Flüssigkeit herausgepresst worden ist. »So viele Tote, Tarratia. Familie, Freunde. Ich habe meine Frau verloren. Naura. Ihr wart so gute Freundinnen.« Er brach weinend an ihrer Schulter zusammen.

»Sie war meine beste Freundin«, flüsterte Tarratia mit brechender Stimme und strich dem Rebellen mit der Hand über den breiten Rücken.

Laut weinend zog der Mann sich nach einem langen

Moment des gemeinsamen Innehaltens von ihr zurück.

»Wir alle trauern. Heute ist ein schwarzer Tag für die Rebelles«, rief Tarratia mit festerer Stimme. »Mögen die Nächte auch dunkel sein, meine lieben Freunde«, wandte sie sich an die Überlebenden, die sie in einem Halbkreis umstanden, »es gibt dennoch Hoffnung. In unserer finstersten Stunde leuchtet ein gleißendes Licht, das uns unserer Bestimmung so nah bringt wie nie zuvor. Der anbrechende Tag beginnt mit Zuversicht. Unser neuer Kamerad, Balger …« Sie zeigte mit dem Finger auf ihn.

Balger stellte mit Erschrecken fest, dass ihn viele der bisher so freundlichen Rebelles jetzt argwöhnisch, wenn nicht feindselig anblickten. *Sie ahnen, dass der Angriff etwas mit mir zu tun haben könnte.*

»… hat mir eine alte Karte gebracht, die das Geheimnis der Stadt der Sünder offenbart.«

Ein aufgeregtes Gemurmel ging durch die Menge.

»Lange Zeit haben wir gedacht, dass wir das Übel der Magie vernichten könnten, wenn wir seine Quelle innerhalb der Mauern von Kol finden und zerstören. Viele, zu viele starben bei dem Versuch, dieses Unterfangen in die Tat umzusetzen. Ihr Opfer war von Anfang an umsonst, denn es war ein Irrweg.« Tarratia holte tief Luft, was ihr entstelltes Gesicht furchtbar verzerrte. »Aber wir wissen jetzt: Kol ist umgeben von sieben Türmen«, Tarratia zeichnete mit ihrem Fuß ein Heptagon in den sandigen Boden, »die es mit magischer Energie speisen.« Ihr Fuß zog lange Linien hin zu dem großen Kreis, den sie in die Mitte des Siebenecks gemalt hatte. »Jene uralten Bauten scheinen selbst bei den Septem in Vergessenheit geraten zu sein, die sich schon immer ihre eigene Geschichte so hinbogen, wie es ihnen gefiel.« Die Princeps senkte ihre Stimme zu einem Flüstern und wurde dann langsam wieder lauter. »Besser könnte es für uns gar nicht sein. Wir werden einen Turm nach dem anderen einreißen«, ihr Fuß verwischte jede Ecke des Heptagons, »und uns dann Kol zuwenden, um dort die letzte Quelle endgültig auszulöschen und damit die Magie und die Bestien für immer vom Antlitz der Welt zu tilgen. Erst wenn wir vor der Stadt stehen, werden die Magier bemerken, dass sie über keine Macht mehr verfügen, doch dann ist es zu spät. Die Kuppel wird fallen! Erstmals haben wir eine echte Chance auf einen Sieg, tapfere Rebelles. Verzagt nicht, denn die Zukunft leuchtet trotz aller Verluste heller als jemals zuvor in unserer leidgeplagten Geschichte«, rief sie triumphierend.

Anfeuernde Rufe kamen aus der eben noch so lethargischen Menge.

»Die Opfer eurer Liebsten dürfen nicht umsonst gewesen sein. Sie starben heute Nacht, weil etwas von der Krankheit, die Kol verteilt, bei uns eingesickert ist: Sklavenhändler, die sich unserer bemächtigen wollten.« Ganz kurz schaute sie zu Balger und ihre Augen funkelten ihn zwischen den Narben ihres entstellten Gesichts an, als wollten sie ihn auffordern, nichts zu sagen. »Lasst uns den neuen Tag mit der Hoffnung beginnen, dass die Menschheit doch noch gerettet werden kann.« Die Princeps machte eine dramatische Pause und schien jedem ihrer Anhänger in die Augen zu schauen. »Wir Rebelles ziehen in den Krieg!«, schrie sie schließlich wie entfesselt und stampfte mit den Füßen auf.

Die Menge tat es ihr euphorisch nach, während die ersten Strahlen der Morgensonne auf sie fielen.

Balger blickte in die Gesichter der Menschen, die vor wenigen Momenten noch kurz davor gewesen waren, an ihrer Trauer zu zerbrechen. Ihre Mienen hatten sich verändert und strahlten etwas aus, das ihnen nur ihre

Anführerin hatte geben können: Zuversicht.

Die Rebelles umarmten einander und flüsterten sich aufmunternde Worte zu. Die alte Ordnung war wiederhergestellt. Niemand wollte den Jungen mehr zu Tode foltern. Er würde ein gerechtes Verfahren bekommen und anschließend das verdiente Urteil. Aulus wurde von drei Bewaffneten eskortiert und in ein nicht zerstörtes Lagergebäude gebracht.

»Princeps, habt Ihr einen Moment?« Balger hastete hinter der Anführerin der Rebelles her, die zwischen den Menschen umherging und versuchte Trost und Hoffnung zu spenden.

Zwei mit Mechanicas bewaffnete Männer schoben sich vor sie, als sie Balger erblickten. »Schon gut, wir können ihm vertrauen«, verscheuchte sie sie mit einer herrischen Geste.

»Ich hatte mich schon gefragt, wann du zu mir kommst. Lass uns an einen Ort gehen, an dem es etwas ruhiger ist.« Sie blickte sich um, um sicherzustellen, dass ihnen niemand folgte.

Schließlich waren sie allein. Balger bemerkte, dass sie vor dem Eingang zu der Ratshalle mit der riesenhaften Figur gelandet waren. Hier gab es keinerlei Beschädigungen. Alles wirkte, als wäre dies eine Nacht wie jede andere im Confugium gewesen. Spurius und seine Kameraden hatten ihr Zerstörungswerk auf der anderen Seite der Schlucht vollführt.

»Du hast dich wacker geschlagen. Wieder einmal. Die Rebelles sind dir zu mehrfachem Dank verpflichtet.« Jetzt flüsterte sie. »Ohne deine Karte wären mir die meisten Kämpfer von der Fahne gegangen. Sie gibt meinen Leuten in dunkelster Stunde ein Ziel und verhindert nach diesen herben Verlusten ein Auseinanderbrechen unserer Gruppe.

Jetzt hoffen sie alle wieder und leben weiter für den Traum einer Welt ohne Magie und Bestien.« Traurig blickte sie zu dem Platz hinüber, an dem man die Leichen nebeneinander ablegte. Es wurden immer mehr.

Balger folgte ihrem Blick und nickte unglücklich. »Die Männer, die hier eingedrungen sind – einen von ihnen kenne ich. Er hieß Spurius. Ich glaube, dass er wegen mir …«

Tarratia packte ihn mit erstaunlich viel Kraft an seinem Gewand und zog seinen Kopf zu sich herunter. »Erzähl nicht solchen Unsinn! Sklavenhändler sind Monster und sie begehen Verbrechen, weil das ihre Arbeit ist.« Sie erhob den Zeigefinger. »Niemand außer ihnen ist schuld daran, was heute Nacht passiert ist. Hast du mich verstanden?!« Ihr Finger bohrte sich schmerzhaft in seine Brust.

Balger schluckte schwer. Jetzt begriff er, warum diese kleine Frau die Anführerin der Rebelles war und nicht der raubeinige, kampferfahrene Olos. Sie konnte wirklich furchteinflößend sein – auch ohne Mechanicas. *Wenn ich als der Schuldige für den Angriff identifiziert werde, glaubt niemand mehr an die Informationen, die sie von mir bekommen haben, und alle Hoffnung ist dahin*, wurde Balger Tarratias Strategie klar. »Ja, Princeps, das habe ich.« Er deutete eine kleine Verbeugung an.

»Idem velle atque nolle, ea vera amicitia est«, sagte sie nach einer Weile des Schweigens, das auf eine seltene Art und Weise nicht unangenehm war.

»Dasselbe wollen und dasselbe nicht wollen, das erst ist wahre Freundschaft«, übersetzte Balger die Worte aus der alten Sprache.

Tarratia nickte. Ohne ihn direkt anzusehen, sagte sie: »Ich danke dir, Balger, dass du mir vertraust.« Sie machte sich daran zurückzukehren, um bei den Aufbauarbeiten zu helfen.

»Ich muss mit dem jungen Sklavenhändler sprechen, Princeps«, platzte es aus Balger heraus, bevor er keine Gelegenheit mehr hatte, es zu sagen.

Tarratia blieb abrupt stehen. »Warum?«, fragte sie argwöhnisch.

»Er könnte wissen, wo meine Familie ist. Seine Gruppe hat mein Dorf überfallen.«

Die Princeps rieb die Hände aneinander. »Also gut, ich hatte dir ja den Dank der Rebelles versprochen. Sprich mit ihm, aber lass dich ja nicht von deinem Zorn übermannen. Der Junge kommt vor den Rat und du rammst ihm nicht heimlich dein Messer in den Rücken. Verstanden?«

Balger nickte und war froh, dass sie seine vor Anspannung geballten Fäuste nicht bemerkte.

»Du heißt Aulus, oder?«, fragte Balger den in Ketten gelegten Sklavenjäger, der in einen Verschlag innerhalb des Vorratshauses eingesperrt worden war. Er saß mit dem Rücken zur Wand. Seine fettigen Haare bedeckten das Gesicht. Er roch nach Schweiß und Urin. Seine Kleidung stand vor Dreck.

Keine Antwort.

»Also gut, versuchen wir es mal anders. Ich bin Balger. Meinetwegen ist dein inzwischen verschiedener Hauptmann hierhergekommen und hat zahlreiche Menschen ermordet. Du warst ihm dabei vollkommen egal. Jedermann außer ihm selbst war ihm egal. Du hast Glück gehabt, dass du noch nicht an dem Punkt warst, an dem du das auf furchtbare Art und Weise herausfinden musstest. Eigentlich müsstest du mir dafür dankbar sein, dass ich ihn getötet habe.«

Aulus blickte kurz hoch und spuckte dann auf Balgers

Füße.

Es kostete Balger eine Menge Kraft, ihm nicht eine kräftige Ohrfeige zu verpassen, aber das Leben seiner Familie hing vom Wohlwollen dieses Jungen ab. Also versuchte er einen anderen Weg. »Die Menschen, die ihr so hinterrücks überfallen habt, sind gut. Sie nennen sich Rebelles. Man wird dich nicht einfach aufschlitzen, so wie es Spurius getan hätte. Du wirst ein ehrliches Verfahren bekommen und die Gelegenheit, dich zu verteidigen. Am Ende erhältst du die Strafe, die du verdient hast.« Balger war sich sicher, dass sie diesen Mörder hängen würden nach all dem Grauen, das er über die Siedlung gebracht hatte, aber es wäre seiner Sache wenig dienlich gewesen, diese Tatsache gerade jetzt zu betonen.

»Die hängen mich sowieso auf. Den ganzen Firlefanz vorher können sie sich also sparen.«

Gar nicht mal so dumm, der Bengel. »Hör zu, Aulus. Sag mir, wo die Bewohner des Felsendorfs sind, die ihr entführt habt!«

Aulus lachte bösartig und grinste ihn verschlagen an. Einer seiner Schneidezähne fehlte. Wohl ein Andenken an Balgers Schlag und den anschließenden Flug in den Hühnerstall. »Nein!«

»Ich bin mir sicher, dass es zu deinen Gunsten ausgelegt wird, wenn du mir Informationen gibst und …«

»Ich bringe dich zu deinen Leuten, wenn du mich hier rausholst! So einfach ist das, Barbar.«

Ein Riegel wurde zur Seite geschoben und Mandirus kam herein. »Das reicht, Balger. Die Stimmung da draußen ist angespannt genug. Es ist besser, wenn keiner merkt, dass unser Neuer so lange mit dem Attentäter spricht. Geh jetzt!«

»Bitte!«, flehte Balger den Jungen an.

Der blickte nur wortlos zu Boden und verbarg seine Augen hinter den strähnigen Haaren.

»Ich soll was tun?« Keänschi warf die Hände erregt in die Luft.

»Mir dabei helfen, den Sklavenhändler zu befreien, damit er mich zu meiner Familie führt«, erklärte Balger erneut in ruhigem Ton.

»Er wird vor den Rat gebracht werden …«

»Der ihn zum Tode verurteilt. Und wenn er stirbt, erfahre ich nie, wo meine Familie ist. Selbst wenn sie einen Weg finden, es vorher aus ihm herauszukriegen, wird das zu lange dauern. Die Gruppe mit meiner Mutter wird nicht ewig darauf warten, dass Spurius und seine Handlanger zurückkommen. So langsam begreifen sie sicher, dass etwas schiefgelaufen ist. Wir müssen schnell machen, wenn wir das Lager der Sklavenfänger noch finden wollen.«

»Das ist Verrat«, schimpfte Keänschi laut.

Balger blickte sich nervös um, doch niemand konnte sie sehen und hören. Keänschi hatte ihn in einen ungenutzten Tunnel geführt, den die Rebelles vor langer Zeit aufgegeben hatten. Die kleine Öllampe, die sie zur Beleuchtung mitgebracht hatte, schaffte es kaum, die dort herrschende Dunkelheit zu vertreiben. »Nein, das ist Liebe«, entgegnete Balger. »Liebe zu meinen beiden kleinen Schwestern und meiner Mater. Mir hat Spurius schon meinen Vater genommen, lass nicht zu, dass er mir auch noch den Rest meiner Familie nimmt.«

»Aahh … immer diese gefühlsduseligen Männer«, murrte Keänschi mit aufgesetztem Ärger in der Stimme. Sie nahm seine Hand und blickte ihm tief in die Augen. Ernst sagte sie: »Glaub nicht, dass ich das nicht verstehen würde. Ich habe meine Familie schon als kleines Mädchen verloren. Noch heute würde ich alles tun, dies rückgängig zu machen. Du hast immerhin noch eine Chance, sie zu retten. Ich würde an deiner Stelle das Gleiche tun. Denk aber mal über Folgendes nach: Was machst du da draußen, wenn du den Bengel befreit hast? Lauft ihr dann beide einfach blindlings durch bestienverseuchtes Gebiet, das ihr nicht kennt? Schläfst du nie, damit er dir nachts nicht die Kehle durchschneidet? Wärt ihr überhaupt schnell genug?«

Balger grinste. »Nein, deshalb sollst du ja mitkommen.«

Balger traute sich kaum zu atmen, damit er nicht versehentlich etwas in der riesigen Rüstung berührte, in die ihn Keänschi gesteckt hatte. Anders als bei seinem Kampf gegen Spurius war er diesmal komplett in Eisen gehüllt. Seine Beine steckten in mechanischen Verlängerungen, die es ihm – laut Keänschi – ermöglichen würden, schneller als eine Lacerna zu laufen. Seinen Rücken zierten vier Kampfarme, zwei davon mit Schwertern versehen, die beiden anderen mit riesigen Morgensternen, die mit Dornen bewehrt waren. Die blonde Kriegerin hatte versucht, ihm in aller Kürze beizubringen, wie er den Mechanicaanzug bedienen musste. Die Grundlagen hatte er verstanden, trotzdem war es ungewiss, ob er mehr als ein paar Schritte laufen konnte, ohne auf den künstlichen Beinen zu stolpern.

Ein Schweißtropfen lief Balger ins Auge, was furchtbar brannte. Nur schwer konnte er dem Drang widerstehen, ihn wegzuwischen. Seine mechanische Hand wäre nur über den Helm gefahren, den er trug. Eventuell hätte er sich sogar selbst umgehauen. Dumpf klang sein Atem in dem Kopfschutz und die Luft im Inneren war zum Schneiden dick, aber er hatte in der Dämmerung noch nie so klar gesehen. Die Welt war grün verfärbt vor seinen Augen und jedes Detail in seiner Umgebung war klar wahrnehmbar. Im Moment konzentrierte sich seine ganze Aufmerksamkeit auf die Tür, die in das Kontor hineinführte. Dahinter wurde Aulus gefangen gehalten. Keänschi befand sich dort drinnen und würde, wenn alles glattlief, gemeinsam mit dem Verbrecher aus dieser Tür wieder herauskommen.

»Ich mache das allein«, hatte sie gesagt. Balger blieb also nichts anderes übrig, als zu warten und Keänschi zu vertrauen. Die Zeit schien stillzustehen. Balger fürchtete, dass ihn jeden Moment jemand entdecken könnte. Dass er in einem voll aktivierten Mechanicaanzug steckte, war ziemlich auffällig. Nachts trug sie niemand auf dem Gelände. Er hatte sich das mechanische Eisen noch lange nicht verdient und durfte die Rüstung eigentlich nicht mal anfassen. Außer vielleicht in Situationen, in denen Sklavenhändler Bestien in die Siedlung trieben und sie gleichzeitig in Schutt und Asche zu legen versuchten.

Die Tür ging auf. Ganz sacht. Langsam schälte sich die breite Gestalt von Keänschi aus dem Dunkel des Raums dahinter heraus. In ihrer Rüstung war sie kaum wiederzuerkennen. Aus der hübschen Blondine war eine riesenhafte Kampfmaschine geworden. Jemand lag bewegungslos über einer Schulter ihres Kampfanzugs.

Aulus, erkannte Balger erleichtert.

Keänschi kam vorsichtig auf Balger zu. In dem grünen Sichtfeld seines mit einer Dämonenfratze verzierten Helms sah ihr lilafarbenes, künstliches Augenlicht rötlich aus. Die Rebellin winkte ihm, ihr zu folgen. Sie trug Aulus so leichtfüßig, als wäre er eine Puppe.

Balger strauchelte gleich bei seinem ersten Schritt. Nur Keänschis schnelle Reaktion verhinderte, dass er hinschlug und ihre Mission hier schon ein Ende fand. Als ob sie im Hinterkopf Augen hätte, schnellte einer ihrer Arme nach hinten und stützte ihn. Balger wurde mit jedem Schritt sicherer. Das Laufen war an sich nicht schwer, man musste nur akzeptieren, dass die eigenen Füße etwa doppelt so lang und breit waren wie üblich und man sie nicht sehen konnte, da das Sichtfeld durch den Helm stark eingeschränkt war.

Keänschi führte Balger nicht zum großen Tor, sondern mitten hinein in die große Ratshalle. Zu Balgers Überraschung hielt sie direkt auf die riesenhafte Götterstatue zu, umrundete diese und blieb dann vor der massiven Felswand stehen, die hinter dem Götzen aufragte.

Was soll das?

Keänschi ließ Aulus auf den Boden fallen und betastete mit ihren großen Metallfäusten den schroffen Felsen.

Balger beobachtete sie nervös. Er drehte sich langsam zur Seite, um nach Verfolgern zu schauen, doch im hellen grünen Schein seiner verstärkten Sehkraft war niemand zu erkennen. Sie waren allein. Als er wieder nach Keänschi sah, wäre er erneut fast umgekippt, weil er vor Schreck seine beiden linken Mechanicaarme abrupt nach oben riss. Sie war verschwunden. Aulus lag allein vor der dunklen Wand und von der Rebellin war nichts mehr zu sehen.

»Was ist los?«, drang ihre metallisch verzerrte Stimme an sein Ohr. Als wäre es das Selbstverständlichste der Welt, trat die Rebellin aus einem dunklen Gang, der zuvor von einer geheimen Tür verborgen gewesen war, und hob Aulus wieder hoch.

»Ähhhmm …«, stammelte Balger, dem seine Nervosität peinlich war. Wenn man es mal ehrlich betrachtete, war er ihretwegen mindestens genauso aufgeregt wie wegen seiner Aufgabe. »Ich bin nur aus Versehen an einem Hebel hängen geblieben«, log er und fühlte sich gleich noch unsicherer.

»Pass bloß auf! Ich riskiere hier meinen Arsch für dich.«

Balger konnte nichts dagegen tun. Sofort musste er daran denken, wie sie in ihrer kurzen Tunika die Leiter zum Tor vor ihm hochgestiegen war.

»Was ist nun, willst du deine Familie finden, oder nicht?«

Bloß gut, dass Keänschi nicht sehen konnte, wie rot er gerade geworden war. »Ich bin vorsichtiger mit den Mechanicas, versprochen!« So schnell es seine neuen, plumpen Beine erlaubten, folgte er ihr in den dunklen Gang. Der Weg war nicht weit, nach kurzer Zeit kamen sie etwa hundert Schritt links neben dem Tor wieder heraus. Keine der Wachen konnte sie hier entdecken.

Keänschi schloss sorgfältig die massive Felsentür, was dank ihrer mechanischen Rüstung kein Problem für sie war. »Und nun? Warten, bis das Scheusal von alleine aufwacht? Wasser wollen wir für den nämlich keins verschwenden.«

»Oh … ich glaube, darauf müssen wir gar nicht warten. Er ist nämlich längst wach.« Balger ließ seinen Arm nach vorn schnellen und hob Aulus am Hals in die Luft.

Der Junge starrte angstverzerrt auf die glühende Dämonenmaske.

»Wo ist deine Gruppe?«, fragte Balger drohend.

Aulus zeigte in die Dunkelheit hinein.

»Gut. Ich hoffe, dass du nicht gelogen hast, denn wenn wir sie bis zum Sonnenaufgang nicht gefunden haben, werde ich dich töten.«

Es gab mehrere Einbrüche in die großen Häuser der sieben Familien auf den Hügeln. Die Gruppe von Terroristen versucht offensichtlich ebenfalls magische Kraft zu erlangen. Sie folgen wie dumme Hunde den falschen Spuren, die wir gelegt haben.

Das Buch der Septem – Chroniken der Zauberer

XL. Magnus, Pila, Tarl

Magnus bewegte sich wie in Trance durch die sich massakrierenden Menschenmassen um ihn herum. Seine Mutter lag bewegungslos über seiner Schulter. Ihr Blut klebte feucht an seiner Haut. Malvinas Atem war flach und ging nur noch stoßweise. Magnus war so verzweifelt, dass er gar nicht mitbekam, was für grausame Dinge um ihn herum geschahen. Wie ein Schlafwandler bewegte er sich unbehelligt durch die brutalen Todeskämpfe. Niemand beachtete ihn und seine Mater. Bisher waren sie unberührt von der Macht des Weißen Schattens. Magnus machte sich in diesem Moment keine Gedanken, warum das so war, sondern nahm es einfach als gegeben hin. Sein Geist kreiste um seine Mutter.

Wie glücklich war er gewesen, sie gesund und munter zu erblicken. Das Schicksal war schrecklich zu ihm und nutzte seine Freude nur dazu, ihn noch härter zu strafen. Eine grimmige Genugtuung hatte ihn erfasst, als er gesehen hatte, wie der Senator Gaius Acilius von seinem eigenen Sohn aus der Loge geworfen wurde. Aber Luca hatte ihm damit auch den Vater genommen und selbst das bekommen, wonach es den jungen Adligen am meisten verzehrte: Macht.

Damit befand sich das magische Artefakt aus Almyra nun in den Händen seines Bruders. *Bruder*, dachte Magnus und gab eine Art Knurren von sich. Es war merkwürdig, dieses Wort für Luca zu benutzen. *Ich bin ein Acilius. Zumindest ein halber.* Bastarde wurden manchmal anerkannt, meistens aber verstoßen, so wie es Magnus passiert war. Sein Vater konnte ihn nun endgültig nicht mehr als rechtmäßigen Nachkommen akzeptieren. Magnus war froh darüber. Er wollte kein Teil dieser mörderischen Familie sein. Seine echte Familie trug er gerade auf den Armen. Und seine Freunde warteten in der Arena auf seine Hilfe.

Magnus wich einer Gruppe Männer aus, die wie von Sinnen einem am Boden Liegenden brutal den Schädel eintraten. Auf ihnen allen lag ein feines weißes Puder, das sich überall in der Arena ausbreitete. Der Mann war längst tot, doch die anderen ließen nicht von ihm ab. Magnus begab sich zur Treppe nach unten. Merkwürdigerweise war sie leer. Nur einige blutige Leichen lagen auf den Stufen, ansonsten zogen es die im Wahn des Weißen Schattens befindlichen Menschen offenbar vor, sich auf den Tribünen umzubringen.

»Mater, warum hast du mir nie gesagt, wer mein Vater ist?«, murmelte Magnus und machte sich vorsichtig auf den Weg nach unten. Seine muskulösen Arme brannten und der Rücken tat ihm weh, aber um nichts in der Welt würde er seine Mutter in diesem Chaos zurücklassen. Der Abstieg gestaltete sich schwierig. Da seine Beine so kurz waren, konnte er die hohen Stufen nur langsam rückwärtsgehend nach unten steigen, was äußerst anstrengend war, während er seine Mutter trug. Ihr Kopf rollte bei jeder Stufe kraftlos hin und her. Magnus wusste, dass sie im Sterben lag, trotzdem klammerte er sich an eine Hoffnung: Ceres. Vielleicht konnte die Zauberin seine Mutter mithilfe von Magie retten.

Er blickte über die Brüstung und sah, dass sich seine Freunde noch immer in der Arena befanden. Leider war der Felsengram weiterhin am Leben und bewegte sich auf sie zu. *Die drei brauchen mich, um da rauszukommen. Niemand anderer wird ihnen die Tore des Kampfkäfigs öffnen*, wurde Magnus klar und er versuchte schneller abzusteigen. Das erwies sich als unmöglich.

»Oh, der Narr der Arena«, brüllte plötzlich eine tiefe Männerstimme neben Magnus.

Der versuchte den dicken Glatzkopf zu ignorieren und schnell die nächste Stufe nach unten zu bewältigen.

Der Dicke ließ aber nicht von ihm ab. Magnus erkannte mit Schrecken, dass in seiner Schulter ein kleines Messer steckte, das der Mann gar nicht zu bemerken schien. Kreisrund hatte sich sein Blut auf der weißen Toga um die Wunde herum verteilt. »Komm, Zwerg, lass mich an deinen Glöckchen ziehen!«

Magnus ruckte heftig mit dem Kopf, sodass die dumme Narrenkappe zu Boden fiel. Mit einem Fußtritt beförderte er sie in Richtung des Dicken. »Hier!«

»Du gehässiger kleiner Gnom. Was führst du dich so arrogant auf? Hältst du dich etwa für was Besseres?« Er stellte Magnus ein Bein.

Der stürzte hintenüber, ließ seine Mutter fallen und schlug mit dem Hinterkopf auf den Kalkstein auf. Magnus fühlte, wie Blut in seinen Nacken lief. Wütend blickte er zu dem Mann hoch.

»Haha«, lachte der Glatzköpfige. »Ein Narr ist doch in jeder Lebenslage witzig.«

Magnus sah besorgt nach seiner Mutter. Sie war auf die Seite gekippt, sodass er nur ihren Rücken sehen konnte.

»Warum trägst du eine Leiche mit dir herum, Narr?«, fragte der Mann lallend, als wäre er betrunken.

Magnus beugte sich über seine Mutter. Er zog ihren Kopf in seinen Schoß: »Mater«, flüsterte er sanft. »Bitte!«

Sie atmete nicht mehr. Ihr Gesicht hatte einen friedlichen Ausdruck angenommen.

Magnus begann zu weinen. Als wäre sie das Kind, wiegte

er sie in seinen Armen.

»Schaut mal, Leute, der Zwerg da kuschelt mit einem Kadaver!«, schrie der Fette.

Magnus ließ seine Mutter vorsichtig zu Boden gleiten, zog seine Axt und drehte sich zu dem Mann um. Er wollte ihn nur noch zum Schweigen bringen. Alle um ihn herum. Die ganze Welt sollte in ihrem eigenen Blut ersaufen.

Pila spürte, dass der Schatten mittlerweile in der gesamten Arena wütete, und es verstand, dass es keine Chance haben würde, zu Tarl zu kommen, ohne unter seinen Einfluss zu gelangen. Unschlüssig rollte es auf der Mauer herum. Ein Fauchen ertönte plötzlich unter ihm. Beantwortet von einem zweiten und noch vielen weiteren. Es ging in ein angriffslustiges Kreischen über. Pila wurde angezogen von diesen Geräuschen. Schnell überwand es die Treppe nach unten und fand sich in einer engen Gasse kurz hinter der Mauer wieder. Menschen hätten diese Gegend als schäbig und dreckig bezeichnet. Pila als interessant, wenn es das Wort gekannt und seinen Sinn verstanden hätte. Es mochte die vielfältigen, intensiven Gerüche.

Ohne es zu bemerken, hatte Pila in den letzten Wochen eine Vorliebe für den Geruch von menschlichem Urin entwickelt. Müllhaufen gefielen ihm auch, weil man so leckere Dinge in ihnen finden konnte. Neulich hatte es in einem besonders großen sogar verfaulte Fischreste entdeckt. Es war etliche Male darübergerollt, um den guten Duft in sein Fell einzumassieren, bevor es sie verschlungen hatte. Pila entwickelte sich so langsam zu einer echten Stadtbestie und machte mit seinen überlegenen Kräften einer Gruppe Konkurrenz, die ihm jetzt in einem kleinen, feuchten Schacht gegenüberstand. Katzen.

Ein ganzes Knäuel von ihnen fauchte sich gegenseitig

an, ohne sich allerdings wirklich anzugreifen. Jemand, der sich mit Katzen auskannte, hätte gewusst, dass sie sich sonst nie so verhalten würden. Normalerweise vertrieben sie jeden Artgenossen aus dem Gebiet, das sie als ihr Territorium auserkoren hatten.

Pila sondierte die Tiere und stellte fest, dass sie wütend waren, weil sie diesen nassen Ort nicht für sich allein hatten – eine Tatsache, die dazu führte, dass Pila Katzen als sehr dumm einschätzte, denn wer würde schon ohne einen Schwarm leben wollen. Zusätzlich freute es sich darüber, einige von ihnen gefressen zu haben. Erstaunlicherweise waren sie nicht vom Schatten befallen. Pila spürte vielmehr bei diesen eigensinnigen Kreaturen eine starke Widerstandskraft gegenüber geistiger Beeinflussung, wie die Bestie sie einsetzte, um ihre Opfer zu überwältigen. Langsam näherte es sich ihnen. Pila war sich unsicher, ob die Gruppe ihm nicht eine Falle stellen wollte. Schließlich war es allein. Je näher es kam, desto deutlicher spürte es Tarls Emotionen aus dem Schacht aufsteigen. Dieser dunkle Gang konnte ihn zu seinem Schwarmmitglied führen. Dazu musste es nur die Katzen aus dem Weg räumen.

Die mit den unterschiedlichsten Fellfarben geschmückten Tiere hörten auf zu fauchen und begannen Pila anzuknurren. Ein gutturales Geräusch, das bei ihnen mehr aus dem Körper als aus dem Maul zu kommen schien.

Pila wich kurz davor zurück. Es antwortete mit einem lauten Zischen und dem Klacken seiner Kiefer. Es erschrak über die Reaktion der Katzen, die plötzlich um das Doppelte anschwollen. Schnell erkannte es aber, dass das ein ganz billiger Trick war: Die kleinen Raubtiere machten nur einen Buckel und stellten ihr Fell auf. Pila hatte derartige Mogeleien nicht nötig. Es riss seinen großen

Schlund auf und schoss einen mächtigen Säurebrocken mitten in die Gruppe der Katzen hinein.

Sobald einige ihrer Artgenossen schreiend begannen, sich aufzulösen, stoben die Tiere panisch auseinander.

Zufrieden rollte Pila in den Schacht hinein und bedauerte, die sich in der Säure auflösenden Katzen nicht fressen zu können. Sie bekamen so einen feinen Geschmack, an dem er in den letzten Wochen wirklich Gefallen gefunden hatte. Fast so sehr wie an menschlichem Urin.

Pila wusste es nicht, aber es rollte hinunter in die Katakomben Kols. Immer tiefer drang es in die Unterwelt der riesigen Stadt ein. Die Lage tief unter der Erde, die dicken Steinwände und vor allem das überall präsente Wasser schützten diesen Bereich vor dem Einfluss des Weißen Schattens – deshalb hatte es die Katzen instinktiv hierhergezogen – und auch Pila konnte sich hier gefahrlos bewegen. Pila spürte jetzt Tarl deutlich. Sein menschlicher Schwarmbruder hatte Angst. Er war in der unmittelbaren Nähe eines Felsengrams, was Gefahr bedeutete. Parallel empfand Pila noch etwas anderes: den Willen des Schattens. Der versuchte alles, um zu Tarl zu gelangen. Er hatte dafür sogar von dem Felsengram Besitz ergriffen. Oder nein, der Schatten wollte nicht zu seinem Schwarmmitglied gelangen. Vielmehr versuchte er, diesen Magus zu überwältigen, der bei ihm war. Pila verwirrte dies, es traute sich aber nicht, dem intensiver nachzuspüren, um die Bestie nicht auf sich selbst aufmerksam zu machen.

Pila navigierte dank seiner besonderen Fähigkeiten wie selbstverständlich durch die stockdunklen Gänge, in deren Mitte Wasser floss. Es achtete peinlich genau darauf, nicht damit in Berührung zu kommen. Pila hasste Wasser, obwohl dieses hier unten gut roch. Muffig, abgestanden und schön stark nach menschlichen Exkrementen. Schließlich führte es seine Suche nach Tarl heraus aus den einfachen, aus roten Ziegeln gemauerten Kanalisationsröhren und hin zu einem Bereich, der deutlich gepflegter war. Die Gänge waren hier trocken und es roch nicht mehr so gut. Dafür waren die Wände allerdings beschmiert, wie Pila auffiel. Tarl hätte ihm erklären können, dass es sich um Schriften in der alten Sprache handelte, aber ob die kleine Bestie dies verstanden hätte, ist zweifelhaft. Sicher ist nur, dass es Pila nicht interessierte.

Das Acidum bog aus dem Gang in einen großen, höhlenartigen Raum ein. Die Pracht der Brunnen, die dahinplätscherten, als würde über der Erde nicht gerade die Welt untergehen, und die zahllosen filigranen Wandmalereien von Nixen und längst vergessenen Wassergöttern an den groben Wänden ignorierte Pila. Ihn zog es zu dem großen Becken in der Mitte dieses Orts. Seine Wasseroberfläche war aufgepeitscht, als würde hier unter der Erde ein Sturm wüten. Eine Pila bis dahin unbekannte Sehnsucht überkam es beim Anblick des milchfarbenen Wassers. Tarl fühlte es immer weniger. Langsam rollte es auf das unnatürlich gewellte Gewässer zu. Pila blieb nahe der Kante stehen und blickte in die brodelnde Flüssigkeit. Etwas darin lockte es an. Unterschiedlichste Gefühle wallten in ihm auf. Verlorenheit gepaart mit Sehnsucht. Angst gemischt mit Freude, Aufregung und Verlust. Obwohl Pila Wasser mied, störten es die Spritzer nicht, die es über den Rand des flachen Beckens hinweg trafen. Es rollte noch näher heran.

Tarl betrachtete ungläubig, wie sich der Felsengram einfach in Staub verwandelte. Er schaute hinüber zu Ceres, die mit wehendem Mantel und ernstem Gesichtsausdruck auf ihr Werk blickte. Tarl hätte es vor ihr nicht zugegeben, aber das

Mädchen, das er liebte, machte ihm in diesem Moment Angst. Wie konnte ein einzelner Mensch über so viel Macht verfügen, dass er ohne sichtbare Anstrengung das größte Lebewesen der Welt mit nur einem einzigen Wort töten konnte?

»Deine Kleine hat es ganz schön drauf und hübsch ist sie auch noch. Halte dich ran, Tarl, bevor sie dir jemand wegschnappt«, sagte Mamercus – Tarls Blick fehldeutend – mit einem Lachen und klopfte ihm aufmunternd auf die Schulter. »So, jetzt zaubert sie uns noch schnell einen Weg hier raus, und schon haben wir es geschafft.«

Das Metall ächzte unter dem Ansturm der Massen. Etwas hatte sich verändert, seitdem der Felsengram tot war. Die Menschen schienen nun seine Rolle zu übernehmen und versuchten den Käfig zu vernichten.

»He«, rief Mamercus überrascht aus. »Was ist denn mit denen los? Warum bringen die sich nicht mehr gegenseitig um? Moment mal, versuchen die etwa, hier reinzukommen? Und, seht mal, sind die etwa mit Mehl bestäubt?« Er blickte mit hochgezogenen Augenbrauen auf die Zuschauer, die an den Eisenstangen zerrten und ihre weißlichen Leiber immer wieder gegen die Spundwände warfen. Hunderte wurden dabei zerquetscht. Blut und Haare klebten an den Gittern. Doch es setzten immer wieder andere nach, um in einem unablässigen Strom den Schutzkäfig zu zerstören, der zwischen ihnen und den drei Gladiatoren stand.

Tarl öffnete sich weiter, um die Gefühle der Menschen zu sondieren. Bisher hatte er sich wegen der starken Emotionen des Felsengrams, so gut es ging, abgeschottet. Zorn und Gier überrollten Tarl. Diese Empfindungen kamen aber nicht von den Menschen, die zum großen Teil gar nicht mehr über eigene Gefühle zu verfügen schienen, sondern von dem Weißen Schatten. Da war aber auch noch etwas anderes, etwas, das die Bestie zu verbergen suchte. Angst. Das Eisen schirmte seine Emotionen zwar ab, aber es war für Tarl jetzt klar zu erkennen, was die Bestie wollte oder besser wen.

»Ceres, sie kommen deinetwegen«, brüllte er panisch. Die Worte gingen fast unter im Quietschen, das die erste fallende Eisenwand verursachte. Massen blutverschmierter Menschen stießen sofort in die Lücke vor und liefen in den Innenraum. Sie zertraten einander, so schnell versuchten sie hineinzugelangen. Tarl rannte mit Mamercus zu Ceres, die glücklicherweise auf der entgegengesetzten Seite der Arena stand. »Ceres, der Weiße Schatten will dich! Ich glaube«, Tarl leckte sich über die spröden Lippen, »nur wegen dir ist er überhaupt in der Stadt.«

Ceres schaute auf die schreiende Menge, die immer näher kam, und dann auf Tarl. Ihr Gesicht war kreideweiß und sie brachte kein Wort heraus.

Tarl wusste, was dies bedeutete, und es ließ ihn innerlich erstarren: *Ceres weiß nicht, was sie machen soll.*

Der erste Mensch hatte sie fast erreicht. Mit mordlüsternem Blick trug er eine massive Holzlatte, an deren Ende Blut und Hautfetzen klebten.

Mamercus drehte sich unter seinem plumpen Angriff weg und schlug ihm mit dem Gladius den Kopf ab. »So, ihr Turteltäubchen. Ihr denkt euch jetzt bitte schnell aus, wie wir hier rauskommen. Ich halte sie auf, so lange ich kann.« Er hob Tarls Gladius auf und ging humpelnd, aber mit zwei Schwertern bewaffnet auf den anstürmenden Mob zu.

Tarl wusste gar nicht, zu welchem seiner in Lebensgefahr befindlichen Freunde er zuerst schauen sollte. Gleichzeitig empfing er permanent die bösartigen Emotionen des Schattens. Sein Kopf dröhnte vor Schmerzen. »Ceres«, sprach er seine Freundin liebevoll an und nahm sie in den Arm. Mamercus war inzwischen in einem Meer aus Leibern verschwunden, aber seine Schwerter blitzen immer wieder auf. Tarl und Ceres waren für einen winzigen Moment allein inmitten des um sie herumtobenden Sturms. »Ich bin trotz allem froh, dich kennengelernt zu haben.«

Sie lächelte ihn an und eine einzelne Träne rollte ihr die linke Wange herunter.

Tarl beugte sich vor und drückte ihr einen vorsichtigen Kuss auf die Lippen. Seine Schüchternheit hatte er im Angesicht des Todes einfach vergessen. Genau in dem Moment, als er seinen Gefühlen nachgab, spürte er das erste Mal seit Tagen wieder Pila.

Ceres schaute ihn überrascht an, als er den Kuss so abrupt unterbrach. »Küsse ich so schlecht?«, fragte sie mit einem schiefen Grinsen.

»Was?« Tarl wurde rot. »Nein, du machst das wunderbar! Pila ist da. Es befindet sich direkt unter uns. In einer Art Höhle.«

»Eine Höhle unter der A-a-arena?«

»Vertrau mir. Kannst du uns da runterbringen?«

Von Mamercus kam ein erstickter Schrei. »Flieht, ich kann sie nicht mehr …« Sein Rufen ging in einem schmerzerfüllten Gurgeln unter.

Sie blickten sich an. Tarls Freund hatte sich für sie geopfert. Die Meute rannte auf die beiden Freunde zu. Hinter ihnen zog ein unnatürlicher, weißer Nebel heran, der ihnen gegen die Windrichtung folgte.

Ceres ging in die Hocke und legte die Handflächen auf den Boden. Sie sagte kein Wort. Feiner Dampf stieg auf und es roch verbrannt. Ihre Hände glühten rot. Der Boden neben ihren Händen verfärbte sich erst schwarz, dann rot und wurde dann flüssig. Er sackte in sich zusammen. Als

Ceres wankend aufstand, war ein schmales Loch entstanden, aus dem es dampfte.

Die wütende Menge war nur noch wenige Schritte entfernt. Es roch nach Blut.

Ceres sprang.

Tarl tat es ihr nach und fiel in eine bodenlose, schwarze Tiefe. Er schloss die Augen und machte sich auf einen harten Aufprall gefasst. Stattdessen landete er in lauwarmem, salzig schmeckendem Wasser. Hustend und wild mit den Beinen strampelnd, kam Tarl an die Oberfläche. Er schaute sich um. Ein greller Lichtstrahl schoss, einer Lanze gleich, durch das Loch herein, das Ceres in die Decke der dunklen Höhle gebrannt hatte. Langsam schloss es sich wieder, als der Zauber verging, und in der Kaverne herrschte wieder Zwielicht. »Ceres?« Tarls Ruf wurde von den Wänden zurückgeworfen.

Keine Antwort.

Er blickte über die ruhige Wasseroberfläche, auf der sich die Fackeln an den Wänden wie kleine goldene Bälle widerspiegelten. Tarl entdeckte Pila, das etliche Schritte vom Beckenrand entfernt aufgeregt hin- und herrollte. »Hilf mir, sie zu finden! Ceres«, rief er panisch. »Ceres, wo bist du?« Tarl versuchte es mit Tauchen, aber er war kein besonders guter Schwimmer, außerdem war das Wasser sehr trüb und das Becken ungewöhnlich tief. Er fand keinen Grund. »Ceres«, schrie er jetzt verzweifelt, doch seine Freundin blieb verschwunden.

Die Rebelles sind von einem Ärgernis zu einer Gefahr geworden. Zu nah kommen sie unseren Geheimnissen. Wir haben beschlossen, dem ein Ende zu setzen. Heute Nacht lassen wir ein Rudel Lacernae hinunter in die Kanalisation, das sich dieses Problems annehmen wird. Sämtliche Botschaften und Schriften dieser Rebelles, derer wir habhaft werden können, sollen vernichtet und für alle Zeiten verboten werden.

Das Buch der Septem – Chroniken der Zauberer

XLI. Ceres

Ceres war nicht so verwirrt, wie sie es eigentlich hätte sein sollen. Im Gegenteil, der Ort, an dem sie sich befand, war ihr auf eine überraschende Weise vertraut. So vertraut, wie es eigentlich nur die echte Heimat sein konnte. Sie blickte sich um und bewunderte, was sie sah. Die weite Ebene, die fast vollständig von hohem, gelbgrünem Gras bedeckt war, war genau das Gegenteil von ihrer ersten Heimat Kol. Einer Stadt, in der Hunderttausende auf engstem Raum zusammengepfercht waren und nur die Reichsten der Reichen über das Privileg grüner Gärten verfügten. Ceres streckte sich. Weit und breit war keine Erhebung zu sehen, sondern nur das unendlich wirkende, sanft im Wind wogende Grasmeer. Ceres sog begierig die milde, würzig riechende Brise ein, die die Pflanzen zum Schwanken brachte. Sie blickte hoch in den roten, flimmernden Himmel, dessen seltsame Erscheinung sie an glühendes, seicht dahinfließendes Wasser erinnerte. Alle Farben waren überdeckt von einem leichten Blauschleier. Nichts machte Ceres Angst. Verträumt strich sie über das erstaunlich weiche, hüfthohe Gras, das sie umgab, und wartete. Sie würden kommen, das wusste Ceres. Sie brauchten sie so sehr, wie Ceres sie jetzt brauchte.

Das Gras teilte sich, als sich ein kleiner Körper hindurchbewegte.

Ceres blickte mit einem breiten Lächeln zu dem raschelnden Geräusch. Sie ging in die Knie, um den kleinen Besucher begrüßen zu können.

Augenblicke später kam ein Acidum zum Vorschein, das zischend und knackend auf sie zugerollte. Es war eine kapitale Bestie, fast so groß wie Pila. Das Fell war vollkommen weiß, so wie es Ceres noch nie bei einem seiner Art zuvor gesehen hatte. Das reißzahnbewehrte Maul der Kreatur schloss und öffnete sich vor Aufregung unablässig. Etwa zwei Schritte von Ceres entfernt hielt die Bestie an und betrachtete das Mädchen aus ihren pechschwarzen, glänzenden Knopfaugen, in denen sich der rotblaue Himmel widerspiegelte.

Ceres gab dem Acidum ein unscheinbares Zeichen mit der Hand, woraufhin die Bestie schnell zu ihr rollte. Das kleine Wesen brummte wohlig, als Ceres es, ganz ohne sich zu ängstigen, am Bauch kraulte. Die Bestie roch streng – ein bisschen wie ein Eber –, aber ihr Fell war wunderbar weich.

Jetzt geriet das Gras um Ceres herum immer mehr in Bewegung. Aus allen Himmelsrichtungen strömten Bestien auf den kleinen Hügel zu, auf dem sie stand. Lacernae entstiegen in ihrem typischen vogelartigen Gang dem Gras und streckten ihre Hälse vor, damit die junge Zauberin sie dort streichelte. Nachtvögel landeten neben ihr und neigten die langen Köpfe. Ceres strich sanft über die spitz zulaufenden Schädel der echsenartigen Vögel, die daraufhin vor Freude kleine Flämmchen aufflackern ließen. Die Erde bebte, als Felsengrame vorsichtig auf sie zustampften, um Ceres und die anderen Bestien nicht aus Versehen zu zertreten. Unschlüssig blieb der Erste von ihnen vor ihr stehen.

Ceres nickte ihm mit einem Lächeln zu.

Seine Hand schloss sich daraufhin um Ceres' Körper, der nur knapp die riesenhafte Pranke der Kreatur ausfüllen konnte. Vorsichtig hob der Felsengram sie hoch.

Als Ceres auf der Höhe seines gigantischen Schädels war, blendete das goldgelbe Licht seines Auges sie, ohne dass es irgendeine Auswirkung hatte. Freundlich strich sie über die raue Wange der Bestie. Eine große, blaue Träne rollte daraufhin aus dem Auge der furchteinflößenden Kreatur und sie gab einen hohen Ton von sich, den man eher von einem menschlichen Kleinkind erwartet hätte.

Ceres blickte sich von hier oben um. Zu Füßen des Felsengrams hatten sich mehr und mehr Bestien versammelt. Das Gras um sie herum wogte, als wäre ein Sturm aufgezogen. Aber es war nicht der Wind, sondern Hunderte, wenn nicht Tausende Bestien kamen aus allen Himmelsrichtungen, um ihr ihre Aufwartung zu machen. Ceres wusste nicht, warum, aber sie hatte nichts anderes erwartet und noch immer spürte sie keine Angst. Ihre Träume hatten es ihr prophezeit und nun, nachdem sie endlich hierhergekommen war, wusste sie, dass es an der Zeit war, sich ihrem Schicksal zu stellen. Ihr Lebensweg hatte sie genau zu diesem Augenblick hingelenkt. Ceres' Blick fiel auf einen Felsengram, der, im Vergleich zu dem gigantischen Exemplar, das sie hochhielt, klein wirkte. Er kam ihr merkwürdig bekannt vor, und dann verstand sie, dass es sich bei ihm um die Bestie handelte, die sie in der Arena vermeintlich getötet hatte. Aber jetzt stellte sie fest: Sie hatte den Felsengram nicht vernichtet, sondern nach Hause geschickt. Zurück in die Welt, aus der er gekommen war und in der nun auch sie sich befand.

Die Rebelles hatten sich wie die Ratten in der Kanalisation verkrochen. Wenn sie nur wüssten, wie nah sie damit der Wahrheit gekommen sind. Das Nymphäum in der Mitte ist der Ursprung von allem und gleichzeitig unsere größte Schwachstelle.

Das Buch der Septem – Chroniken der Zauberer

Epilog

Luca starrte aus der Loge hinunter auf das Schlachtfeld. Die Menschen mordeten immer weiter, als wäre dies das Einzige, was sie im Leben noch tun wollten. Sein Blick fiel auf die Leiche seines Vaters, die mit unnatürlich verdrehten Gliedern in dem Gitter über der Arena hing, als wäre sie Futter für einen Nachtvogel. Der Wind hatte das Hinterteil seines Vaters entblößt und ihm im Tod das letzte bisschen Ehre genommen, die Gaius Acilius im Leben immer über alles gegangen war. Der Anblick auf den Tribünen war furchtbar. Aber Luca drehte sich desinteressiert weg, als würde ihn all das nichts angehen. Sein Blick fiel auf die Leichen, die in dem einst so prächtig eingerichteten Raum lagen, der jetzt kurz und klein geschlagen war. Enzyklos, sein treuer Diener, lag mit fast abgetrenntem Schädel auf dem Rücken in einer riesigen Blutlache und hatte die Arme weit geöffnet, als würde er den Tod freudig begrüßen. Die vormals blendend weiße Toga war braun vom Blut.

Lucas Onkel Marwon und ehemaligem Mitverschwörer war es schlechter ergangen. Sein Kopf war gänzlich verschwunden. Sein blutbesudelter Torso lehnte mit dem Rücken an der Wand. Die Mauer hinter ihm war mit Blut und gräulicher Hirnmasse besprenkelt. Es sah so aus, als wäre sein Schädel explodiert. Luca empfand kein Mitleid darüber, dass er seinem Onkel das angetan hatte. Marwon hatte sich gierig auf das Artefakt gestürzt, nachdem Luca seinen Vater damit aus der Loge entfernt hatte. Sein Onkel hatte geschrien, dass er diesen Wahnsinn beenden müsse, doch Luca wusste es besser. Marwon wollte das magische

Fundstück für sich haben, doch der Knochen gehörte nur ihm allein.

»Meins!«, kreischte Luca. »Ich habe herausgefunden, wo er seit Ewigkeiten verborgen gewesen ist. Ich habe dafür gesorgt, dass er hierherkommt, und ich wollte, dass er meiner Familie dient. Mein Vater hat mich trotz meiner Verdienste zum Narren gehalten und den Preis dafür bezahlt. Ich bin jetzt der Pater familias. Mir allein gebührt es, diese Macht zu besitzen!«

Luca lachte irre und trat gegen den bewegungslosen Leib. Marwons Torso kippte um. »Verstehst du, Onkel? Du wärst gar nicht in der Lage gewesen, seine Kraft richtig einzusetzen. Ich habe dir einen Gefallen getan, denn die Macht, die dem Knochen innewohnt, hätte dich mit der Zeit zermalmt.« Er spuckte auf den Leichnam. »Ich bin jetzt die Familie Acilius. Ich allein und der Knochen.« Luca schmiegte sich an das Artefakt, als wäre es ein Schmusekätzchen und nicht der Überrest eines Menschen.

Ein langes Hornsignal erklang, das Luca innehalten ließ. Seine verschwommenen Augen wurden wieder klar. Anders als die Massen außerhalb der herrschaftlichen Loge war er nicht vom Weißen Schatten befallen. »Was soll das?«, fragte er laut, doch die Toten antworteten ihm nicht. Luca ging zurück zu der Brüstung und schaute über die Arena hinaus in die Stadt. Er blickte auf Tausende Gebäude und unzählige Türme in allen Größen und Formen. Dahinter ragten einige der sieben Hügel auf; auf einem von ihnen stand die Villa seiner Familie.

Erneut erklang das Signal. Lang und tief dröhnte das uralte Instrument und brachte eine Verlautbarung, die Kol seit ewigen Zeiten nicht mehr gehört hatte: Die Bestien sind gekommen und stehen vor den Toren.

»Wie kann das sein?« Luca beugte sich gefährlich weit

über die Brüstung, um mehr sehen zu können, aber von hier aus war die Stadtmauer nicht zu erblicken. Er würde selbst auf einen der Bestientürme steigen müssen, um sich davon zu überzeugen, dass die Warnung echt war. Luca konnte es sich nicht leisten, sie zu ignorieren. Er hatte nicht so viel geopfert, nur um der mächtigste Mensch in einer Stadt zu sein, die von Bestien vernichtet wurde. Niemand konnte ein Herrscher sein, wenn es keine Beherrschten mehr gab. Das Schlachten in der Arena war etwas lästig, aber das musste jetzt aufhören. Die Menschen wurden gebraucht, um die Bestien zurückzuschlagen, die seine Stadt bedrohten.

Luca stieg über die Körper hinweg, ohne zurückzublicken, und ging die Treppe hinunter auf die Ebene vor den Ehrenlogen. Er musste einen stämmigen Legionär zur Seite schieben, der von seinem eigenen Speer durchbohrt worden war, um hinaustreten zu können. Fast wäre er auf dem Blut ausgerutscht, das sich auf die Treppenstufen ergossen hatte.

Wieder ertönte ein Horn, diesmal etwas leiser. Das Signal musste aus einem der Türme kommen, die in einem anderen Teil Kols standen. Weitere Hörner antworteten ihm. Die Wachtürme waren immer noch besetzt, obwohl sie lange nicht gebraucht worden waren. Offensichtlich kesselten die Bestien die Stadt ein.

Wir müssen sie aufhalten! Luca kletterte über unzählige Körper, die grausam zugerichtet waren. Viele hatten keine Arme oder Beine mehr und alle waren seltsamerweise von einem feinen, weißen Staubfilm bedeckt. Von überall kamen Schreie, das Stöhnen Sterbender und anderer Kampfeslärm.

Mein Volk kann sich doch nicht einfach gegenseitig töten, bevor es seinen neuen Herrscher gekrönt hat, dachte

Luca panisch. Er umklammerte den Knochen mit seiner schweißfeuchten Hand, aber er wusste nicht, wie er das Morden beenden konnte, ohne einen Zauber zu sprechen, der noch mehr Menschen tötete. Bisher hatte er Magie nur zum Zerstören genutzt. Eine andere Art von Zauberei war ihm fremd.

Die Hornsignale kamen jetzt öfter. Immer eindringlicher riefen die Wächter um Hilfe auf den Stadtmauern und an den Toren. Der Angriff der Bestien hatte begonnen.

»Nein!«, schrie Luca. »Nicht jetzt! Kol ist nun meine Stadt, niemand darf mir das hier nehmen.« Verzweifelt schickte er große Feuerbälle in die Zuschauerreihen, die unter den noch Lebenden entsetzliche Auswirkungen hatten und die Luft mit einem ekelhaften Geruch nach verbrannten Haaren schwängerten, aber niemand hörte deswegen auch nur einen Augenblick auf zu kämpfen.

Ich kann dir helfen, Freund, wisperte plötzlich eine Stimme in Lucas Kopf.

Der blickte sich panisch um, konnte aber niemanden erkennen, der zu ihm gesprochen hätte.

Du kannst mich nicht sehen, kein Mensch kann das.

Luca begann zu zittern. Der Knochen in seiner Hand vibrierte. Trotzdem hielt er ihn angriffslustig nach vorn.

So etwas wie ein Lachen erklang in seinem Kopf. *Nutz die Macht, die dir dieser Gegenstand verleiht. Sprich aus, was du forderst!*

Luca war verwirrt. Er schwitzte. Der Gestank der brennenden Leichen verätzte seine Lungen. »Wer bist du?«, schrie er wie von Sinnen. *Ich werde verrückt, so wie all die anderen.*

Keine Antwort. Wer auch immer mit ihm geredet hatte, hatte ausgesprochen, was er zu sagen hatte.

Eine Frau mit einer Art Keule kam auf ihn zu. Luca

erkannte, dass es sich um einen abgetrennten Arm handelte, den sie wie eine Waffe trug. Ihre Kleidung war zerrissen und ihre linke Brust entblößt. Überall an ihr klebten Blut und weißer Staub. Mit mordlüsternem Blick kam sie auf Luca zu.

Sprich aus, was du forderst, kamen dem die letzten Worte des Unsichtbaren in den Kopf. »Ich will, dass die Menschen aufhören sich gegenseitig umzubringen und mir gehorchen!« Der Knochen in seiner Hand glühte kurz auf und Luca war es so, als wäre ein feiner Schleier vor seinen Augen verschwunden, den man eigentlich nicht mehr sah, weil man sich so an ihn gewöhnt hatte.

Die Frau schrie kurz auf und ließ den ausgerissenen Arm angewidert fallen. Hastig bedeckte sie sich mit den Händen. »Was ist passiert? Wo sind meine Kinder?«, stammelte sie und blickte bestürzt auf das Chaos, das sie umgab.

Ich bin hierhergekommen, um dem Herrn des Knochens zu dienen. Was sind deine weiteren Befehle, Meister?

Luca grinste triumphierend.

ENDE

Liste der Begriffe in der alten Sprache

Abi – verschwinde!
Acidum – säurespritzende Bestie
Agora – Platz
Alea iacta est. – Die Würfel sind gefallen.
Anus – Arsch
Aquilifer – seit der Heeresreform der ranghöchste Feldzeichenträger der Legion, er trug den Legionsadler
Bis repetita nemini placent. – Wiederholungen gefallen niemandem.
caeruleus – blau
Caliga – Soldatenschuh
Canis – Hund
Carcer Tullianus – Stadtgefängnis
Carissimus – mein liebster
Confugium – Zuflucht
Corpus Delicti – Beweis des Verbrechens
Decurio – Zehnerführer, Unteroffizier
Deus ex machina – hier als »Maschinengott«
Dic mihi quis es. – Sag mir, wer du bist.
Dom – Kuppel
Dum spiro spero. – Solange ich atme, hoffe ich.
duus – zwei
Evocatus – Veteran, der nach Ablauf seiner regulären Dienstzeit freiwillig in den Militärdienst zurückgekehrt ist
Externus – Mensch, der die Stadt zum Beispiel für Expeditionen verlässt
exstinguimini – löscht
Filii Elegantes – die Feinen Söhne
Filius – Sohn
Fortes fortuna adiuvat. – Den Tapferen hilft das Glück.
Frater – Bruder

Gladius – Schwert des Gladiators
Gloriam mortuis – Ehre den Toten
Gradus – Stufe
Hospitium – Krankenzimmer/-station
Idem velle atque nolle, ea vera amicitia est. – Dasselbe wollen und dasselbe nicht wollen, das erst ist wahre Freundschaft.
Ignis – Feuer
Infernum – Unterwelt
Insula – Mietshaus
Ius veteranorum postulo – Ich fordere der Veteranen Recht.
Lacerna – Echsenbestie
Latifundium – Bauernhof/Plantage
Magia – Magie
Magister Nove – neuer Meister
Magus – Zauberer/Magier
Manipel – Truppeneinheit in einer Legion
Mater – Mutter
Mechanica – Mechanik
Medicus – Arzt
Morituri te salutant. – Die Todgeweihten grüßen dich.
Mors certa, hora incerta. – Der Tod ist sicher, nur die Stunde ist ungewiss.
multiplicamini – vervielfacht euch
Murmillo – Gladiatorenhelm
Nemo – (ein) Niemand
Optio – Dienstgrad im Heer, Stellvertreter des Zenturio
Panem et Circenses – Brot und Spiele
Passus – Doppelschritt = 1,48 m
Pater – Vater
Pater familias – Familienoberhaupt/Vorsteher einer Familie

Pila – Ball
Politicus – Politiker
Primi de septem – Die Ersten der Sieben
Primus inter pares – Erster unter Gleichen
Princeps – Anführer/in
Quomodo tibi servire possum? – Womit kann ich dienen?
Rebelles – Aufständische
Senatus Populusque Kolis – Senat und Volk von Kol
Septem, vos saluto, ministros bonae causae. – Ihr Sieben, ich grüße euch, ihr Diener der guten Sache.
Sigillum magicum – magisches Siegel
Stercus – Kot
Tabacum – Tabak
Umbra alba – der Weiße Schatten
unus – eins
viridis – grün

Danksagung

Eine Geschichte schreibt man allein, aber damit sie ein Buch wird, braucht man die Hilfe vieler Menschen. Diesen möchte ich hier danken.

An erster Stelle meiner Frau, die mit Geduld und vielen Hinweisen mich und meine Romane besser macht.

Dankbar bin ich auch wieder meiner gestrengen, aber fairen und lustigen Superlektorin Ursula Tanneberger, die mich geduldig und unermüdlich durch die Untiefen meines Manuskripts geführt hat.

Für die Korrektur und seine Grammatik- und Vokabeltipps zur »alten Sprache« danke ich Christian Jerger.

Ebenfalls möchte ich mich bei all den fleißigen Testlesern bedanken, die sich durch ein Rohmanuskript gekämpft haben und trotzdem begeistert von der Geschichte waren. Danke Pia, Moritz, Martin, Uli und Benni. Eure Hinweise haben Magus definitiv zu einem besseren Buch gemacht.

Greg Walters, Frühjahr 2019

Wie hat Ihnen das Buch gefallen?
Schreiben Sie bitte eine Leserbewertung bei Amazon und folgen Sie mir!

www.facebook.com/gregwaltersautor
www.instagram.com/gregwalters_autor/
Melden Sie sich über www.gregwalters.de zum Mail-Newsletter an und verpassen Sie in Zukunft keine Neuerscheinung mehr.

WhatsApp-Newsletter: +49 163 4034942

Nehmen Sie Kontakt mit mir auf. Ich freue mich auf meine Leser.
Bei bene Bücher können Sie signierte Exemplare bestellen.

VIELEN DANK, Ihr Greg Walters

Das Abenteuer geht weiter.